가족사 소설

잊혀진 진실

흑설 지음

새로운 세상의 숲
신세림출판사

아버지 김갑규 노년 모습   어머니 강선미 노년 모습

세 자매 1976년

아들 성주

순아와 금아 아버지를 모시고. 1972년

금아 조선의 금강산에서. 1990년

금아 한국 불국사에서. 1991년

금아 서울 옛성터 앞에서. 1992년

금아의 대표작 조문 장편소설, 중문 장편소설, 한글 장편소설

금아의 대표작 영화

금아가 편찬한 사전

↑
금아가 받은
한국 국제 문학상

←
금아가 받은
일본 국제 문학상

←
금아 한국에서
국제 행사에 참가한 기념 메달들

순아 부부 70진갑상 받고

윤아 부부 행복한 만년

↓ 금아 모녀 친구처럼 여행도 다니고.
2024년

↑ 금아의 만년 취미생활

차례

제3장 흔들개늪의 전설

제4장 등잔불 밑의 진실

차례

제1장

태어난 대가

제1장

태어난 대가

하느님이 내게 단 하나의 권리를 준다면
나는 부모를 선택할 권리를 가지겠다.
- 김갑구

기원 1915년 을묘년, 경상남도 진주의 어느 마을에서 도깨비가 선녀와 결혼식을 올렸다. 도깨비는 사람이라 하기에는 조금 애매하고 짐승이라 하기에는 다소 넘치는 구석기(舊石器)시대의 원시인에 가까운 족속이라 할까? 그래도 대대로 내려오며 명문 가족이라 서당에서 읽은 글에 가산까지 날개를 달아주어 덕분에 사방 몇 백리 가장 예쁘고 재간둥이라고 소문난 서당 집 큰 아씨와 혼인을 하게 되었다.

도깨비는 성은 있으나 이름을 부르는 사람이 거의 없으니 그냥 "도깨비"나 또는 성을 붙여서 "김도깨비"로 통했고, 동네 아이들이 무서워서 슬슬 피해 다니는가 하면 어른들도 말을 섞는 일이 극히 드물었다.

당시 김씨네는 땅이 꽤 많아 농사짓는 머슴만 일여덟, 식모에 시녀까지 두고 팔간 기와집에서 부럽잖게 살고 있었다. 바쁜 농사철의 어느 날, 일손이 모자라는데도 머슴들이 점심을 배부르게 먹고 동구 밖 길옆에 놓인 커다란 바윗돌을 들기 시합을 하며 노는 것을 보고 도깨비가 불쑥 나타나 바윗돌을 훌쩍 들어 장장 십여 미터 밖으로 내던져버렸다. 모두들 깜짝 놀라 입을 딱 벌리고 박힌 듯 서 있다가 귀신에게 쫓기듯 허둥지둥 논밭으로 달려갔다.

이같이 비상한 힘장사에 건장한 체구와 맹수의 머리를 가진 도깨비가 결혼식 날 선녀같이 아름다운 신부를 보았으니 결과는 어떠하랴! 꼬박 여드레 동안 밤낮을 가리지 않고 짓뭉개는 신랑의 태질에 신부는 그만 말린 붕어같이 납작하게 되어 아흐레 날 더는 버티지 못하고 몸져눕고 말았다. 그 후 반년이 넘도록 태기가 없어 어른들이 은근 걱정하는데 옥수수가을이 한창이던 어느 날, 새댁이 시녀를 데리고 머슴들의 점심을 날라주고 돌아오던 중, 도깨비가 불쑥 튀어나와 새댁을 잡아끌고 옥수수더미 뒤에 숨어들어 깊숙이 한 것이 아기가 생겼다.

이듬해 음력 5월 11일, 건강한 남자아이가 순산으로 태어났다. 이름은 큰 별이라는 뜻으로 "규(奎)"라 지었으나, 도깨비 아버지가 사주팔자를 보고는 웬일인지 도리머리를 흔들었다.

행패

불행 중 다행으로 규는 도깨비 아버지를 별로 닮지 않았다. 규는 어머니를 닮은 듯 하면서도 몸집은 작고 머리만 야무져서 또래보다 훨씬 빨리 세상을 깨우쳤다. 하지만 이 시기 가장인 도깨비가 도박으로 가산을 모두 탕진해버려 대대손손 명문이던 김씨 집안은 이제 가난하다 못해 아들 학비 댈 돈마저 없게 되었다. 여섯 돌이 지나자 규는 쪽지게를 지고 산에 가 나무를 하기 시작했다. 아버지가 가족을 위해 하는 일이 아무것도 없고 오히려 밥그릇만 남의 몇 배로 축내니 어린 아들이 생계를 위해 뛰어다닐 수밖에 없었다.

어느 날, 서당 문 앞을 지나다가 안에서 글 읽는 소리가 들려오기에 아이는 저도 모르게 발걸음을 뚝 멈추었다. 살그머니 다가가 문틈으로 들여다보니 또래 아이들이 멋진 옷을 차려 입고 낭랑 폼 나게 글을 읽고 있었다. 그것이 너무 부럽고 자신의 처지가 사무치게 서러워 아이는 하마터면 까무러칠 번했다. 다음 순간 정신을 차리고 이를 악물고 주먹을 부르쥐며 소리쳤다.

"나도 공부할 거야. 나도 글을 읽을 거야!"

그렇게 두 주먹을 부르쥐고 숨을 헐떡이며 나는 듯이 집으로 달려왔으나 마당에 채 들어서기도 전에 그만 짤깍 멈춰버리고 말았다. 집이라야 옛날의 그 으리으리하던 팔간 기와집은 간데 온데 없고 다 찌그러져가는 초가집인데 근처 십여 미터 밖에서 벌써 도깨비 아버지가 고래고래 욕질하는 소리가 들려왔다.

"쌀밥 내놔, 입쌀 밥! 난 이밥 먹겠단 말이야! …"

"아니 이양반이, 아침식사 끝난 지 얼마 됐다고… 입쌀이 없어요. 이 무명실을 다 뽑아야…"

"뭐가 어쩌구 어째?"

부인의 말이 채 끝나기도 전에 찰싹! 뺨이 무섭게 올라가고 이어 다 차려 놓은 밥상이 통째로 부엌 앞 땅바닥에 날아갔다.

온돌에 누워있던 아기가 깨어나 자지러지게 울어대자 도깨비는 이번에 아기를 번쩍 안아 허공에 치켜들었다.

"이밥 안 주면 내쳐버린다!"

아내가 결사적으로 달려들며 소리쳤다.

"당신 아기라고, 당신 핏줄인데 왜 그래요?!"

"싫어, 계집애는 싫단 말이야. 치워버려!"

도깨비는 마치 이밥이 없는 것이 아기의 탓이나 되는 듯 아직 돌도 되지 않은 가냘픈 아기를 원수 대하듯 인상을 쓰며 노려보았다.

"이리 줘요! 어서요! …"

아내가 두 팔을 뻗으며 아기를 빼앗으려 하자 도깨비는 두꺼비 같은 발을 들어 아내의 배를 힘껏 걷어찼다. 바닥에 사정없이 나동그라져 두 손으로 배를 그러안고 신음을 토하는 아내의 모습은 흡사 승냥이에게 잡아먹히는 토끼의 단말마와 비슷했다.

이 때 규가 문을 벌컥 열고 뛰어 들어와 아버지 다리에 동동 매달리며 애걸했다.

"아버지, 아기를 놔주세요. 어머니를 때리지 마세요. 제발 그러지 마세요…"

하지만 도깨비의 발은 아들마저 알아보지 못하는지 단발에 일곱 살 어린 아이를 사정없이 걷어차 작은 몸이 걸레처럼 저쪽 벽에 가 철썩 붙었다가 다시 바닥에 쿵! 나떨어졌다.

아이의 얼굴에서는 코피가 줄줄 흐르고 어머니의 입 주위는 피가 번져 온통 시뻘겋게 되었다. 극심한 아픔 속에서도 규의 머릿속에 하나의 일념이 뛰어들었다.

"아버진 사람 아냐. 어머니와 아기를 지켜야 해."

흐르는 코피를 닦을 염도 않고 규는 이발을 사리물고 젖 먹던 힘까지 다해 후닥닥 달려들어 아버지의 다리를 꽉 잡고 종아리를 죽어라 물어뜯었다.

으악! 도깨비가 비명을 지르며 손을 놓는 바람에 아기가 바닥으로 자유낙하하는 순간, 손이 빠른 어머니가 바닥에 엎어지며 아슬아슬하게 아기를 받아 안았다.

하지만 지나치게 놀란 아기는 결국 그날 밤을 넘기지 못하고 자정의 깊은 어둠과 함께 영영 눈을 감고 말았다. 도깨비의 유일한 딸로, 규의 유일한 여동생으로 세상에 태어났던 이 귀여운 여자아기는 일생을 열 달도 채우지 못한 채 어느 산기슭의 까만 원혼이 되어버렸다.

아기를 묻고 돌아오는 길에 규는 어머니가 갈림길에서 집으로 돌아가는 방향을 선택하지 않음을 알았다. 아이는 아무것도 묻지 않고 묵묵히 어머니 뒤를 따랐다.

태양이 노오랗게 공중에 떠올라 세상을 골고루 비추고 있건만 이 모자에게만은 공평하지 않은 듯 한기가 끝도 없이 골수를 파고들었다. 넘어도 넘어도 끝이 없는 산마루, 건너도 건너도 끝이 없는 시냇물, 그러다가 해가 저쪽 반구로 떨어지고 잘 갈아 놓은 낫 모양의 은빛 달이 하늘에 높직이 걸렸을 때에야 모자는 가까스로 마을 어귀에 이르렀다.

마을의 동쪽 편으로 서당이 있고 그 안쪽에 어머니의 친정인 허씨네가 살고 있었다. 규의 외가는 대대로 벼슬은 하지 않고 서당을 차려 학생들을 가르치며 가끔 대단한 인재를 양성하기도 하고 사사로이는 저서를 쓰는데 몰두하고 있는 선비(學者)가족이었다.

마을 토성밖에 이르자 어머니가 갑자기 발걸음을 뚝 멈추었다. 얼마 만에 돌아온 친정인데 얼마나 힘들게 찾아온 친정인데 막 엎어지며 달려 들어가도 성차지 않을 시각에 어머니가 왜 멈추는지 그 이유를 아이는 알 길 없었다.

결혼한 여자는 어떤 상황에서도 이혼이 금지된 시대, 더욱이 진리와 지식을 수호하고 사회에 훌륭한 저서를 써내는 유명한 선비의 출가한 여식이 이혼하러 친정으로 돌아오다니 말이 안 되는 소리였다. 아니, 그런 생각을 하는 것만으로도 죄를 짓는 것이라 판정될지도 몰랐다. 큰 딸이 뜨르르한 부잣집 양반댁에 시집간다고 동네방네 떠들썩하니 축하를 받으며 잔치를 치렀었는데 그 딸이 이렇게 돌아온다면 친정어머니는 어떻게 얼굴을 들고 다니며 교육자인 아버지 또한 어떻게 자라나는 아이들을 가르치고 사회의 정신 식량인 저서를 써낼 수 있겠는가?

규의 어머니는 머리를 세차게 흔들고 나서 떨리는 손으로 아들의 손목을 잡았다. 입술을 깨물고 잠간 서 있다가 천근 맷돌을 돌리듯 힘겹게 돌아섰다.

"어머니, …외갓집 시루떡이…먹고 파…"

저도 모르게 튀어나간 말에 아이 스스로도 깜짝 놀랐다. 그도 그럴 것이 어제 점심부터 오늘 이때까지 먹었다는 것은 길에서 뜯어먹은 산나물이 고작이니 아이는 배가 고프다 못해 정신이 아찔할 정도였다.

어머니의 손은 더 세차게 떨리고 있었다. 발걸음을 멈추고 몇 초간 나오는 눈물을 억지로 되 밀어 넣듯 한 다음 목소리를 가다듬어 겨우 소리를 내보냈다.

"…다음…다음에 많이 먹자…아가! …"

그러다가 어머니는 더는 참지 못하고 길가에 쭈크리고 앉아 흐느껴 울기 시작했다.

순간 규는 자신의 말을 후회했다. 아무리 배고파도 그런 말은 하지 말아야 할 걸. 어머니가 여기까지 힘들게 와서 외갓집에 들어가지 않는 이유를 아직 어린 규는 다는 알지 못해도 총에 맞은 어린 새의 단말마 같은 심장으로 이해하고 싶었다.

슬픔에 들썩거리는 어머니의 어깨를 어루만지며 아이는 일시 할 말을 찾지 못했다.

"…잘…잘못했어요, 어머니. 용서해주세요…"

어머니는 와락 아들을 품에 그러안고 눈물을 비 오듯 쏟았다. 어린 것이 도대체 무슨 잘못이랴. 태어나자 부터 도깨비 아비를 둔 것이 천추의 한일 뿐!

도피

길에서 심사숙고한 결과 어머니는 집에 돌아가지 않고 규를 데리고 다른 마을에 가 살기로 했다. 이 결정에는 규도 찬성했다. 어머니의 이 결정이 금후 어떤 결과를 초래할지는 알 수 없으나 이런 결정을 내리기까지 그토록 착하고 얌전한 어머니가 겪었을 고통을 생각하면 더한 결정이라도 규는 무조건 따르겠다고 마음먹었다.

계절은 비록 봄이었으나 청명 전후의 날씨라 아직은 쌀쌀한 바람이 밤의 자락을 물고 늘어져 한기가 뼛속까지 스며드는 듯, 추위를 덜기 위해서도 모자는 부지런히 다리를 놀렸다. 산길에 들어서자 어머니는 무명치마에 동여맨 허리끈을 더 단단히 조이고 나서 곧고 땅땅한 나뭇가지를 꺾어 규에게 준 다음 자기도 하나 꺾어 손에 틀어쥐며 말했다.

"밤길이니 조심해야 돼. 혹 어떤 일이 생겨도 너는 뒤돌아보지 말고 앞으로만 뛰어라. 알겠냐?"

규는 고개를 끄덕이면서도 속으로는 내가 그래도 남자니까 어머니를 지켜야지 하고 작심했다. 고개 들어 보니 달빛 속에 앞에서 걸어가는 어머니의 모습은 어쩐지 전과는 달라 보였다. 낮에 친정을 찾아갈 때의 어머니의 모습은 눈물과 슬픔 하소연 그 자체였으나 지금은 더 지치고 허기진 육체인데도 그 속에 인생을 건 굳은 결의를 가득 채우고 가냘픈 몸을 꿋꿋이 지탱하며 드팀 없이 앞으로 걸어 나갔다. 규도 어머니를 본받아 허리를 꿋꿋이 펴고 발걸음을 온건하게 내디디며 따라갔다.

갑자기 앞에서 스르륵 소리가 났다. 규와 어머니는 거의 동시에 몽둥이를 틀어쥐고 싸울 태세를 취했다. 잠깐 숨을 죽이고 귀 기울여 주위를 살폈다. 달빛이 희미하여 뚜렷하지는 않으나 저 앞의 숲 속에 커다란 짐승의 그림자가 얼씬거리는 듯.

어머니는 재빨리 허리춤에서 식칼을 꺼내 들었다. 아마 새벽에 죽은 아기를 묻고 자살할 목적으로 휴대한 것인지 아니면 산길에서 무슨 일이 생기면 호신용으로 쓰려고 가져온 것인지, 아무튼 지금의 상황에서는 더없이 유용한 무기가 되어 두려움이 조금은 덜어지는 듯싶었다.

몇 초가 지난 후 스르륵 소리가 계속되었다. 간간이 들려오는 그 소리는 마치 모자의 목에 올가미를 걸어놓고 이따금씩 조여 오는 무형의 손아귀 같았다.

모자는 신경이 고도로 긴장되어 어머니는 왼손에 몽둥이를 바싹 틀어쥐고 오른손에는 식칼을 뽑아 들고 금시 돌격할 태세, 규는 몽둥이를 머리위에 높이 치켜들고 바로 답새길 자세였다. 전에 어머니는 늘 규에게 이렇게 말했다. "길에서 짐승이나 적수를 만나면 당황하지 말고 침착하게 맞서야 해. 강한 대항은 짐승이나 사람 모두가 겁나하니까." 그래서인지 또래 중에서 규는 담이 크기로 소문난 아이였고 그만큼 위력이 있었다.

스르륵 소리가 더 커지더니 드디어 십여 미터 앞에 커다란 호랑이가 나타났다. 희미한 달밤이었으나 호랑이의 그 얼룩덜룩한 무늬는 세살 아이라도 알아볼 색상이었다. 머리카락이 쭈뼛 일어서고 심장이 쿵 내려앉는 순간, 어머니도 아이도 그만 딱 얼어붙어 대항은커녕 소리 한마디 지르지 못하고 그대로 멈춰있었다. 1초, 2초, 3초… 호랑이도 이쪽을 노려보고 있었으나 이상하게 몸은 움직이지 않고 몇 초 동안 그대로 위엄스럽게 서 있다가 다시 어슬렁어슬렁 길을 건너 숲속으로 멀어져가는 것이었다.

"가자! 뛰지 말고 빠르게 걸어야 해."

모자는 종주먹을 쥐고 부리나케 걸어서 마지막 산고개에 올랐다. 행여 그 호랑이가 다시 쫓아올까 두려워 어머니는 시종 식칼을 단단히 거머쥐고 놓지 않았다. 결국 호랑이는 쫓아오지 않았다. 아마 오늘은 일진이 좋았는지 아니면 어느 희생정신이 강한 사슴님이 바로 전에 호랑이에게 잡아 먹혀 그 놈의 뱃속을 빈틈없이 채워 놓았는지 암튼 덕분에 규와 어머니가 살아남게 되었다.

온몸이 땀투성이가 되어 고개를 넘어섰을 때 조금 널찍한 골짜기에 드디어 작은 마을이 나타났다. 여기는 전에 허씨 댁에서 시녀로 일하던 재니가 시집온 마을이었다. 모자가 도착했을 때는 이미 자정이 넘은 시간이라 어머니는 한밤중에 사람을 찾는 것은 예의가 아니라고 하며 규의 손목을 잡고 어느 마구간 옆의 짚더미를 찾아 둘이 껴안고 새우잠을 잤다.

이튿날 아침 날이 밝아오자 모자는 서둘러 냇가에 내려가 세수를 말끔히 하고 옷매무시를 바로잡은 다음 마을로 돌아와 재니의 집을 찾아 노크했다.

예전에 자기가 모시던 서당 집 큰 아씨가 갑자기 눈앞에 나타난 것을 보고 재니는 기절초풍할 듯이 놀랐다.

"아…큰아씨, 이게 웬일이세요? …기별도 없이…"

아침밥을 지으려고 막 재를 파내다가 밖에서 "계십니까?"하는 소리가 들리기에 문을 열었더니 뜻밖에도 허씨 댁 큰 아씨가 서있는 것이었다.

아직 세수도 하지 않고 부엌 아궁이 재를 파내느라 손까지 시커멓게 된 자신이 너무 부끄러워 금시 쥐구멍이라도 찾을듯하다가 다시 보니 상대방의 차림새도 별로인지라 마음을 가라앉히고 반갑게 집안으로 안내했다.

"어서 들어오세요. 이 누추한 데를 어떻게 오셨대요? 아이구 여보, 어서 일어나요. 저 자진마을 큰 아씨 오셨어요."

아내의 기쁜 듯 놀란 듯 다급한듯한 부름소리에 서까래 위에서 자고 있던 남편이 몽유하듯 사지를 허우적거리다가 부스스 일어나 앉았다.

그걸 보고 어머니가 "아차, 미안! 내 나갔다 다시 올게." 하며 급히 규의 손목을 이끌고 밖으로 나왔다.

"까치골"이라 불리는 이 마을은 규가 살던 마을에 비기면 절반도 안 되는 시골 마을로 삼면이 산이고 남쪽만 평지로 트여 위에서 내려다보면 마치 한쪽 면이 깨져버린 거대한 물항아리 같았다. 그래서인지 까치들이 심심찮게 모여들어 깍깍 회의를 하는 바람에 "까치골"이라는 이름이 붙은 것이었다.

재니 부부의 도움으로 김규 모자는 마을에 버려진 허름한 빈집을 수리하고 깨끗이 청소한 다음 간단한 살림을 차렸다. 뛰어난 손재간을 가진 어머니는 재니의 주선으로 무명실 뽑는 일을 맡아 하며 품삯으로 쌀을 받아 밥을 지어먹고 산에 가 나물을 캐서 반찬을 해먹었다. 규는 산에 가 땔나무를 해오고 냇물에 내려가 물고기를 잡기도 했다. 비록 풍족한 생활은 아니었으나 도깨비 아버지가 없는 집안은 폭력이 없고 하루 여섯 끼(아침 식사 후 한 끼, 점심 식사 후 한 끼, 저녁 식사 후 밤참)씩 먹는 괴짜 식객이 없으니 전에 없이 안온하고 살가운 기분이었다.

어느덧 여름날의 찌르레기들이 무더위를 등에 업고 찌르륵거리며 떠나가고 황금 너울을 머리에 둘러쓴 가을 아씨들이 사르륵거리며 찾아왔다.

어느 아침. 어머니가 조용히 아들을 불렀다.

"규야, 이리 온."

"네."

규가 대답하며 다가오자 어머니는 미소를 지으며 아들을 잠간 바라보더니 품에서 새 옷 한 벌을 꺼내 놓았다.

"네 옷이다. 입어 보렴."

비록 무명으로 지은 옷이었으나 예전 고향마을 서당에서 본 아이들 옷과 똑같은 양식이었다.

"어머니, 이 옷…"

"입고 내일부터 서당에 나가거라. 너도 이젠 글을 읽어야지. 어미가 월사금을 내놓았다. 그러니 아무 걱정 말고 공부를 하렴."

눈물이 앞을 가리고 목이 꽉 메어 말이 나가지 않았다. 얼마나 바라고 바라던 갈망이고 얼마나 생시이고 싶었던 꿈이던가? 어머니 감사합니다! 감사합니다! 감사합니다!… 하고 수십 번 아니 수백 번 말하고 싶은데, 그 많은 자모들이 물레의 바퀴처럼 입안에서 맴돌기만 할 뿐 도무지 입술 밖으로 나가주지 않았다. 그렇게 서성이며 있다가 어머니의 독촉에 새 옷을 입어보니 과연 깔끔한 바느질에 크기도 규의 몸에 안성맞춤 들어맞았다.

"와, 우리 아들 참 근사하다. 이제는 밥도 많이 먹어 키가 커야지. 넌 장차 큰사람 될기다."

어머니는 모든 희망을 아들 규에게 걸었다. 비록 도깨비 남편에게 시집와 갖은 비인간적인 학대와 수모를 다 받지만 어머니에게는 똑똑한 아들이 있어 자랑스러웠고 또한 자식만이 삶의 유일한 희망이었다. 자식을 위해서라면 목숨을 팔아서라도 길을 트여주고 삶을 영위해주고 싶은 것이 어머니의 심정인 것을!

한 편 갑자기 들이닥친 행운과 행복에 규는 가슴이 터질 듯 벅차올라 숨소리마저 달라졌다.

"어머니!…"

"규야!…"

오랜만에 모자는 서로를 그러안고 전에 없는 기쁨과 행복을 감지했다. 그러다가 규가 정색하고 말했다.

"공부는 며칠 후부터 시작할 거예요."

"왜?"

"요 며칠은 땔 나무를 많이 해서 비축해놓고요."

"아니다. 삯을 주고 시키면 돼."

"그러지 말고 돈을 모아두세요. 다음 달 월사금도 내야잖아요. 땔나무는 제가 담당할게요. 오후 서당 공부가 끝나면…"

"안 돼!" 딱 잘라 거절하고 나서 어머니는 정중하게 말을 이었다. "일체 시간과 정력은 모두 공부에 쏟아야 한다. 난 네가 수석하기를 바란다. 2등도 아닌 1등 말이야."

안경원숭이 같이 두 눈을 동그랗게 뜨고 어머니 얼굴을 빤히 쳐다보며 어린 규는 속으로 다짐하고 또 다짐했다.

"그래요, 어머니. 내 반드시 1등을 쟁취하여 어머니를 즐겁게 해드리리다!"

만남

이튿날은 일요일이어서 서당도 하루 휴식하는 날이었다.

아침에 건너 마을 "부엉이골"에서 장씨 성을 가진 부인이 어머니에게 한복 저고리를 시키려고 옷감을 들고 찾아왔는데 일곱 살 나는 딸아이가 따라 나서서 데리고 왔다는 것이었다.

민희라 불리는 이 여자아이는 옥색 저고리에 오렌지색 명주치마를 입고 나비처럼 팔랑거리며 규의 앞에 나타났다. 난생 처음으로 이렇게 귀여운 여자아이를 본 규는 처음엔 조금 부끄럼을 탔으나 어머니가 새 옷을 입혀주고 민희와 함께 나가 놀라고 하니 너무 신이 나서 바로 민희의 손을 잡아 쥐고 즐겁게 뛰어나갔다.

민희는 깔깔거리며 웃기도 잘하고 머리도 총명해서 규와 아주 잘 어울렸다. 둘이 함께 오전 내내 놀고 들어와서는 어머니가 지어준 점심을 먹고 또 다시 나가 놀았다.

해가 서쪽 하늘로 기울어질 즈음 바느질이 다 마무리되어 장씨 부인이 삯전을 내고 아이들을 부르니 동네에 있어야 할 아이들이 보이지 않았다.

"민희야~! 어디 있는 거냐?"

"규야-! 김규, 니들 어디 있어? 대답해-!"

두 어머니가 온 마을을 헤매고 다니며 부르고 찾았으나 아이들 그림자는 그 어디에도 없었다. 불길한 생각이 머리에 뛰어드는 순간 규의 어머니가 먼저 고개 너머에 가보겠다고 하며 허둥지둥 달려갔다.

태양은 서쪽 지평선을 향해 쉴 새 없이 떨어져 가는데 아이들은 나타나지 않고 어두운 산 그림자만 기일게 늘어지며 마을로 뻗어왔다. 이윽고 저녁노을이 불게 타며 하늘가에 떠있는 구름덩이들을 새빨간 핏빛으로 물들였다.

마을사람들이 동원되었다.

"큰 아씨네 아이가 잃어졌다네. 어서 찾으러 가세."

재희네가 큰 아씨라 부르니 마을 사람들도 따라서 큰 아씨라 부르며 예쁘고 착하고 행동거지 흠 잡을 데 없는 규의 어머니를 모두 존경하고 아꼈다.

누군가 산으로 올라가는 아이들을 보았다고 하여 재희 부부가 그 산발을 타고 올라가며 찾고, 또 누군가 개울로 가는 아이들을 보았다고 하여 장씨 부인이 두 젊은이를 데리고 골짜기 개울로 달려갔다.

서산마루에서 빠알갛게 얼굴을 붉히던 태양이 이제는 지평선 저쪽으로 꼴딱 넘어가고 이어 검은 회색의 먹물이 서서히 공기 속을 침점해오기 시작했다.

"규야…"

어머니의 목소리는 갈리다 못해 거의 울음소리로 변했다. 다리가 후들후들 떨리고 심장이 정신없이 뛰놀아 숨마저 바로 쉬기 어려웠다. 아들을 잃을 수도 있다는 불길한 생각, 이상하게도 이 까치골로 찾아오는 그날 밤, 고갯길에서 만났던 그 커다란 호랑이가 자꾸만 머릿속에 떠올랐다. 꽈앙! 무너지는 심장과 더불어 털썩! 몸마저 맥없이 무너져 내렸다. 그렇게 땅에 물러앉아 어머니는 두 손으로 풀뿌리를 애타게 잡아 뜯으며 창자가 끊어지는 소리로 애걸했다.

"호랑님, 차라리 날 잡아가세요. 그 애는 안 됩니다. 규는 안돼요-!"

질호하다시피 애걸하다시피 갈린 목소리로 부르짖는 어머니는 흡사 넋이 나간 산발의 원귀 같았다. 이 때, 바로 눈앞에 규가 서있었다. 어머니는 눈물에 흐린 눈으로 쳐다보다가 "이제는 내가 죽으려나? 헛 게 다 보이네."라고 했다.

그러자 규가 한발 나서며 "아닙니다, 어머니. 나 정말 규입니다. 보세요."

그 소리에 눈을 크게 뜨고 다시 보니 회색의 어둠속에 오뚝 서있는 아이는 틀림없는 아들 규였다.

"규야——!"

어머니는 벌떡 일어서며 아들을 한 품에 와락 그러안는데 이상하게도 아들의 몸 뒤에 뭔가 붙어있는 듯. 그래서 다시 보니 규는 그 작은 몸으로 민희를 등에 업고 있었다.

"뭐야? 민희 아냐? 왜?"

급히 아들의 등에서 민희를 안아 내리니 잠에서 덜 깬 듯한 여자아이는 땅을 밟으려다 오른 발을 흠칫했다.

"조심하세요, 어머니. 민희가 다쳤어요. 자초지종은 집에 가서 말씀드리겠습니다."

어머니는 고개를 끄덕이고 민희를 등에 들쳐 업고 규와 함께 서둘러 집으로 돌아왔다.

민희를 장씨부인의 등에 업히고 밤길이니 재니의 남편을 딸려서 함께 떠나보낸 다음 어머니는 규를 앞에 앉혀놓고 자초지종을 물었다. 규는 빠짐없이 모든 것을 털어놓았다.

오전에는 마을 안에서 무사히 잘 놀았다. 그런데 오후가 되자 궁금증이 발동한 민희가 규를 못 견디게 꼬드겨서 둘은 함께 산으로 올라갔다. 때는 가을이라 탐스럽게 잘 익은 열매들이 수두룩이 눈에 띄어 아이들은 자유로이 다니며 맛나게 열매들을 뜯어먹었다. 돌아오는 길에 민희는 또 물고기가 많은 골

24

짜기 개울이 궁금해 고기잡이를 가자고 규를 졸라서 아이들은 방향을 바꾸어 고개 너머로 갔다.

과연 말 그대로 골짜기 개울에는 물고기가 많았다. 규는 바짓가랑이를 걷어 올리고 개울물에 들어서 고기를 잡기 시작했다. 민희는 손뼉을 치며 옆에서 구경하다가 나중엔 자기도 치맛자락을 걷어 올리고 개울물에 들어섰다. 두 아이는 가르치고 배우고 장난치며 고기를 잡는데 노랗게 취해서 시간 가는 줄도 모르고 있다가 태양이 서쪽 하늘가에 뉘엿뉘엿 기울 즈음에야 아쉬운 대로 고기잡이를 거두고 돌아갈 차비를 했다.

"나 쉬 하러 갈래."

민희가 젖은 치마를 손으로 걷어쥐며 말했다.

"먼데 가지 말고 그냥 여기서 해. 내가 돌아서 있을게." 말하며 규는 180도 뒤로 돌아섰다.

그런데도 민희는 내키지 않는지 저리로 조금 더 뛰어가서 낮게 패인 곳을 찾아 몸을 낮추고 오줌을 누었다. 일어서서 치마를 여미고 막 뛰어 오려는데 돌연 발밑이 미끌, 다음 순간 앗! 발목에 무서운 통증이 전해왔다. 지나가던 뱀을 밟아놓아 그 대가로 발목을 사정없이 물렸던 것이다.

"민희야? 왜 그래?" 규의 당황한 물음에

"뱀이야, 물렸어!" 하고 민희는 새된 소리를 지르며 그만 털썩 주저앉아 발목을 부여잡았다.

규는 치타의 속도로 달려왔다. 뱀은 이미 도망쳐버리고 물린 자리를 보니 이발자리가 뚜렷하게 나 있었다.

다른 생각을 할 사이도 없이 규는 바로 엎드려 자기의 입을 민희의 상처에 대고 힘껏 피를 빨아내어 머리를 돌리고 토해버렸다. 이것은 몇 년 전 규가 뱀에게 물렸을 때 어머니가 하던 동작이었다. 어머니는 이렇게 뱀독을 빨아내면 위험에서 벗어날 수 있다고 규에게 가르쳤다. 한동안 지나니 피가 더 나지 않고 상처가 붓기 시작했다. 규는 개울물로 입가심을 깨끗이 한 다음 민희를 등에 업고 고개를 오르기 시작했다.

규는 민희 보다 생일이 몇 달 앞섰으나 키가 작아서 민희를 업었다 뿐이지 발이 땅에 끌릴 지경이고 마치 두 사람이 같은 방향으로 붙어서 걸어가는 느낌이었다. 그래도 규는 이를 악물고 온몸의 힘을 다해 끝내는 언덕에 올라섰다. 거기서 잠간 숨을 돌리고 민희를 살펴본 다음 다시 둘러업고 내리막을 걷기 시작했다. 이때는 벌써 거무죽죽한 산들이 태양을 꼴깍 삼켜버려 사방이 어둠에 서서히 함몰되고 있는 시각이었다. 때마침 규가 평소에 고기잡이를 잘 다니는 방향으로 어머니가 찾아 나왔기에 길에서 만났던 것이다.

경과를 다 듣고 나서 어머니는 말없이 밖에 나가 회초리를 찾아 들고 들어왔다. 규는 묵묵히 종아리를 걷고 눈을 감으며 어머니가 때리기를 기다렸다. 엄청난 일을 저질렀으니 회초리 찜질은 당연하다고 맞을 준비를 단단히 하고 있었다.

쨍! 회초리가 매섭게 내리쳐지는 소리가 들렸다. 그런데 규의 다리는 아프지 않았다. 이상해서 눈을 뜨고 보니 어머니는 규의 종아리를 치는 것이 아니라 버선을 벗고 자신의 종아리를 치고 있었다.

"어머니, 왜요? 잘못은 내가 저질렀는데요."

그러자 어머니는 아픔에 꽉 깨문 입술 사이로 소리를 겨우 내보냈다.

"다 내 잘못이야, 널 잘못 가르친 죄."

규는 엎어지다시피 다가들어 어머니의 다리를 부둥켜안으며 소리쳤다.

"아닙니다 어머니. 규의 잘못이에요. 규를 벌해주세요. 제발!"

하지만 어머니는 규를 밀어버리고 더 모질게 자기의 종아리를 후려쳤다.

급해난 규는 바닥에 납작 엎드려 머리를 마구 조아리며 갈린 소리로 애걸했다.

"잘못했어요 어머니. 다시는 안 그럴게요. 한번만 용서해주세요. 어머니 다릴 때려도 규가 아픕니다."

드디어 어머니가 회초리를 멈추고 규를 바라보았다. 그 근엄한 표정 뒤에는 아들에 대한 기대와 바람이 연민보다 더 크게 깔려 있었다.

후에 이 일은 "큰아씨 아들 가르치기"란 미담으로 동네방네는 물론 후세에까지 전해지게 되었다.

숙명

오늘은 규가 처음으로 서당에 가는 날이었다. 어머니는 아침 일찍 일어나 맛있는 음식을 만들어서 정성스레 도시락을 쌌다. 이곳은 마을이 작아서 서당이 없고 건너 마을 민희가 사는 동네에 서당이 있어 점심은 도시락으로 때울 예정이었다.

아침밥을 먹으면서 어머니가 말했다.

"나도 함께 가자. 민희가 좀 어떤지 가봐야겠다."

"네에? 정말요? 와아-!"

규는 너무 좋아 저도 모르게 환성을 올린 것이 입안에 넣었던 밥알이 막 튀어나왔다.

"쯔쯔, 그렇게 좋아? 밥알까지 입안에서 막 튀어나오게?"

어머니의 놀림 섞인 말에 규는 부끄러워 얼굴을 살짝 붉혔다. 조금 넙적하고 둥그스름한 얼굴에 발그레한 노을이 비껴 여자아이 같이 아름답고 찬란했다.

식사를 끝내고 도시락과 책을 가방에 넣어 어깨에 메면서 규는 이 세상에서 자기가 제일 행복하다고 생각했다. 어머니 부탁대로 반드시 공부를 잘해 큰사람이 되리라 다시 한 번 속으로 다짐했다.

어머니도 무명으로 지은 새 치마저고리를 꺼내 입고 긴 머리를 예쁘게 틀어 올린 다음 제비 무늬가 있는 비녀를 단정하게 꽂았다.

"와, 내 어머니는 세상에서 제일 예쁜 여자다!"

비록 아들이지만 규는 어머니가 이같이 우아하게 차린 모습을 처음 보았다.

부잣집 아가씨로도 어머니의 품위는 두 번째 가라면 서러울 정도였다. 이런 어머니가 어떻게 겉과 속이 모두 5천년 동안 진화하지 않은 고대 괴물 같은 아버지에게 시집왔는지 현재의 규로서는 아무리 생각해도 알 수 없는 일이었다.

규가 네 살 나던 해, 어느 한번 정색하고 어머니에게 따져 물었다.

"저 도깨비는 왜 내 아버지예요? 난 싫어요. 아버질 바꾸면 안돼요?"

그때 어머니는 이토록 현명한 여성임에도 불구하고 아무 대답도 할 수가 없어 그저 슬그머니 돌아서서 눈물만 지었다.

지금 여덟 살이 된 규는 어른들의 결혼에 대해 다 알지는 못해도 뭔가 조금은 알 것 같았다. 최소한 남자와 여자는 결혼하면 한 집안에서 살아야 하고, 자식은 일단 태어나면 아버지도 어머니도 바꿀 수 없다는 도리를 죽도록 싫지만 받아들여야 하는 것임을 알게 되었다.

"규야, 어서 가자. 서당 늦을라."

어머니의 재촉에 규는 서둘러 신을 신고 어머니와 함께 문을 나섰다.

그런데 (세상에는 왜 "그런데", "그러나", "하지만" 등 상반 부사가 있는지 규는 평생을 두고 한스럽기만 했다.) 문을 열고 밖에 나오는 순간, 도깨비를 보았다. 아니, 정확히 말하면 두 어깨가 양쪽으로 쩍 벌어지고 바위같이 든든한 체구의 도깨비가 컴퍼스 같이 두 다리를 쩍 벌리고 문 앞에 우뚝 막아 서있는 것이었다. 눈을 감았다 다시 뜨고 최대한 동공을 확대하며 다시 봐도 틀림없이 완벽한 어머니의 남편이요 규의 아버지인 도깨비-김도깨비인 것이었다.

일시 웃어야 할지 울어야 할지, 싸워야 할지 아님 도망가야 할지…아무 것도 아무 것도 생각나지 않는 순간, 머릿속이 백지장 같이 하얘져서 허수아비인양 한동안 그렇게 서서 세 사람은 서로를 마주 보고만 있었다. 그러다가 도깨비 몸 뒤에 서있던 심부름꾼 아이가 한 발 나서며 소리를 내는 바람에 다들 정신이 펄쩍 들었다.

"큰아씨, 나리께서 편지를 보냈습니다. 여기 있어요." 하며 아이는 편지를 두 손으로 받들어 어머니에게 건넸다.

"이 양반이 내 친정까지 동원했구나." 어머니는 떨리는 손으로 편지를 받아 쥐고 돌아서서 눈물을 훔치며 다시 문을 열고 집안으로 들어갔다. 문안에 들어서자 서둘러 편지 봉투를 뜯고 속지를 꺼내니 한글과 한자를 섞어 쓴 친정 아버지의 필체가 한눈에 들어왔다.

"큰 딸 賢淑이 보거라;

김 서방이 찾아와서 말하니 네가 규를 데리고 가출한 소식을 듣게 되었다. 아비가 되어 참 가슴 아프고 또한 부끄럽구나. 그동안 몰락한 양반 가문을 떠메고 고생인들 오죽했으랴. 보지 않아도 이 아비는 다 짐작하고 있다.

하지만 내 딸 현숙아, 네 이름이 왜 賢淑인지를 알고 있느냐? 현명하고 정숙한 여인이라는 뜻이거늘 어찌 그토록 외람된 짓을 한단 말이냐? 네 위로 할아버지 할머니가 계시고, 다음 아비 어미가 살아있고, 밑으로는 동생들이 가득 있거늘, 이런 본보기를 누구한테 보이려고 그리 망동하는 거냐?

숙명을 받아들이거라. 김 서방이 아무리 어떻다 한들 이미 결혼을 치른 네 남편 아니냐. 죽는 날까지 받들고 모시는 것이 네 운명임을 명심하라."

여기까지 읽었을 때 심부름꾼 아이가 따라 들어와 덧붙였다. 지난 몇 달 동안 김 서방이 찾아와 허씨 댁에 묵으면서 온갖 말썽을 다 부리는 통에 지금 허씨 부인이 몸져눕고, 그렇게 되니 어쩔 수 없이 허씨 나리가 사람을 시켜 가출한 딸의 행방을 찾아냈다는 것이었다.

하늘땅이 맞붙는 아픔에 어머니는 몸을 부르르 떨었다. 자기 한사람 때문에 친정 식구 모두가 받아서는 안 될 수치와 수모, 괴로움을 당하고 있다니, 너무도 끔찍하고 한스러워 금시 미쳐버릴 것만 같았다. 이런 일이 아니어도 이제는 연세가 들고 건강이 안 좋아서 시름시름 앓는 친정어머니를 옆에서 돌봐드리지는 못할망정 이토록 한심한 피해까지 끼쳐 드리다니 자신이 기막히게 밉고 원망스러워 견딜 수가 없었다.

신을 벗지도 않은 채 어머니는 온돌에 마구 엎드려 주먹으로 바닥을 치며 피가 터지게 흐느껴 울었다.

같은 시간, 문 밖에 남겨진 규는 놀라운 광경을 목격했다. 도깨비 아버지가 놀랍게도 두 손으로 얼굴을 가리고 잠간 서있더니 이어 엉엉 슬프게 울고 있는 것이었다. 도깨비도 울 줄 아는 것인가? 도깨비에게도 감정이 있는 걸까? 저 눈물은 진짜 괴로워서 흘리는 걸까, 아니면 어머니를 만나니 너무 좋아서…

그러다가 도깨비 아버지도 필경은 사람인가보다 는 생각이 머릿속에 뛰어들었다. 태어나서 처음으로 아버지가 도깨비 아니고 사람일 거라는 생각을 해보았다. 그럼 그렇겠지, 내가 사람이니까 내 아버지도 사람인 건 확실해. 이런 생각을 하니 어쩐지 못 견디게 웃음이 나와서 그만 킥 웃어버렸다. 그러자 저쪽에서 울고 있던 아버지가 씽 달려와 무섭게 주먹을 추켜들었다. 앗, 끝장이다!

그런데 이상하게도 아프지 않았다. 분명 때렸을 텐데 왜 아프지 않은 거지? 용기를 내어 슬그머니 고개를 들어보니 아버지는 높이 쳐들었던 주먹을 내려치지 않고 허공에서 부르르 떨다가 그대로 맥없이 내려버리는 것이었다. 이상하다. 왜 때리지 않는 걸까? 정상이 아닌데? 어디…아픈 걸까? 아니면 이제는 도깨비가 아니어서? 바로 그렇길, 아비가 도깨비 아니길, 정상적인 사람이길, 어린 규는 얼마나 원하고 바랐던가? 꿈속에서도 갈망하고 또 끝없이 갈망했었다.

"내 아버지가 이제는 도깨비 아니다! 그러니 나도 작은 도깨비 아니다. 아니라구—! 우린 도깨비 아니고 사람이라구——!" 이렇게 목이 터지게 외치면서 예전에 쩍하면 자기를 괴롭히고 놀려대던 아이들을 모조리 군화에 짓밟힌 버러지 신세로 밟아주고 싶었다…

드디어 어머니가 문을 열고 나왔다. 그러자 아버지가 다가가며 기다란 팔을 벌려 한 아름에 어머니를 와락 그러안았다. 그리고는 굵다란 눈물을 펑펑 쏟았다. 어머니도 함께 울고 계시는 것 같았다.

"팔자는 평생 당신의 것이라, 당신이 팔자를 피해 도망가면 팔자가 먼저 앞길에 가서 쭈크리고 앉아 당신을 기다린다오."

옛사람들의 말은 결코 틀리지 않았다. 운명은 그림자 같이 사람을 따라다니며 못살게 굴었고 시시각각 거머리같이 달라붙어 피를 빨아먹었다. 이렇게 운명을 개변하려 목숨까지 내 걸고 발버둥 치던 김규 모자는 결국 까치골에서의 생활을 정리하고 도깨비를 따라 예전에 살던 마을로 돌아가게 되었다.

숙명이 이긴 셈이었다. 하지만 까치골에서 행복하게 지낸 반년이라는 세월은 김규의 금후 인생에 영원이 잊지 못할 추억으로 남은 동시에 아담이 눈을 뜨려는 시도의 출발점이기도 했다.

새처럼 날다

아내와 아들을 데리고 다시 마을에 돌아온 후로 아버지는 한동안 폭력을 쓰지 않았다. 이제야 아버지가 진짜로 사람이 되는구나 싶어 규는 엄청 신이 나는데, 동네 아이들은 알아주지 않고 여전히 규를 보기만 하면 "작은 도깨비"라고 놀려댔다. 그래서 규는 아이들과 싸우기 시작했다.

"우리 아버지 이젠 도깨비 아냐."라고 아무리 말해도 아이들은 곧이듣지 않고 두 새끼손가락을 입안에 넣어 양쪽으로 짝 벌리고는 엄지와 식지로 눈꺼풀을 무섭게 해 보이며 "도깨비, 이런 도깨비 너네 아빠야! 넌 작은 도깨비고." 하고 놀려댔다. 그 수모를 더는 견딜 수가 없어 주먹으로 대응하다 보니 태반이 규가 먼저 때리고 나중엔 언어맞아 피투성이가 되어 집으로 돌아오기 일쑤였다.

어느 날 황혼녘에 규가 물고기를 잡아가지고 돌아오는데 동구 밖에서 놀던 아이들이 또 낄낄거리며 놀리기 시작했다. 이번에는 아이들 중에서 꽤 우두머리 노릇을 하는 부잣집 아들 하도가 시를 지어서 큰 소리로 떠들며 읊고 있었다.

"도깨비, 도깨비, 김도깨비

일은 못하고 밥만 축내는 식충

말은 못하고 때리기만 하는 해충

그래도 작은 도깨비를 낳아서…"

시가 채 끝나기도 전에 규의 주먹이 날아들었다. 거리가 꽤 있는 것 같은데 어느새 다가왔는지 눈 깜짝할 새에 일어난 일이었다.

한 대 얻어맞은 하도가 무섭게 인상을 쓰며 규를 노려보더니 이번에는 아이들을 향해 "쳐라!" 하고 크게 소리쳤다. 그러자 일여덟 잘되는 아이들이 한꺼번에 우르르 달려들어 규를 땅에 쓰러뜨리고 사정없이 발길질을 해댔다.

때마침 어디 갔다가 마을로 돌아오던 도깨비가 보고 벼락같이 이쪽으로 달려왔다.

"도깨비 온다!"

누군가 소리치고 아이들이 와──! 흩어지는데 아무리 빨리 뛰어도 도깨비의 다리를 당하지 못해 세 아이가 그만 붙잡히고 말았다. 도깨비는 왼 손에 한 아이를 틀어쥐고 오른손으로는 두 아이를 한꺼번에 거머쥐어 원반(鐵餠)던지기 하듯 빙그르르 돌리다가 세 아이 모두를 장장 20여 미터 밖으로 내던져버렸다.

다행히 주변이 모두 풀밭이어서 두 아이는 거죽과 살이 조금 터졌을 뿐 뼈는 상하지 않았는데 주범이던 하도가 나무 밑동에 부딪치는 바람에 왼쪽 팔이 부러져서 크게 다쳤다. 도리대로라면 치료비를 내야 했지만 돈도 가산도 없는 빈털터리 집안이니 별 수 없이 규의 어머니가 반년 동안 그 집 바느질을 해주는 것으로 대가를 치렀다.

그 후부터 아이들은 섣불리 규를 괴롭히지 못했다. 하지만 이것이 시작이 되어 한동안 폭력을 멈추었던 도깨비가 또다시 폭력을 시작했다. 아무도 막을 수 없었다. 폭력은 나날이 심해갔고 그러다가 이제는 가정 기물까지 들부수기 시작했다. 전에는 사람을 때려도 가정 기물은 다치지 않았는데 이제는 뭐든 손에 닥치는 대로 마구 들부수고 심지어 쟁기로 사람을 치기까지 했다. 어머니와 규는 사흘이 멀다 하게 얻어맞아 터지고 가끔은 하루에도 몇 번씩 봉변을 당하기도 했다.

그러는 와중에도 도깨비가 밤 구실은 제대로 하는지 규에게 동생이 생겼다. 남자아이였고 이름은 혁(赫)이라 지었다. 식구가 하나 더 늘자 도깨비도 어깨가 무거워지는지 농사일을 배워보겠다고 나섰다. 그런데 힘만 세다고 농사일이 되는 건 아니었다. 양반가문 외동아들로 태어나 어려서부터 고생이란 뭔지를 모르고 서당에서 글깨나 읽으며 자란 그는 하루 여섯 끼씩 식사를 해 뚝심이나 키워왔지 농사일에 대해서는 감감 아무것도 모르고 있었다.

어느 날, 일꾼들을 따라 논밭을 고르는 일을 하게 되었다. 이 일은 삽으로 높은 곳의 흙을 퍼서 낮은 곳에 펴놓는 작업인데 도깨비는 삽으로 흙을 파서 아무데나 마구 흩뿌려 놓으니 밭이 골라지는 것이 아니라 오히려 더 울퉁불퉁해지는 것이었다. 화가 난 일꾼들이 도깨비를 밭에서 마구 내쫓으며 일후에 다시는 따라다니지 말라고 으름장을 놓았다.

이와 같이 밖에서 당한 날이면 도깨비는 영락없이 집에 들어와 화풀이를 했다. 이유 없이 아내를 때리고 밥상을 뒤엎고 규를 쫓아내고… 그래도 아기는 아들이라고 다치지 않았다. 이걸 알아차린 규는 아버지 기분이 안 좋은 눈치가 보이면 바로 어머니를 끌고 밖으로 나가 지나친 봉변을 피하려 애썼다.

열 살이 되자 규는 근 백리길이 되는 외가에 혼자 다녀오기도 했다. 도중에 여러 마을을 걸치다 보면 낯선 아이들한테 얻어맞기가 일쑤였으나 규는 굴하지 않고 무엇이든 손에 든 물건으로 아이들과 맞서고 그러다가 기회를 보아 도망치곤 했다. 사실 외갓집에서 돌아올 때는 손에 든 것이라야 보자기에 싼 시루떡뿐이니 그걸 휘두르며 싸우다 보면 나중에 집에 돌아왔을 때는 시루떡이 모두 산산이 부서져 가루가 되어있었다. 후에 규는 아예 든든한 보자기를 마련해 그 속에 딴딴한 돌멩이를 넣어 가지고 다니며 낯선 마을 아이들이 공격해오면 돌멩이 든 보자기를 억세게 휘두르며 싸워서 이기곤 했다.

이같이 내외로 어려운 환경 속에서도 규는 짬짬이 틈을 내어 어머니에게서 한글을 배우고 여가만 생기면 서당 문 앞에 가 귀동냥으로 한자를 익혔다. 비록 서당 문안에 발을 들여놓은 적은 없지만 규의 머리는 뛰어나게 총명해서 서당 문 앞에 서서 안에서 문장 읽는 소리만 들어도 자기 입으로 줄줄 외워낼 수 있었다. 또한 천성적으로 외갓집의 문장 잘 짓는 유전자를 물려받았는지 규는 말을 아주 조리 있게 잘하는가 하면 문장도 앞뒤가 딱 맞고 단어 사용이 멋져서 차츰 동네 편지를 도맡아 대필하게 되었다. 이같이 서당에 하루도 나가지 못한 한낱 도깨비의 아들이 스스로 글을 깨치고 문장을 잘 지어 허구한 날 서당에 앉아 글을 읽는 또래들을 훨씬 능가하니 규에게 붙었던 "작은 도깨비"라는 별명은 슬그머니 사라져버렸다.

규는 또한 농사일을 배우기 시작했는데 아직 어린 나이임에도 솜씨가 놀랍게 빠르고 일을 진심으로 책임지고 하며 좋은 일 궂은 일 가리지 않고 뭐든 시키기만 하면 열심히 잘 완성하여 고용주들이 다투어 쓰려고 했다.

이렇게 맏아들이 장성해가는 동안, 어머니는 세 번째 아들 진(鎭)을 낳고 몸이 폴싹해졌다. 아버지가 매일이다시피 폭력을 일삼고 그 혹독한 매질에 어머니는 팔다리 허리와 머리까지 크게 다쳐 사선을 헤맨 적이 한두 번이 아니었으니 무쇠로 만들어진 몸인들 어찌 견뎌낼 수 있으랴. 수차 심하게 다쳤던 영향으로 어머니의 손은 이전처럼 신통하지 못해 이제는 무명실을 뽑거나 바느질을 하는 일감도 별로 들어오지 않았다. 어머니가 재간 있는 손으로 삯일을 하여 식구를 먹여 살리던 세월은 지나갔으나 그렇다고 도깨비 아버지가 돈을 벌어들이는 것은 아니었다. 게다가 셋째가 태어나 식구가 또 불었으니 째지게 가난한 이 가정은 겨우 열 네 살 나는 어린 소년 규의 품삯에 매달려 연명하는 수밖에 없었다.

어느 날, 아버지가 일하러 가겠다고 나섰다. 길닦기 공사 팀에 가서 폭발물 다루는 작업을 맡아 하면 돈을 많이 벌 수 있다는 소문을 들었던 것이다. 허나 경험이 없고 머리가 영민하지 못한 그는 폭발물 다루는 작업을 제대로 완성하지 못했을 뿐만 아니라 자기 몸 하나마저 지키지 못해 왼쪽 손이 그만 터지는 화약에 맞아 온통 피투성이가 되어 집으로 돌아왔다. 깁스붕대를 하고 몇 달 동안이나 치료를 했으나 붕대를 풀었을 때는 다섯 손가락이 모두 갈퀴 모양으로 굽어서 다시는 펴지 못하는 종신 병신이 되고 말았다. 이제 아버지는 별명이 더블 되어 "병신도깨비"가 되었다.

규는 갈수록 마을에 있기가 싫어졌다. 불쌍한 어머니를 생각하면 언제까지라도 옆을 지켜드리고 싶은데 도깨비 아버지를 떠올리면 금시 지구의 저쪽에라도 도망쳐가 살고 싶었다. 혼자 있을 때면 허공에서 날개를 활짝 펴고 훨훨 날아다니는 새들을 아득히 바라보며 "나도 날고 싶다 새들아. 날 데려가 주렴." 하고 목이 터지게 외치기도 했다.

규가 열다섯 살 먹는 해 봄 마침내 기회가 왔다. 어느 탄광에서 석탄 캐는 노동자를 모집한다는 소식이 들려왔던 것이다. 규는 그 누가 말려도 듣지 않고 결연히 어른들을 따라 탄광에 가기로 마음먹었다.

떠나기 전날 밤, 어머니는 밤을 새워 아들의 옷을 매만지고 이불을 준비하고 먹을 것을 마련했다. 규는 옆에서 거들며 어머니와 뜻 깊은 대화를 나누었다.

"네 뜻은 꺾지 않겠다만 집을 떠나 객지 생활을 한다는 것이 생각처럼 만만치는 않을 것이다. 여의치 못하면 언제든지 돌아 오거라."

똑똑하고 능력 있는 아들을 은근히 믿으면서도 어디 내놓으면 마음이 허전하고 걱정되어 시름이 안 놓이는 것이 어머니의 심정이었다.

"어머니. 제 염려는 마시고 어머니 몸이나 잘 돌보세요. 아버지가 기분이 언짢으신 것 같으면 바로 피하셔야 합니다. 나중에 어찌됐든 매질은 면하고 봐야죠. 셋째는 아직 아기니까 다치지 않을 거예요."

"알겠다. 너도 밖에서 조심하거라. 험한 싸움에는 뛰어들지 말고 가능한 자신을 잘 지켜야 한다. 도리에 어긋나는 일은 절대 하지 말고 언제나 심신을 단정히 하여 어디 가든 유용한 사람이 되거라."

"네, 알겠습니다 어머니, 명심하겠습니다."

이튿날 규는 고향 마을을 하직하고 멀리 탄광으로 떠나갔다.

인연

탄광일은 농사일과 완연 달라 처음부터 새로 배우지 않으면 안 되었다. 나이가 아직 어린데다 키가 작아 규는 사람들 가운데서 눈에 뜨이는 "왜가리무리 오리"였으나 일을 누구보다 열심히 배우고 당차게 해나갔다. 그런데도 품삯을 나눌 때는 규가 아직 아이라는 이유로 어른들의 반 정도밖에 가지지 못했다. 마음의 평정을 찾기 어려웠으나 그런대로 꾹 참고 1년을 견뎌낸 뒤 돌아오는 초봄에 어느 마을에서 숙식을 제공하는 장기 농사꾼을 구한다는 소식을 듣고 시용(試用)에 나섰다.

처음에 고용주는 규를 보고 뉘 집 심부름꾼 아이라 착각하고

"넌 저리 비켜. 심부름 왔으면 얼른 말하고 아님 어른들 방해 말어."라고 말했다.

그러자 규는 비키는 것이 아니라 도리어 한 발짝 앞으로 성큼 나서며 깊숙이 고개 숙여 인사하고는 변성기를 갓 지난 남자의 우렁우렁한 목소리로 마디마디 똑똑하게 단어를 발음해냈다.

"키가 크지 못해 죄송합니다만, 저는 장기 농사꾼 시용을 응하러 온 김규입니다. 어려서부터 농사일을 차근차근 배워 지금은 독립적으로 일 년 농사를 지을 수 있으며 어른들이 하는 모든 일을 해낼 수 있습니다. 단 나이가 올해 열여섯 살이니 아직 성인이 되지 않았다고 품삯을 줄이셔도 투정하지 않겠습니다. 공정하게 시용 기회를 주신다면 더없이 감사하겠습니다."

말을 마치고 다시 고개를 깊숙이 숙여 부탁의 뜻을 나타냈다.

장기 농사꾼을 고용하려고 벌써 여러 사람을 만나봤으나 이 아이처럼 똑똑하고 당찬 사람은 처음이었다. 그래서 다시 뜯어보니 키는 작아도 어깨가 다

부지고 얼굴 오관이 또렷하며 눈매가 보통이 아닌 것이 또래 애들과는 완전 다른 인상이었다.

규도 고개를 들고 고용주를 바라보았다. 첫눈에 어디서 본 듯한 느낌인데 확실하게 기억나지는 않고 반듯한 이마와 초롱불 같이 크고 둥그런 눈이 인상적이었다.

"고향이 어디신가?"

"경상남도 진주입니다."

"글은 아는가?"

"서당에 다니진 못했지만 독학으로 글을 익혔습니다."

아이의 몸에서 풍기는 남달리 똑똑하고 옹골찬 매력이 고용주의 마음을 흔들었다. 잠간 생각하고 나서 고용주가 입을 열었다.

"자네 아직 어린 나이지만 내 한번 시용해 보지. 일만 잘하면 품삯은 어른과 똑 같이 줄 테니 염려 말고 열심히 해보게."

"감사합니다! 성심을 다하겠습니다."

규가 인사를 마치자 주인이 어멈을 불러 규의 숙식을 안내하게 했다.

널찍한 뜰 안에 기와집 두 채가 안채와 바깥채로 나뉘어 있고 집안은 깔끔하게 잘 정돈되어 있으며 공기 속에 은은한 여자 향기가 섞여 있는 것이 집에 젊은 아씨가 살고 있는 느낌이었다. 규는 사랑채의 맨 안쪽에 딸린 방으로 안내되었다.

점심을 먹고 나서 오후부터 밭에 나갔다. 규는 이튿날까지 주인집의 수전과 한전, 작은 밭뙈기까지 모두 돌아본 다음 밤을 새워가며 새해 농사의 계획서를 장만해 날이 밝자 주인어른께 바쳤다.

뜻하지 않은 계획서였으나 주인어른은 꽤 세심하게 훑어보고 나서 깜짝 놀랐다. 계획서에는 수전과 한전을 가르는 것부터 시작하여 관개 도랑은 어떻게 빼면 물이 잘 들어오고 배수로는 어디로 하면 물이 잘 빠지며, 한전의 밭이랑은 뙈기에 따라 어느 방향으로 짜개야 곡식이 잘되고, 씨앗은 어떻게 뿌리고

모는 어떻게 꽂으며, 김은 어떻게 매고 허수아비는 어떻게 세워야 곡식을 잘 지키며 가을과 탈곡은 어떻게 해야 하는 등 농사 전문가도 미처 알아내지 못한 세절까지 정확한 단어로 깐깐이 쓰여 있었다.

"이걸 진짜 모두 자네가 썼단 말인가?"

주인어른이 눈이 휘둥그레져 물었다.

"네, 미흡하지만…"

"아니야, 너무 훌륭하네. 자네 아버지가 대단한 농군이었나 보군."

"……"

아무 대답도 할 수가 없었다. 옳다고 하면 사실이 아니고, 아니라고 하면 오히려 이상하게 생각하며 아비를 팔아먹는 호래자식이라고 오인이 찍힐지도 모른다. 하여 규는 묘한 대답을 올렸다.

"아버지는 학식 있는 분이고 저에게 인생 도리를 깨우쳐 주셨습니다."

틀린 말이 아니었다. 서당공부를 했으니 학식이 있는 건 사실이고, 이런 저런 반면교재로 아들에게 허다한 인생도리를 깨우쳐 주었으니 거짓이 아닌 것이었다.

이윽고 주인어른이 의자 손잡이를 탁 치며 말했다.

"됐네. 자네를 채용하지. 내일부터 농사에 관한 모든 일은 자네에게 맡기겠네. 일꾼을 몇 쓰든 누구를 쓰든 자네가 결정하게. 단 품삯 결재는 내가 할 것이야."

"알겠습니다. 그리고 감사합니다. 반드시 올해 농사를 잘 지어 어르신님 믿음에 보답하겠습니다."

이렇게 시작한 한 해의 농사는 날이 조금 가물어서 대풍작을 거두진 못해도 왕년에 비해 무당 생산량을 적지 않게 올렸다. 주인어른은 아주 흡족해서 탈곡이 끝나는 날로 규에게 일 년 품삯을 후하게 쳐주고 고급 무명으로 나들이옷 한 벌까지 맞춰주었다. 규는 너무 신이 나서 이제 농기구 정리가 끝나고 일년 총결을 짓고 난 뒤 새 옷을 멋지게 차려입고 고향에 설 쇠러 가기로 마음먹었다.

일 년 총결을 짓는 날이 되었다. 안채에서는 찰떡을 치고 송편을 빚고 소를 잡아 고기를 삶고 감주를 거르고… 야단법석이었다. 초봄에 와서 지금까지 근 열 달이 되는 동안 규는 한 번도 안채에 들어가 보지 못했고 안채의 식구들은 더욱 만날 기회가 없었다. 열심히 농사일을 하느라 별을 이고 나가 달을 지고 들어왔으니 안채와는 접점이 생길 시간이 없었던 것이다. 일꾼들의 말에 따르면 안채의 아씨가 엄청 예쁘고 똑똑해서 근방에 소문이 자자하다는데 다소 궁금하기는 하나 일부러 찾아가 볼 수도 없는 일이었다.

총결을 짓는 날, 마침 기회가 왔다. 간밤 떡가루 같은 눈이 보슬보슬 내리더니 아침나절에는 부드러운 바람이 살살 불어 나뭇가지며 지붕위에 내린 눈꽃들이 보기 좋게 휘날리고 있었다.

규가 새 옷을 차려 입고 찰떡 치는 일을 도우려고 일꾼들 부르러 밖으로 나가는데 멀리 태양빛과 눈꽃이 어우러진 곳에 그림 한 폭이 서있었다. 너무 아름답고 황홀하여 홀린 듯 바라보는데 그림이 움직이는 느낌이었다. 그림이 왜 움직이는 거지? 이상하여 눈을 크게 뜨고 자세히 보니 그림이 아니라 눈꽃을 배경으로 사뿐사뿐 걸어오는 실물 여인이었다. 추운 겨울날인데도 연분홍 치마에 옥색 저고리를 받쳐 입고 모란꽃 무늬 댕기를 머리에 맨 모습이 하얀 눈꽃의 배경과 잘 어울려 한 폭의 아름답고 화려한 그림임에 손색없었다.

눈도 깜박 않고 넋이 나간 듯 지켜보다가 등 뒤에서 인기척이 들려 돌아보니 어멈이 수달피 어깨걸이를 들고 달려 나오며 큰 소리로 불렀다.

"아씨, 어깨걸이도 안 하고 어딜 다녀오세요. 날씨가 추운데."

"괜찮아, 풍경이 너무 아름다워 산책 좀 했어."

마중 나간 어멈이 손에 들었던 어깨걸이를 서둘러 아씨에게 씌워주고 둘이 함께 대문 쪽으로 걸어왔다.

이 댁 따님이구나. 그런데 갑자기 규의 심장이 벌떡벌떡 뛰놀기 시작했다. 결코 예쁜 아가씨를 보아서가 아니었다. 저 반듯한 이마와 초롱불같이 크고 동그란 눈… 분명 보았던 얼굴이었다. 보았을 뿐만 아니라 목숨을 구해서 등에 업고 고개를 넘었던 까치골에서의 그 깜찍한 아이 민희였다.

상대도 규를 알아보았는지 발걸음을 뚝 멈추었다. 동그란 눈을 더 커다랗게 뜨고 규를 찬찬히 뜯어보더니 급기야 놀란 소리를 질렀다.

"너… 규 아니야? 까치골에서의 그…"

"맞아, 나야. 김규. 너 민희지?"

둘은 너무 반가워서 그만 친구처럼 마주 달려가 얼싸안으려 했다. 그러자 어멈이 사이를 꾹 막아 나서며 새된 소리를 질렀다.

"아씨, 저 사람 일꾼이에요. 농사짓는 일꾼."

막혔다. 장벽보다 더 두터운 무엇이 두 사람 사이를 엄연하게 갈라놓았다. 규와 민희는 그만 고개를 푹 떨어뜨리고 어색해져서 서로의 발끝만 바라볼 뿐이었다.

눈꽃이 하얗게 날리며 두 사람 주위에서 하늘하늘 춤추다가 종내는 부서지며 땅에 떨어지고 있었다.

의문

그때 분명 장(張)씨 부인이라고 했는데 이 집 주인어른은 성이 심(沈)씨가 아닌가? 그리고 이 마을은 까치골과 아주 멀리 떨어져있다. 그런데 어떻게 까치골의 "건너 마을"에 산단 말인가?

총결이 끝나자 일꾼들은 모두 집으로 떠나가고 텅 빈 사랑채에 김규 혼자 남아서 밤을 새우며 생각했다. 자기도 이제는 설 쇠러 고향으로 떠나야 하는데 아무리 생각해도 안주인을 만나 이유라도 똑똑히 알아야 발이 떨어질 것 같았다. 그래서 처음 정식으로 부인을 만나겠다고 어멈에게 부탁했다.

"까치골에서 만났던 김규라고 전해주세요. 분명 기억하실 겁니다."

이윽고 규는 정식으로 안채에 안내되었다.

규가 문을 열고 안방에 들어서는 순간 부인이 암탉걸음을 하며 반가운 얼굴로 마중 나왔다.

"아이고 이게 누구냐? 까치골 김규 아니가? 참 몰라보게 컸군. 어서 들어오게."

규는 우선 무릎을 꿇어 정중하게 절을 올린 다음 방석 위에 단정하게 앉았다.

"저를 기억해 주셔 감사합니다. 시간이 이렇게 오래 흘렀는데도 잊지 않으셨군요."

"암, 잊다니, 내 딸 목숨을 구해준 은인 아이가. 그때 자네가 뱀독을 빨아주지 않았더라면 저애는 아마 잘못됐을지도 모르지."

"아닙니다. 그런 곳에 데려간 제가 잘못이죠. 그 때문에 어머니는 자식 잘못가르친 죄라며 회초리로 자신의 종아리를 무섭게 때렸어요."

"아, 민간에 전해지는 '큰아씨 아들교육'이란 미담이 바로 자네 모자를 두고하는 말이구먼. 과연 자네 어머니답네. 그래 그 어머니는 잘 계시는가?"

"덕분에 잘 계십니다. 지금은 까치골이 아니고 고향마을에 가계십니다."

다음 혹 아버지에 관한 물음이 나올까 두려워 규는 서둘러 말머리를 돌렸다.

"어제 민희와 우연히 마주쳤습니다. 너무 예쁘게 변해서 하마터면 알아보지 못할 번했습니다."

"아, 그랬군. 많이 놀랐지. 따라서 의문도 엄청 많았을 테지."

이 때 어멈이 차를 들고 들어왔다.

"여기 놓고 나가게."

어멈이 차를 놓고 나가자 부인이 규에게 차를 권하고 나서 자기도 조금씩마시며 화제를 이었다.

"자넨 아마 까치골 부근의 장씨 부인이 어떻게 이곳까지 와서 심씨 부인이되었는지 무척 궁금할 거야. 자, 급해 말고 천천히 차를 마시며 들어보게."

규는 찻잔을 조심스레 들어 한 모금 마셨다. 자세히 보니 화려한 비단옷 속에 숨겨진 부인의 피부가 다소 거친 것이 지난날의 곡절과 아픔을 말해주는 듯싶었다.

"민희가 네 살 나던 해였어. 군대(당시는 일제 휘하의 부대)에서 역관으로 있던 민희 아빠가 갑자기 실종되었다는 거야. 주둔지가 만주라 적군에 넘어갈 가능성이 크다며 부대에서 사람이 찾아와 나보고 적발하라 윽박지르는데… 아… 그 땐…"

목이 메어 말을 잇지 못하고 손수건으로 안각을 찍는 부인의 얼굴에 아픈 추억이 종이에 떨어뜨린 잉크처럼 퍼져갔다. 그렇게 부인은 고개를 숙이고 잠간 있다가 천천히 다시 쳐들었다.

"그렇게 되니 도와주는 사람 아무도 없었어. 도울 수도 없었겠지. 부대 사람들이 죄수인양 우리를 감시하는데 누가 감히 어떻게 돕겠나. 그렇게 눈물로 세월을 보내면서 장장 3년을 기다렸지. 그러다가 4년 철이 되는 해 봄, 내 친정 오라버니가 찾아와서 이제 더 기다려 봤자 헛수고니 자기를 따라 친정에 가자고, 그래서 까치골 부근 마을에 이사를 갔던 거야."

그 뒤는 말하지 않아도 알 것 같았다. 규는 차를 한 모금 마시고 나서 물었다.

"그럼 주인어른께서 돌아오신 것은 몇 해 뒤였습니까?"

부인이 조금 놀라며 "어떻게 돌아오셨다고 판단하나?" 하고 되물었다.

규는 빠르지도 느리지도 않은 속도로 조리 있게 설명을 가했다.

"주인어른을 처음 뵈었을 때 이마가 반듯하고 눈이 초롱불처럼 크고 둥그런 것이 인상적이었습니다. 어디서 뵌 듯한데 이상하다 생각했더니 어제 민희를 만나고 나서야 이유를 알았습니다. 민희의 이마와 눈이 주인어른을 꼭 빼 닮았으니 친아버지가 살아 돌아오신 건 틀림없는 사실이 아니겠습니까."

아직 눈가에 눈물이 맺혀있던 부인이 그만 킥 웃어버렸다. 참으로 대단한 아이가 아닌가? 이야기를 다 듣기도 전에 스스로 결과를 추리해 내다니, 과연 현명하신 어머니에 현명한 아들이 틀림없구나.

"어멈!" 갑자기 부인이 바깥에 대고 크게 소리쳐 불렀다.

"네, 마님." 어멈이 달려오자

"아씨와 이사람 셋이서 점심을 먹을 것이니 잘 준비하게."

"네, 알겠습니다."

이렇게 되어 규는 이날 점심 부인과 민희를 동반해 셋이서 오붓한 식사를 하며 까치골 이야기를 오래도록 나누었다. 민희도 많이 기뻐하며 세상에 이런 인연도 있냐고 갈라진지 십년 가까이나 되는데 이렇게 자기 집에서 다시 만날 줄은 몰랐다고 감탄하며 가끔씩 맛있는 반찬을 집어 규의 밥그릇에 놓아주기도 했다. 규는 너무 황홀하고 행복해서 가는 시간을 기둥에 꽁꽁 묶어두지 못하는 것이 한스러울 뿐이었다.

집에 돌아와 설을 쇠는 동안 규는 모든 경과를 어머니에게 털어놓았다. 그랬더니 어머니가 환하게 웃으며

"민희가 그리 예쁘게 변했더냐?"

"네, 어머니와는 다른 유형의 아름다움이었습니다. 사람을 황홀하게 만드는 일종 기이한 매력이라 할까요."

어머니가 더 크게 웃으며 놀리듯 말했다.

"네가 반했구나. 그게 바로 연모라는 거다." 그리고는 대견스레 아들을 쳐다보며 "내 아들 참 장하다. 이렇게 커서 이제는 여인을 연모할 줄도 알고, 어미는 그저 반갑기만 하구나."

규는 그만 부끄러워 양 볼이 복숭아같이 발갛게 상기되었다.

이렇게 어머니는 아들의 장성을 더없이 기뻐하며 자랑스러워하는데 도깨비 아버지는 그런 건 뒷전이고 아들이 벌어온 돈을 모두 어머니에게 맡겼다고 거의 날마다 생트집을 잡으며 심술을 부렸다.

규는 꾹 참고 있다가 떠나기 전날, 도깨비 아버지를 경고할 수 있는 좋은 수

를 떠올리고 도발하듯 아버지에게 다가들며 꼬드겼다.

"아버지, 힘은 여전하세요? 저 하구 한번 겨뤄보지 않을래요?"

그러자 도깨비가 기막히다는 듯 히히 웃더니

"너 뼈다귀도 못 추릴라." 하고 으름장을 놓았다.

"그럼 어디 한번 해봅시다. 근데 조건이 있어요. 아버지가 이기면 제가 다음 벌어온 돈을 몽땅 아버지께 맡기고, 만약 제가 이기면 어머니를 때리는 일은 금지입니다. 아시겠어요?"

"까짓 거 뭐, 약속하지!"

도깨비는 자기가 지는 일은 절대로 없다는 듯 시원스레 대답하고는 자신만만해서 두 다리를 컴퍼스처럼 쩍 벌리고 아들 앞에 우뚝 섰다. 그도 그럴 것이 규가 이미 열일곱 살이 되었다지만 키가 작고 아직 몸이 갱핏해서 얼핏 보기에는 사슴과 황소가 겨루는 격이었으니 집식구들은 물론 이웃들까지 모두 손에 땀을 쥐고 구경하고 있었다.

옆집 아저씨가 손뼉을 딱 치자 겨룸이 시작되었다.

힘이 센 도깨비가 규를 붙잡아 땅에 메치려고 손을 내미는데 왼쪽 손이 병신인데다 규가 날렵하게 몸을 피하는 바람에 허탕을 치고 말았다.

사람들이 와— 소리치는 가운데 이번엔 규가 잽싸게 달려들어 안걸이를 하여 도깨비를 넘어뜨리려 시도했으나, 코끼리 다리같이 뭉툭하고 무거운 다리는 쉽게 움직여지지 않았다.

옆집 아저씨가 손뼉을 딱 쳐서 잠시 정지시켰다. 쌍방 모두 상대가 만만치 않음을 느끼며 다시 붙었다. 이번에는 시작 손뼉이 쳐지기 바쁘게 규가 번개같이 발길을 날렸는데 속도가 너무 빨라 미처 피할 새도 없이 넓적다리를 강타당한 도깨비가 마침내 무릎을 푹 꺾으며 옆으로 쓰러졌다.

사람들이 와—! 환성을 올리는 가운데 규는 바로 달려가 아버지를 부축했다. 그러자 아버지가 규의 뺨을 불이 나게 한 대 갈겼다.

"이 놈아. 그렇게 선손 쓰면 어떡해?"

그러자 사람들이 분분이 규를 두둔해 나섰다.

"선손 쓰면 안 된다는 법이라도 있수? 졌으면 졌지 그만 승복하이소."

사람들이 일제히 "승복! 승복! 승복!…"하고 소리치자 도깨비도 창피한 줄은 아는지 투덜거리며 땅에서 기어일어나 풀밭으로 도망쳐버렸다.

이야기

2월말 민희네 집으로 돌아온 규는 서둘러 새해의 농사를 계획하기 시작했다.

한편 주인어른은 예전에 입으로 뱀독을 빨아내어 민희를 구해준 은인이 규라는 말을 듣고는 한결 더 규를 믿고 아끼며 가끔 술도 같이 마시고 스스럼없이 많은 얘기를 나누기도 했다. 규가 그 몇 해 동안 주인어른이 실종되었던 일에 대해 궁금해 하자 어느 날 단둘이 술을 마실 때 주인어른이 이건 비밀이라고 하며 목소리를 낮추어 소곤소곤 추억을 펼치는 것이었다.

"여러 해 부대에 있으면서 훈련은 엄청 받았지만 그자(일제를 가리킴)들을 위해 목숨까지 팔 생각은 없었어. 그런데도 만주로 끌고 가니 어떡하겠나. 내가 중국어를 좀 하거든. 어릴 때 역관인 아버지를 따라 청나라에 체류한 적이 있었지. 그자들이 이걸 알아내고 나에게 통역을 맡기는 거였어. 자, 마시게."

둘은 잔을 부딪고 술을 쭉 낸 다음 안주를 집었다. 삶은 돼지고기를 소스에 묻혀 입에 넣고 씹으면서 주인어른이 말을 이었다.

"한동안 통역을 하면서 보니 그자들의 시커먼 속내가 남김없이 드러나는 거야. 그자들은 조선을 통째로 삼키고도 모자라 중국을 야금야금 먹으려는 심보였어. 그래서 툭 하면 거짓말을 하고 사건을 조작하고 기회를 노리는 거야. 나는 참다 참다 더는 참을 수가 없었어. 날마다 새빨간 거짓말을 밥 먹 듯해야하니 너무 괴롭고 또한 그 말을 믿는 백성들이 불쌍해서 견딜 수가 없었어. 마음 같아서는 하루에 열 번이라도 도망쳐 나오고 싶은데 내 가족이 모두 그 놈들 통치 밑에 있으니 어떡하겠나. 머리를 짜고 짜던 중 한 가지 묘책이 떠올랐어. 나도 그자들을 속여 넘기는 거야."

술을 한 모금 마시고 안주를 집은 다음 그때 일 참 재미있었다는 듯 입을 쩝쩝 다시고 나서 어른이 말을 이었다.

"어느 휴일 날에 나는 좀 어리숙한 일본 상사를 꼬셔 함께 낚시를 갔어. 송화강 변이었는데 주위에 산도 있고 평지도 있어 낚시하기 좋은 곳이었지. 오전에 신나게 낚시를 하고 점심을 먹을 때 술잔이 없어 아예 술병 하나씩을 들고 병나발을 불었는데 내 술병에는 사전에 물을 타 넣었던 거야. 똑 같은 병에 똑 같은 액체이니 제깟 놈이 알아차릴 리 없지. 듣기 좋은 말로 기껏 추어올리며 술병을 거의 비우고 보니 놈은 이미 상당히 취해 있더군. 그래서 나도 취한 척 비칠비칠 일어나 소피보러 간다고 저쪽으로 걸어갔지. 일부러 낭떠러지가 있는 높은 곳을 찾아가 발을 헛디딘 척 비틀거리다가 뒤로 첨벙 떨어져 흉흉한 강물 속에 말려들어갔어. 놈은 보았을 거야. 아마 취해서 정신은 흐리멍덩했겠지만 그래도 내가 발이 헛디며 강물에 떨어지는 건 보았겠지."

주인어른은 또 말을 멈추고 손을 술잔에 가져갔다. 그 앞에 마주 앉은 규는 마치 자기가 장본인이라도 된 듯 두 손에 땀을 흠뻑 쥐고 귀를 도사려 열심히 듣고 있었다.

"자, 안주라도 집게. 자네가 더 긴장되어 있군. 원."

"네네. 근데 그 뒤엔요? 그 뒤엔 어떻게 되었습니까?"

규는 너무 급해서 술도 안주도 당기지 않았다.

"아이구 이 사람아, 무슨 성미가 그리 급해. 이야기라는 건 술을 슬슬 마시며 안주로 술술 말하는 거야."

"그래도 전 옹근 이야기를 다 듣고 결과를 알아야 술이 술술 넘어갈 것 같습니다. 죄송합니다."

그러자 주인어른이 한술 떴다.

"하 참, 결과는 이미 아는 것 아닌가, 내가 이렇게 살아 돌아왔으니."

"그건 그냥 끝머리구요. 제가 알고 싶은 건 아슬아슬한 경과 말입니다. 전 자세한 이야기를 듣기 좋아합니다. 그때 그 강물 속에서 어떻게 살아 나오셨나요?"

규는 참으로 진취심이 강하고 성미도 급하고 이야기를 엄청 좋아하는 젊은이였다. 별 수 없이 주인어른은 들었던 술잔을 다시 내려놓고 이야기를 이어 나갔다.

"물살이 너무 세서 물속에서 진짜 죽을 번했어. 정신없이 물살에 막 휘말려 아래쪽으로 내려가는데 좀 얕은 곳에 돌이 있었던가 봐. 그만 머리가 부딪쳐 의식을 잃고 말았네. 다시 의식이 돌아왔을 때는 어느 중국집의 온돌에 누워 있었어. '깨났다!' 하는 아이의 목소리가 들리고 그 다음 덩치가 큰 한족 여인이 사발에 죽을 담아 들고 와서 나에게 먹여주더군. 그러고 보니 머리와 팔다리에 모두 붕대가 감겨있고 허리도 다쳤는지 몸을 움직이기가 무척 힘들었어. 여인이 내가 일본 사람인 줄 알고 서툰 일어로 조심스레 묻는 말을 내가 유창한 중국말로 대답하니 너무 반가워서 자기 남편이 배를 몰고 고기잡이를 나갔다가 물살에 떠밀려오는 나를 발견해 구해왔다고 말해주더군.

며칠 지나 허리가 조금 나아지자 나는 그 집을 떠나 동쪽으로 갔지. 동쪽 맨 끝에 시달린즈 라는 외진 곳이 있는데 우리 조선 사람들이 많이 모여살고 또 교통이 불편해서 소식이 잘 통하지 않는다는 거야. 나는 그곳에 숨어 옹근 4년을 살았어. 머리가 다쳐 기억을 상실해 아무것도 모른다며 이름까지 새로 지어 불렀지. 그러다가 5년 철을 잡는 해 여름, 안면 있는 사람을 만나 기억이 조금 회복되었다고 하얼빈에 있는 군부로 돌아가 제대를 신청했어. 군부에서는 실종됐던 사람이 제 발로 찾아왔는데 기억이 상실되어 통역도 못하고 다리가 다쳐 잘 뛰지도 못하니 쓸모없는 인간이라 판정되어 마침내 제대를 비준해 주더군."

"와, 어르신 참으로 대단하십니다. 그 악바리 같은 일본 사람들을 어떻게 5년이나 속여 넘기셨어요. 이건 용기와 지혜가 필요할 뿐만 아니라 끈기와 임기응변 또한 뛰어나야 하는 거죠, 암튼 제가 많이 배웠습니다."

규는 진심으로 엄지를 내흔들었다. 두 사람은 함께 술잔을 비웠다. 안주를 씹으며 주인어른이 말했다.

"나도 그 몇 년 동안 세상을 많이 배웠네. 우선 일본 놈들의 속셈을 알아채고 그 속에서 빠져나온 것이 얼마나 다행인지 지금도 떠올리면 끔찍해. 결국 일본 놈들은 재작년에 중국에서 9.18사변을 일으켜 만주를 먹지 않았는가. 이제 야금야금 남쪽으로 밀고 나갈 것이고…"

문득 밖에서 이상한 기척 소리가 났다.

"쉬잇!" 규가 손을 저어 주인어른을 제지시키고 몸을 살며시 일으키며 손짓으로 뜻을 전달했다. "제가 나가보겠습니다."

주인어른이 끄덕이자 규는 몸을 바싹 낮추고 고양이 쥐 잡이 가듯 살금살금 발끝으로 걸어서 문가로 다가갔다. 문 앞에 당도하여 몇 초간 숨을 죽이고 가만히 서 있다가 갑자기 문을 쫙 열었다.

문밖에는 놀랍게도 쟁반에 찻잔을 받쳐 든 민희가 서있었다. 그런데 당차기로 문이 갑자기 확 열렸는데도 눈 한번 깜박 않고 쟁반을 반듯하게 받쳐 든 채 차 한방을 쏟지 않는 것이었다.

"민희야!"

규는 얼결에 소리치고 제 딴에 무안해서 일시 어쩔 바를 몰랐다. 그게 재미있었던지 민희가 킥 웃었다.

"이럴 때 보면 규가 아닌데. 왜 그렇게 태연하지 못하지?"

규는 어줍게 손으로 머리를 긁적이며 일시 어쩔 바를 몰랐다.

"갑자기 문밖에 사람이 서있으니까 그만…"

주인어른이 규의 모습을 보고 지원해 나섰다.

"왔으면 노크하고 냉큼 들어와야지 문밖에 서서 뭐하는 거야?"

"네 아버지, 술이 거나하실까 걱정되어 어머니가 차를 보내셨습니다."

그러자 주인어른이 하하 웃었다.

"요 깜찍한 것이, 네가 가져와놓곤 어미를 들먹여? 아무튼 들여와라. 가져왔으니 마셔야지."

민희는 잠자리 같이 사뿐 걸어 들어와 쟁반을 바닥에 살짝 내려놓고 찻잔 세 개를 상위에 올려놓은 다음 쪼르르 예쁘게 차를 따랐다.

딸의 행동을 찬찬히 지켜보던 주인어른이 얼굴에 뜻 깊은 웃음을 지으며 자기 앞의 찻잔을 들어 단모금에 쭉 마시고는 잔을 내려놓으며 먼저 규를 보고 말했다.

"내 이야기는 여기서 끝났네. 하나 더 보태라면 그 시달린즈 라는 곳이 토지가 기막히게 좋다는 거야. 농사꾼이라면 누구든 한번 가 볼만한 곳이지."

다음 얼굴을 돌려 민희를 보고

"젊은이들끼리 즐겁게 차 마셔. 난 장기 두러 갈란다."

그리고는 옆에 있는 코트를 집어 들고 서둘러 밖으로 나갔다.

규와 민희는 얼른 몸을 일으켜 전송 예절을 취하고 있다가 주인어른이 나가고 출입문이 닫힌 다음 허리를 펴고 돌아서서 마주보려 빙긋 웃었다.

이것은 규가 설을 쇠고 돌아와서 처음으로 민희와 단둘이 만난 자리였다.

달콤한 시간들

"내가 방금 밖에 서 있은 건 아버지를 지키기 위해서였어."

"응, 나도 짐작은 했어. 너만큼 똑똑한 아이가 허튼 짓은 안 할 거니까."

"아이라 부르지 마. 난 이젠 아이가 아니야."

"그래, 미안해. 자꾸 그 때처럼 느껴져서…"

규는 미안한 얼굴을 하며 고개를 살짝 숙여 사과의 뜻을 나타냈다.

둘은 한동안 묵묵히 차를 마셨다.

"근데, 규야."

"응?"

"난 아버지가 걱정돼. 저렇게 일본 사람들께 불만이 많으니 언젠가는 큰 변을 당하지 않을까 두려워."

규는 잠간 생각하고 나서 차근차근 설명했다.

"어르신님은 아주 정직하고 대 바른 분이셔. 뿐만 아니라 박람이 있어 우리보다 훨씬 세상을 더 잘 아시고 또 지혜로운 분이시니 현명하게 모든 걸 잘 대처하실 거야. 너무 걱정하지 마."

민희가 찻주전자를 들어 규의 잔에 차를 따랐다. 그리고 자기 잔에도 따라 조금씩 마시며 규의 얼굴을 잠간 바라보다가 입을 열었다.

"난 어쩐지 너랑 같이 있으면 뭐든 잘 풀릴 것 같아. 나쁜 일도 좋은 일로 변하고."

"그런 말 하지 마. 내가 부끄러워. 사실… 그 후에 난 서당도 다니지 못했어. 고향마을에 돌아간 뒤…"

"쉬, 암말 말아. 아버지한테서 다 들었어. 니가 문장을 놀랍게 잘 쓴다고. 그래서 그 농사 계획서를 나도 읽어보았지."

"뭐? 그럼 그때 왜 날 찾지 않았어?"

규의 놀란 물음에 민희가 찻잔을 가볍게 내려놓으며 대답했다.

"아니, 널 다시 만난 후의 일이야. 과연 김규답다고 그렇게 느끼며 한자 한 자 모두 읽었지. 다 읽고 나니까 니가 막 보고 싶었는데… 그 때 넌 고향집에 설 쇠러 가고 없더라."

민희가 얼굴을 살짝 붉히며 말하자 순간 규의 얼굴이 화끈 달아올라서 얼른 몸을 일으키며 허둥지둥 핑계를 대고 자리를 떠버렸다.

그 후부터 규와 민희는 기회를 만들어 가끔씩 만나곤 했다. 철없는 어린 시절에 만나 함께 떠들고 지껄이며 무서운 사고까지 저지르던 두 아이는 이제 다 성장한 처녀총각이 되어 서로를 연모하며 만나기 시작했다.

주인어른과 부인은 둘이 만나는 걸 알면서도 모르는 척 방관하고 있는 듯했다. 물론 예쁘고 똑똑한 민희를 두고 동네방네에서 혼삿말이 문턱이 닳게 들어왔으나 심씨 부부는 아무에게도 허락하지 않고 민희 본인은 더욱 거들떠보지도 않았다.

새해 농사가 시작되자 일꾼 십여 명을 거느리고 일하는 규는 낮에 시간을 내기가 어려워 저녁에 돌아와 식사를 끝내기 바쁘게 몸을 씻고 옷을 갈아입은 다음 민희를 만나러 갔다. 두 사람은 사랑방에서 차를 마시거나 책을 읽기도 하고 가끔 달빛을 마시며 산책을 하기도 했다. 차츰 두 사람은 하루에 단 몇 분간이라도 서로의 얼굴을 보며 대화를 나누지 않으면 잠마저 편히 이룰 수가 없었다.

일 년 중 가장 바쁜 모내기철이 돌아왔다. 규는 새벽에 나가 밤이 되어야 들어오니 민희와 만날 시간이 없었다. 고된 일에 지쳐 저녁 식사를 마치는 길로 온돌에 걸레처럼 널브러져 죽은 듯 자다가도 혹 밤에 잠을 깨기만 하면 눈앞에 민희의 모습이 어른거려 다시는 잠을 이루지 못했다.

이렇게 괴로운 밤들을 보내던 어느 날, 밭에서 일을 하다가 점심시간이 되어 허리를 펴는데 일꾼들이 와—— 환성을 올리기에 돌아보니 점심밥을 싣고 온 소 수레에서 파란 머리 수건을 쓴 민희가 내리고 있는 것이었다. 가슴이 후두둑 뛰고 이어 심장이 마구 방망이질하기 시작했다. 잠간 입술을 깨물어 마음을 다소 진정시킨 뒤 규는 짐짓 일꾼들을 향해 "점심식사 시간입시다!" 하고 소리친 다음 빠른 걸음으로 수레를 향해 다가갔다.

마침 점심밥을 수레에서 부리던 어멈이 보고 규를 향해 손짓하며 소리쳤다.

"김서방, 어서 오시게. 아씨가 오셨네."

"김서방"이라는 칭호에 규는 깜짝 놀랐다. 저들이 언제부터 나를 이렇게 불렀는가? 또 다시 심장이 쿵쾅거리고 얼굴이 화끈 달아오르는 순간 규는 냉큼 달려가 민희의 손에 쥐었던 수저통을 받아 들었다. 으스러지게 포옹하고 싶은 마음의 발로였다. 민희도 찍힌 듯 꼼짝 않고 서서 두 사람은 상대의 골수에 스며들기라도 하듯 서로의 얼굴을 마주보았다.

"와, 그림인데."

어느 일꾼이 감탄하자 누군가 받았다.

"규가 키만 조금 더 컸으면."

"왜, 내 보기엔 잘 어울리는데. 키만 잔뜩 커서 뭐하나, 속이 여물어야지. 규는 농사에 거의 전문가야."

"그래봤자 머슴이지, 상머슴도 머슴 아니가."

일꾼들은 나름대로의 견해를 주고받으며 이 기이한 한 쌍을 두고 담론했다.

점심을 먹을 때 일꾼들은 짐짓 규의 밥그릇 밥이 더 희다는 둥, 국에 고기가 더 많이 들어있다는 둥, 규가 쓰는 숟가락은 금으로 만들어진 것이라는 둥 하면서 온갖 농담을 다 쓰고 웃고 떠들며 즐겼다.

식사를 마치고 잠시 쉬는 동안 규와 민희는 따로 앉아서 둘만의 이야기를 주고받으며 달콤한 시간을 보냈다.

이튿날부터 민희는 아예 자기가 어멈을 대신하여 어린 식모와 차부만 데리고 친히 밭으로 점심밥을 실어왔다. 일꾼들은 점심시간에 다 늙어 얼굴이 쪼글쪼글한 어멈을 보기보다 젊고 예쁘고 상냥한 주인집 아씨의 얼굴을 보니 너무 즐겁고 힘이 나서 일을 척척 축내는가 하면 기분도 훨씬 쾌활해졌다. 두말할 것도 없이 그 중에서도 가장 즐거워하고 신이나 하는 사람은 김규였다.

하지만 규의 마음 한 구석은 늘 시퍼렇게 얼어있었다. 지금은 민희와 이토록 달콤하게 연애를 하고 있지만 언젠가는 그 어느 순간인가는 모든 것이 물거품처럼 사라져버릴지도 모른다는 위태로움이 가슴 한 구석을 지지누르고 있었던 것이다. 민희와의 사랑이 깊어갈수록 눈앞에서 나날이 확대되어가는 도깨비 아버지의 형상을 결코 지울 수가 없는 까닭이었다. 비록 이곳은 경상북도여서 남도의 자기 고향과는 거리가 꽤 멀어 아직 소식을 아는 사람이 별로 없지만 일단 민희와 정식으로 혼인을 하려면 가족에서 상대 가족의 뒷조사를 하지 않을 리 없고 더욱이 양가 부모들 상면이 있어야 하는데 눈을 퍼렇게 뜨고 살아있는 아버지를 죽었다고 말할 수도 없고 참으로 코 막지 않고도 답답한 일이었다.

몇 번이나 규는 아예 먼저 털어놓는 것으로 용서를 빌고 싶었으나 다시 생각해보니 털어놓는다고 용서가 되는 일도 아니요, 더욱이 아들로 생겨 자기 입으로 "내 아버지가 도깨비입니다."라고 말할 수는 없는 일이었다. 그러지 않아도 민희와 심씨 일가는 이미 엄청난 양보를 한 셈이었다. 집이 가난하고 키가 작은데다 공부도 못하고 지금은 남의 집 머슴살이나 하는 한낱 보잘것없는 총각을 마음에 둔 주인집 아가씨에 그걸 보고도 말리지 않는 주인어른과 그 부인… 이 모든 것이 놀랄 만큼 너그러운 관용이 아닐 수 없었다. 규는 아예 민희를 데리고 낯선 고장으로 도망쳐 버릴까 는 생각까지 해보았으나 스스로 부정하며 도리머리를 흔들었다. 그렇게 되면 불쌍한 어머니와 동생들은 또 어찌한단 말인가. 참, 이도 저도 아니면 방법은 단 하나 어느 날, 온다간다 아무 소식 없이 혼자 사라져버리는 것인데, 규는 결코 자기 의지로 민희를 떠날 자신이 없었다.

비바람

드디어 소문이 꽥꽥거리며 날아다니기 시작했다.

"역관 집 아씨가 머슴아이와 연애한다네. 놀라운 소식 아닌가."

"그게 무슨 소린가? 역관어른이 허락했대?"

"글쎄, 잘은 모르겠다만 별로 막지 않나 봐. 그 양반 좀 특이한 데가 있지 않나."

"그래도 말이 안 되지. 온 마을에 최고 가문의 최고 예쁜 아씨가 일개 머슴 나부랭이한테 시집가다니, 동네방네 멋진 총각들이 얼마나 많은데. 이건 우리에 대한 모욕이야. 그래 이대로 보고만 있을 건가?"

이렇게 되어 동네방네 민희에게 마음이 있던 잘난 총각 못난 총각 십여 명이 한자리에 모였다.

"우리도 감히 못 처다보는데 언감생심 웬 놈이 겁 대가리도 없이!"

"마을 망신이야. 그 놈을 없애치워야 해."

그러자 다들 어떤 정의로운 일을 위해 목숨이라도 내놓겠다는 기세로 모의에 선뜻 나섰다…

그날은 아침부터 하늘에서 누가 물을 쏟아 붓기라도 하듯 비가 억수로 퍼부었다. 일꾼들은 별 수 없이 집안에서 트럼프나 치고 낮잠이나 자면서 하루 휴식을 취했다.

저녁이 가까워지면서 차츰 빗발이 작아지고 대신 바람이 일기 시작했다. 규는 도랑둑이 폭우에 터지지 않았는지 곡식이 바람에 쓰러지지나 않았는지 살펴보려고 비옷을 입고 손전지를 들고 문을 나섰다. 낮에 온 종일 민희의 방에서 민희와 함께 《춘향전》책을 읽고 점심식사도 둘이 같이 했다.

"와―, 비 오는 날이 참 좋다."

민희의 말에 규는 알면서도 짐짓 물었다.

"왜?"

"이렇게 너랑 같이 오래 책 읽을 수 있어서."

둘은 마주보며 빙긋 웃었다.

"난 맑게 갠 날이 더 좋은데."

"왜?"

"니가 점심밥 실어오는 수레를 타고 머리 수건을 팔랑이며 멀리서부터 조금씩 조금씩 다가오는 모습이 너무 좋아서."

그 다음 심장이 팔딱거리며 말을 하고 있었다. 소리가 필요 없는 교류가 급속히 진행되는 가운데 드디어 두 얼굴이 상대를 향해 기울기 시작했다.

바로 이때 문밖에서 노크소리가 들려왔다.

"아씨, 점심밥상 들여갑니다."

그리고 문이 열리며 어멈이 푸짐한 점심 밥상을 들고 들어왔다.

먹을 걸 가져왔는데도 오늘따라 쭈글쭈글한 얼굴에 검버섯까지 가득 핀 어멈의 얼굴이 한결 밉상스럽게 느껴졌다.

낮의 일을 떠올리며 걷노라니 어느새 논밭에 이르렀다. 날은 거의 어두워져 마지막 남은 희미한 회색빛마저 지금 막 어둠에 함몰되고 있는 시간이었다.

규는 손전지를 켜서 도랑둑을 비춰보기 시작했다. 폭우에 물이 불어 수위가 조금 높아지긴 했으나 아직 둑이 터진 곳은 없었다. 지난 해 새로 낸 도랑둑을 올해 봄에 더 높고 든든하게 쌓아 올렸더니 과연 제대로 구실을 하는 셈이었다. 규가 마음이 흡족하여 이제는 한전을 돌아봐야지 하며 논밭을 나오는데 멀리 맞은편에서 불빛이 번뜩이며 사람들이 이쪽으로 오는 것이 보였다. 저들도 밭을 돌아보는 일꾼들이겠지 하며 규는 아무 의심도 않고 마주 향해 걸어갔다.

거리가 가까워지자 사람들의 머리수가 짐작되는데 아마 십여 명은 잘될 것 같았다. 저리 많은 일꾼들이 동원된 걸 보면 어디 봇둑이 터졌나?

그런데 뜻밖에도 쌍방의 거리가 십여 보 안으로 줄어들자 앞에 선 자가 큰소리로 규에게 물어왔다.

"자네가 심 역관 댁에서 일하는 김규라는 자인가?"

규는 아무 주저 없이 바로 대답했다.

"네, 바로 접니다. 무슨 일이신지요?"

말이 떨어지기 바쁘게 몽둥이를 끌고 오던 자들이 우르르 모여들어 김규를 발로 차 넘어뜨리고 몽둥이를 휘둘러 사정없이 때리기 시작했다…

살이 찢기고 뼈가 부서지는 아픔을 당하면서도 규는 자기가 왜 맞는지 알고 싶었다. 이 낯도 코도 모르는 자들이 도대체 왜 무리를 지어 집단으로 자기를 구박하는지 맞아죽어도 그 이유만은 알아야 할 것 같았다. 그래서 죽을힘을 다해 소리쳤다.

"아니… 왜… 이러는지… 이유라도 압시다…"

그러자 누군가 화살 같은 능멸을 쏘아왔다.

"이 천한 놈이 감히 이유를 물어? 그래 말해주마. 너 어디서 굴러온 두꺼비인지는 몰라도 언감생심 이 마을 최고 백조를 탐한다지? 그래, 오늘이 바로 네 놈 제삿날이니라."

그 다음 더 세차게 퍼부어지는 물매질에 규는 그만 저항할 용기마저 잃은 채 가물가물 의식을 잃어갔다. 그 마지막 순간에도 눈앞에 보이는 것은 민희의 남달리 매력적인 미소와 들어도 들어도 싫지 않은 고운 목소리였다…

규의 몸이 저항을 멈추고 더는 움직이지 않게 되자 그들은 규가 이제 죽은 줄 알고 "시체"를 들어 물도랑에 틀렁! 처넣은 다음 휘파람을 획획 불며 가버렸다.

"…안돼요, 찾아내야 해요. 반드시 찾아내야 한다고요…"

민희는 악을 쓰듯 울부짖으며 빗속에서 손전지로 도랑둑을 파헤치듯 샅샅이 비추고 뒤지며 찾아나갔다. 일꾼들도 여기저기 흩어져서 남포등을 들고 비바람 속을 헤치며 규를 찾고 있었다.

저녁때 규가 나간 지 이슥해도 돌아오지 않자 민희는 초조해지기 시작했다. 모두들 저녁식사를 끝내고 식모들이 설거지까지 마쳤는데도 민희는 밥을 먹지 않고 마냥 규를 기다리고 있었다. 그러다가 더는 참을 수 없어 머슴 아이 둘을 마중 보냈는데 찾지 못하고 돌아왔다. 드디어 민희가 일꾼들을 데리고 몸소 규를 찾아 밭으로 달려갔다.

"규야—— 김규—— 너 어딨는 거야—— 대답해봐—— 김규———— "

비바람 속에 흩어지는 이 애탄 부름소리는 설령 까마귀가 들어도 눈물을 흘릴 지경이었다.

그렇게 뼈가 갈리듯 찾고 찾다가 도랑의 굽이진 곳에 이르렀을 때 문득 둑의 안쪽에 불룩 나온 흙덩이가 전짓불에 비쳐 들었다. 민희가 얼른 허리를 굽히고 손으로 만져보니 사람의 머리였다.

"규야! 규! 정신 차려! 김규!…"

허나 아무리 부르고 흔들어도 흙탕물을 뒤집어쓴 머리는 대답이 없었다.

일꾼들이 소리를 듣고 달려왔다. 모두 손을 합쳐 사람을 도랑에서 들어내 교대로 등에 업고 마을로 뛰었다.

서리

빨간 태양이 주위에서 빙글빙글 돌며 굴러가고 있었다. 태양이 왜 하늘에 떠가지 않고 땅에서 굴러가고 있을까 고 생각하는데 그 태양이 어머니의 얼굴로 변했다. 어머니는 빨간 얼굴로 미소 지으며 "규야, 어서 일어나거라. 그렇게 오래 누워있으면 민희가 울다 늙어버릴라."

그 소리에 규는 눈을 번쩍 떴다. 과연 어머니가 옆에 앉아 자기 얼굴을 들여다보고 있는 것이었다.

"깼느냐? 천만 다행이구나. 이 어미는…" 하고 어머니는 목이 메어 말을 잇지 못했다.

"어머니가 어떻게…, 어, 여기 어디예요?"

"집이지 어디겠냐. 심씨 댁에서 널 수레에 실어 집까지 바래주었다."

규가 몸을 일으키려 하자 어머니가 손으로 지그시 눌렀다.

"가만 누워있어. 뼈가 다쳐서 지금은 움직이면 안 돼."

규도 몸이 부서지는 아픔을 느끼며 꿍 도로 누워버렸다.

"얼마나 됐어요? 내가 이렇게 누워 있은 지?"

"그 댁에서 사흘, 길에서 이틀 하니 모두 열흘이 넘었구나."

너무 야위어 양 볼이 홀쭉하게 들어간 어머니의 얼굴을 규는 측은한 눈길로 바라보았다.

"그동안 얼마나 고생하셨어요, 어머니."

"나야 뭐 그런대로 버틴다지만, 네가 이토록 오래 깨어나지 못하니…"

치맛자락으로 눈물을 훔치는 어머니의 손가락이 부르르 떨리고 있었다.

이때 막내 동생 진이 쪼르르 달려 들어와 규의 옆에 탈싹 앉으며 눈을 동그랗게 뜨고 물었다.

"형님, 눈 뜨셨어요? 이제 됐네. 엄니 밤도 안자고 지키는데, 그래서 엄니도 많이 아파요."

겨우 네 돌이 지난 어린 동생이 형님과 어머니를 모두 걱정하는 마음으로 하는 말이 참으로 기특하고 고마웠다.

"진아, 고맙다. 네가 어머니 옆에 있어줘서."

그러자 진이 앙증맞은 두 손을 내밀어 형의 손을 꼭 잡아 쥐고 또박또박 말했다.

"형님, 염려 마세요. 장차 진이 커서 어머니를 지켜드릴게요. 형님은 멀리 가서 큰 일 하세요."

어린아이 말이지만 규는 콧마루가 찡해나고 눈물이 울컥 솟는 걸 금할 수 없었다. 동생이라지만 열네 살이나 연하인 진은 규에게 있어 마치 어린 자식과도 같은 존재였다. 그래서 규는 유난히 아끼고 사랑했다.

당시 심씨네 집에서는 큰 난리가 벌어졌었다. 말하자면 바로 일꾼들이 거의 죽어가는 규를 논밭에서 찾아 업고 집에 돌아온 그 날 저녁부터였다.

죽은 시체나 다름없는 사람을 업어다 방에 눕혀놓았을 때 규는 거의 숨을 쉬지 않고 있는 듯했다. 민희는 바로 규의 몸 위에 쓰러져 흐느껴 울기 시작했다.

부인은 딸이 아까워서 울고 주인어른은 일을 저지른 범죄자가 누구인지 날이 밝으면 반드시 밝혀내겠다고 윽윽 벼르고 있었다. 일꾼들은 너무 힘들어서 좀 자고 싶은데 그렇다고 한쪽에 누워 쿨쿨 잘 수도 없는 일, 하여 눈을 지그시 감고 날이 밝기만을 기다리고 있었다.

드디어 동쪽 하늘가에 먼동이 트기 시작했다. 문밖에서 담배를 태우던 나이 지긋한 일꾼이 담뱃불을 끄고 꽁초를 던지며 말했다.

"동이 터 오는군. 이제 묻을 준비나 하지."

일꾼들이 다시 규의 방으로 밀려들어갔다. 그런데 방금 전까지도 슬피 울고 있던 민희가 얼굴에 희색을 띠며 사람들에게 말하는 것이었다.

"죽지 않았어요. 아까보다 숨소리가 좀 더 커지고 고르게 되었어요."

나이 지긋한 일꾼이 한발 나서며 말했다.

"아씨, 슬픈 마음은 알겠다만 이제 그만…"

"아니요! 그게 아니라고요. 내 말은 호전되고 있다는 거예요. 믿지 못하겠으면 한번 들어보세요."

일꾼이 마지못해 허리를 굽히고 숨소리를 들어보더니 눈이 휘둥그레져

"아, 진짜네. 지금은 숨소리가 확실하게 들리는군. 어서 주인어른께 여쭙게."

이렇게 되어 규는 아슬아슬하게 송장을 면하고 사람으로 남아있게 되었다.

그런데 하루가 지나고 이틀이 지나고 사흘이 지나도 의식이 돌아오지 않았다. 의원은 뼈가 끊어지고 내상이 심해 회복은 자신의 체질에 맡기고 기다리는 수밖에 없다고 했다. 주인어른은 일꾼 둘을 붙여 소 수레로 규를 고향집에 실어다 주는 한편 규의 가정 형편을 잘 알아오라고 당부했다.

"그건 왜요? 규가 죽지 않고 살아나면 혼사를 허락하게요?"

수레를 떠나보내고 나서 안채에 들어가며 부인이 남편에게 물었다.

남편은 바로 대답하지 않고 잠간 뜸을 들이다가 아내에게 되물었다.

"아니면 소 잃고 외양간 고칠 셈인가?"

그러자 부인이 얼른 받았다.

"그렇다면 알아볼 필요도 없어요. 규의 어머니를 내가 직접 만나보았으니까요."

"어머닌 어머니고 아버지야 말로 한 집안의 가장 아닌가."

"……"

부인은 더 말하지 않고 안방 문을 열었다.

며칠 뒤, 규를 싣고 떠났던 수레가 돌아왔다. 그런데 기 막히는 일은 심부름을 갔던 일꾼 둘이 얻어맞아서 한사람은 다리뼈가 부러지고 다른 한사람은 얼굴이 험하게 터져 피를 흘리며 간신이 수레를 몰고 돌아온 것이었다. 일의 자초지종을 들었을 때 모두들 놀라서 입을 딱 벌리지 않을 수 없었다.

처음에 사람들은 모두 길에서 강도를 만난 것이라고 짐작했다. 그런데 두 일꾼 모두 도리머리를 세차게 흔들었다. 그럼 도대체 누구란 말인가? 누가 이유도 없이 사람을 이 지경으로 때렸단 말인가?

"누군지 말해보게. 우리 당장 달려가서 요절내줄 테니."

일꾼들은 너나없이 주먹을 불끈 쥐고 아비 때려죽인 원수 잡으러 가는 기세로 떠들어댔다. 그런데 다음 순간, 모두가 약속이나 한 듯 딸깍 멈춰버렸다.

"우릴 때린 사람은 강도도 아니고 마을 사람들도 아닙니다. 우리에게 몽둥이를 휘두른 사람은 바로 규의 아버지입니다. 김규의 아비요."

일꾼들은 물론 주인어른도 부인도 심지어 그처럼 애타게 소식을 기다리던 민희도 모두 입을 딱 벌리고 일시 말을 잃었다.

몇 초가 지난 뒤 주인어른이 입을 열었다.

"그 양반이 왜 니들을 때렸다는 거야? 이유가 있겠지?"

"없습니다 아무 이유도. 제 기억에는 뭔가 말하며 손을 내미는 걸 우리가 미처 알아듣지 못하니 바로 몽둥이를 휘둘러 사정없이 때렸습니다."

다리뼈가 부러진 일꾼이 덧보탰다.

"규를 살피느라 집안에 있던 규의 어머니가 막 달려 나오며 '아이구, 저 양반. 또 일을 저질렀구려.' 그리곤 급히 우리를 향해 '자네들 어서 피하게. 대항하지 말고 몸을 피하시게.' 하고 소리쳤습니다."

얼굴을 다친 일꾼이 다시 말을 이었다.

"헌데 양반이 원체 힘이 세고 다리도 빨라서 그 손아귀를 빠져나오기가 이만저만이 아니었습니다. 우리가 죽자 살자 도망쳐서 겨우 탈출했을 때 마을 사람들이 우리의 상처를 싸매주며 말하는 것이었어요. 저 사람은 도깨비라고,

60

이름도 없이 그냥 도깨비로 불리고 근방 사람들은 모두 다 피해만 다닌다고. 그래도 조상이 양반인 덕에 아주 현숙한 부인을 얻어 아들 셋을 낳고 사는데 큰 아들 규는 엄청 똑똑하지만 도깨비 아비 때문에 장가들기도 어려울 거라고…"

여기까지 들었을 때 민희는 더는 견딜 수가 없어 그만 울음을 터뜨리며 자기 방으로 달려 들어갔다.

후에 소문이 더 무섭게 들려왔다. 김규의 아버지 김도깨비는 남을 때리는 것은 아무것도 아니요 자기 자식도 여자 아이면 막 잡아먹는다는 것이었다. 오래전 열 달이 된 자기 핏줄 아기를 잡아먹었고 일 후 언젠가는 며느리도 여차하면 잡아먹을 거라는 듣기만 해도 소름 끼치는 소문이었다.

민희는 밑창 없는 우물에 빠져버린 듯 자나 깨나 공포 속에서 허우적거리다가 끝내는 고열이 나며 몸져눕고 말았다.

상처

또다시 눈꽃이 하얗게 흩날리는 겨울이 왔다. 규는 이제 건강이 많이 회복되어 조금씩 바깥출입을 할 수 있었으나 반면에 마음은 갈기갈기 찢어져 밧줄에 널어놓은 실타래 모양 걷잡을 수 없이 너덜거렸다.

지난 늦가을의 어느 날, 심씨 댁으로부터 편지가 날아왔다. 주인어른의 친필이었는데 내용은 이러했다. 첫째. 규의 건강이 회복되고 있다니 참으로 다행이다. 둘째. 규가 고생해서 지은 올해 농사는 작년보다 더 잘 되었다 그래서 고맙다. 셋째. 반년 품삯에 보상을 합쳐 지폐로 보낸다. 넷째. 민희와의 만남은 없었던 일로 하고 가능한 잊어줬으면 좋겠다. 마지막으로. 부디 건강을 회복하고 좋은 아내를 얻어 행복하게 살기를 바란다.

울고 싶은데 이상하게 눈물이 나지 않았다. 대신 심장이 쪼개지듯 아프고 온몸의 힘줄이 밖으로 튀어나오듯 펄떡거렸다. 규는 알고 있었다. 이제는 끝날 때가 되었다는 것을. 아니, 철두철미하게 끝내야 했다. 그런데 왜 이렇게 아픈지, 왜 이렇게 아쉬운지, 왜 이렇게 허탈한지… 눈꽃이 날리면 그 속에 민희가 서있는 것 같아 정신없이 뛰어나갔다. 옥색 저고리만 보이면 민희가 걸어오는 것 같아 가슴이 쿵쾅거려 견딜 수가 없었다. 책을 들면 매 글자 글자들이 동그란 민희의 눈으로 변해 도무지 읽어 내려갈 수가 없었다.

시간이 약이다. 이를 악물고 견뎌내야 한다. 어머니는 이렇게 아들을 위로하고 또 위로했다.

잠간, 아주 잠간 규는 아버지를 죽여 버리고 자기도 죽을까 는 생각을 해보았다. 아버지야 말로 모든 악과의 근원이 아닌가. 아버지만 없다면 어머니도 동생들도 최저한 장래의 화는 면할 수 있을 것이다. 하지만 다음 순간 고개를 세차게 가로저었다. 아무리 어찌됐든 도깨비든 사람이든 짐승이든지 간에 내 몸에 피를 넣어준 내 아버지가 아닌가. 만약 내가 그 아비를 죽인다면 어머니는 어찌되고 동생들 또한 어찌될 것인가. 답이 없었다. 규의 인생은 원래부터 태어나는 그 순간부터 답이 없었던 것이다.

봄이 되자 규는 짐을 꾸려가지고 집을 나섰다. 어디든 떠나가는 것만이 규에게는 실오리만한 희망이었고 구원이었던 것이다.

탄광에 찾아가니 아이 적에 일 잘하고 똑똑하고 예절이 바르던 규가 어른이 되어 돌아온 걸 진심으로 환영했다. 작업반들이 다투어 규를 가지겠다고 해서 공평하게 규더러 골라잡으라고 했다. 규는 전에 함께 일하던 제3작업반을 선택했다. 이 작업반은 규까지 합쳐 모두 일곱인데 다섯은 규보다 나이가 많고 나머지 한 명은 전에 규가 왔을 때와 똑 같이 열여섯 살을 먹은 남자 아이였다. "돌쇠"라고 불리는 이 아이는 이름과 달리 키만 잔뜩 컸지 몸이 단단하지 못해 쩍 하면 넘어지고 엎어지고 또 억울하면 아이처럼 엉엉 소리 내어 울기도 했다.

함께 일을 하면서 사람들은 차츰 규가 이전의 그 착하고 예절 바르고 인정 많고 참을성 있던 규가 아님을 느끼게 되었다. 성격이 거칠어지고 신경이 예민해서 쩍하면 걸고 들고 욕설을 퍼붓고 손찌검을 하기도 했다. 또한 좌우 사람들과 잘 어울리지 않으며 혼자서 누구를 저주하기도 하고 세상을 원망하기도 했다. 단지 자기보다 어린 돌쇠에게만은 꽤 인정스레 보살피고 어르기도 하며 제법 형 노릇을 하는 것이었다.

사계절이 한 번씩 바뀌어 다시 봄이 돌아왔다. 지난 일 년 동안 규는 탄광 일을 하는 외에 짬만 나면 산에 올라가 주먹을 연마했다. 선생도 없고 코치도 없이 모든 것은 혼자 터득하고 연마했다. 사나이로 태어나 키가 160센티도 되나마나한데 몸까지 단단하지 못해 휘청거린다면 어디 가서 어떻게 발을 붙일 수 있겠는가. 자신을 지키기 위해서도 가족을 지키기 위해서도 이를 악물고 견지해 나가기로 작심했다. 그렇게 맨주먹으로 산속의 나무들을 쓰러뜨리며 부러뜨리며 일 년 열두 달을 연마하고 나니 마음속 울분이 다소 풀린 듯 가슴이 조금 트이고 몸도 눈에 띄게 튼튼해진 기분이었다.

어느 날, 탄광에 새로 들어온 성이 오씨라는 일꾼이 민희네 부근 마을에서 왔다는 소식이 전해왔다. 그날 밤 규는 오씨가 작업을 끝내기 바쁘게 조용한 곳으로 데리고 가 민희의 소식을 물었다.

오씨는 "아아, 그 소문난 역관 집 아가씨 말이군. 근데 자넨 어떻게 아는가?" 하고 되물었다.

"되묻지 말고 어서 소식이나 전하게. 그 아씨 지금 어떻게 지내고 있다던가?"

너무 급해서 규는 막 상대의 내장이라도 꺼내 보고 싶은데 오씨는 도리어 하품을 짝 짝 하며 느릿느릿 말했다.

"아이구 이 사람아, 뭐가 그리 급하셔. 그리고 반드시 듣고 싶은 소식 있다면, 맨입으로는 안 되지."

규는 금시 미쳐버릴 것만 같았다.

"아니, 이놈이, 지금 나하고 말장난 하자는 거야 뭐야?"

규가 꽥 소리치자 오씨가 반사적으로 벌떡 일어섰다.

"이게, 나하고 싸우자는 건가?"

규는 주먹이 막 근질거렸으나 민희의 소식을 듣기 위해서는 이를 악물고 참는 수밖에 없었다.

그러자 상대는 비웃듯이 규를 한번 쓸어보고 나서 "나 피곤해. 들어가 자야겠어." 하며 짐짓 자리를 뜨려 했다.

"옜다, 이 나쁜 놈아, 어서 처먹고 입이나 놀려."

어느새 규가 호주머니에서 지폐 한 장을 꺼내 오씨의 얼굴에 뿌려주었다. 돈을 보자 오씨의 얼굴이 금시 해시시 해졌다.

"음, 어디부터 말을 하지? 민희라고 부르는 그 아가씨는 말이야 천하 없이 예쁘고 똑똑한데…"

"그건 알아. 내가 알고 싶은 건 지금 어떻게 지내고 있느냐는 거야."

규는 급해서 숨이 넘어갈 지경인데 오씨는 천성적인 이야기군 유전자를 받았는지 뜸들이기를 좋아하는 것이었다.

"아따 이 사람이. 지금 말하고 있는 거잖아. 전후 사정을 잘 얘기해야 결과를 똑똑히 밝혀 말하지."

그리고는 숨을 길게 들이 쉬고 나서 말을 이었다.

"그 아가씨가 글쎄 동네방네 훌륭한 신랑감 모두를 마다하더니 지난 해 웬 머슴꾼과 연애를 시작했다지 않은가 …"

"알아, 알아, 그건 알고 있다구." 규가 신경질적으로 내쏘았다.

"아니 그럼 다 알고 있으면서 왜 자꾸 묻는 거여?"

"내 말은 지금, 바로 현재 어떻게 지내느냐 어떻게 살고 있느냐 이거야."

"살고 있긴, 죽었는데."

심드렁하니 내뱉는 오씨의 말에 규는 펄쩍 뛰듯 귀를 바짝 세웠다.

"죽다니? 심 역관이?"

"아니."

"그럼 부인이?"

"아아니. 아가씨가 죽었단 말이여."

망치에 꽝 얻어맞은 듯 머릿속이 띵 해났다.

"다, 다시 말해봐. 누, 누가 죽었다구?"

규가 눈을 뚝 부릅뜨고 다그치자 겁이 더럭 난 오씨가 빠른 속도로 말했다.

"아가씨가, 바로 심 역관의 딸 심 민희가 지난해 유산을 하고 죽었단 말이여. 불쌍하게도…"

말이 채 끝나기도 전에 규가 후다닥 일어서며 오씨를 단 주먹에 쓰러뜨리고 이어 발길을 날리기 시작했다.

"감히, 네가 감히 누구를 죽었다고 말하는 거야? 이 미친놈아, 개보다 못한 놈! 쥐보다 못한 놈!…"

마치 오씨가 민희를 죽인 원수라도 되듯 규는 모든 울분을 애매한 사람에게 쏟아 붓고 있었다.

너무 억울하고 분해서 오씨는 막 고함치고 싶은데 규의 발길질이 빗살같이 쏟아지는 바람에 숨소리만 윽윽 할 뿐 아무 소리도 내지 못하고 있었다.

때마침 지나가던 사람들이 이 광경을 보고 규를 뜯어 말려서 겨우 멈추게 하고 오씨를 부축해 일으켰다.

규는 돌아서는 길로 곧바로 민희를 찾아 몇 백리 길을 도보로 떠났다.

떠나는 길

민희의 무덤 앞에 규는 목석처럼 앉아있었다. 벌써 사흘째였다. 아무리 생각해도 민희가 없다는 사실이 믿어지지 않았다. 그렇게 예쁘고 싱싱하던 민희가 어찌 이토록 허망하게 가버린단 말인가? 그 죄책을 규는 자신에게 물었다. 어쩌면 나를 만난 것이 이 비범한 여인의 비극의 시작이었을 것이다. 아무한테든 부모님이 허락하는 곳이면 시집가라. 이렇게 되어 민희는 아버지 친구의 조카라는 남자와 결혼을 했는데 넉 달 만에 유산을 하고 하혈이 심해서 죽었다는 것이다.

규는 민희가 없는 하늘이 싫었다. 민희가 없는 땅이 싫고, 민희가 없는 이 세상 모든 것이 싫었다. 곤색의 깃털을 가진 까마귀들이 빙빙 원을 그리는 허공을 하염없이 쳐다보다가 규는 서서히 품에서 양잿물 봉지를 꺼냈다.

"민희야, 우린 아마 저 세상에 가서야 함께할 수 있나 봐. 그러니 잠시만 기다려."

봉지를 열어 안의 양잿물 가루를 모아 곧 입안에 털어 넣으려는 순간, 눈앞에 어머니의 여윈 얼굴이 나타났다.

"뭐하고 있는 거냐 규야! 민희는 결코 네가 이런 못난 짓 하기를 바라지 않는다. 그리고 넌 이 어미의 아들이고 두 동생의 형이라는 걸 잊지 말아."

이어 막내 동생 진의 앳된 얼굴이 나타났다.

"형님, 큰 일 하라고 멀리 가라 했지 이런 허튼 짓 하라고 가라 한 건 아녜요. 그러니 손에 쥔 양잿물 봉지 버리세요! 어서!!"

규는 놀란 듯 후다닥 튀어 일어나며 손에 들었던 양잿물 봉지를 멀리 멀리 던져버렸다.

탄광에 돌아왔을 때는 밤이 다 되어 밤 작업 일꾼들은 이미 갱에 내려가고 기타 일꾼들은 모두 혼곤히 잠들어있었다. 유독 돌쇠만이 문밖에 우두커니 앉아서 꾸벅꾸벅 졸기도 하며 누군가를 기다리고 있었다.

"돌쇠야, 왜 들어가 자지 않고 여기 있는 거야?"

그러자 돌쇠가 눈을 번쩍 떴다.

"형님, 돌아오셨군요. 어쩐지 오늘 오실 것 같아서…"

목소리에 어딘가 슬픔이 묻어있었다.

"왜? 무슨 일 있었어?"

돌쇠가 조금 머뭇거리더니

"…형님 돌아오면 인사나 하고 가려고."

"그게 뭔 말이여? 네가 여길 떠나려구?"

돌쇠는 괴롭게 입술을 꽉 깨물었다가

"네, 오늘… 그만 잘렸어요."

"왜? 무슨 일로?"

"석탄차를 지름길로 밀고 가다가 바퀴가 빵구났어요."

"바퀴는 수리하면 되지, 왜 사람을 함부로 잘라?"

"저도 모르겠어요. 이번 달 품삯도 안 주고 그냥 내쫓으니…"

"어느 놈이야? 말해봐."

"관리인 찌또시."

"찌또시, 그 일본 놈 새끼가 또 우릴 괴롭히는군. 지난번 갱사고가 났을 때도 애매한 사람 내쫓더니. 그 놈 지금 어딨어?"

"아마 기숙사에서 자고 있을 거예요."

"가자. 아니, 넌 기숙사만 알려주고 빠져."

짤막하고 딴딴한 몽둥이 하나를 허리춤에 감추고 규는 돌쇠가 알려준 대로 탄광 관리인 찌또시의 기숙사로 찾아갔다. 기숙사는 일본인들의 임시 처소로 조선식 집안에 다다미를 깔고 일본인이 사용했는데 찌또시는 혼자 독방에 들어있었다. 자정이 다 된 시간이라 당연 자고 있으리라 짐작했는데 찌또시의 방에는 아직 불이 켜져 있고 이야기소리가 둘둘 흘러나왔다. 문에 귀를 바싹 대고 들으니 아마도 안에 두 세 사람이 모여 함께 술을 마시고 있고 모두 일본 사람 같았다. 성미 급한 규는 아무것도 타산하지 않고 다짜고짜 출입문을 쫙 열어젖혔다. 한창 흥이 도도해서 술을 마시고 있던 세 사람이 깜짝 놀라 돌아보다가 키 작은 규를 보고는 아이라 착각해 서투른 조선말로

"애들이 예모 없이 뭐야? 썩 나가지 못해?"하고 소리쳤다.

순간 규는 번개같이 허리춤에서 몽둥이를 꺼내 가까운 놈의 목덜미부터 딱 드세게 내리쳤다. 놈이 푹 꼬꾸라졌다. 기타 두 놈이 반응도 미처 하기 전에

한 놈의 얼굴을 무섭게 갈겨 비명을 지르며 엎어지게 하고, 나머지 한 놈도 정수리를 힘껏 내리쳐 단김에 쓰러뜨렸다. 그리고는 치타의 속도로 날래며 여기저기 번갈아 강타를 가했다. 너무 갑작스러운 습격에 셋은 미처 정신을 차릴 새도 없이 혼줄 나게 얻어맞고 쓰러져 버둥거리다가 그중 경찰인 놈이 거의 반사적으로 괴춤에서 권총을 뽑아 한 방 갈겼다. 총알은 규의 귀뿌리를 윙! 스쳐 날아갔다.

일이 잘못됨을 퍼뜩 알아차린 규는 새처럼 빠르고 가볍게 몸을 날려 창문을 박차고 밖으로 뛰어나갔다. 다음 어둠을 타고 그 집의 뜰을 빠져나와 산으로 통한 오솔길로 냅다 뛰었다. 급기야 경보가 째지게 울리고 경찰들이 골목골목을 차단하며 규를 잡으러 사처에서 야단법석이었다.

커다란 셰퍼드 두 마리가 왕왕 짖으며 경찰들을 데리고 이쪽으로 쫓아오는 걸 보면 아무래도 흔적이 들킨 모양이었다.

이 위기일발의 시각에 돌쇠가 말을 타고 나타났다. 규를 보자 얼른 말에서 내려 말고삐를 규에게 넘겨주며 말했다.

"어서 타고 가세요. 하늘가로 도망치세요."

"너도 같이 가자."

"안돼요. 둘이면 무거워서 말이 빨리 뛰지 못해요."

"그럼 너도 어서 도망쳐. 잡히지 마."

"예, 제 걱정은 말고 어서 가세요. 쨔!" 말 궁둥이를 세차게 때렸다.

말이 놀란 듯 질주하기 시작했다. 규는 말 잔등에 납작 엎드려 고삐를 단단히 틀어쥐고 어둠속을 죽어라 내달렸다. 총알이 휙휙 주위에 날아다녔으나 규와 말은 용케도 명중되지 않고 아슬아슬하게 토성을 뛰어넘어 경찰의 포위를 뚫고 나갔다. 탄광 마을은 재빨리 뒤로 멀어져갔다.

이튿날 해질 무렵 규는 함경북도의 두만강 변에 이르렀다. 서둘러 시장으로 가 말을 팔아서 중국 돈으로 받아 호주머니에 챙겨 넣었다.

암시장에 가서 도강 배를 예약하고 강가에 앉아 하늘의 반달을 쳐다보며 자정이 오기를 기다렸다.

이제 곧 태를 묻고 자란 고향을 영영 떠나 타국에 유랑살이를 가게 되는 것이다. 남들은 정든 고향이라 부르지만 김규에게 있어 고향은 재난의 시작이었고 울분의 땅이었다. 그래서인지 슬픔도 아쉬움도 미련도 느껴지지 않았다. 단지 도깨비 아버지에게 남겨두고 가는 불쌍한 어머니와 두 동생이 마음에 걸려 가슴이 아릿할 뿐이었다.

그토록 애틋이 사랑했던 민희도 이제는 마음 한구석에 조용히 가두어 넣고 자물쇠를 잠가버리기로 작심했다. 먼 훗날 저승에서 만나면 다시 보기로 하고.

드디어 약속한 도강배가 강기슭에 이르렀다.

규는 어머니가 계시는 고향 방향으로 돌아서서 두 손을 꼭 모아 정중하게 큰절을 올렸다.

"어머니, 불효자는 떠납니다. 부디 몸조심 하소서!"

다음 열아홉 살 나는 김규는 보따리를 들고 어엿이 배에 올랐다. 배는 서서히 미끄러져가기 시작했다.

잘 있거라, 내 19년의 눈물이여!

잘 있거라, 내 19년의 한이여!

잘 있거라, 내 조상의 무덤들이여!

제2장

삶의 굽이

제2장
삶의 굽이

최상의 삶은
일분일초 음미할 가치가 있고
최악의 삶은
일분일초 기억할 가치가 있다.

갑규와 을규

두만강을 건너 타국으로 왔으나 여기도 마찬가지로 조선말을 하는 곳이었다. 당시 일본이 간도라고 부르는 연변지역은 조선인들이 많이 모여 사는 곳으로 살길을 찾아 두만강을 건너온 사람들도 있고 일제가 중국을 먹으려는 야심을 채우기 위해 강제로 이민시킨 집단부락도 있었다.

규는 하루 빨리 돈을 벌어 불쌍한 어머니와 동생들을 구조하고 싶었다. 자기는 어린 시절부터 공부를 못하고 고된 일만 하며 힘들게 살아왔지만 동생들만은 자기처럼 비참한 삶을 살게 하고 싶지 않았다. 특히 막내 동생 진은 규의 자식 같은 존재로 이 총명한 아이만은 반드시 공부 시켜야 한다고, 그러지 않으면 큰 형이 살아있을 가치마저 없다고 규는 생각했다.

두만강을 건너온 이튿날부터 규는 삯일을 얻어 열심히 품팔이를 하기 시작했다. 남들처럼 아직 개간되지 않은 땅을 찾아 한 팽이 두 팽이 손수 밭을 일구어 농사를 짓고 싶었으나 이제는 여기도 일제의 통치 밑에 떨어져 있으니 더는 안전한 곳이 못되는 것이었다. 고향을 떠나기 전 날 밤, 혼자 때려눕힌 세 일본인의 생사를 알 수가 없고 더욱이 그중 한사람은 경찰이었으니 죽기라도 했다면 규는 영영 고향에 발을 들여놓을 수 없고 타국인 이 땅에서도 무사를 장담하기 어려운 일이었다. 하여 규는 이름을 갑규(甲奎)라 고치고 여기 저기 자주 이동하며 단기 일만 하고 어느 고장에도 오래 머물러 있지 않았다.

처음에 고용주들은 체대가 작은 규를 별로 탐탁지 않게 여기며 선뜻 채용하려 하지 않았다. 별수 없이 한동안 허드레 일이나 하고 남의 시중이나 들며 돌아다니다가 아무리 생각해도 자존심이 허락되지 않았다. 마침 모내기철이 되어 고용주들은 서로 다투어 모내기 잘하는 일꾼을 쓰려고 도처에 수소문하고 있었다. 당시 조선인들이 모여 사는 용정(龍井)일대에서 "노랑저고리"라는 별명을 가진 여자 일꾼이 모내기에서 최고라고 소문이 나있었다.

규는 일부러 "노랑저고리"를 고용하는 집에 찾아가 자기도 모내기에 자신 있으니 한번만 시험해 달라고 간곡히 부탁했다. 논을 대 면적으로 부치는 주인집에서는 유능한 일꾼 여럿이 필요했으므로 규의 솜씨를 한번 시험해 보기로 했다.

"하루만 해보게. 속도만 빨라서도 안 되네. 질을 보장해야지. 만약 그닥잖으면…"

"하루 품삯을 일 푼도 받지 않겠습니다."

규의 시원한 대답에 주인은 흡족해하며 바로 날짜를 잡아 두 사람에게 면적이 비슷한 논판을 하나씩 떼어 맡겼다. 그날 규는 단단히 준비하고 아침 일찍 일어나 논밭에 나가 논판을 살펴보며 상황을 파악했다. 드디어 노동 시간이 되자 모를 운반하는 일꾼들이 모를 날라다 논판에 펴놓고 "노랑저고리"와 규는 서둘러 모 꽂기를 시작했다. 실은 공개하지 않은 시합이었다.

소문과 같이 "노랑저고리"는 손이 엄청 잽싸고 모내기 경력 또한 대단하여 두 손으로 모를 갈라 논판에 꽂는 소리가 찰랑찰랑 촐랑촐랑 완연 빠른 음악의 절주처럼 박력 있게 들렸다. 하지만 키가 작아도 남자인 규는 "노랑저고리"처럼 고르로운 소리를 내지 못하고 속도가 늦은 듯 보이나 손이 커서 모를 한꺼번에 많이 쥘 수 있고 지구력이 강한 것이 특점이었다.

결국 하루 동안 완성한 면적을 정확히 재어보니 규가 완성한 면적이 더 많고 시간도 조금 더 빨랐다. 이렇게 되자 "노랑저고리"는 규에게 당해 원한이라도 품은 듯 눈을 흘기며 도망쳐버리고, 그 해 주인집 대면적은 규가 전부 맡아 일꾼 몇을 거느리고 기한 내에 모내기를 깔끔하게 끝냈다. 또한 며칠 후 사름 정황을 살펴봐도 규가 꽂은 논판의 모가 "노랑저고리"가 완성한 논판보다 더 많이 파랗게 모들이 살아나는 걸 보고 주인은 규를 업어줄 듯 칭찬하며 품삯도 넉넉히 계산해 주었다.

이로부터 규의 일솜씨가 동네방네에 소문이 나 더는 일거리 걱정을 하지 않아도 되고 품삯도 남들보다 높이 받을 수 있었다. 그런데 고용주들을 골치 아프게 하는 점은 규가 장기 고용을 받아들이지 않는 것이었다. 사계절 농사일에 대해 너무 잘 알고 또 남의 일도 자기 일처럼 진심으로 해주는 규를 장기 일꾼으로 쓰고 싶은데 아무리 품삯을 높여주고 우대를 하겠다고 약속해도 규는 대답하지 않고 한 계단 일만 끝나면 바로 떠나버리는 것이었다.

어느 해 가을, 가을걷이가 끝나자 규가 또 보따리를 싸지고 떠나려 하는데 일꾼 한 명이 따라 나오며 간곡히 말리는 것이었다.

"그러지 말고 여기서 탈곡까지 끝냅시다. 난 '을규'라 하오."

을규라는 이름에 규는 그만 발길을 뚝 멈추었다.

"'을규'라? 그 이름이 진짜인가?"

"예. 그러니 동생 아니겠수. 형님 이름이 '갑규'라는 걸 알고 있소이다."

그래서 다시 보니 키가 크지 않고 몸집이 아담한 것이 규와는 피를 나눈 형제라 해도 의심치 않을 모습이었다.

"자네 고향이 어딘가?"

"강원도입니다."

두 사람은 서로 반갑게 정식 인사를 나누고 을규의 권유를 받아들여 갑규는 처음으로 "달라재"라는 마을에 정착하게 되었다.

갑규보다 두 살 연하인 을규는 갑규를 진짜 형님처럼 깍듯이 대하고 따르며 의지했다. 두 사람은 방 한 칸을 세내고 함께 들어 살며 삯일도 그림자처럼 붙어 다니며 같이 했다. 그 해 설은 을규도 고향에 가지 않고 셋방에 남아 둘이 함께 술을 마시고 가족을 그리며 그믐밤과 설날을 보냈다.

설이 지나고 대보름도 지난 뒤의 어느 날이었다. 갑규가 을규에게 새해는 이곳을 떠나 다른 곳에 가 일하자고 제안했다.

"형님, 왜요? 여긴 마을이 커서 일을 찾기도 쉽고 또 동네방네가 모두 형님의 뛰어난 일솜씨를 알고 있으니 품삯을 올리기도 좋은데…"

말이 채 끝나기도 전에 갑규가 잘라 말했다.

"미안하네, 아우. 자네 뜻은 잘 알겠네만 난 아마도 떠나야 할 것 같아."

그러자 을규가 더는 참지 못하고 오랫동안 품어왔던 의문을 마구 쏟아냈다.

"도대체 한곳에 머물지 못하는 이유가 뭐유? 한번 좀 속 시원히 말해 보슈."

이제 더는 을규를 속일 수가 없었다. 그래서 갑규는 고향을 떠나기 전 날 탄광에서 벌어진 일을 빠짐없이 모두 솔직하게 털어놓았다.

"아, 그래서 경찰이 찾아올까 두려운 것이군요. 그런데 내가 보기엔 그 셋 모두 죽지 않은 것 같습니다. 죽었으면 그 악착같은 놈들이 벌써 찾아 왔을 텐데 이젠 3년 철이 다 되어가잖아요."

듣고 보니 일리가 있는 듯했다. 헌데 바로 이때 밖에서 발자국 소리가 뚜벅뚜벅 나더니 "계시오!"하는 소리가 들려왔다.

아이구, 이건 진짜 호랑이 제 흉보면 바로 찾아온다는 말과 같지 않은가.

두 사람은 너무 놀라 일시 어쩔 바를 모르고 서로 얼굴만 뻔히 쳐다보았다.

이때 또다시 밖에서 소리가 들려왔다.

"여기 김규라는 사람 살고 있는가?"

아무 대답도 할 수가 없었다. 두 사람은 얼어붙은 듯 몇 초간 꼼짝 않고 있다가 을규가 벌떡 일어서며 갑규에게 다급히 소리쳤다.

"뒷문으로 뛰시우. 내가 나가 막을 테니."

"안 돼. 내 일은 내가 감당해."

"형님 이러고 있을 때 아니우다. 나도 김씨고 이름이 을규니 막을 자신 있어요. 형님은 어서 도망치슈. 어서!"

갑규는 번개같이 뒷창문을 열고 뛰어나갔다. 하지만 멀리 가지 않고 바로 창문 옆에 붙어 서서 안의 동정을 엿들었다. 그자들이 만약 을규를 괴롭힌다면 죽는 한이 있더라도 자기가 뛰어들어 처리할 예정이었다.

과연 두 남자가 문을 열고 들어왔다. 얼굴이 조금 얽은 듯한 남자가 을규에게 물었다.

"자네가 김규인가?"

"네, 그런데요."

을규가 도전적으로 대답하자 얽은 얼굴이 막 뭐라 하려는데 옆에 섰던 남자가 얼른 가로챘다.

"이 사람 아니야. 얼굴 모습이 달라."

그러자 얽은 얼굴이 아니꼽게 을규를 쓸어보며 질문했다.

"아니면서 왜 싱겁게 나서는 거여?"

을규는 짐짓 뿌루퉁한 척 입술을 죽 내밀고 "내 이름이 김 을규요. 그래서 평소엔 모두 김규라 부르거든요."라고 쩔러 대답했다.

말문이 막힌 두 사람은 잠간 머뭇거리더니 얽은 얼굴이 조금 부드럽게 어조를 바꾸어 부탁하듯 말했다.

"혹 김규라는 사람을 만나면 저기 청산골 마씨네가 찾는다고 전해주시오."

이 말을 듣고 갑규는 바로 뛰어나와 이유를 묻고 싶은 충동을 억지로 참았다.

이 일이 있은 후 갑규와 을규는 정식으로 의형제를 맺었다. 위기일발의 시각에 서로를 지키려는 진심이 무척 의로웠고 또한 일 년 사계절 떠돌아다니는 객지 생활이 너무 외로워서 두 사람은 의형제를 맺고 서로 생사를 같이하기로 다짐했다.

청산골 마씨네를 알아보니 일본 경찰서와는 상관없는 중국인으로 당지에서 땅을 가장 많이 가지고 있는 부자라는 것이었다. 며칠 후, 마씨 댁에서 글쪽지를 보내왔는데 내용인 즉 올해부터 자기네도 벼농사를 하고 싶어 논을 풀려 하는데 김규를 기술자로 청해 쓰고 싶다는 것이었다.

갑규와 을규는 당장 보따리를 싸 메고 청산골로 향했다.

장사의 유혹

청산골 마씨네 댁에서 일 년 농사를 마쳤다. 첫 해 벼농사인데도 갑규와 을규는 장기 계획을 세우고 지형을 측정해 알맞게 관개 도랑을 파고 배수로를 빼서 물이 논판에 잘 흘러들고 시기에 맞춰 깨끗이 빠져나가게 했다. 농사는 가을에 풍작을 거두어서 덕분에 갑규와 을규는 품삯을 더블로 계산해 받았다.

그런데도 갑규에게는 하나의 유혹이 머릿속을 떠나지 않았다. 그것은 장사였다.

"아무개는 연길 국자거리에서 장사를 해 며칠 사이에 돈을 막 깍재(갈퀴)로 끌었다오."

"그게 무슨 소린가? 저 원산집에서는 장사를 하다 밑져 돈을 몽땅 처넣고 빚더미에 앉았다는데."

"요즈음 먹거리 장사가 잘되나 봅니다. 여기서 난 토산품을 조선 땅에 가져다 팔면 이문이 엄청 남는대요."

……

장사를 두고 이런 저런 소문들이 하루에도 수없이 밀려와 사람을 싱숭생숭하게 만들었다. 그 중에서도 특별히 유혹적인 말은 장사란 머리가 좋아야 할 뿐만 아니라 운수가 좋아야 한다는 것이었다. 갑규는 자기의 운수를 시험해 보고 싶었다. 태어나서 여태껏 한 번도 운수가 좋았던 적이 없고 또한 운수를 시험해본 적도 없었다. 그래서 도박을 하듯 한번쯤 모험을 해보고 싶었다. 물론 가장 입맛 당기는 것은 돈이 빨리 벌어질 수 있다는 점이었다. 두만강을 건너온 지 어언 4년이나 되는데 농사일만 해서는 어쩐지 돈이 모아지지 않았다.

불쌍한 어머니를 구조하는 것이 한시가 급하고 더욱이 막내 동생이 공부할 나이가 되었는데 형으로서 아무 도움도 주지 못하는 자신이 너무 원망스럽고 안타까웠다.

"미안하지만 을규야, 난 올 겨울에 장사 좀 나가야겠다."

그러자 뜻밖에도 을규가 시원스레 호응해 나서는 것이었다.

"형님, 나도 그런 생각을 하고 있었어요. 마침 잘됐네. 우리 같이 해봅시다."

이렇게 되어 두 사람은 밤새워 장사거리를 의논하며 계획을 짜기 시작했다.

우선 마늘을 사서 자동차에 싣고 을규의 고향에 나가 팔기로 의견을 모았다. 그해 자연 재해로 강원도에 마늘농사가 절단 났다는 소식이 들려왔던 것이다. 시기도 지금이 바로 김장철이 닥치는 늦가을이라 집집이 마늘이 대량 필요한 적기였다.

그런데 모자라는 것은 자금이었다. 두 사람의 손에 있는 돈 모두를 박박 끌어 모아 봤자 마늘 반 자동차를 살만한 돈도 안 되는 것이었다. 그래서 돈을 빌리기로 하고 마씨댁 어른께 뜻을 여쭈었더니 두 사람 내년 농사의 품삯을 먼저 선불해 주었다. 그래도 조금 모자라는 부분은 성이 림(林)씨라는 을규의 고향 친구가 보태고 셋이 함께 장사하는 것으로 이윤을 나눠가지기로 했다.

세 사람은 농가를 찾아가 마늘을 사들이기 시작했다. 그렇게 겨우 한 자동차를 만들어서 갑규와 을규가 싣고 떠나 여기 저기 관청들을 먹이고 사정하며 어렵게 어렵게 두만강 다리를 건넜다. 여기까지는 운수가 나쁘지 않은 셈이었다.

"을규야, 마늘을 다 팔면 이문이 얼마나 남을까?"

강원도로 달리는 자동차 짐칸에 기대 앉아 갑규가 을규에게 물었다. 실은 자신이 속으로 다 계산하여 숫자를 뻔히 알면서도 을규의 입으로 듣고 싶었던 것이다.

"형님은 나보다 계산이 빠르잖우. 뭐, 아무리 안 돼도 다음 번 장사를 할 만큼의 밑천은 떨어지겠지."

"그래?" 갑규는 흥분되어 막 소리치듯 말했다. "그럼 우리 내년 농사철이 되기 전에 장사 한번 더하자. 겨울 장사거리로 골라잡으면 돼."

을규도 어지간히 흥분된 모양 손가락 마디를 뚝뚝 꺾으며 말했다.

"겨울 장사거리라? 좋지. 국자거리에 가보면 눈에 띄는 게 장사거리라…"

성미 급한 갑규가 말을 잘랐다.

"이번엔 좀 큰 걸로 골라보자. 사나이다운 걸로 말이야. 먹거리 장사는 어쩐지 좀 시시해."

"아따, 형님은 키가 작아가지고 통만 크네. 돈이 벌어지는 거면 다 장사거리지. 뭐뭐 대포라도 넘겨 팔 예정이우?"

"그 정도는 아니고. 암튼 이번엔 내가 골라잡을 테니 넌 따르기만 하면 돼."

"알겠습니다 형님. 난 언제나 형님만 따르는 해바라기니까요."

둘은 하하 크게 웃었다.

이때 갑자기 그들의 웃음소리에 경고라도 하듯 하늘에서 꽈르릉! 우레가 울었다.

"웬 우렛소리?"

또다시 우레가 꽈르릉! 울고, 뒤이어 광풍이 일며 서쪽 하늘로부터 먹장 같은 구름이 야수무리가 먹이를 덮치듯 밀려왔다. 눈 깜짝할 새에 온 하늘이 시커멓게 뒤덮고 기온이 초속으로 떨어지며 미친 듯한 바람에 진눈깨비가 날리기 시작했다.

당시는 일기예보 같은 것이 없던 때라 아무도 하늘이 하는 짓을 예측하기 어려웠다. 도리대로라면 강원도로 가는 방향은 서남쪽이니 갈수록 기온이 높아야 하는데 대자연은 결코 사람의 마음을 알아주는 천사가 아니었다.

게다가 기온이 영하로 떨어지자 땅에 내린 진눈깨비가 얼어붙어 자동차는 마치 거부기가 기어가듯 느릿느릿 가고 있었다.

"아, 이걸 어쩌나? 마늘이 모두 얼게 생겼어."

"어떡하지? 이건 우리의 전부를 건 도박인데."

"방수포가 더 없나?"

"없슈."

두 사람은 자기 몸이 추위에 꽁꽁 얼어드는 것도 잊고 마늘만 아까워서 걱정하고 또 걱정했다. 하지만 달리는 자동차를 세울 수도 없었다. 세우면 시간만 늦어지고 그래서 마늘이 더 꽁꽁 얼게 될 것이었다.

밤이 되자 기온이 더 떨어지면서 진눈깨비는 눈보라로 변했다. 자동차의 짐칸에 바람막이도 없이 마늘 짐 위에 덩그러니 앉은 갑규와 을규는 갑작스레 닥치는 추위에 온몸이 꽁꽁 얼어붙어 이제는 말조차 하기 어렵게 되었다. 자칫하면 사람이 얼어 죽을 판이었다.

하는 수 없이 운전 칸 천정을 두드려 자동차를 세우고 두 사람 모두 운전 칸으로 기어 들어갔다. 좁다란 운전 칸에 장정 셋이 들어앉으니 비좁아서 운전을 하기 어려웠다. 하여 셋은 아예 서로를 부둥켜안고 몸을 녹이며 길에서 밤을 보냈다.

이튿날 날이 밝아오자 짐칸으로 건너가 마늘을 살펴보았더니 전부가 꽁꽁 얼어 동태가 되어있었다. 이렇게 무정한 하늘은 갑규와 을규의 가련한 본전마저 꿀꺽 삼켜버려 두 사람을 완벽한 빈털터리로 만들어버렸다.

그 길로 을규는 고향집에 돌아가고 노자도 없는 갑규는 부근 어느 탄광을 찾아가 석탄 캐는 일을 다시 시작했다. 겨울동안 뼈 빠지게 일을 해 모은 돈에다 을규한테서 얼마간 빌린 돈을 합쳐 고향 어머니에게 부쳐 보내고 이듬해 농사철이 되자 갑규와 을규는 또 다시 두만강을 건넜다.

규 형제는 마씨네 댁에 돌아와 빚 대신 일 년 농사를 열심히 지어주었다. 이해는 늦장마가 져서 곡식을 거두는데 다소 장애가 있었으나 연말에 총결해보니 그런대로 밑지지는 않았다. 빚을 다 갚았으니 이제는 떠나겠다고 여쭈었더니 마씨는 두 일꾼을 보내는 것이 아쉬워서 이듬해 농사를 더블 품삯으로 맡기겠다고 했으나 갑규는 반드시 떠나겠다고 고집했다. 떠나는 날 마씨 어른은 자기의 연줄로 그들에게 부두 일을 소개해주었다.

결의형제

부두에서 규 형제는 처음에 짐을 싣고 부리는 일을 했다. 갑규는 키가 작아도 누구보다 일을 부지런히 하고 무거운 짐을 앞장서 나르는데도 팀원중의 어떤 자들이 갑규를 깔보고 탐탁지 않게 여겼다.

부두에 일거리가 적은 어느 날, 일꾼들 태반이 일찍 퇴근해 대중목욕탕에 가 몸을 씻었다. 그날 규 형제는 한발 늦어 목욕탕에 가 옷을 벗고 욕실로 들어갔다. 그런데 먼저 들어간 중에서 왜가리 같이 생긴 자가 들어오는 갑규를 보더니 자기 손을 짝 벌려 견주며 "저 자식 종아리가 한 뼘이나 될까?" 하고 놀렸다.

그러자 옆의 꺽다리도 신이 나는지 자기 손바닥을 짝 펴서 갑규의 다리를 가로 세로 견주며 "내 손에는 한 뼘도 안 될 걸." 하고 넉살 부렸다.

그러자 좌우 모두가 흐흐 하하 웃음을 터뜨렸다.

갑규의 눈에 모든 것이 박히듯 들어왔다. 오랫동안 참았던 울화와 분노가 화산처럼 폭발하는 순간, 갑규의 두 발이 어느새 그자들 앞에 가 놓이고 무쇠 같은 주먹이 단 매에 "왜가리"를 때려눕혔다. 이어 허리를 펴며 꺽다리의 턱을 드세게 치받아 꺼꾸러뜨리고 다시 돌아서서 흐흐 하하 웃어대던 자들을 모조리 돌아가며 답새기기 시작했다. 너무 갑작스럽고 지나친 상상 밖의 일이라 아무도 정신을 못 차리고 그냥 알몸으로 얻어맞거나 허둥지둥 도망쳐 버리기도 했다.

이튿날 다시 일하러 나갈 때 을규가 걱정스레 물었다.

"보복이 무섭잖우 형님?"

갑규는 어느새 마련했는지 품에서 팔뚝 길이의 쇠몽둥이를 꺼내 보이며 대답했다.

"염려 말게. 시시각각 준비하고 있으니. 까짓 자식들 무리로 덤벼보라지."

"참, 형님이 이렇게 싸움 잘하는 줄 몰랐네. 그 동안 어찌 참았대여?"

갑규는 눈살을 찌푸려 씁쓸한 과거를 떠올리며 대답했다.

"내가 싸움을 좋아하는 게 아니라 싸움이 날 그림자처럼 쫓아다니니 어쩌겠나. 그 때 고향에서 사람을 때려눕히고 너무 신경이 쓰여 다시는 주먹을 휘두르지 않겠다고 맹세했는데, 세상살이가 참 너무 힘들구나!"

을규는 갑규의 손을 덥석 잡아 쥐고 어깨를 쓰다듬으며 위로했다.

"너무 염려 마슈. 나 을규도 있잖우. 뭐 죽지 않으면 살겠지."

이후부터 둘은 어디 가든 짤막한 쇠몽둥이를 허리춤에 차고 다녔다.

과연 삭제될 리 없는 저들의 보복은 암암리에 기회를 노리고 있었다.

어느 날, 규 형제가 저녁작업을 마치고 퇴근해 오는데 앞에 시커먼 무리들이 꽉 막아 나섰다. 어림짐작해도 열댓은 잘 될 것 같았다.

갑규는 번개같이 허리춤에 손을 넣어 쇠몽둥이를 단단히 틀어쥐었다. 을규도 만단의 준비를 갖추었다.

이어 무리들 맨 앞에 선 꺽다리가 두 다리를 쩍 벌리고 갑규를 향해 건방지게 소리쳤다.

"요 발바리 새끼야, 용서를 빌고 싶거든 내 가랑이 사이로 기어 나가라…"

말이 채 끝나기도 전에 갑규의 쇠몽둥이가 꺽다리의 옆구리를 호되게 강타했다. 탁! 소리와 함께 허수아비 같이 길고 높은 체구가 마치 종이 접기 하듯 푹 접혀 옆으로 구겨지며 쓰러졌다.

그러자 뒤에 섰던 무리들이 와—— 벌떼처럼 달려들었다. 갑규는 날렵하게 몸을 요리조리 피하며 쇠몽둥이로 상대의 어깨나 허리를 명중해 나갔다. 그러는 와중에도 뒤를 돕는 을규에게 엄하게 소리쳤다.

"머리나 가슴은 빼고, 기타 곳을 쳐!"

드디어 반수 이상이 쇠몽둥이에 얻어맞아 땅에 나뒹굴자 나머지는 그만 기겁하여 뺑소니를 치고 말았다.

기숙사에 돌아온 규 형제는 서둘러 보따리를 싸기 시작했다. 보나마나 이튿날이면 영락없이 잘려 나갈 것이 번하니까.

과연 이튿날 아침, 관리실에서 부른다고 전갈이 왔다.

"밤에 튀었을 걸 그랬나?"

갑규의 말에 을규가 대답했다.

"아니요 형님, 사람이 잡으러 오지 않고 전갈을 보낸 걸 보면 경찰이 개입한 건 같지 않고, 십중팔구 벌금이나 시키고 내쫓을 거유."

두 사람은 가슴을 두근거리며 관리실에 들어섰다. 이때 서류를 보고 있던 관리인이 엿판대기같이 넙적한 얼굴을 들어 두 사람을 보고는 앉으라고 손짓했다. 조금 이상한 생각이 들었으나 그런대로 걸상에 엉거주춤 앉아 기다리는 수밖에 없었다. 이윽고 관리인이 보던 서류를 마치고 나서 잔뜩 미소 띤 얼굴로 두 사람 앞으로 걸어왔다.

"담배 피나?"

둘은 동시에 벌떡 일어섰다.

"아닙니다."

그러자 관리인이 갑규의 어깨를 손으로 지그시 눌러 앉히며 말했다.

"자네가 그렇게 사람 치는 재간이 뛰어나단 말이지."

갑규는 조금 당황했다. "아니, 그게 아니고 저… 그 사람들이…" 일시 뭐라 했으면 좋을지 몰라 혀가 버둥거렸다.

"알아. 안다구. 그걸 캐물으려 자넬 부른 건 아니고. 음–"하고 관리인은 아래위 입술을 철썩 붙였다가 다시 벌렸다. "자네들, 다른 일 해볼 생각은 없는가?"

"네? 무슨… 일…?"

두 사람은 얼떨떨하여 실눈을 해가지고 관리인을 빤히 쳐다보았다.

그러자 관리인은 마치 남을 구조하여 무척 즐겁다는 듯 얼굴에 자랑스러운 미소를 가득 담고 한 발짝 바투 다가서며 낮은 소리로 말하는 것이었다.

"내 자네들 처벌을 면제하고 치안대에 추천해줬네. 이미 야마모도 대장에게 말해 놓았으니 바로 전근영이 내릴 거야. 어떤가?"

아마 기뻐서 펄쩍 뛸 것이라는 관리인의 짐작과는 달리 갑규의 얼굴이 금시 얼음이 깔린 듯 차갑게 굳어졌다.

야마모도 대장, 이름만 들어도 일본 사람 아닌가? 그 밑에서 치안대 몽둥이를 휘두르며 일꾼들을 괴롭히고 두들겨 패던 자들이 얼마나 밉고 가증스러웠는데 지금 나보고 그 일을 하라고? 어림도 없지. 아무리 돈벌이에 눈이 어둡다해도 일본 놈들의 개로 왕왕 짖어대는 일은 평생 하지 않을 것이다! 이것이 갑규의 생각이었다.

그런데 을규는 다소 같지 않은 생각인 듯했다. 치안대 일을 하면 최소한 남의 능멸은 받지 않을 것이고 그만큼 돈벌이도 잘될 것이며 또 힘들게 시각마다 체력 노동을 하지 않아도 폼 나게 살 수 있지 않을까?

하지만 미처 뜻을 나눌 새도 없이 성미 급한 갑규가 금방 태도 표시를 해버렸다.

"거절하겠습니다. 난 여길 떠날 것입니다."

그러자 관리인이 깜짝 놀라 금시 낯빛을 바꾸며 물었다.

"이유가 뭔가? 왜 주는 떡도 싫다는 거여?"

갑규는 잠간 생각하다가 늦가을 감자 같이 토실토실하고 뚜렷한 단어로 대답을 내뱉었다.

"주는 떡을 먹고 내 겨레들을 해치라고 한다면 먹지 않는 것이 좋겠지요. 이것이 내 평생 신조입니다!"

말을 마치고 바로 몸을 돌려 관리실 문을 열고 밖으로 나가는 갑규의 몸체가 유달리 확대되는 것 같았다.

기숙사로 돌아가는 길에 을규는 갑규의 뒤를 따라 걸으며 방금 자기 생각을 말하지 않기를 얼마나 잘했냐고 생각했다. 갑규의 말을 듣고 보니 참으로 옳은 말이었다. 비록 몸은 품팔이꾼에 지나지 않지만 마음속에 품은 떳떳하고 사나이다운 지조는 을규를 감복시키고도 남음 있었던 것이다.

보따리는 이미 다 싸 놓았으니 점심을 먹고 오후에 떠나기로 하고 식당에 가 음식을 좀 푸짐히 사서 둘이 술잔을 나누고 있었다.

이 때 갑자기 사람들 십여 명이 식당으로 밀고 들어와 규 형제를 주욱 에워싸는 것이었다. 갑규가 대뜸 긴장해서 주먹을 불끈 쥐고 싸울 준비를 하는데 을규는 되려 그중 한 사람을 알아보고 반갑게 소리쳤다.

"아니, 철수, 자네 아닌가? 이게 웬 일이여?"

그래서 다시 보니 앞에 선 자가 바로 저번 마늘장사 때 모자라는 돈을 보태 주던 을규의 고향 친구 림철수(林哲洙)였다. 그때 장사를 망친 시비를 걸려고 찾아온 건 아닐까 퍼뜩 생각했는데 아닌 것 같았다. 철수는 커다란 덩치를 줄이기라도 하듯 몸을 낮추며 규 형제에게 말하는 것이었다.

"소문 다 들었네. 갑규형, 참 대단하셔. 오늘 여기 모인 사람들은 모두 형님의 기개와 의리를 높이 사서 찾아온 사람들이오."

그러자 나이 좀 들어 보이는 남자가 앞으로 썩 나서며 말했다.

"난 정만우(鄭萬友)라 부르네. 전문 밤 작업을 해서 마주친 적은 없지만 얘기 많이 들었어. 근데 자네들이 떠나도 가면 어딜 가겠나? 이놈의 세상 어디 가도 다 마찬가진 걸. 그러지 말고 차라리 남아서 우리랑 결의형제를 맺고 생사고락을 같이 하세."

이렇게 되어 그날 오후로 두만강 부두 노동자 열아홉 명이 한적한 곳을 찾아 동고동락 맹세를 하고 사진을 찍은 다음 함께 혈주(血酒)를 나누는 것으로 19결의형제가 정식으로 맺어졌다.

옥수

어언 2년이라는 세월이 흘렀다. 그동안 갑규는 결의형제들의 소개로 옥수라는 여자를 만나게 되었다. 옥수는 작은 순댓국집을 경영하는 여자로 나이는 갑규보다 세 살 연상이고 고향은 경상북도 대구였다.

민희가 죽은 후로 갑규는 그 어떤 여자도 눈에 들어오지 않고 아무리 예쁘게 차린 여자도 이성으로 느껴지지 않았다. 그래서 아직 "숫총각" 딱지를 떼지 못하고 있는데 옥수와의 만남은 좀 예외라 할까, 암튼 갑규의 뜻은 아니었다.

말하자면 19결의형제를 맺는 날 일어난 일이었다. 이날 모두들 억수로 흥분되어 술을 사발들이로 마시기 시작했다. 갑규는 술에는 자신 있었다. 여태껏 술을 아무리 마셔도 취한 적이 없고 쓰러진 적이 없으니 술에는 견딜성이 남다르다고 생각했다. 그런데 이 날 술상에서 열아홉 결의형제가 너나없이 형님이라고 부르며 술을 권하는 통에 뱃속에 알코올이 얼마나 들어갔는지 규는 드디어 정신이 흐리멍덩해졌다.

세상이 녹두알만 해져 흔들흔들하는 가운데 문뜩 눈앞에 옥색 저고리를 입은 여자가 살포시 웃으며 나타났다.

"민희?"

뻥 뚫렸던 가슴이 갑자기 훅 채워지는 느낌, 잊었다고 생각했는데 결코 잊은 것이 아니었다. 가슴의 한 구석에 마늘 싹처럼 파랗게 살아있었던 것이다.

"민희야--!"

갑규는 저도 모르게 큰 소리로 부르며 두 팔을 한껏 벌려 여자를 품속에 꼭 그러안았다. 한없이 따뜻하고 부드러운 느낌이 전율처럼 전해왔다.

"어디 갔다 이제 오는 거야. 그리웠어, 너무 그리워서 죽을 것 같은데. 보고 싶어서 눈이 다 멀 것 같은데… 왜 이제 왔냐구…"

그러면서 입술은 어느새 상대의 입술을 찾고 손은 어느새 옥색 저고리의 고름을 더듬고 있었다. 마침내 등잔불이 꺼졌다…

옥수가 이 키 작고 돈 없는 갑규를 좋아하는 이유는 따로 있었다.

며칠 전 점심때가 될 무렵, 단골손님 십여 명이 옥수가 경영하는 순댓국집을 찾아와 음식을 시키고 상에 들러 앉았다. 이 날은 이상하게 부두 일꾼이 아닌 림철수도 일꾼들 속에 끼어 무슨 얘긴가 신나게 하고 있었다. 옥수와 철수는 먼 친척벌이 되는지라 누이 동생 하는 사이고 게다가 림철수는 목소리가 커서 귀를 기울이지 않고도 내용이 잘 들려왔다.

"내가 아는 김갑규라는 사람은 키가 여자보다도 더 작은데 글쎄 오늘 놀라운 일을 했다지 않는가."

이렇게 허두를 떼고 나서 림철수는 갑규가 자기를 능멸하는 자들을 두 번이나 무섭게 혼내주고 그 솜씨가 소문나 치안대에 들라는 명령이 내린 걸 여차여차하게 거절했다는 전후 경과를 생동하게 진술했다. 모두들 듣고 너무 흥분하여 박수를 막 치고 휘파람을 불고… 그러는 와중에 누군가 그 사람을 만나보고 싶다고 하자 모두 벌떡 벌떡 일어서며 지금 당장 만나러 가자고 했다. 이어 사람들은 시켜 놓은 음식마저 잊고 너나없이 뒤질세라 문밖으로 밀려나갔다.

옥수는 갑규라는 그 남자가 대단히 궁금했다. 그렇게 힘든 상황에서도 일본놈의 개 노릇은 싫다고 떳떳이 거절하다니, 참으로 놀라운 사나이 지조가 아닌가? 점심 설거지가 끝나자 옥수는 바로 림철수를 찾아가 자기도 그 남자를 만나고 싶다고 한번 만나게 해달라고 청을 들었다. 철수는 "그럼 누님, 오늘 저녁에 옥색 저고리를 입고 문밖에서 기다리셔."라고 했다.

그날 저녁, 마침 결의형제를 맺어 모두들 기분이 좋은지라 림철수는 결의형제들과 짜고 갑규에게 술 공격을 들이대 취하게 만든 다음 옥수를 불러들였던 것이다.

하룻밤을 같이 지낸 갑규와 옥수는 그 후에도 자연스레 서로를 찾으며 내왕하기 시작했다. 옥수는 갑규가 똑똑하고 의리 있고 정이 많은 남자라는 점을 좋아했고, 갑규는 옥수의 다감하고 날렵하며 특히 한복을 입은 그녀의 뒷맵시를 유달리 좋아했다. 옥수는 다리가 비교적 짧고 엉덩이가 펑퍼짐한데다 허리가 가늘지 못해 평복을 입으면 모양이 없지만 한복을 입으면 허리 위의 맵시가 너무 이쁘게 드러났다. 그래서 둘이 같이 있을 때면 언제나 한복을 차려 입어야 했고 바로 그 예쁜 뒷모습을 보기만 하면 갑규는 남자가 벌떡 일어서곤 했다.

두 달 후 결의형제들의 권유로 두 사람은 살림을 차려 함께 생활하기 시작했다. 그런데 정작 살림을 합치고 보니 갑규에게는 너무 큰 부담이 되는 걸 어쩔 수 없었다. 남자로 생겨 생활비를 내놓지 않으면 체면이 서지 않고 그렇다고 얼마 안 되는 월수입을 모두 내놓으면 내년에 가족을 모셔오려는 계획은 물거품이 되고 마는 것이었다. 도깨비 아버지에게 심심풀이로 얻어맞아 어머니는 이젠 거의 사지를 못 쓰게 되었고 어른만큼 키가 큰 둘째는 자칫하면 일본 강제 징병에 끌려가기 쉬우며 막내인 진은 이미 열 살이 넘었으니 이제 공부를 더하지 않으면 평생을 망칠 형편이었다.

또한 옥수와는 결혼으로 가기 힘들다는 것을 갑규는 느끼고 있었다. 옥수는 결코 만만한 여자가 아니었다. 이 힘든 세상에 혼자 몸으로 식당을 경영한다는 것만으로도 앞으로 도깨비의 며느리가 되어 순순히 시부모를 모실 여자가 아님을 증명해주고 있었다. 게다가 함께 생활하면서 보니 옥수는 성깔진 면이 있어서 남편을 힘들게 만들 수 있는 여자였고 그것이 갑규에게는 어울리는 대상이 아니라는 생각을 가지게 했다. 여태껏 늘 부드럽고 현명한 어머니를 보아온 갑규로서는 옥수의 그런 면이 받아들여지지 않았던 것이다.

하지만 인간의 정이란 끊는다고 해서 쉽게 끊어지는 것이 아니었다. 옥수의 눈물을 보면 또다시 마음이 약해지고 그러다가도 마음을 굳게 먹고 며칠씩 들어가지 않기도 했다. 어느 한번 열흘 넘어 들어가지 않았더니 옥수가 기숙사까지 찾아와서 갑규를 붙잡고 눈물을 흘리며 하소연했다.

"난 아무것도 필요 없어요. 그저 당신만 옆에 있어주면 돼요. 돈도 재산도 명의도 다 관심 없어요. 그러니 제발 날 떠나지 말아주세요… 흑흑… 우리 서둘러 아기나 가집시다. 그러면…"

규는 그만 벌떡 일어섰다. 그리고 큰 소리로 외치다시피 말했다.

"그건 더욱 안돼요. 내가 이미 말했잖소. 우린 앞날이 없다고. 그러니 조용히 헤어집시다. 당신을 더 괴롭히고 싶지 않소. 날 다신 찾아오지 마시오…"

갑규의 맺고 끊는 듯한 대답에 옥수는 더는 매달릴 여지를 찾지 못하고 눈물만 하염없이 쏟다가 가버렸다.

옥수와의 인연은 이렇게 끝났으나 이로써 숫총각을 면하고 여자를 알게 된 갑규는 자기도 이제는 알맞은 여자를 만나 장가를 들고 자식도 보아야겠다는 생각을 하게 되었다.

파멸

열아홉 결의형제 중에서 나이로 맏이인 정만우는 말수 적고 성격이 듬직하며 남을 잘 배려하는 사람 좋은 친구였다. 갑규는 누구보다 정만우를 존중하고 따랐다.

어느 날, 결의형제들이 모두 모인 장소에서 정만우가 여느 때보다 엄숙하게 주위를 둘러보며 입을 열었다.

"지금 정세가 엄청 빨리 변하고 있네. 다들 가까이 오게."

그러자 모두 바싹 다가들어 귀를 기울이고 들었다.

정만우가 낮은 소리로 재빨리 말했다.

"저놈(일제를 가리킴)들이 머지않아 망할 거라는 얘기네."

"네에?…" 모두들 놀라 눈이 휘둥그레졌다. "점점 더 기세등등해 보이던데?"

정만우가 좌중을 둘러보고 말을 이었다.

"그건 허장성세일 뿐이고, 실은 저놈들이 이미 미국과 붙었다는데 그 대단한 미국이 저놈들한테 패할 리가 있겠는가."

림철수가 얼른 말을 받았다.

"아, 그러고 보니 나도 조금 들은 바가 있어요. 처음에 어디 무슨 섬인가를 쳤다는데 그것이 도화선이 되어 지금은 미국과 일본이 전면전이 되었답니다."

"제대로 들었군. 자네 말이 맞네. 일본은 지금 궁지에 빠졌어. 그래도 최후 발악으로 숱한 조선 청년들을 마구 잡아서 강제로 전쟁터에 내몬다네. 가족에 젊은이들이 있는 사람은 하루 빨리 피신시켜야 하네."

마지막 한 마디는 커다란 망치가 되어 갑규의 머릿속을 꽝 두드렸다. 둘째가 위험하다. 둘째를 구해야 한다. 방법을 대야 한다. 너무 급한 김에 갑규는 자기가 직접 가족을 데리러 고향으로 가겠다고 했다.

그랬더니 정만우가 "안되네. 자네가 두만강을 건너는 즉시 바로 잡혀서 전쟁터로 내몰릴 거야." 하고 막아 나섰다.

당시는 장거리 전화도 없고 전보도 아직 민간에 보급되지 않은 상태라 급한 일이 생기면 어찌할 방법이 없었다. 편지는 국제 우편이 한두 달까지 걸리고, 그러니 참으로 답답하고 조급해서 미칠 지경이었다.

그날 저녁, 철수가 옥수를 데리고 갑규를 찾아왔다. 처음에 갑규는 또 옥수와의 관계회복을 위해 왔나 싶어 좀 껄끄러웠는데 듣고 보니 큰일을 도우러 온 것이었다.

"마침 옥수 누님이 고향에 다녀오려던 참이니 좀 앞당겨 떠나서 형님의 편지를 전해주면 어떻겠수?"

철수의 말에 갑규는 그만 물에 빠진 토끼 고기그물에 걸려 구원받는 심정이 되었다.

"아아, 그래주면 얼마나 좋겠나? 나야 절이라도 하고 싶게 고맙지."

당장에서 갑규는 집에 보내는 편지를 써서 옥수에게 맡기며 대구에서 진주까지는 거리가 머니 일부러 가지 말고 대구에 도착하는 즉시 편지를 우편함에 넣어달라고 당부했다.

이튿날 옥수가 떠나가고, 갑규는 가족을 맞이할 준비로 동분서주하기 시작했다. 셋집을 구하고 간단한 살림 가구를 갖추고 이불이며 옷가지들도 조금씩 장만했다. 마지막으로 막내 동생 진이 다닐 학교를 찾으러 여기저기 뛰어다니다 그날은 밤늦게야 집에 돌아오는 바람에 결의형제들의 모임에 참석하지 못했다. 헌데 바로 이날 모임에서 큰 변이 일어났던 것이다.

자정도 넘은 시간에 을규가 밖에서 문을 마구 잡아 두드렸다.

"형님, 큰일 났어유. 어서 일어나 문 여시우!"

깊이 잠들었던 갑규는 꿈인지 생시인지 몰라 휘청거리며 다가가 문을 열었다.

을규가 헐레벌떡 뛰어 들어오며 갈린 소리로 말했다.

"형님, 도망쳐야 합니다. 만우형이 잡혀가고 다른 형제들도 연행되었수."

만우형이라면 정만우를 이르는 말이 아닌가.

갑규는 기절초풍할 듯 놀라 순간 잠이 말끔히 가셨다.

"그, 그게 무슨 소린가? 만우형이 잡혀가다니?"

"말하자면 길어유. 여긴 위험하니 먼저 피신하고 봅시다."

두 사람은 서둘러 셋집을 빠져나와 한참이나 달려서야 겨우 거리를 벗어나 나무가 듬성듬성한 수풀에 이르렀다.

을규가 조심스레 주위를 둘러보고 사람이 없음을 확인한 다음 안도의 숨을 후 내쉬며 말을 시작했다.

"저녁에 형님이 동석하지 않길 얼마나 다행인지 모르겠수. 글쎄 우리가 모여 앉은 지 한숨도 채 안되어…"

사연은 이러했다.

어제저녁, 늦게 퇴근하는 일꾼들까지 기다리다 보니 열아홉 형제 중 갑규와 발목이 삔 한 사람을 제외한고 나머지 열일곱 결의형제가 늦은 시간에 식당에 모이게 되었다. 림철수의 생일이어서 형제들이 축하주를 마시러 온 것이었다.

서로들 반갑게 인사를 나누고 자리에 앉는 한편 림철수는 음식을 시키려고 메뉴판을 열심히 들여다보고 있었다.

바로 이때 갑자기 문이 벌컥 열리고 무장한 일본경찰들이 밀물처럼 들이닥쳤다.

"꼼짝 말아!"

너무나도 급작스러운 일에 사람들은 얼떨떨하여 일시 어쩔 바를 몰랐다.

"정만우, 썩 나와!"

말하는 품을 보니 아직 정만우가 누구인지 모르고 있는 것 같았다. 다들 고개를 푹 숙이고 아무도 말을 하지 않으려 입술을 꽉 깨물고 있었다.

땅! 경찰이 허공에 대고 총을 쏘아 엄포를 놓았다.

다들 화들짝 놀라 눈이 휘둥그레지고 담이 약한 자들은 벌써부터 몸을 부들부들 떨기 시작했다.

정만우가 더는 참지 못하고 몸을 막 일으키려는 순간, 옆에 앉은 림철수가 정만우의 팔을 꽉 잡아 눌러놓고 자기가 후닥닥 튀어 일어나 창문을 열고 뛰어나갔다.

"잡아라!"

소리와 함께 경찰들이 우르르 밖으로 몰려나가는데 정만우가 벌떡 일어서며 큰 소리로 외쳤다.

"내가 정만우요. 도망친 사람은 아무 상관없으니 내버려 두시오."

그러자 두목인 듯한 경찰이 정만우를 가리키며 큰 소리로 명령했다.

"저놈 잡아라!"

경찰들이 다가오자 담이 큰 형제 몇이 정만우의 앞을 꾹 막아 나섰다.

"이유가 뭐요? 형님이 무슨 죄를 지었소?"

두목 경찰이 셰퍼드인양 위압적인 어조로 으르렁거렸다.

"이놈들이, 뒈지고 싶어 환장했나? 썩 물러서지 못해?"

하지만 아무도 물러서는 사람이 없었다. 팽팽해진 공기는 휘발유에 불이 달리기 바로 직전이었다.

정만우가 부드러운 목소리로 형제들에게 말했다.

"아우들, 어서 물러서게. 별일 없을 것이니 나 혼자 조용히 다녀오겠네."

"아닙니다 형님. 우린 생사를 같이하기로 맹세했습니다. 함께합시다."

두목 경찰이 그만 약이 올라 얼굴이 돼지 간 같이 지지벌개지며 고래고래

고함질렀다.

"저놈들 모두 연행하라! 모두 모두 끌고 가!"

경찰들이 벌떼처럼 우르르 달려들어 사람을 치고 박고 묶어서 밖으로 끌어내기 시작했다.

"이렇게 되어 만우형과 그의 앞을 막아 나섰던 형제 몇이 모두 경찰에 잡혀가고 말았수다."

말을 마친 을규는 아직도 그 울분을 삭이지 못했는지 두 주먹을 불끈 틀어쥐고 숨을 거칠게 씩씩거렸다.

갑규는 너무 억이 막혀 말이 나가지 않았다. 무슨 말을 더 할 수 있으랴. 제아무리 싸움 재간이 있다고 해도 총알 앞에서는 완전 바보인 것을. 그 자리에 만약 성미 급한 갑규가 있었더라면 벌써 총에 맞아 죽었을지도 모르는 일이었다.

잠간 침묵이 흐른 뒤 갑규가 입을 열었다.

"마음 같아서는 당장 달려가 그 놈들을 모두 때려죽이고 싶다만, 어쩌겠나, 우리가 약자인 것을. 우선 만우형이 왜 잡혀갔는지를 알아봐야 해. 그래야 다음 대책을 세울 수 있잖겠어."

"알았수. 내가 얼른 가서 알아볼 테니 형님은 꼼짝 말고 피신해 있어요. 형님도 그자들을 대항한 적이 한두 번이 아니니 명단에 올랐는지도 몰라요."

"알았다. 을규야, 너도 몸조심 하거라. 부두에는 다시 나가지 않는 게 좋겠어."

"알았수다." 을규는 대답하고 곧추 밖으로 달려 나갔다.

그날부터 갑규는 뒷창문을 열어놓고 바로 그 아래서 신을 신은 채 눈을 거슴츠레 뜨고 선잠을 잤다. 워낙 잠을 아주 얇게 자는 사람인데다 이후는 더욱 신경이 예민해져 쥐가 바스락거리는 소리에도, 밖에서 나뭇잎이 살랑대는 소리에도 소스라쳐 깨어나곤 했다.

이별

이틀 후, 을규가 다시 찾아왔는데 얼굴이 반쪽이 되어 갑규를 만나자 두 손을 덥석 잡고 눈물을 펑펑 쏟았다.

"아니, 왜 그러냐? 을규야, 말 좀 해봐."

"…내, 내가 나쁜 놈이오. 내가 정형을 팔아먹었단 말이우. 어쩌면 내가…바로 이 을규가… 흑흑…"

오리무중이 된 갑규는 우선 을규를 달래는 수밖에 없었다.

"을규야, 흥분만 하지 말고 좀 차근차근 말해봐. 도대체 뭐가 어떻게 됐다는 거야?"

주먹으로 눈물을 쓱 훔치고 나서 을규가 울먹이며 말을 잇기 시작했다.

"실은 나 형님 볼 면목도 없수. 그래서 차라리 죽어버리자고 두만강에 뛰어들었는데 그만 죽어지지 않았수. 내가 헤엄을 너무 잘 치거든."

갑규는 그만 킥 웃어버렸다.

"이놈이 지금 나하고 장난치는 거냐?"

"아니요, 형님, 장난이 아니라…" 또 목이 메어 을규의 낮고 넙적한 코가 더 넙적하게 옆으로 펄럭거렸다. "전번 만우형이 정세를 얘기한 그날 밤 말이우, 술김에 내가 장 마담을 찾아갔는데 거기서 술 한 잔 더하고 취해서 그만 만우형이 하던 말을 모두 다 해버렸단 말이우. 근데 그 말이 어떻게 돌아 돌아 저놈들 귀에 들어갈 줄이야… 바로 그 때문에 만우형이 잡혀가고 형제들이 모두 그렇게 됐으니 내 무슨 낯짝으로 더 살아 가겠수?"

을규가 죽으려고까지 한 이유를 잘 알 것 같았다. 하지만 지금은 을규를 위로하는 것이 급선무였다.

"그건 이미 지나간 일이야. 돌이킬 수 없는 일을 한탄만 하지 말고 꿋꿋이 살아서 만우형을 구출할 생각이나 해야지."

그러자 을규가 세차게 도리머리를 흔들었다.

"다 글렀수다 글렀어. 알아보니 만우형은 이미 정치범으로 판결되어 신경 (新京, 지금의 長春)감옥으로 이송되었다는구먼."

갑규는 그만 참지 못하고 주먹으로 상을 꽝 내리쳤다.

"아, 이 더러운 세상, 언제 가야 끝이 날까? 말 한마디에 정치범 모자를 씌워 파리 새끼 취급하다니."

두 사람은 울분에 몸을 부르르 떨었다.

바로 이때 문밖에서 발자국 소리가 들려왔다.

바짝 긴장해진 을규가 갑규에게 낮은 소리로 말했다.

"쉬! 발작소리, 형님은 먼저 뒤창으로 빼시오. 내가 누군지 살필 테니."

갑규는 잠간 주춤하다가 안 되겠는지 바로 몸을 날려 뒤창으로 빠져나갔다. 그런데 발이 땅에 채 닿기도 전에 웬 커다란 몸뚱이가 앞에 꾹 막아섰다. 너무 놀라 뒤로 주춤하는데 상대방도 주춤 물러서는 것이었다. 그래서 다시 쳐다보 니 이 커다란 몸뚱이의 맨 윗끝에 림철수의 얼굴이 달려있는 것이었다.

"형님!"

"철수 아닌가?"

두 사람은 기가 막힌다는 듯 서로의 얼굴만 빤히 쳐다보다가

"이 사람아, 왔으면 기척을 내야지…" 하고 갑규가 나무랐다.

"그게 아니라 나도 쫓기는 몸이어서 혹 안의 동정을 살피느라…"라고 림철 수가 대답했다.

"그래 알았네. 어서 들어가세."

둘은 갑규가 앞장서고 림철수가 뒤를 따라서 집을 반 바퀴 빙 돌아 출입문 을 열고 집안으로 들어갔다.

신경을 도사리고 바로 문안에서 동정을 살피던 을규가 들어오는 철수를 보 고 반갑게 훌쩍 튀어나오며

"철수, 자네 진짜 살아 돌아온 게 맞나?" 하고 두 팔을 쫙 벌려 고향 친구를 얼싸안았다.

"쉬, 호들갑 떨지 말게. 아직은 안전한 게 아니야. 저기 들어가서 얘기하세."

문을 닫고 세 사람은 신을 신은 채로 온돌에 마주앉았다. 누가 언제 들이닥칠지 모를 위험이 있기 때문이었다.

철수가 갑규에게 나직이 말했다.

"만우형은 아마도 빠져나오기 힘들 것 같습니다. 전에도 반일 운동을 도운 적이 있어서 이번에 딱 점 찍혔다고 합니다."

"쯔쯔, 망할 놈들! 만우형이 불쌍해서 어쩌지?… 헌데 그건 그렇고, 자넨 어쩔 셈인가?"

갑규가 묻자 철수가 바로 대답했다.

"여길 떠나려고 합니다. 오늘 밤 나룻배를 예약해 놓았습니다. 마지막으로 인사나 하려고 왔는데…"

"그럼 을규도 같이 데리고 가게. 여기선 낯짝이 없어 살지 못하겠다고 자살까지 시도했다네."

철수가 깜짝 놀라며 을규에게 얼굴을 돌렸다.

"자네 바보 아닌가? 일부러 고자질한 것도 아니고 그저 취한 김에 지껄인 건데. 아무렴 잘됐네. 차라리 나하고 고향에나 돌아가세."

을규도 느릿느릿 고개를 끄덕였다.

"그게 좋겠군. 나도 객지 생활이 너무 싫어. 굶어 죽어도 식구들 옆에 가야겠어."

"잘 생각했다 을규야, 너하고의 정을 생각하면 보내기 싫다만 사람은 만남이 있으면 이별이 있는 법이지. 어디 가든 밥 잘 먹고 밤 편히 자고 살면 돼."

갑규의 말에 철수가 물었다.

"형님은 동행하지 않겠습니까? 우리 고향에 가도 형님으로 모시겠습니다."

을규도 얼른 맞장구를 쳤다.

"예 형님. 같이 강원도에 가십시다. 우리가 모시지우."

"아니다. 난 떠날 수 없어." 갑규는 한숨을 쉬고 말을 이었다. "옥수가 며칠

안에 돌아올 것이고 그러면 내 가족을 모두 여기로 오라 했으니 결과가 있을 테지, 아니 어쩌면 가족들이 지금 바로 여기로 오고 있을지도 몰라."

"네, 알겠습니다. 그럼 우리 이별주나 한잔 나눕시다." 말하며 철수가 괴춤에서 술 한 병을 꺼내 놓았다.

"좋지. 근데 안주가 없군."

갑규의 말에 을규가 "그냥 소금알이면 되우."

"그래, 소금은 있어."

하여 소금 한줌을 상 중간에 놓고 세 사람이 빙 둘러앉아 사발 세 개에 술을 부었다.

첫 모금은 아무 말 없이 마셨다. 카—!

소금 알 하나씩 집어 입안에 넣고 녹이다가 두 번째 모금도 소리 없이 마셨다.

다시 소금 알을 집어 입안에 넣었을 때 성미 급한 갑규가 소금 알을 꽈당 꽈당 씹어 꿀꺽 삼켜버리고 입을 열었다.

"언제든 다시 두만강을 건너고 싶거든 나한테 기별하게. 난 아마도 여길 떠날 것 같지 않아."

"형님, 언제든 다시 조선 땅을 밟고 싶거든 바로 연락 주세요. 그리고 만나지 못해도 강원도에 우리가 살고 있다는 걸 잊지 마세요."

세 번째 모금에 사발 셋이 덩 부딪치고 모두 굽이 났다. 그리고 세 쌍의 여섯 손은 서로 한데 꽉 움켜쥐었다.

"어디 있든 죽지 말고 잘 살어…"

"형님, 항시 무사하기를 빌겠습니다!"

"…내가 돈 많이 벌어 형님 보러 올 테니 꼭 죽지 말고 기다리소…"

여섯 손은 다시 으스러지게 서로를 꽈악 잡았다. 자정이 그 위로 스물 스물 기어왔다.

이렇게 갈라져서 떠나보낸 두 강원도 친구는 그날 밤, 나룻배를 타고 도강하다가 파수병에게 발각되어 을규는 총에 맞아 당장에서 숨지고 철수는 물밑으로 잠수해서 도망쳤는데 생사를 알 수 없다는 것이었다.

헤엄 재간이 너무 좋아 투신자살마저 할 수 없다던 을규는 가고 싶은 고향 땅도 밟아보지 못한 채 한 동이 젊은 피를 두만강에 휘뿌리고 영영 강바닥을 떠도는 두만강원혼이 되고 말았다.

이지러진 상봉

드디어 옥수가 돌아왔다는 소식이 전해왔다. 갑규는 가족의 소식을 들으려 나는 듯이 순댓국집으로 달려갔다.

옥수는 자기 고향인 대구에 도착하는 이튿날로 친히 갑규의 편지를 가지고 진주까지 찾아가서 편지를 전해주었다는 것이었다.

"아참, 그렇게까지 수고 끼쳤으니 내가 어떻게 보답하면 되겠나?"

옥수가 잠간 생각하다가 "누님이라고 부르면 돼. 나도 이젠 말 놓을 거야." 하고 익살스레 눈을 끔뻑했다.

"그래, 알았어. 누님."

둘은 마주보며 싱긋 웃고 나서 옥수가 다시 말을 이었다.

"어머님이 참 대단한 분이시던데. 다리를 잘 쓰지 못하면서도 여러 가지 음식을 맛있게 만들어 나를 대접하고 요리조리 내게 물어서 끝내 우리 두 사람 관계까지 알아내시는 거야."

"누님이 자동적으로 말한 건 아니고?"

갑규가 농조로 말하자

"내가 왜? 마음 접은 지 오랜데." 하며 옥수가 눈을 곱게 흘겼다.

이번에는 갑규가 정색하고 물었다.

"그래 어머니가 여길 오시겠다고 하시던?"

"가족이 일주일 내에 떠나신다고 했으니 아마 지금쯤은 떠나셨을 거야."

갑규가 "고맙소 누님." 하고 서둘러 돌아서려 하는데 옥수가 큰 소리로 물었다.

"어딜 가?"

"나루터로요."

"거긴 가도 만날 확률이 적어. 요즘은 나루가 너무 많아 개 바윗돌에 다녀오는 격일 거야."

"그럼 어떻게 마중하지?"

"여기 주소를 알고 계시니 거리로 들어오는 길목에서 마중하면 만날 수 있을 거야."

"알겠어요, 누님. 고마워요." 말하며 갑규는 곧 돌아서서 엎어질 듯 달려갔다.

기다림이란 참으로 힘든 고역이었다. 그것도 기약 없는 기다림이니 일초가 하루 맞잡이로 지루하고 초조했다. 이른 아침 날이 밝아서부터 달이 뜨는 늦저녁까지 갑규는 하루 종일 길목에 서서 들어오는 사람을 눈이 째지게 살펴보고 또 보았다. 그런데 하루가 지나고 이틀이 지나고 사흘이 지나도 기다리는 가족은 나타나지 않았다.

나흘째 되는 날에는 너무 지치고 마음이 힘들어서 해가 지면 좀 들어가 쉬리라 마음먹고 해를 쳐다보는데 저 멀리 빨갛게 지는 해를 등지고 걸어오는 사람의 윤곽이 어쩐지 익숙한 느낌이었다. 그래서 마주 걸어 나갔더니 거리가 재빨리 줄어들고 마침내 얼굴이 보였다. 그 사람은 다름 아닌 갑규의 도깨비 아버지였다.

그런데 앞뒤 좌우를 아무리 살펴봐도 다른 가족은 누구도 보이지 않고 단지 도깨비 아버지 혼자서 보따리 하나 어깨에 달랑 메고 덜썽 덜썽 잘도 걸어오고 있었다. 갑규는 온몸에 맥이 죽 빠져나가는 듯했다. "오라는 딸은 안 오고 외눈통 사위만 온다."더니 고대 고대 기다리는 어머니는 보이지 않고 말썽만 일으키는 도깨비 아버지가 혼자 도착한 것이다.

"아버지, 어머니는 왜 보이지 않아요?"

갑규가 묻자 "저기 올기다." 하고 대수롭지 않게 대답하며 메었던 보따리도 짐이라고 갑규에게 넘겨주려 했다.

"아니, 그냥 갖고 계셔요. 내 어머니 마중 가리다."

갑규가 보따리를 받지 않고 아버지를 비켜서 앞으로 나가려 하자 도깨비가 버럭 화를 냈다.

"호래자식, 그래 아비는 반갑지도 않은 거여?"

그제야 갑규는 그만 너무했다는 생각이 들어 아버지의 손에서 보따리를 받아 들고 머리를 숙이며 인사를 했다.

"아버지, 오시느라 고생 많으셨습니다. 이제 도착했으니 여기 앉아 잠간 쉬십시오. 내 어머니를 마중해 오겠습니다."

보따리를 길옆에 앉은 아버지 무릎위에 다시 올려놓고 성미 급한 갑규는 곧바로 돌아서서 뛰다시피 앞으로 걸어 나갔다,

그 모습을 멀거니 바라보던 도깨비가 혼자소리를 했다.

"저 자식은 어미밖에 없어."

갑규가 길을 따라 한참을 갔는데도 어머니의 그림자는 나타나지 않고 저 멀리 달구지인지 뭔지가 뜨직 뜨직 움직이는 것이 보였다.

갑규는 부지런히 다리를 놀리며 저 달구지에 어머니가 타고 있기를 속으로 빌었다.

거리가 가까워지면서 차츰 달구지의 윤곽이 보이고 과연 뒤에 몇 사람이 타고 있는 것 같았다. 어머니, 얼마나 부르고 싶었던 호칭인가?! 오랫동안 참으로 오랫동안 불러보지 못한 단어였다. 갑규는 저도 모르게 주먹을 쥐고 달리기 시작했다. 드디어 달구지위의 어머니가 보였다. 이제 갑규의 팔다리는 먹이를 덮치는 호랑이의 속도로 움직였다.

위—잇! 드디어 달구지가 서고 어머니가 달구지에서 내렸다.

"어머니——!"

갑규는 아이처럼 크게 부르며 금시 엎어질듯 달려갔다.

"규야——!"

마침내 어머니와 아들은 서로를 얼싸 그러안았다. 눈물이 비 오듯 흘러내려 볼을 마구 적셨다.

"규야! 규야! 규야!…"

"어머니! 어머니! 어머니!…"

등을 쓰다듬고 어깨를 만지고 얼굴을 보듬고…

"이게 얼마만이냐, 규야!…"

"네, 어머니. 그동안 무사하셨습니까? 너무너무 그리웠습니다."

이때 등 뒤로부터 달려와 갑규의 허리를 그러안는 아이가 있었으니 바로 막냇동생 진이었다.

"형님, 진입니다."

갑규는 얼른 몸을 돌려 진을 와락 품에 그러안았다.

"진아, 네가 이렇게 컸느냐? 어디 보자."

열두 살이 된 진은 키가 형을 거의 따라오고 이목구비가 뚜렷하며 미국 사람처럼 이마가 좀 튀어나온 것이 보기만 해도 총명이 드러나 있었다.

막내를 보자 큰 동생이 생각나 얼른 뒤를 살피며 물었다.

"둘째는? 둘째는 어딨어요?"

어머니의 얼굴이 금시 흐려지고 또 다시 눈물이 흐르기 시작했다.

"같이 오다가… 나루터에서 그만…" 목이 메어 말을 잇지 못했다.

진이 울먹이면서도 말을 이어 나갔다.

"형님의 편지를 받고 작은형은 요리조리 피해 다니며 용케도 강제 징병을 피했어요. 가족이 떠날 때도 동행하지 못하고 혼자 다른 길로 에돌아 함경도에 가서야 우리와 합류하여 두만강 변까지 같이 왔죠. 그런데 나루터에서 배를 타려 하니 신분 증명이 있어야 한다는 거예요. 경찰들이 신분 검사를 해서 열여섯 살 이상인 남자는 모조리 끌어가는 판이었어요. 어머니가 재빨리 판단하시고 작은형에게 돈을 갈라 주며 '안 되겠다. 넌 숨어 있다가 기회를 보아 도둑 배를 타고 오너라.' 하고 당부했어요. 그런데 이때 은근히 작은형을 주시하고 있던 경찰이 그만 호루라기를 휙 불어 주의를 환기시키고 바로 몸을 날려 도망치려는 작은형을 붙잡아서 강제로 끌고 갔어요."

갑규의 모든 노력은 나무아미타불이 되고 말았다. 하지만 지금 와서 울고 한탄한들 무슨 수가 더 있겠는가. 이렇게 김씨 가족의 중국 땅에서의 상봉은 후보름의 이지러진 달처럼 한쪽이 떨어져 나간 불완전한 상봉이 되어버렸다.

해방을 맞아

갑규는 다시 농사일을 시작했다. 하지만 이전처럼 품팔이가 아니고 밭을 소작 맡아 한해 농사를 마친 다음 소작료를 바치고 나머지를 수익했다. 그런데 일본의 전쟁이 심화됨에 따라 가렴잡세가 말이 아니게 늘어나 소작농들은 일년 내내 뼈 빠지게 농사를 짓고도 연말에 가서는 도리어 빈털터리가 되기 일쑤였다. 이런 와중에도 갑규만은 같은 땅에서도 남달리 소출을 많이 내어 그런대로 가족을 먹여 살리고 막냇동생 진을 공부시키는데 무리가 없었다.

고향에서 이미 어머니로부터 한글을 배워 기초를 잘 닦은 진은 처음 소학교 3학년에 편입되었는데 공부를 잘해 4학년으로 월반하고 또한 말 잘하고 똑똑한 학생으로 전교에 소문이 자자했다. 그것이 너무 즐거워서 어머니는 다리가 점점 더 불편해짐에도 불구하고 명주실 뽑는 일 같은 부업을 맡아 하며 자식들 뒷바라지를 열심히 했다. 반대로 도깨비 아버지는 늙어갈수록 심성이 더 사나워져 낯선 고장에 와서도 툭하면 사람을 두들겨 패고 가정치기를 하는 등 도깨비짓을 멈추지 않았다.

어느 날, 큰 난리가 난다고 사람들이 모두 산속으로 피신을 갔다. 하지만 갑규는 자기의 판단을 믿고 가족을 동원하지 않았다. 일본이 망하는 마지막 싸움일 것이다. 그러니 저놈들이 두려워 도망쳐야지 왜 우리가 피신해야 되는 건데. 이것이 갑규의 판단이고 생각이었다. 하여 김씨 가족은 의젓하게 거리에 남아 아무데도 가지 않고 전과 같이 집에 있었다.

과연 어느 날 밤, 코 큰 부대(소련군)가 홍수처럼 밀고 들어와 그동안 거들먹거리던 일본 놈들을 모조리 죽이고 쫓아냈다. 미처 도망치지 못한 일본 장교들은 칼로 배를 갈라 자살하고, 기차역이며 부둣가에는 귀국하려는 일본인들이 서로 싸우며 아우성치는 소리가 끊이지 않았다. 거리에는 찢어진 일본 국기가 너덜너덜 바람에 날려 다니고 땅에는 버려진 게다(일본 나막신)들이 도처에 디굴 디굴 나뒹굴었다. 그것들을 밟아서 짓뭉개며 사람들이 중심거리로 몰려들었다. 이어 만세 소리가 하늘을 진감하고 징 소리 꽹과리 소리에 맞추어 형형색색의 사람들이 춤을 추며 거리를 행진하기 시작했다. 그 행렬의 중간에 끼어 목이 터져라 환호의 목소리를 보태며 갑규는 기쁨의 눈물을 금치 못했다.

드디어 일본이 망하고 해방이 되었구나! 만세! 만세! 만만세!

일본이 투항하자 조선 땅도 해방을 얻어 많은 조선 사람들이 고향으로 돌아갔다. 하지만 갑규는 다시 고향에 돌아가 살고 싶은 생각이 없었다. 고향 땅에서 받은 상처가 띠끔 띠끔 가슴을 아프게 찌르는 이유도 있겠지만 더 마음을 잡아끄는 조건은 멀지 않아 이곳에서는 토지개혁을 실시하여 땅을 나눠줄 것이라는 소문이었다. 농사꾼으로 한번 자기 땅을 소유하고 싶다는 간절한 소망은 정녕 농사꾼이 아닌 사람은 그 누구도 알지 못할 것이다.

보낼 사람은 보내고 안치할 사람은 다 안치하고 나서 갑규는 해방 당시 감옥에서 나와 지금은 장춘의 어느 친구 집에 머물러 있다는 정만우를 보러 갔다. 비록 감옥에서 나왔다지만 정만우는 그동안 받아온 비인간적인 갖은 학대와 시달림으로 건강이 기막히게 나빠져 이제는 뼈와 거죽 사이에 남아있는 가련한 의지로 하루하루를 힘들게 버티고 있는 중이었다.

갑규의 얼굴을 보자 정만우는 그 앙상한 손을 내밀어 친구의 손을 꼭 잡고 한마디 한 구절 힘들게 부탁했다.

"…우리가 바라던 새 세상 아닌가… 내 몫까지 합쳐 잘 살게… 잘 살아야 하네…"

"형님, 가시면 안 됩니다. 우리 함께 새 세상을 살아갑시다. 기운내세요 형님!…"

허나 이미 다 망가지고 부서진 몸은 드디어 이 굳은 의지의 사나이를 훼멸시키고야 말았다.

며칠 후, 아직 삼십대 초반도 넘기지 못한 정만우는 32세를 일기로 그토록 바라던 새 세상의 하늘을 하직하고 영영 저 세상으로 가버렸다.

소식을 들었을 때, 갑규는 정만우의 유언 같은 부탁을 가슴속에 깊이 새기며 이제부터 진짜 폼 나게 잘살아 보리라 다짐했다.

드디어 토지개혁이 진행되면서 김씨네도 땅을 분배받게 되었다. 그날 갑규는 분배받은 자기의 땅에 마구 엎드려 부드러운 흙에 입술을 맞추며 오래오래 울었다. 내게도 땅이 있게 되었다! 우리 집도 이제는 자기 밭을 가지게 되었다!

기쁨과 흥분에 들떠 갑규는 하루에도 몇 번씩이나 아직 눈도 채 녹지 않은 언 땅을 돌아보고 밤을 패며 농사 계획을 세우기도 했다.

봄이 오자 갑규는 누구보다 먼저 농사일에 달라붙었다. 여기는 산골이어서 한전이 수전보다 많고 그래서 소출을 내는 데는 한전이 관건이었다. 수전 농사에 비해 한전 농사 경험이 부족한 갑규는 스스로 애써 연구하고 터득하는 한편 주위 마을의 중국인 노인들에게 여쭈며 허심하게 배우기도 했다.

허나 무정한 운명은 또다시 희롱의 팔을 뻗어오기 시작했다. 오랫동안 의지

하나로 버텨오던 어머니가 그만 중풍에 걸려 자리에 드러눕게 되었다. 이제는 완전히 반신불수가 되어 옷을 입히고 밥을 먹이고 대소변까지 시중들어야 했다.

도깨비 아버지는 집에 있어도 아무 도움이 안 되고 막냇동생 진은 아직 어린데다 공부를 해야 하니 별수 없이 집안의 가사—— 물을 긷고 밥을 짓고 빨래를 하고 청소를 하고 어머니의 병수발까지 드는 이 모든 일을 갑규가 맡아 하지 않으면 안 되었다.

매일 밭에 나가 혼신을 다 해 논둑을 쌓고 밭을 고르고 흙덩이를 부수는 등 힘든 일을 하고 집에 돌아오면 지쳐서 수저를 들 힘조차 없는데 그래도 이를 악물고 동생이 미처 하지 못한 집안일을 도맡아 완성해야 했다.

어머니는 사지를 쓰지 못해 자리에 누워있으면서도 농사일 하는 아들이 가사까지 돌보는 것이 너무 아깝고 안쓰러워 갑규의 손을 꼭 잡고 간절히 부탁했다.

"어서 장가를 들거라. 가사는 여자가 맡아야지 어찌 남정인 네가 하겠느냐? 그냥 착하고 사지만 바른 여자면 돼."

하지만 "착하고 사지 바른" 어느 여자가 이런 도깨비의 며느리로 들어와 갖은 학대를 받으며 중풍 맞은 시어머니의 대소변 수발까지 들려 하겠는가? 아무리 생각해도 그런 여자는 이 세상에 존재하지 않는 것 같았다. 그렇다고 사지가 멀쩡하고 머리가 비정상인 바보를 데려다가는 아무 쓸모도 없을 것이요, 머리는 정상이고 사지가 병신인 여자를 데려온다면 아예 일을 완성할 수조차 없을 것이다. 그러니 참으로 답답하고 막막하기 그지없는 상황이었다.

집안이 이 꼴이다 보니 농사일도 손에 오르지 않아 한해 농사의 관건인 파종을 제대로 하지 못해 올해는 좋은 소출을 기대하기조차 어렵게 되었다. 하는 수 없이 여기저기 혼사 중매를 부탁했더니 간혹 귀가 솔깃하는 여자측도 있었지만 내막을 알아보고는 모두 도리머리를 흔드는 것이었다.

혼사

어느 날 아침, 갑규가 부랴부랴 아침을 해먹고 동생이 학교 갈 도시락을 싸주고 있는데 밖에서 "계십니까?" 하는 소리가 들려 문을 열고 보니 단천 아주머니가 서있었다.

"아주머니, 웬 일이십니까?"

갑규가 눈이 휘둥그레 묻자 아주머니는 재미있다는 듯 실웃음을 살살 지었다.

"일 나가기 전에 온다고 부랴부랴 왔는데 마침 잘됐군."

갑규는 아주머니를 반갑게 집안으로 맞아들였다. 함경남도 단천에서 왔다고 단천 아주머니라 불리는 이 여인은 전에 갑규가 삯 모를 할 때 주인집 아주머니로 성정이 싹싹하고 남을 잘 배려하는 맘씨 고운 분이어서 갑규와는 꽤 친하게 지냈다.

"바깥일만 잘하나 했더니, 집안일도 제법이네." 말하며 아주머니는 집안을 휘 둘러보고 나서 온돌 목에 걸터앉았다.

마침 도깨비 아버지는 어디로 나갔는지 보이지 않고 어머니만 누운 채로 반갑게 인사를 건넸다.

"손님이 오셨는데 누워 있어 미안합니다만, 갑규 어미입니다."

누워서도 정중하게 고개 숙여 인사를 하니 단천 아주머니가 그만 황송하여 얼른 마주 인사를 했다.

"어머니, 제가 예전에 말씀드렸던 단천 아주머니입니다."

"얘기 많이 들었습니다. 어서 올라오세요."

그러자 아주머니가 신을 벗고 사뿐 올라와 어머니의 옆에 곱게 앉았다.

갑규가 얼른 올라와 어머니의 상반신을 안아 일으켜 반쯤 앉게 만들고 등에 이불을 받쳐주었다.

"몸이 아프신데 말씀드리기는 좀 그렇지만," 하고 단천 아주머니가 입을 열었다. "갑규 저 사람에게 알맞는 대상자가 있어 찾아왔습니다."

참으로 "설중송탄(雪中送炭, 눈 속에 있는 사람에게 땔감을 보내준다)" 만큼 적시적이고 감미로운 말이 아닌가. 어머니는 금시 얼굴이 환해져서 반가운 미소를 가득 띠고 다그쳐 말했다.

"너무 반가운 말씀이어서 고맙다는 말로는 모자랄 것 같습니다." 말하는 어머니의 눈에 눈물까지 핑 돌았다.

"별말씀 다 하십니다. 갑규는 사람이 참 똑똑하고 성실하고 인정이 많고 능력 또한 이만저만 아니어서 저의 집 모내기를 맡아 할 때부터 제가 조카사위 감으로 점찍어 두었습니다."

이어 아주머니는 자기 조카딸을 소개하기 시작했다. 우선 마음이 착하고 사지가 멀쩡하며 심성이 좀 어지긴 하지만 그래도 어머니를 일찍 여의고 올케 슬하에서 까다로운 할아버지 시중을 전담하며 자랐다는 것이었다. 키가 적당하게 크고 몸매도 호리호리하며 신분은 학교에서 교무주임으로 근무하는 강 아무개의 여동생이라는 것이었다. 듣고 보니 좀 넘치는 혼처였지만 그렇다고 저절로 굴러온 호박을 발로 차버릴 수는 일. 더욱이 중간 소개자는 처녀의 숙모로 지금 이렇게 찾아와 신랑 측의 가정 형편을 뻔히 보고도 혼담을 하고 있으니 성사될 가능성이 아주 크다고 봐야 할 것이었다.

사실 숙모가 김씨네의 이토록 험한 가정 형편을 보고도 조카딸을 기어이 갑규에게 소개하는 데는 나름대로의 이유가 있었다. 조카딸인 쌍가매(성명은 강선미)는 어려서 어머니를 여의고 5남매 중 유일한 여자아이로 올케의 슬하에서 자라며 가족의 중시를 받지 못하고 연로하신 할아버지 시중이나 들며 커서 세상 물정에 아주 어두운 처자였다. 게다가 성정이 너무 순하고 행동이 굼뜨며 말수가 적고 머리도 빠르지 못해 반드시 남달리 똑똑하고 역빠른 남편을 만나야지 그렇지 않으면 가정을 운영하기조차 힘들어 굶어 죽기 십상이라는 가족 사람들의 판단이었다.

그런데 문제는 두 사람의 나이 차가 너무 큰 것이었다. 갑규는 1916년도 생으로 올해 세는 나이로 서른한 살이고 쌍가매는 1930년도 생으로 세는 나이로 열일곱 살, 그러니 두 사람은 14년 차나 되는 셈이었다. 옛날에는 열 네 살이면 아이도 낳는다고 했으니 부녀(父女) 같은 이 엄청난 차이를 처자 가족이 받아들일 수 있을 것인가?

그래도 숙모가 처자가족에 신랑감을 얼마나 훌륭하게 소개했던지 드디어 강씨 댁에서 날을 잡아 신랑감을 데리고 들어오라는 전갈이 왔다. 그 속에는 막냇동생 진이 공부 잘하고 똑똑하여 학교 계통에서 소문 놓은 덕분도 들어있었다.

정식 허락을 받기 전에 갑규는 처자가 하도 궁금하여 어느 날 슬그머니 그 마을로 찾아가 쌍가매가 물 길러 다닌다는 우물 주위에서 서성거리며 기다렸다. 과연 점심때가 거의 되었을 무렵, 쌍가매가 물동이를 이고 나타났다. 키는 남자인 갑규보다 더 커 보이고 뚱뚱하지도 날씬하지도 않은 몸매에 얼굴은 수수한 모습이나 길게 땋아 내린 외태머리가 유난히 숱이 많고 반지르르 윤기 도는 것이 인상적이었다. 됐다. 저 정도면 내게는 넘치는 대상자지 하고 갑규는 생각하며 만족스레 자리를 떴다.

약속한 날이 되었다. 갑규는 허락을 받으면 당장에서 쓰려고 술 두 항아리에 고기와 다과를 얼마간 마련해 달구지에 싣고 강씨네 집으로 들어갔다.

강씨네 집에는 쌍가매의 할아버지, 아버지, 큰 오빠, 둘째 오빠, 큰 남동생, 작은 남동생, 큰 올케, 둘째 올케, 그리고 사촌 남동생과 사촌 여동생까지 동거해 쌍가매를 합치면 식구가 모두 11명이었다. 또한 고모 셋에 고모부 셋, 삼촌 둘에 숙모 둘, 거기다 외가 친척들까지 합쳐 몇 십 명은 잘될 것 같았다.

모두들 미리 소개를 들었어도 정작 신랑감을 만나고 보니 첫 인상에 키가 너무 작아 많이 서운한 눈치였다. 그러더니 말을 시켜보고는 갑규의 똑똑하고 시원하며 남자다운 매력에 끌려 모두가 태도를 바꾸는 분위기였다. 이쯤 되니 여자들은 부엌에 내려가 음식을 만드느라 북적거리고 남자들은 벌써부터 술을 마시고 싶은지 괜히 입맛을 쩝쩝 다시기도 했다.

이번에 집안 어른인 쌍가매의 할아버지가 신랑감에게 생년월일을 물었다.

"자네 생년월일은 언제인가? 우리 쌍가매랑 맞나 한번 봄세."

"네, 제 생년월일은 음력으로 1916년 5월 11일입니다."

갑규의 말이 떨어지기 바쁘게 처자의 큰 오빠가 고함치듯 들이댔다.

"뭐, 뭐라구? 16년도 생? 16년도 생이면 올해 서른한 살 아닌가? 어떻게 스물아홉 살이라고 속여?"

"……"

뜻밖의 질문에 갑규는 그만 어리벙벙해졌다. 어찌 된 일일까? 단천 아주머니에게 분명 16년도 생이라 말했고 호적 등본까지 보여준 일이 있었다. 그런데 지금 와서 나이를 속였다고 대로하다니.

이때 한창 젊은 나이인 상가매의 둘째 오빠가 벌떡 일어서더니 다짜고짜 달려들어 갑규의 멱살을 틀어쥐었다.

"이 건달 같은 놈아, 감히 누구에게 사기를 쳐? 나이를 속이고 내 누이를 낚아채려구? 엉큼한 놈 같으니!"

그러자 사람들이 너도 나도 입을 모아 나이를 속인 파렴치한 신랑감을 당장 쫓아내라고 떠들어댔다.

바로 이 관건적인 시각에 정주간 문이 사르르 열리며 쌍가매의 큰 올케가 사뿐 걸어 들어와 여러분에게 목례를 하고 차분한 목소리로 말했다.

"제가 한 말씀 올려도 되겠습니까?"

모두들 소란을 뚝 멈추고 젊은 여자의 얼굴을 빤히 쳐다보았다. 갑규의 멱살을 틀어쥐었던 둘째 오빠도 손을 슬며시 놓고 물러앉아 형수의 말에 귀를 기울였다.

올케는 당황하거나 어색한 기색 하나 없이 차분하고 조용한 목소리로 빠르지도 느리지도 않게 말을 해 나갔다.

"감정으로 말하면 저도 여러분과 같은 심정입니다. 하지만 진실을 알아내는 것이 무엇보다 중요하지 않겠습니까. 우선 당사자에게 물어봅시다. 본인 생년이 1916년도라는 사실을 사전에 중매자인 숙모님께 말씀드렸습니까?"

순간 갑규는 이 갸름한 얼굴에 흑진주 같은 두 눈이 깊숙이 박힌 젊은 여자가 보통이 아님을 느꼈다. 그래서 가슴을 내밀고 떳떳이 대답을 올렸다.

"물론입니다. 저는 숙모님께 생년월일을 확실하게 말씀드렸을 뿐만 아니라 저의 호적등본까지 보여드렸습니다."

"네, 알겠습니다." 하고 올케는 여러 사람에게로 얼굴을 돌렸다.

"모두 잘 들으셨죠. 그런데 왜 숙모님께서는 우리에게 스물아홉 살이라고 소개했을까요? 그것은 이곳의 한족들은 우리처럼 뱃속의 나이를 세지 않고 태어난 생일이 지나야 나이를 먹었다고 한 살 더해 세기 때문입니다. 김갑규 저 사람은 1916년 음력 5월 11일 생일이니 아직 서른 살 생일도 지나지 않은 셈이죠. 그러니 스물아홉 살이란 말이 틀리지는 않은 거죠."

모두들 말문이 막혀 흡사 꿀 먹은 벙어리가 된 듯 서로서로 마주보기만 하다가 누군가 "오늘이 며칠이지?" 하고 물으니 "음력 5월 초닷새외다."라고 누군가 대답했다.

이쯤 되니 가문의 어른인 쌍가매 할아버지가 위엄스레 기침을 하고 입을 열었다.

"손처 말이 지당하네. 예로부터 산에 가면 산노래를 부르고 바다에 가면 바다노래를 부르랬다고 여긴 필경 중국 땅이 아닌가. 그러니 다들 널리 이해하시고 자, 어서들 술상이나 차리게."

이렇게 되어 다 틀어졌던 혼사가 다시 제자리에 돌아왔다. 이제야 안도의 숨을 내쉰 갑규는 다문 몇 마디라도 처자와 말을 나누고 싶어 뜻을 밝혔더니 정주간 구석에 앉아있던 쌍가매가 후닥닥 일어나 문을 차고 밖으로 도망쳐버렸다.

청산골을 떠나다

결국 결혼하는 첫날에야 서로 얼굴을 보게 된 신랑 신부는 그런대로 무난하게 결혼식을 올리고 한집에서 같이 살게 되었다.

갑규는 자기보다 나이가 훨씬 어린 각시를 아기처럼 아끼고 사랑하며 가능한 많이 돌봐 주려 애쓰고, 각시는 자기 큰 오빠보다도 나이가 많은 남편을 믿고 의지하며 조금 어려워하기도 하고 또 성깔을 부릴 때는 무서워하기도 했다.

집안에 새사람이 들어왔다고 시어머니와 시동생은 가능한 서로를 존중하고 아끼고 사랑하며 정을 나누어서 가족이 화목하게 살아가려 노력했다. 더욱이 시어머니는 반신불수로 자리에 누워있으면서도 며느리가 이쁘고 아까워서 밖에 나가면 넘어질세라 걱정하고 칼질하면 손이 베일까 걱정하고 또한 겨울에 강에 나가 빨래를 하고 돌아오면 며느리의 두 손을 꼭 잡아 자기의 체온으로 녹여주곤 했다.

시동생도 자기와 동갑내기인 형수를 무척 따르고 아끼고 지켜주며 여가만 나면 형수를 대신해 물을 길어온다 나무를 팬다 청소를 한다 하며 극진히 살피고 도왔다. 유독 도깨비 시아버지만은 마치 인간의 정에 눈이 뜨이지 못한 듯 며느리를 마구 부려먹고 식사 때에도 국을 더 달라, 장을 가져와라, 물을 떠오라 등 심부름을 몇 번이고 반복하여 시켰다. 그래서 강선미는 대소변을 받아내는 시어머니가 밉지 않고 오히려 씩씩하게 살아있는 시아버지가 짜증스러웠다.

선미가 시집 온지 1년이 지나서 시동생 진이 입대하였다. 그날 신병대표로 김진이 뽑혀서 연설을 하는데 너무 말을 멋지게 잘해서 청중들이 중간에 몇 번이나 박수갈채를 보내고 연설을 마친 다음에도 장내에 오랫동안 박수소리가 그치지 않았다. 그리고 바로 그 이듬해 여름, 김진은 패장으로 승진되어 나라의 파견을 받고 조선에 지원병으로 나갔다.

김씨네는 한전에 감자를 많이 심어 감자농사를 대량으로 했다. 이유는 첫째, 산골짜기 밭에 감자 농사가 알맞고, 둘째, 강선미가 다른 일은 잘 못하는데 감자 갈이와 나물 캐는 일만은 특별이 잘해서 남의 몇 곱을 해낼 수 있는 까닭이었다. 과연 가을에 감자를 수확해서 일부는 통째로 팔고 또 일부는 껍질을 벗기고 갈아 간분 국수를 만들어 시내에 가져다 팔았더니 돈이 꽤 잘되었다.

어느 하루, 갑규는 아침에 통감자와 간분 국수를 달구지에 가득 싣고 화룡진 거리에 가서 팔았다. 오후에 다 팔고 나니 돈이 꽤 되어 어머니의 약을 짓고 바로 돌아서는데 그만 길에서 친구와 딱 마주쳤다. 친구가 "자네 결혼했다며? 난 잔치 술도 못 마셨네." 하는 바람에 갑규는 친구를 데리고 식당에 들어가 둘이 함께 술을 기껏 마시고 해가 넘어가서야 친구와 갈라져 갑규는 달구지를 몰고 귀로에 올랐다.

산길에 들어서자 날이 완전히 어두워지고 감청색 하늘에 노란별이 하나 둘 나타나기 시작했다. 술에 얼근드레 취해서 수레 앞재에 걸터앉아 노래를 흥얼거리며 오던 갑규는 갑자기 수레가 뚝 멈춰서는 것을 느꼈다. 왜지? 정신을 바짝 차리고 앞을 내다보니 어둠속에 저쪽의 길목에 뭔가 앉아있는 것이 보였다. 호랑이일 것이다. 전에도 몇 번이나 호랑이가 달구지를 따라다닌 적이 있지만 그때는 달구지가 여러 대여서 사람들이 다 같이 채찍을 무섭게 휘두르니 감히 덤비지 못했다. 그런데 오늘은 혼자서 달구지를 한 대만 몰고 있으니 천만 위험한 일이 아니겠는가. 갑규는 우선 재빨리 가지고 있던 찬물을 꿀꺽꿀꺽 들이켜 정신을 번쩍 차렸다. 서둘러 간분 국수를 쌌던 보자기를 나무 막대기에 둘둘 감아 횃불처럼 만들고 짐을 고정시켰던 몽둥이를 총처럼 틀어쥐었다. 호랑이는 가능한 조건이 아니면 쉽사리 사람을 공격하지 않는 법이다. 태연한 척하는 것이 최선이다! 속으로 되뇌며 성냥을 그어 횃불처럼 감은 보자기에 불을 붙이고 몽둥이를 총처럼 틀어쥔 채 소의 옆에 바짝 붙어 서서 고삐를 당기며 앞으로 몰았다. 소는 사람이 옆에 있고 횃불이 환히 비추니 조금 안

심되는 듯 다소 휘청거리면서도 앞으로 걸어 나갔다. 갑규는 일부러 목소리를 가다듬어 판소리를 길게 뽑았다.

"토끼화상을 그린다. 앞다리는 짤쪽, 뒷다리는 길쭉……"

이렇게 마을이 가까워질 때까지 죽을 듯 살 듯 판소리를 뽑다가 얼핏 돌아보니 이제는 위험이 지나간 듯싶어 판소리를 끊고 다그쳐 소를 몰아 집으로 돌아왔다. 집안에 들어와 보니 선들선들한 가을인데도 온몸이 소낙비를 맞은 듯 땀에 흠뻑 젖어 있었다.

이 위험한 경과를 전해 듣고 어머니는 너무 놀라 연속 혀를 끌끌 차며 그 뒤로는 다시 물건 팔러 화룡진에 가지 못하게 했다. 하여 이듬해부터 감자농사는 접어버렸다.

선미는 보기에는 키가 크고 든든한 것 같지만 실은 어려서부터 영양부족 탓인지 몸이 많이 허약하고 무맥해서 아이를 연속 둘이나 유산했다. 그러자 이미 나이가 들어 누구보다 조급해진 갑규가 너무 실망한 나머지 선미와 갈라질까 는 생각까지 하게 되었다. 그걸 눈치 챈 어머니가 어느 날 아들을 불러 앉혀놓고 엄하게 꾸짖었다.

"사람이 어찌 그럴 수 있느냐. 네가 힘들면 그 사람은 더 힘들겠지. 어찌 그런 일로 정중히 맺은 혼인을 파기할 생각까지 한단 말이냐? 안 된다. 절대로 안 돼!"

그러면서 어머니는 이제부터는 어미 약을 짓지 말고 아내의 몸을 보양할 약을 지어 선미에게 먹이라고 아들에게 엄하게 명령을 내렸다. 그렇게 지어온 며느리의 보약을 어머니는 운신을 못하면서도 손수 불어 식혀서 며느리가 마시게 옆에서 지켜보고는 며느리의 손을 꼭 쥐고

"아가, 탕약이 쓰지? 그래도 마셔야 몸이 좋아지는 거야. 어서 나아서 든든한 아기를 낳아야지." 하고 위로했다.

시어머니의 그 마음이 하도 고마워 며느리는 그 쓰고 떫은 탕약을 명심하여

제때에 달여 마시고 스스로도 몸을 추스르려 무진 애를 썼다.

시어머니의 정성이 몸에 배어들었는지 선미는 얼마 안 되어 과연 건강한 아이를 임신하게 되었다. 그런데 산달이 바로 다음 달로 다가왔는데 갑자기 시어머니의 병세가 악화되기 시작했다. 중풍을 맞아 3년 남짓이 자리에 누워 계시던 시어머니는 이제 백약이 무효였고 더는 지탱할 수 없게 되었다.

1949년 진달래가 흐드러지게 피는 날, 피와 눈물로 점철된 운명의 길에서 갖은 몸부림을 다 쳤으나 결국 숙명을 거역하지 못한 비운의 여자 허 현숙은 그렇게 바라던 손주도 안아보지 못한 채 짧은 인생을 여한으로 마감하고 말았다.

하늘땅이 맞붙는 비감에 마지막 혈육을 잃은 듯한 절망을 실감하며 갑규는 연속 며칠 식음을 전폐하고 어머니의 시신 옆을 지켰다. 며느리인 강선미 또한 극도의 슬픔에 빠져 눈물을 흘리고 또 흘렸다. 어려서 엄마를 잃고 숱한 식구들 속에 끼어 살며 사랑을 많이 받아보지 못해 선미는 사랑이란 뭔지를 잘 모르고 컸는데 시집와서 시어머니의 사랑을 듬뿍 받으며 특별한 행복을 맛보았던 것이다. 그래서 시어머니의 대소변 시중을 들면서도 한번 싫은 내색하지 않고 오히려 시어머니가 세상에 없어진 지금 너무 슬프고 그립고 안타깝기만 했다.

"어머니, 아기가 곧 태어날 텐데 안아보지도 못하고 어디로 가시는 겁니까?"

장례식 날 갑규 부부의 애통한 울음소리에 동네 사람들마저 참지 못하고 눈물을 흘렸다.

어머니는 저세상에 가서도 아들부부를 계속 돕고 있는지 과연 산달이 되자 강 선미는 건강한 아들을 순산했다. 처음으로 건강한 아들을 본 갑규는 너무 반갑고 기쁘고 힘이 나서 그해 농사짓는 일은 전혀 힘들지 않게 느껴졌다. 하여 당해 가을에는 보기 드문 대풍작을 거두었다.

아이는 이름을 철주(哲珠)라 짓고 애지중지 모든 사랑을 몰부으며 키웠다.

어른들의 바람대로 철주는 별 탈 없이 잘 자랐다.

그해, 바로 1949년 10월 1일, 중화인민공화국이 성립되면서 중국 경내에 살고 있는 모든 조선인을 중국 공민으로 받아들이고 호적을 올려주었다. 조선 사람들은 이제 더는 "조선인"이나 "고려인"으로 불리지 않고 "중국 조선족"으로 불리게 되었다.

1950년 철주가 첫돌 되는 해 이른 봄, 마을에 홍역이 돌기 시작했다. 김씨 부부는 아이에게 옮지 않게 하려고 갖은 수단과 방법을 다 썼으나 결국 역병은 철주에게도 전염되어 며칠 사이에 아이가 죽어나갔다.

아이를 땅에 묻고 나서 갑규는 비분을 이기지 못해 그 길로 혼자 한탄하며 술 세 병을 모두 마셔버리고 칠칠 야밤에 청산골을 떠나 700여리 길을 도보로 걸어 목단강 지역으로 들어왔다.

목단강시 교구에 있는 북촌이라는 마을에 이르렀을 때 땅이 마음에 들어 갑규는 바로 이곳에 발을 붙이고 밭을 분배 받았다. 마침 농사철이 돌아오는지라 우선 밭갈이를 하고 종자를 다 심어 넣은 다음 가족을 데리러 청산골로 갔다. 물론 그 전에 편지를 띄워 소식은 전해주었다.

북촌에서의 도깨비

벌이 너른 북촌은 벼농사가 위주였고 또 꽤 큰 도시인 목단강시와 멀지 않은 거리에 있어 조선 사람들이 살기 좋은 곳이었다. 하여 월강 초기에 연변에 와 자리 잡았던 많은 조선 사람들이 차츰 벼농사가 잘되는 목단강이나 그 동쪽에 이주하여 살았으므로 흑룡강성의 조선족 인구가 눈에 띄게 늘어났다.

갑규는 농사를 열심히 지었다. 아내가 몸이 허약한데다 또다시 임신을 하여 밭일을 못하게 되니 남편 혼자서 수전과 한전 모두를 다루는 한편 연로한 아버지를 섬기고 임신 중인 아내를 돌보는 등 분주한 시간을 보냈다. 그래도 가을이 되면 김씨네 밭은 수전이나 한전이나 를 막론하고 소출이 누구보다 높아 사람들이 엄지를 내들지 않을 수 없었다.

1951년 음력 8월 25일, 딸 순아가 태어났다. 비록 딸이라지만 자식을 셋이나 잃은 뒤 얻은 아이라고 온 집안에서 끔찍이 귀여워하고 사랑하는데 할아버지만은 손자가 아니고 손녀라고 별로 좋아하지 않았다. 뿐만 아니라 할아버지는 동네애서 해괴하고 이상한 짓을 찾아 하여 사람을 얼이 빠지게 놀래고는 자기가 또 먼저 손을 대서 때리기까지 하는 일이 비일비재했다. 차츰 마을에는 순아의 할아버지가 사람이 아니고 완전 도깨비라는 소문이 나돌기 시작했다. 하여 동네 아이들은 물론 일가 친족의 아이들까지도 순아 할아버지가 있는 방 문 앞을 지날 때면 무서워서 막 정신없이 뛰어 건너가곤 했다.

이듬해 순아 외갓집에서도 이쪽으로 이주를 하려고 순아 외할아버지가 먼저 북촌에 와서 농사일을 도우며 한동안 지냈다. 일 년 농사 중 가장 바쁜 모내기철이 돌아오자 갑규는 하루 스물네 시간 중 거의 스무 시간을 밭에서 보내다시피 했다. 그런데 이 관건적인 시각에 도깨비 아버지가 또 사고를 저지른 것이었다.

그날 오후, 갑규가 한창 논밭에서 정신없이 모를 꽂고 있는데 이웃집 아이가 헐레벌떡 뛰어와 말하기를 순아 할아버지가 순아 외할아버지를 피 터지게 때려서 쫓아버렸다는 것이었다. 동네 사람들을 돌아가며 때리다 못해 이제는 가장 어렵다는 사돈어른까지 때려서 쫓아버렸으니 기가 막히고 억이 막히는 일이 아닐 수 없었다. 갑규는 당장 일손을 멈추고 급히 집으로 달려 들어와 아내에게 자초지종을 물었다. 아내는 자기도 잘 모른다고 어디 밖에서 싸운 것 같은데 기별을 듣고 나와 보았을 때는 벌써 두 분 모두 어디로 도망갔는지 보이지 않더라는 것이었다.

도깨비 아버지야 뭐 어디 갔든 배만 고프면 틀림없이 돌아올 것이지만 문제는 장인어른이 다친 몸으로 어디 갔는지 알 수 없으니 답답한 일이었다. 저러다가 행여 도중에 더 안 좋은 일이라도 생기면 무슨 면목으로 처가 식솔들을 보며 또 노인의 앞날은 어찌되겠는가.

갑규는 저녁도 거른 채 사처로 뛰어다니며 장인어른의 행방을 알아내느라 고심했다. 그러는 와중에도 날이 어둑어둑 해지자 도깨비 아버지는 예측대로 배가 고프니 곧추 집에 들어와 밥을 내라고 호통치는 것이었다. 밥 두 사발에 국 세 사발, 장 한 종기, 감자채 세 접시를 모두 먹어치운 다음 아비가 없어졌는데도 찾지 않았다고 아들내외를 호래자식이라 기껏 욕질하고 나서 자리에 눕자마자 드렁드렁 집이 떠나가게 코를 골았다.

오히려 갑규가 장밤 이리 뒤척 저리 뒤척 잠을 이루지 못하고 온갖 상념에 허덕이다가 순아가 뒤척이자 아이를 안아 오줌 누이고 다시 눕히며 혼자 말을 했다.

"네가 언제 커서 아비를 돕겠냐?"

그러자 자는듯하던 순아가 "나 빨리 커요." 라고 말해서 갑규는 손으로 아이의 보드라운 얼굴을 쓰다듬으며 잠시나마 마음의 위안을 얻을 수 있었다.

이튿날 마침내 장인어른의 행방을 알아내고 갑규 부부는 바로 그리로 찾아가 무릎을 꿇고 용서를 빌었다.

"모두 제 불찰입니다. 그러니 욕하시든 때리시든 저에게 화풀이하시고 우선 집에 돌아가십시다."

"네, 아버지, 애 아빠 말이 맞아요. 어떤 일이든 집에 돌아가야 해결하지 않겠어요. 여긴 있을 곳이 못되니 어서 가십시다."

평소에 점잖고 말수 적은 장인어른은 조선 동네에 가 있으면 딸과 사위의 얼굴에 먹칠한다고 여기 낯선 한족 동네의 원두막에 와서 하루 밤을 지냈던 것이다.

드디어 장인어른이 입을 열었다.

"자네들 뜻은 알겠네만, 사돈어른이 계시는 한 내 다시 자네 집에 들어가는 일은 없을 거네. 나는 이 길로 청산골에 돌아갈 것이니 그리 알고 준비해주게."

더 말려봤자 소용없음을 알아챈 갑규는 그 길로 장인어른을 병원에 모시고 가서 상처를 처치해드린 다음 기차 정거장까지 바래 드렸다.

　집에 돌아간 후 속이 깊고 사리 밝은 장인어른은 사돈어른한테 맞아낸 일을 아무에게도 말하지 않아 이듬해 처갓집에서 정식으로 북촌에 이사를 오게 되었다.

　할아버지는 밖에서뿐만 아니라 집안에서도 행패질이 점점 더 말이 아니었다. 이전에 마누라가 있을 때는 그래도 말리고 제지하는 사람이 있어 간혹 그만두는 경우가 있었는데 지금은 혼자서 뭐든 제멋대로 하니 그 괴상한 도깨비짓이 멈출 줄을 몰랐다.

　툭하면 밥상을 뒤엎고 며느리한테도 막 손찌검을 하려 한 적이 한두 번이 아니었다. 그 중에서도 가장 위험한 도깨비짓은 거처하고 있는 윗방이 추워서 가을에 날씨가 쌀쌀해서부터 봄에 날씨가 따뜻해질 때까지 화로에 숯불을 담아 들여다 방을 덥히는데 뭔가 수틀리기만 하면 화로를 숯불 채로 들어 며느리에게 마구 던지는 것이었다. 이들 갑규가 그러지 말라고 그건 위험한 짓이라고 몇 번이나 말했으나 도저히 먹혀 들어가지 않았다.

　북방의 날씨는 일찍도 추워져 아직 양력 9월이 채 가지도 않았는데 벌써부터 서리가 내리고 밤에는 쌀쌀해지기 시작했다.

　해가 떨어지자 "화롯불을 들여오너라!" 하고 윗방 시아버지가 고함쳐서 며느리는 저녁밥을 짓는 한편 숯불을 준비해 화로에 담아서 윗방에 들여갔다. 그런데 시간이 조금 늦어졌다고 도깨비가 버럭 화를 내며 숯불이 이글거리는 화로를 훌쩍 들어 며느리에게 사정없이 내던졌다. 그러자 화로가 바닥에 떨어지면서 안의 숯불이 튕겨 나와 며느리의 바짓가랑이에 닿으며 불이 일기 시작했다.

　"아이구, 불이야!"

　선미는 급한 김에 마구 소리치며 빙빙 돌아쳤으나 불은 꺼지기는커녕 바람결에 더 크게 일어났다.

때마침 퇴근해 들어온 갑규가 이 광경을 보고 대야의 물을 왈칵 끼얹어 아내의 바짓가랑이에 붙은 불을 겨우 껐다. 분노가 머리끝까지 치밀어 올라 더는 참을 수 없게 된 갑규는 순간 아무것도 헤아리지 않고 윗방 문을 왈칵 열고 들어가 주먹으로 도깨비 아버지의 얼굴을 한 대 드세게 갈겼다. 금시 도깨비의 입언저리가 터져 피가 흘러나왔다. 그러자 도깨비가 금방 사람을 잡아먹기라도 할 듯 피 묻은 입을 짝 벌리며 아들을 향해 사납게 덮쳐들었다. 갑규는 결코 피하지도 대항하지도 않았다. 그냥 눈을 감고 아버지가 때리는 대로 얻어맞기만 했다. 맞아서 코피가 터지고 얼굴이 엉망이 되었을 때에야 도깨비는 매질을 멈추고 그래도 분이 풀리지 않는지 동네로 달려 나가며 큰 소리로 마구 고아대기 시작했다.

"갑규가 아비를 때렸다!"

"갑규가 아비를 때렸어!"

"갑규가 아비를 때렸다구!"

……

참으로 죽기보다 더 힘든 시간이었다. 앞길이 막막했다. 미래가 보이지 않았다. 이런 아버지를 모시고 어떻게 살아나가야 할지 바늘구멍만큼의 희망도 보이지가 않았다. 도대체 누구를 원망해야 한단 말인가, 조상을 원망해? 세상을 원망해? 아니면 하느님을? 아니다. 나 자신을 원망해야 한다. 도깨비의 아들로 태어난 나 자신의 죄일 뿐이다. 이제 그 죄를 씻을 때가 되었다. 저 목단 강물은 굽이굽이 사품치며 잘도 흘러가니 내 죄도 깨끗이 씻어줄 것이다.

이렇게 갑규는 혼자 소리를 하며 비칠비칠 목단강물을 향해 걸어갔다…

죽음과 삶

캄캄칠야의 어둠은 눈을 감았을 때의 어둠과 다르다. 눈을 감았을 때의 어둠은 내가 눈을 다시 뜨면 바로 빛이 오는 것이지만, 캄캄칠야의 어둠은 내가 눈을 떠도 빛을 볼 수 없는 무가내의 어둠인 것이다. 그런 어둠속에서 죽음을 향해 한발 두발 장장 십 수리를 걸어가는 한 젊은 남자의 마음, 그것은 오죽한 절망이었을까? 죽기에는 아직 몸속의 피가 너무 붉은데, 없어지기에는 아직 뛰고 있는 심장이 너무 생생한데, 그런데도 발길을 멈출 수가 없는 현실!

지난봄에도 기막힌 일이 발생하였다. 연초에 처갓집에서 갑규의 소개로 순아의 네 외삼촌이 모두 북촌으로 이사를 왔다. 집집이 토지를 분배 받고 농사를 시작하는데 이상한 소문이 나돌기 시작했다. 전에 순아 외할아버지가 일찍 집에 돌아간 것은 순아 할아버지가 사돈을 피 터지게 때리고 쫓아내서 그 길로 쫓겨 간 것이라고. 실은 소문이 아니라 사실이었으니 아들들의 귀에 들어가지 않을 리 없었다. 네 형제 중에서 성격이 조금 강퍅한 둘째가 더는 참을 수 없어 매부에게 따지려고 순아네 집을 찾아 갔는데 말을 채 들어보기도 전에 도깨비가 밥상을 뒤엎는 바람에 대판 싸움이 벌어졌다.

중간에 끼어 갑규가 요행 뜯어말렸으나 둘째 처남은 이 수모를 삭이지 못해 그 이튿날로 짐을 싸가지고 자기 가족을 이끌고 다시 청산골로 돌아가 버렸다.

그해 여름 내내 갑규는 그 바쁜 농사를 혼자 짓는 와중에도 여가만 있으면 둘째 처남에게 사과의 편지를 써서 그만 마음을 풀고 돌아오라고 진심으로 권고했으나 둘째 처남과 가족들은 끝내 돌아오지 않았다.

한 계절이 다 지나가자 이제는 별수 없구나 생각하며 마음을 내려놓고 가을 걷이를 시작하려 하는데 도깨비 아버지가 이번엔 며느리에게 화로를 던져 화재를 내는 사고를 저지른 것이다. 참으로 생각만 해도 기 막히는 일이 아닐 수 없었다. 설상가상으로 진짜 큰불이라도 일어났더라면 어떻게 되었을까? 젊은 아내에 아직 세상을 살아보지도 못한 아이까지… 상상만 해도 전신이 부르르 떨리는 결과였다. 이제는 그 어떤 방법도 방도도 저 도깨비에게 통할 수 있는 가능성은 존재하지 않는다. 있다면 오로지 하나—— 바로 모두 죽어 없어지는 것뿐이다.

갑규는 자기가 죽어 없어짐으로써 이 모든 것을 종말 지으려 작심했다. 내가 없어지면 애 엄마는 아이를 데리고 친정에 가거나 재가할 것이고, 그렇게 되면 도깨비 아버지는 밥을 먹을 곳이 없어 굶어 죽을 것이니 더불어 그 지긋지긋한 행패가 결속될 것이다. 이것이 내 가족과 일가친척을 위해서도 또한 동네방네를 위해서도 내가 선택할 수 있는 유일한 길이라고 갑규는 단정했다. 헌데 이 길을 가기는 너무도 멀고 너무도 힘들었다. 걸어도 걸어도 끝이 보이지 않고 이제는 기진맥진하여 한 발짝이 한 뼘 거리밖에 안 되는 것이었다…

그래도 이를 악물고 죽을힘을 다해 가다 보니 드디어 시커먼 강물이 거대한 구렁이 같이 구불거리며 가로 누워있는 목단강변에 이르렀다. 캄캄한 어둠속에서도 강물의 냄새와 강물의 흐름은 감지할 수 있으나 그 누구도 저 거대한 강물의 뱃속만은 알지 못할 것이다. 거기는 천당이 아니면 지옥일 테니까.

강둑에 올라서서 고개를 젖히고 망막한 하늘을 쳐다보았다. 삼태성도 북두성도 어둠에 함몰되어 보이지 않았다. 아니, 저 두터운 구름에 가로막혀 제 구실을 못하고 있는 것이다. 바로 나 갑규의 비참한 일생처럼. 돌이켜 보니 태어난 이래 도깨비 아버지라는 먹장구름에 가로막혀 단 한 번도 제 구실을 해본 적이 없었다. 아버지, 부디 이 아들을 불쌍히 여기셔 다음 생에는 내 아비가 되어주지 마소서! 이제 나도 저세상에 가 한번쯤 뜻대로 살아 보렵니다!

눈을 감고 3초 동안 서 있다가 허공으로 몸을 날렸다. 그리고 자유낙하를 시작했다. 종내는 어느 아이가 강둑에서 쥐어뿌린 돌멩이처럼 텀벙! 물속으로 떨어져 들어갔다.

차디찬 강물은 사품치며 소용돌이치며 젊은 생명을 날름 집어삼켰다.

"어젯밤 도깨비가 아들에게 언어맞아 피가 터졌다네."

"암, 그 도깨비가 한번 제대로 혼이 났군."

"아무리 그래도 어찌 아비를 때린단 말인가. 호래자식이지."

"그래놓고 갑규는 한밤중에 집을 나가 없어졌다네."

......

소문이 맨발 바람으로 동네를 휩쓸기 시작했다. 사람들은 남의 불행에 양념을 쳐가며 나름대로 요리해서 질근질근 잘도 씹었다.

그런데도 아침이 되자 도깨비는 배고프다고 고아대서 며느리가 대충 밥상을 챙겨 놓았더니 어제 다친 입이 더 째져라 한껏 밥을 퍼서 입안에 밀어 넣는 것이었다.

그러거나 말거나 선미는 서둘러 아이를 들쳐 업고 정신없이 친정집으로 달려갔다.

"순아 아빠가 없어졌어요. 오빠, 어떡해요?"

하여 세 집 가족이 모두 동원되었다. 큰 오빠와 두 남동생 올케들과 사촌들까지 빠짐없이 동원되어 사람을 찾기 시작했다. 헌데 밤중에 어둠을 타고 가버렸으니 아무도 보았다는 사람이 없고 모두들 이런 저런 추측만 할 뿐이었다.

"마음이나 풀자고 어디 며칠 놀러 간 건 아닐까?"

큰 오빠의 말에 올케가 얼른 부정했다.

"아닐 거예요. 그렇게 한가한 사람 아니니까. 가을걷이가 코앞인데 혼자 일손이 어딜 놀러 다니겠어요."

말이 맞다고 모두들 고개를 끄덕였다. 친척들은 또다시 흩어져서 사람을 찾기 시작했다.

갑규의 아내 선미는 아이를 업고 혼자 십여 리나 되는 목단강변까지 가서 남편을 애타게 부르며 찾았으나 아무런 소식도 얻지 못했다. 저녁때가 되자 선미는 시아버지가 또 밥이 없다고 가정치기를 해 그릇을 모두 부셔버릴까 겁나서 부랴부랴 아이를 업고 땀을 철철 흘리며 집으로 돌아왔다.

선미가 들어서자 윗방에서 "으흠" 하는 기침소리가 들렸으나 정주간에 나오지는 않았다. 저녁밥을 부랴부랴 지어서 밥상을 챙겨 들고 들어가 보니 시아버지는 허기진 배를 두 손으로 부둥켜안고 마구 엎드려 코를 드렁드렁 골고 있었다.

"친 아버지가 맞긴 할까? 어쩌면 저렇게 새끼 아까운 줄도 모르지."

선미는 혀를 끌끌 차며 처음으로 시아버지의 밥상을 쿵쾅 아무렇게나 놓아버리고 방을 물러나왔다.

선미가 장 밤 사람을 기다리다가 새벽녘에 잠이 들까 말까 하는데

"아——!" 하고 순아가 갑자기 무서운 꿈이라도 꾼 듯 새된 소리를 지르며 소스라쳐 깨어났다. 선미도 놀라 깨어나 아이를 품에 그러안으며 달랬다.

"왜? 무서운 꿈이라도 꾼 거야? 아빠 없으니 무섭지?"

그러자 아이가 더 자지러지게 울어댔다.

"아빠, 어딨어? 왜 안 오는 거야?"

선미는 아무 대답도 할 수가 없어 손으로 아이만 더 으스러지게 그러안았다.

"아빠! 아빠——! …"

아이가 더 크게 울고… 선미도 참지 못해 엉엉 따라 우는데…

저 건너 할아버지 방에서는 정주간의 울음소리와 시합이라도 하듯 코고는 소리가 드르렁 드르렁 드르렁…

아이가 울다 지칠 무렵 "꼬끼오——!" 하는 첫닭 울음소리가 모든 소리를 압도해버렸다. 수탉이 이긴 셈이었다.

놀라운 것은 이 소리들의 와중에 뒷창문이 삐걱 열리며 검은 그림자가 훌쩍 집안으로 뛰어드는 것이었다. 선미가 깜짝 놀라 막 소리 지르려 하는데 그림자의 손이 어느새 선미의 입을 꾹 막았다.

"나야."

남편의 목소리를 알아듣고 선미가 불을 켜려 하자 갑규가 바로 눌러 앉혔다.

"불 켜지 말고 조용히 들어요. 그날 밤 내가 자살하려고 목단강물에 뛰어들었는데 중국사람 낚시꾼이 구해냈소."

"네에?!..." 아내가 깜짝 놀라 뭔가 막 말하려 하자 남편이 얼른 막았다.

"쉬——, 윗방이 들으면 안 돼." 갑규는 눈짓으로 도깨비가 자고 있는 방을 가리키고 나서 말을 이었다. "내가 지금 떠나서 아사자리 보러 갈 것이니 소식 줄 때까지 기다리오. 그동안 아무한테도 내가 다녀갔다는 말은 하지 말고."

"네, 알겠어요. 그런데 아침이라도 드시고 떠나야…"

"아니, 날이 밝기 전에 마을을 빠져나가야 하니 아무것도 하지 말고 그냥 조용히 있어요."

말을 마치고 갑규는 재 잠이 들어 쌔근쌔근 자고 있는 어린 딸의 볼에 입을 살짝 맞춘 다음 몸을 훌쩍 날려 들어올 때와 같이 뒷창문으로 뛰어나가 사라졌다.

제3장

흔들개늪의 전설

제3장
흔들개늪의 전설

흔들개늪은 습지도 아니고 갯벌도 아니다.
흔들개늪이란 단어는 사전에도 없고 민간에도 없다.
오직 시달린즈 사람들 속에서만 통할뿐.

흔들개늪과 꼬지깨떼

"뿡———!" 열차가 길게 소리를 뽑으며 플랫폼에 들어섰다.

성미 급한 갑규는 벌써 전에 짐을 들고 문 앞에 다가가 기다리다가 기차가 멎고 승강 문이 열리자 엎어질 듯 차에서 내려 플랫폼을 빠져나갔다.

사람들에게 시달린즈로 가는 길이 어디냐고 물었더니 모두들 동쪽 방향을 가리킬 뿐 정확한 길을 대주는 사람이 없었다.

"이상하다. 길이 있을 텐데, 사람들은 왜 방향만 가리키는 거지?"

아무튼 동쪽방향으로 걸으면서 보기로 하고 그냥 길을 따라 터벅터벅 앞으로 걸어갔다.

"동쪽 맨 끝에 시달린즈 라는 외진 곳이 있는데 우리 조선 사람들이 많이 모여살고 또 교통이 불편해서 소식이 잘 통하지 않는다는 거야." "하나 더 보태라면 그 시달린즈 라는 곳이 토지가 기막히게 좋다는 거야. 농사꾼이라면 누구든 한번 가 볼만한 곳이지."

민희 아버지의 이 두 마디 말이 바로 갑규가 목단강을 떠나서부터 아무데도 가지 않고 오로지 시달린즈만 바라고 찾아오는 이유였다.

한참을 걸어가는데 앞에서 웬 할머니가 머리에 무거운 보따리를 이고 힘들

126

게 걸어가는 모습이 보였다. 조선 사람이 틀림없구나. 갑규는 발걸음을 다그쳐 할머니를 따라잡고 조선말로 인사했다.

"할머니, 안녕하십니까?"

그러자 할머니가 "아이구, 조선 사람이구먼." 하면서 걸음을 멈추었다.

갑규는 얼른 할머니의 머리위에서 보따리를 받아 내렸다.

"잠간 쉬고 가시죠. 제가 들어드리겠습니다."

그러자 할머니가 "아이구, 고마워라." 하면서 길옆에 잠간 쭈크리고 앉았다.

갑규도 옆에 짐을 내려놓고 앉았다.

"어디 가시는 길이유?" 할머니가 이마의 땀을 훔치며 물었다.

"네, 저 시달린즈로 가는 길입니다."

"시달린즈 어느 마을로?"

"……"

말이 막혔다. 갑규는 여태껏 시달린즈란 어느 마을의 이름인 줄 알았는데 그게 아닌 것 같았다. 그래서 임기응변으로 "저기 그 쪼끄만 마을 이름이 뭐더라?" 했더니

"배꼽마을 그래유?"하고 할머니가 대답해주는 것이었다.

"네, 배꼽마을, 바로 거기 가는 길입니다."

그러자 할머니가 "난 요 아래 동성촌으로 가는 길이유. 손자 녀석이 학교 끝나면 마중 나오겠다 했는데 여태 안 와서." 하고 미안한 듯 갑규를 돌아보았다.

"염려마세요. 제가 마을까지 짐을 들어 드리겠습니다."

갑규는 곧바로 일어서서 할머니의 무거운 보따리를 자기가 들고 자기의 가벼운 짐을 할머니에게 맡기고 두 사람은 길을 따라 앞으로 걸어가며 얘기를 나누었다.

갑규가 배꼽마을로 이사자리 보러 온다는 말을 듣고 할머니는 깜짝 놀라는 것이었다.

"아이구, 그 교통이 불편한 곳에 가 어찌 살라구 그래? 차라리 우리 마을에 나 이사 올 거지."

갑규가 잠간 생각다가 "교통이 도대체 어느 정도 불편하기에 그러십니까?"라고 물었더니 할머니는 말도 하기 전에 혀부터 끌끌 찼다.

"쯔쯔, 마을 이름만 들어두 모르겠수? 사방이 흔들개늪이라 길이 없어 차도 못 통하고, 여름엔 물이 져서 막 피난을 다니고… 아구 아구, 말해봤자 무슨 소용 있겠수. 직접 가서 자기 눈으로 보시구려."

이 때 멀리서 웬 남자아이가 달려오며 할머니를 불렀다.

"할머니, 늦어서 미안해요!"

열댓 살쯤 되어 보이는 남자아이는 아예 짐바를 챙겨가지고 마중 나오고 있었다.

"어, 저기 오는군. 잘됐네. 어서 짐을 내려놓게. 고마우이."

할머니가 갑자기 말씨를 낮추며 말했다.

"아닙니다. 덕분에 좋은 얘기 많이 들었습니다."

갑규가 할머니의 보따리를 내려놓자 할머니는 재빨리 보따리를 풀고 삶은 옥수수 두 이삭과 구운 명태 한 마리를 꺼냈다.

"자넨 아직도 몇 십리나 더 가야 하니 이걸 가지고 가게. 길에서 시장하면 요기는 될 거네."

갑규는 고맙다고 깍듯이 인사하고 먹을 것을 받아 넣었다.

"곧추 동쪽으로만 걷게. 도중에 길이 막히고 흔들개늪이 나지면 조금 에돌더라도 꼬지깨떼를 골라 밟고 건너가야 하네, 그러다 혹 물에 빠지더라도 꼬지깨떼만 꽉 잡으면 살 수 있다네."

"꼬지깨떼" 라는 것이 도대체 뭐냐고 물으려는데 마중 오던 손자가 막 당도해서 별 수 없이 서로 작별인사를 나누고 갈라졌다.

갑규는 혼자 동쪽을 바라고 걸었다. 태양의 위치로 측정해 아마 오후 두 시쯤 된 것 같았다. 갑규는 날이 어둡기 전에 도착해야지 하며 걸음을 다그쳤다.

마을을 지나고 또 한 마을을 지났다. 세 번째 마을을 지날 때 사람들에게 길을 물었더니 동쪽으로 조금만 더 가면 길이 없어지고 흔들개늪이 나진다는 것이었다.

"왜 '흔들개늪'이라고 부르는 겁니까?"라고 묻자

"흔들흔들 하니까 흔들개늪이라지 왜겠소." 하고 상대는 퉁명스럽게 대답했다.

거친 단마디 대답 같지만 실은 아주 형상적으로 뚜렷하게 표현한 설명이었다. 이 부근의 늪들은 다른 곳의 늪과는 달리 비교적 큰 늪의 중간부분을 제외하고는 수면에 풀들이 가득 자라 있어 얼핏 보기에는 습지 같지만 실은 습지라 하기 어려웠다. 오랜 세월을 두고 물위에 떠있던 풀뿌리들이 서로 엉기고 엉겨 하나의 층을 이루고 또 그 층 위에서 가지가지 풀들이 신나게 자라며 서로 엉겨 붙었다. 그러다 보니 이 풀뿌리 층은 마치 물위에 떠있는 거대한 널판자 같이 고요히 떠 있다가 사람이 밟기만 하면 흔들흔들하고 다시 중량을 더 가하면 불루루룩 거품 같은 물을 내뿜으며 한정 없이 밑으로 들어가는 것이었다. 또한 바람에 풀뿌리들이 서로 엉기지 못해 층이 조금씩 끊어진 곳도 있는데 이것을 사람들은 "용가름"이라 불렀다. 이런 용가름에는 빠지기만 하면 헤어 나오기 힘들고 그래서 헤엄을 모르는 사람들은 혼자 다니기를 꺼렸다.

꼬지깨떼도 흔들개늪의 산물이었다. 흔들개늪이 가물이 들거나 봄가을로 수위가 낮아질 때면 변두리나 얕은 곳이 습지가 되는데 이 기회를 빌려 억센 풀들이 습지 바닥까지 뿌리를 내리고 겨울에 죽었다가 봄이 되면 다시 살아나고 이렇게 오랜 세월 반복하면서 풀 뭉치를 남보다 높이 쌓아올려 생긴 작은 풀의 탑이었다. 그래서 한족사람들은 꼬지깨떼를 탑두(塔頭)라고 불렀다.

드디어 갑규가 흔들개늪에 이르렀다. 다행히도 가을이어서 수위가 높지 않으니 습지로 된 변두리가 꽤 많이 나와 있고 이끼풀들이 가득 자라 멀리서 보면 사람의 머리 같은 꼬지깨떼들이 여기저기 흩어져 있었다.

갑규는 아예 신을 벗어 쥐고 맨발로 꼬지깨떼를 골라 디디며 늪을 건너기 시작했다. 그러다가 그만 발이 미끄러져 습지에 푹 빠져버렸다. 얼른 꼬지깨떼를 붙잡아 안고 버둥거리며 겨우 빠져나와 다시 꼬지깨떼 위에 올라섰다.

이때 저쪽에서 해해해 웃는 소리가 들려왔다. 누가 날 저렇게 비웃고 있는 거지? 갑규가 목을 빼들고 소리 나는 쪽을 살펴보니 아무도 없었다. 이상하다. 분명 소리가 났는데. 부지런히 남은 꼬지깨떼를 건너뛰어 마른 땅에 이른 다음 다시 주위를 두리번거리는데 또다시 해해해! 애해해! 하는 웃음소리가 들려 고개를 획 돌리고 보니 샛노란 털을 가진 여우 한 마리가 꼬지깨떼 뒤에 숨었다가 가끔씩 훌쩍 얼굴을 내밀며 웃어대는 것이었다. 너무도 놀랍고 희한한 일에 갑규는 그만 어리둥절해 있다가 다음 순간 하하하 하고 크게 따라 웃어버렸다. 그러자 여우가 꼬지깨떼 뒤에서 훌랑 나와 사람의 주위로 살금살금 접근해오는 것이었다. 조놈이 왜 저럴까 생각해보니 자기 보따리에 먹을 것이 들어있어 냄새를 맡고 구걸하는 것이 틀림없었다. 갑규는 얼른 보따리를 풀어 구운 명태를 꺼내 여우에게 훌쩍 던져주었다. 여우는 폴짝 뛰어오르며 명태를 정확히 받아 물고는 꼬리를 살살 흔들며 새밭으로 사라져버렸다.

여기는 아직 짐승과 사람이 공존하는 미개발의 세계구나 하고 갑규는 감탄하며 발길을 다그쳤다.

볏단의 매력

가는 날이 장날이라더니 때마침 이날 저녁, 마을에 술놀음이 있었다. 이튿날이 추석이어서 남정네들이 전날에 미리 모여 술놀음을 하고 추석날에는 가족들과 같이 편안히 명절을 쇠기로 한 것이었다.

오후에 촌장인 황씨네 집에 사람들이 모여들어 개를 잡아 안치고 주창에 가서 술을 항아리로 받아왔다. 마을 전체를 합쳐도 몇 십호밖에 안되니 사람들은 너나없이 빠지지 않으려 애썼다.

그런데 해가 질 무렵 희한한 일이 일어났다. 사람들이 모여들어 북적거리니 더워서 출입문과 창문 모두를 활짝 열어놓았더니 꿩 한 마리가 푸드득거리며 집안으로 날아든 것이었다. 아마 집안에 무슨 먹이가 있나 싶어 들어왔는지 아니면 독수리에게 쫓기다 피신하러 들어왔는지 암튼 집안의 여기저기에 막 부딪치며 날아다니다가 끝내는 바닥에 뚝 떨어져버렸다. 그러자 사람들이 냉큼 모여들어 붙잡아서 맛있는 꿩고기 요리를 만들었다.

구수한 보신탕에 꿩고기까지 있으니 술이 술술 넘어갔다. 떠들썩한 가운데 술이 두어 순배 돌았을 때 누군가 손님이 찾아와 촌장을 찾는다고 했다. 이사 자리 보러 온 사람이라는 말을 듣고 촌장이 들어오라고 했더니 키가 자그마하고 얼굴이 둥그런 30대 후반의 남자가 들어섰다.

"안녕들 하십니까? 저는 김갑규라 부릅니다. 목단강 교구에 사는데 여기가 땅이 비옥하다는 소식을 듣고 이사 의향이 있어 찾아왔습니다."

왜소한 생김새와는 달리 목소리가 크고 발음이 똑똑하며 인사의 내용이 간단명료하고 자세 또한 반듯하고 단정해 보였다.

모두들 자리를 내주며 같이 술을 마시자고 권해서 갑규는 마침 시장하던 터라 사양 않고 신을 벗고 구들에 올라가 여러 사람과 함께 술을 마시기 시작했다.

성이 황씨인 촌장은 얼굴이 조금 갸름하고 말소리가 조용한 편이며 이목구비는 잘 생겼다 하기보다 바르게 생겼다는 편이 나을 것이었다. 얼핏 보기엔 막노동할 사람 같지 않은데 정작 얘기를 나눠보니 농사일에 아주 박식한 알짜 농사꾼임에 갑규는 적이 놀랐다. 황촌장도 갑규의 넓고 깊은 농사 지식에 어지간히 놀라는 눈치였다.

권커니 잣거니 하며 술이 어느 정도 잘되자 사람들은 흥이 도도해서 젓가락으로 상을 두드리며 노래를 부르기 시작했다. 다 함께 민요 "아리랑"을 부르고 누군가 "노들강변"을 부르고 또 누군가 "한강수"를 불렀다.

오늘 술상을 준비한 황촌장의 아내를 비롯해 몇몇 아낙네들이 장단에 맞추어 덩실덩실 춤을 추기도 했다.

이번에는 갑규의 차례가 되었다. 사람들이 박수를 치고 휘파람을 불며 어서 노래를 하라고 독촉했다. 갑규는 시원하게 대답하고 일어서서 "저는 경상도 사람이니 경상도 민요 '성주풀이'를 부르겠습니다."라고 말하고는 양손에 젓가락을 두 개씩 잡아 쥐고 굿거리장단을 멋지게 치며 노래를 부르기 시작했다.

> 낙양성 심리허에 높고 낮은 저 무덤은
> 영웅호걸이 몇몇이며 절세가인이 그 누구냐
> 우리네 인생 한번가면 저 모양이 될터이니
> 에라 만수 에라 대신이야
> 저 건너 잔솔밭에 솔솔 기는 저 포수야
> 저 산비둘기 잡지 마라 저 비둘기 나와 같이
> 님을 잃고 밤새도록 님을 찾아 헤매노라
> 에라 만수 에라 대신이야

사람들은 박수를 치는 정도가 아니었다. 박수를 치다 못해 너무 흥이 나서 남자든 여자든 취한 사람이든 안 취한 사람이든 춤 출 줄 알든 모르든 눈코 있는 사람이면 모두 일어서서 팔을 벌리고 덩실덩실 돌아갔다. 황촌장 부부도 춤판에 끼어들어 보기 좋게 팔다리를 너펄거렸다.

"와, 너무 노래 잘한다. 명창이군!"

사람들은 저마다 혀를 끌끌 차며 엄지를 내흔들었다.

이튿날 갑규는 혼자서 마을 주위를 돌아보기 시작했다. 당시 배꼽마을은 1반, 2반, 3반 세 개 자연부락으로 나뉘어 서로 몇 킬로 간격을 두고 있었는데 교통은 과연 소문대로 사방 전체가 늪이 아니면 습지거나 진펄이어서 신을 벗고 물을 건너지 않으면 코앞의 부락도 드나들기 어려웠다.

"그래도 지금 이 계절에는 물이 많이 줄어들어 괜찮은 셈이지. 여름과 장마철에는 동네만 벗어나면 아예 바지를 벗어 메고 허리나 가슴까지 치는 물을 건너 다녀야 한다네. 그러니 '팬티 바람에 사돈인사 한다.'는 말이 거짓 아니지."

마을에서 나이로 웃어른이신 권씨 노인이 갑규에게 소개하고는 나중에 한마디를 덧붙였다.

"그래도 여긴 땅이 둘도 없는 보배여. 그러니 진짜 농사꾼이라면 한번 저기 밭들을 자세히 돌아보게나."

안 그래도 논밭에 가볼 예정이었던 갑규는 권노인에게 바로 인사를 하고 발길을 돌려 논밭으로 향했다.

도랑둑을 따라 걸으면서 보니 관개나 배수 같은 기본 건설은 이직 미흡한 데가 있으나 토양의 질을 보면 진짜 혀를 내두르지 않을 수 없었다. 갑규는 어려서부터 품팔이를 하며 조선 팔도를 거의 다 돌고 연변에 와서도 안 가본 곳이 없으며 목단강 교구인 북촌에까지 와 농사를 지었지만 이토록 뛰어나게 양질인 땅은 처음 보았다. 완벽하게 검은 색이고 완벽하게 부드럽고 완벽하게 향기로운 이 땅에 곡식을 심으면 과연 어떠한 모습일까? 갑규는 어서 빨리 벼가 자란 밭을 보고 싶어 금시 날아갈 듯 발걸음을 다그쳤다. 차츰 논밭이 눈앞으로 다가오기 시작했다.

일망무제하게 평원인 이곳은 논배미가 산지의 논배미에 비해 훨씬 크고 반면 논두렁이 작아서 잘 여문 벼이삭들이 미풍에 설레는 모습을 멀리서 바라보니 마치 거대한 황금 비단을 펼쳐 놓은 듯 우아하고 탐스럽게 비쳐왔다.

논밭에 거의 도착하니 여기저기 사람들이 널려 있는 것이 보였다. 가을걷이가 이미 시작되어 오늘이 추석인데도 적지 않은 일꾼들이 맛있는 음식을 도시락으로 싸가지고 밭에 나와 볏가을을 하고 있는 것이었다.

"저기 노래 잘하는 사람 온다." 하고 어제 저녁 술 장소에서 봤던 누군가가 소리치자 허리를 굽히고 낫질하던 사람들이 하나둘 허리를 펴고 돌아보았다.

갑규는 첫눈에 강수를 알아보았다. 어제저녁 "내 노래를 부름세!" 하고 한강수 노래를 떼어 선창하던 30대 중반의 훤칠한 남자였다. 성이 강(姜)씨고 이름이 수(洙) 외자여서 사람들이 그럼 성을 한씨로 붙여 "한강수"라면 되겠네 하여 그만 "한강수" 라는 별명이 붙여졌다.

강수는 반갑게 갑규를 맞아 두 사람은 함께 볏단을 깔고 앉자 담배를 피우며 많은 얘기를 나누었다.

나중에 강수가 "그럼 이사 오기로 결정했나?"라고 물으니 갑규는 대답 없이 일어서서 볏단을 하나하나 들어보기 시작했다. 강수네 볏단뿐만 아니라 여러 집의 볏단을 돌아가며 고루 들어보고 이리저리 가늠해보더니 얼굴에 환한 미소를 띠며 강수 앞으로 돌아와 말했다.

"볏단이 참 매력 있군. 이렇게 묵직한 볏단은 처음 들어 보았소이다."

이와 같이 갑규는 볏단의 무게에 끌려 마침내 이사자리를 결정했다. 체적에 비해 상상도 못하게 묵직한 이곳의 볏단은 흔들개늪 따위의 장애로는 막을 수 없는 매력이었던 것이다.

정에 울다

한편 목단강의 북촌에서는 난리가 났다. 사람이 없어진지 며칠 잘됐는데도 그림자 하나 나타나지 않고 소식마저 통 없으니 온 동네가 술렁술렁 끓어 번지며 별의별 소문이 다 나돌고 있었다.

누군가 갑규는 전에 살던 청산골로 돌아갔다고 했다.

또 누군가 갑규는 중국을 떠나 조선 땅의 경상도로 돌아갔다고 했다.

그리고 또 누군가는 갑규가 강물에 빠져 죽었다고 했다. 증거는 바로 그날 밤 어느 한족사람이 갑규가 강물 쪽으로 걸어가는 것을 보았다고, 그러니 탐정의 방향은 맞은 셈이나 결코 하회까지는 가지 못해 가장 중요한 결과를 모르는 것이었다.

그런데 의외로 갑규의 아내인 선미가 너무 태연해 있으니 동네 사람들은 여자가 보기보다 독하다고 욕을 퍼붓기 시작했다. 그 와중에 눈치 빠른 올케가 기미를 채고 선미에게 따져 물어서 끝내는 진상을 알아냈다. 잠시 비밀을 지켜달라고 선미가 간곡히 부탁하니 큰 오빠와 올케만 알고 아무에게도 말하지 않았다.

추석이 돌아오자 찰벼 바심을 해서 찰떡을 치고 가족 식구들이 한자리에 모여 앉아 찰떡을 먹으려 하는데 갑자기 큰 오빠의 맏자식인 진선이 젓가락을 슬며시 놓고 윗방으로 들어가 버리는 것이었다. 진선이 엄마가 막 따라 들어가 보니 진선은 쭈크리고 앉자 쿨쩍 쿨쩍 울고 있었다.

"왜 그래? 누가 때렸어?"

"아니, 고모부 생각이 나서 그래." 하고 아이는 코를 풀쩍거리며 말했다. "찰벼 농사를 해놓고 찰떡도 못 드시고… 흑흑흑…"

겨우 아홉 살밖에 안된 조카아이가 이토록 고모부를 염려하니 평소에 갑규가 얼마나 인정 많고 다감하게 처사했나를 알 수 있는 것이었다. 처가집이 이사 온 뒤로 갑규는 매번 아내의 옷을 살 때면 아내 올케의 옷도 똑 같은 것으로 사다 주었고 맛있는 음식이 나지면 조카들에게 먼저 주며 학교 다니는 진선을 친자식 못지않게 보살피고 예뻐해 주었다.

거의 같은 시간에 갑규네 집에서도 이상한 장면이 벌어지고 있었다. 명절이 되었으나 선미는 시아버지를 혼자 두고 친정에 가기가 그래서 어린 순아만 보내고 자기는 집에 남아 시아버지 식사를 조금 빛 다르게 차려 윗방에 들여갔더니 놀랍게도 시아버지가 눈물을 흘리고 있는 것이었다.

"아버님, 왜 그러시는 겁니까?"

선미는 알면서도 짐짓 모르는 척 물었다.

그랬더니 시아버지가 그 갈퀴 같은 손가락으로 눈물을 이리 닦고 저리 닦고 하며 슬프게 말하는 것이었다.

"추석날 아침인데 이 녀석은 어디 가서 안 오노?"

선미는 "바로 아버님 때문에 죽었습니다."라는 말이 입술까지 나온 걸 억지로 삼켜버렸다.

시아버지, 저 도깨비도 아들이 없으니 저렇게 슬픈가보다. 참으로 희한하고 너무 생각 밖의 모습이어서 어쩐지 조금 불쌍한 생각까지 들었다. 하지만 잠시 이렇게 속여서라도 다시는 그런 폭행을 하지 못하도록 막을 수만 있다면 보다 더 큰 대가라도 달갑게 치를 것이라 선미는 생각했다.

이때 느닷없이 밖에서 엉엉 우는 소리가 들려왔다. 순아의 울음소리 같아서 얼른 문을 열고 내다보니 과연 순아가 서럽게 울면서 엎어질 듯 달려오고 있었다.

선미가 재빨리 마중 나가며 "순아, 왜 울어? 누가 때렸어?" 하고 물으니

"아니, 애들이 나보고 울 아빠 죽었대. 아빠—!" 하며 더 슬프게 우는 것이었다.

선미는 막 달려 나가 아이를 품속에 꼭 그러안았다.

"아니야, 아빠 죽지 않았어. 이제 곧 오실 거야. 순아 먹을 사탕 가득 사가지고 돌아오실 거야…"

말하면서 선미 자신도 이상하게 눈물이 나오는 걸 어쩔 수 없었다.

도깨비 시아버지가 출입문을 반쯤 열고 저만큼에서 울고 있는 모녀를 물끄러미 바라보고 있었다.

이튿날 저녁 과연 갑규가 돌아왔다. 집 문안에 들어서자 아내와 순아가 반가워서 마중 나오고 순아는 "아빠—!" 하고 야무지게 소리치며 달려와 아버지 다리를 덥석 그러안았다. 갑규가 아이를 훌쩍 들어 안고 온돌 가에 걸터앉아 신을 벗는데 갑자기 윗방 문이 활짝 열리며 도깨비 아버지가 씽하니 달려 나왔다. 갑규는 아버지가 때리러 나오는 줄 알고 고개를 숙여 맞을 자세를 취하는데 아버지는 달려오는 걸음으로 두 팔을 한껏 벌려 아들을 한품에 와락 그러안았다.

"규야, 네가 돌아 왔구나… 규야, 네가 없으면 난 못살아…"

아버지는 눈물을 펑펑 쏟으며 목이 메어 말을 잇지 못했다.

갑규는 너무 놀라 일시 어쩔 바를 몰랐다. 정녕 기억이 있어서부터 아버지가 이처럼 놀랍고 인간다운 행동을 하는 모습을 보기는 처음이었다. 또한 세상에 태어나서부터 아버지에게 안겨본 기억은 이것이 처음이자 마지막이었다. 드디어 갑규도 참지 못하고 눈물을 펑펑 쏟았다.

……

밤을 자고 이튿날 아침 갑규는 처갓집에 가서 이사를 가겠다고 그것도 당박 떠나겠다고 말했다. 그러자 모두들 깜짝 놀라는 것이었다.

"아니, 기껏 농사를 지어놓고 거두지도 않고 떠난단 말이여?"

큰 처남이 말도 안 되는 소리라는 듯 입을 쩝쩝 다셨다.

그러자 셋째 처남이 받아 말했다.

"매부, 가을을 다하고 탈곡이 끝난 다음 나하고 같이 갑시다. 그 소문난 곡창이라는 곳을 나도 한번 가 구경합시다."

"안되네. 지금은 아직 자리를 잡지 못했으니 몇 해 지난 다음 다시 보세."

그래도 머리 좋은 큰 처남댁이 갑규의 마음을 헤아리고 두둔해 나섰다.

"참, 고모부가 왜 저러는지 다들 모르겠어요? 그 난리를 치고 나서 어떻게 아무 일도 없었던 듯 마을 사람들을 대하겠어요. 그래서 한시 바삐 떠나려는 거예요."

그제야 모두들 고개를 끄덕였다.

"역시 내 마음을 알아주는 분은 아주머니뿐이군요." 하고 갑규는 엄지를 내들었다.

이렇게 되어 하루 사이에 이주가 이루어졌다. 큰 짐들은 지금 부쳐 보낸다 해도 교통 때문에 배꼽마을까지 운반할 수 없으니 임시 처갓집에 맡겨두었다가 겨울에 늪이 얼어붙은 다음 부치기로 하고 작은 짐, 즉 당금 반드시 써야 할 물건들만 챙겨서 수레에 싣고 이튿날 새벽 날이 채 밝기도 전에 마을을 떠났다.

이렇게 갑규는 "입쌀밥 먹고 도막나무 땐다."는 당시 조선 사람들이 가장 원하는 곳에다 처가 마을 사람들을 모두 데려다 놓고 몇 해 지나지 않아 자신은 도리어 가족을 이끌고 중국의 맨 동쪽에 위치한 흔들개늪 중간의 배꼽마을로 이사를 갔다.

때는 1953년, 중국 농촌들에서 호조조(互助組)라는 형식이 한창 실행되고 있는 시기였다.

새로운 사람들

마을의 뒤쪽으로 해서 누군가 버리고 간 오막살이집 한 채가 있어 김씨네는 우선 이 집을 간단히 수리하고 들었다. 큰 가정 기물들은 아직 부쳐오지 않아 마음씨 고운 이웃들이 가마며 독이며 이남박이며 함지며 물통이며를 빌려주어 우선 밥을 해먹고 살림을 하는데 큰 지장이 없었다.

물이 많은 이곳은 거의 집집이 소형 펌프를 박아 지하의 천연수를 그대로 자아올려 마시고 썼으나 오막살이집에는 아직 펌프가 없어 김씨네는 이웃집에 가 물을 길어 먹지 않으면 안 되었다. 오막살이집과 거리가 가장 가까운 이씨네는 내외가 모두 맘씨 착하고 순박한 분들이어서 있는 물건을 모두 김씨네에게 내주고도 내색 한번 하지 않고 김씨네가 그 집에 가 물을 긷느라 바닥에 질벅하게 물을 흘려놓아도 낯빛 한번 변하는 일이 없었다.

삼형제가 모두 이곳에 사는 이씨네는 둘째 이철산이 2반에 살고 맏이 이정산과 셋째 이민산이 1반에 살고 있어 김씨네와 가깝게 드나들었다. 맏이 이정산은 사람이 성실하고 순박하며 말없이 일 잘하고, 둘째 이철산은 글이 좀 있고 계산이 빠르며 말도 잘하고 사람이 부드럽고 영활성이 있으며, 막내 이민산은 제대군인으로 일정한 문화 지식이 있고 성격이 정직하고 깔끔하며 조금 날카로운 면이 있었다.

봄이 돌아오자 농사일이 시작되었다. 나라의 정책인 호조조가 실시된 이 마을에서는 초봄부터 몇 가호씩 조를 묶어 농기구와 가축 등을 같이 쓰며 집에 일꾼들이 있는 대로 동원되어 함께 일을 하고 농사를 지어 수익은 토지면적과 공헌에 따라 나누었다. 토지와 가축, 농기구 등의 사유권은 변하지 않고 여전히 각자의 것이었다.

사람들은 끼리끼리 조를 묶었다. 농기구(주로 가대기, 보습, 가래, 수레 등)를 가지고 가축(주로 밭갈이 소, 혹은 말)이 있으며 토지 면적이 많고 일꾼도 든든한 황촌장네는 마을에서 드세기로 소문난 권씨네 삼형제와 조를 묶었다. 권씨 삼형제는 아들이 이미 성가하여 손자까지 본 권씨 노인이 맏형이고 동생들인 권기호와 권영호는 한창 익은 중년의 나이에 끌끌한 아들들까지 두어 마을에서 세력을 누리는 농호들이었다. 그런데다 권노인의 딸과 학교 선생인 황촌장의 동생이 부부간이니 양가는 사돈 지간이라 일이 있을 때마다 자연 한동아리가 되었다.

이렇게 모두들 형제끼리, 친척끼리, 고향 사람끼리, 하다못해 사돈에 팔촌이라도 걸리는 농호끼리 조를 묶는데 형제도, 친척도, 고향사람도, 사돈에 팔촌도 없는 김씨네는 곤란에 직면하게 되었다. 혹 농기구나 가축이 있고 일꾼이 많은 집들은 남남끼리도 조를 묶는 경우가 있으나 김씨네는 농기구와 가축이 모두 없는데다 집에 이상한 노인이 있고 또 어린 아이가 딸린 아내는 약질에 임신까지 하여 들일을 할 수 없으니 일꾼으로는 갑규 한사람 뿐, 당연 함께 하려는 소조가 있을 리 만무했다.

모두들 철을 잡아 쥐고 밭갈이를 하느라 야단인데 김씨네는 밭이 있어도 농사를 시작할 수가 없었다. 성미 급한 갑규는 너무 초조하여 막 병이 날 지경이었다.

그러던 어느 황혼 무렵, 밖에서 부르는 소리가 들리기에 나가보니 이씨네 맏이 이정산이 가대기에 메운 소를 몰고 마당에 들어서며 갑규를 보고 소리치는 것이었다.

"밤작업이라도 하고 싶으면 냉큼 나서게. 내가 도와줄 테니."

갑규는 금시 눈물이라도 날 것 같았다. 그래서 막 엎어질 듯 달려 나가 이정산의 두 손을 덥석 잡아 쥐었다.

"고맙습니다. 이형!…" 목이 메어 말을 더 잇지 못했다.

"인사는 후에 하고 어서 가세. 오늘 밤은 달이 엄청 밝을 것 같아."

과연 이날은 음력으로 보름이어서 맑은 하늘에 은쟁반 같은 달이 둥그렇게 떠서 대지를 구석구석 대낮같이 비추어주었다.

이정산이 소를 몰고 갑규가 가대기를 대며 두 사람은 거의 밤을 새워 밭갈이를 했다.

밤중에 소가 힘들어하자 김치움에 보관해 두었던 찰떡을 꺼내어 주먹 크기로 덩어리를 지어 물을 묻혀 소의 입을 벌리고 목구멍에 밀어 넣어주었다. 이렇게 소에게 찰떡을 먹이고 사람도 찰떡을 좀 먹고 잠시 눈을 붙이고 났더니 소도 사람도 힘이 나서 날이 밝기 전에 다시 일어나 밭갈이를 계속했다.

이튿날 아침 사람들이 밭에 나와 보고 깜짝 놀랐다. 하룻밤 새에 저 많은 면적이 어떻게 모두 밭갈이가 되어있단 말인가? 얇지도 두텁지도 않게 일정한 두께로 갈아엎어진 가마 반지르르한 흙에서는 여기 시달린즈 일대의 토양에서만 맡아볼 수 있는 특유의 구수한 향기가 풍기고 있었다.

밤 밭갈이 했다는 걸 알게 된 호조조 성원들이 "소를 그렇게 밤까지 부리면 힘들어서 어쩐단 말이오."하고 불평을 토로했으나 이정산은 못들은 척 아무 대답도 하지 않았다.

여기 시달린즈 지역은 봄에 날씨가 가물고 기온이 낮은데다 수전 면적이 많아서 모내기를 하지 않고 직파를 했다. 그래서 논두렁을 만든 다음 씨를 뿌리기 전에 흙덩이를 부수고 논판을 고르는 써레질이 아주 관건적인 중요한 작업이었다.

김씨네는 써레질도 역시 큰 문제가 되었다. 써레가 없고 가축이 없으니 호조조들에서 여러 집 써레질이 모두 끝난 다음에야 겨우 빌려 쓸 수 있는 것이었다. 성격이 급한 갑규는 기다릴 수가 없어 손수 작은 써레를 만들어서 소 대신 자기가 써레를 끌며 작업을 시작했다.

이렇게 며칠 동안 써레질을 하고 나니 몸이 너무 지쳐 사지가 못 견디게 쑤셔나고 금시 쓰러질 것만 같았다.

"하루만 쉬고 나가세요."

아내가 말렸으나 갑규는 논판에서 진짜 쓰러지는 한이 있더라도 집에서 기다리는 일은 못하겠다고 하며 기어이 논밭으로 나갔다.

오늘 아침은 전보다 조금 늦어서 논밭을 바라고 부랴부랴 걸어가는데 멀리서 "이랴, 짜짜!" 하는 소리가 들려왔다.

"어, 저긴 내 논밭인데."

이상하게 생각하며 걸음을 다그쳐 가보니 강수가 김씨네 밭에서 소를 몰며 써레질을 하고 있는 것이었다.

"어, 강수, 이게 웬 일인가?"

강수가 위잇—! 소를 세우고 갑규에게 다가오며 말했다.

"사람이 어찌 소를 대신한단 말인가? 당신 이럴 줄 알고 내가 우리 집 송아지를 몰아왔네. 살살 얼리며 써 보게."

아직 털이 보송송한 얼룩송아지는 마치 사람의 말을 알아듣기라도 하듯 까만 눈을 끔벅이며 낯선 갑규를 쳐다보다가 "옴메——!" 귀여운 소리로 영각을 했다.

갑규는 너무 고마워서 강수에게 막 절이라도 하고 싶은 심정이었다. 송아지는 아직 큰 소가 아니어서 밭갈이는 할 수 없으나 요 자그마한 써레를 끌기에는 제법 안성맞춤이었다. 흥이 난 갑규는 해가 넘어가는 줄도 모르고 늦게까지 써레질을 하다가 문득 송아지가 불쌍한 생각이 들어 일을 그만두었다.

논두렁을 만들고 씨를 뿌리는 일은 남의 손을 빌지 않고도 혼자 할 수 있는 일이니 갑규는 매일 새벽 도시락을 싸가지고 밭에 나가 날이 어두울 때까지 열심히 일을 했다. 갑규가 만든 논두렁을 보고 마을 사람들은 모두 혀를 끌끌 찼다. 두렁이 작고 딴딴하며 제형으로 반듯하고 어디든 군더더기 하나 없는 것이 마치 정교한 조각이라도 되는 듯 예술의 미까지 운운할 정도였다. 이렇게 만든 논두렁은 비단 보기 좋을 뿐만 아니라 그 위로 사람이 걸어 다녀도 흙덩이 하나 떨어지지 않고 논물을 넘길 때도 높이가 골라 사람의 뜻대로 정확히 조절할 수 있는 것이었다.

갑규의 산종 기술 또한 이만저만 아니어서 씨가 비었거나 뭉친 곳을 찾아보기 어렵고 새파란 싹들이 마치 녹색 주단을 펼쳐 놓은 듯 일제히 돋아나온 것이 일대 가관이었다. 뿐만 아니라 논물 관리를 얼마나 잘했는지 돌피 철에 논물 대는 기술로 돌피를 거의 모두 잡아버렸다.

논물로 돌피를 잡는 기술, 이건 진짜 아무나 성공할 수 있는 일이 아닌 고급 농사 기술로 가령 이론적으로 안다고 해도 막상 실천을 하라면 실패하는 비율이 높았다. 자칫하면 벼를 죽이거나 자칫하면 돌피를 더 크게 키워주는 경우가 훨씬 더 많았던 것이다. 그런데 갑규는 여기 낯 설은 고장의 낯 설은 토지임에도 불구하고 첫해 농사부터 이 기술을 성공적으로 사용하여 돌피를 잡아버리고 벼를 지킴으로써 여름에 김매는 수고를 엄청 덜고 가을에 풍작을 거둘 수 있는 기초를 닦아놓았다.

과연 연말이 되자 땅 면적에 비해 소출을 가장 많이 낸 갑규에게 마을 사람들은 엄지를 내들지 않을 수 없었다. 이리하여 애초에 키가 작고 학교도 못 다니고 형제도 없으며 가족이라야 도깨비 같은 아버지에 병약하고 어련무던해 보이는 아내와 어린 딸 하나뿐인 이 경상도 남자를 별로 탐탁지 않게 여기던 마을 사람들이 크게 인상을 바꾸게 되었다.

무엇보다 다행인 것은 배꼽마을에 이사 온 뒤로 순아 할아버지가 많이 변한 것이었다. 저번 북촌에서 그 난리를 치고 아들이 자살까지 했다가 구원받아 돌아온 이후로 최소한 아들이 없으면 자기도 못산다는 생각이 머릿속에 박힌 듯했다. 그래서 이제는 아들을 괴롭히지 않으려고 아들의 눈치를 슬슬 보아가며 아들이 기뻐하면 같이 기뻐하고 아들이 슬퍼하면 같이 슬퍼하는가 하면 언행도 가능한 삼가려고 애쓰는 듯했다. 며느리에게도 이전처럼 폭행이나 폭언을 쓰지 않고 가능한 마찰을 피하려 애쓰며 또 가끔씩 순아를 업어주기도 했다. 갑규 부부는 아버지의 이런 변화가 너무 놀랍고 희한해서 그저 오래가기만 바랄 뿐이었다.

겨룸

1955년 윤3월 20일, 둘째 딸 윤아가 태어났다. 식구가 다섯이 되니 오막살이집이 너무 비좁아 새 집을 짓는 일이 무엇보다 급선무로 되었다.

지난겨울 늦이 얼어붙은 기간을 이용하여 수레로 새집 지을 재목은 운반해왔으나 초봄부터 초급사(初級社)를 묶는 일에 말려들다 보니 기타 준비는 별로 하지 못했다.

다른 곳에서는 초급사를 작년부터 실시했다는데 여기는 외진 곳이라 한해 늦은 셈이었다. 초급사 형식은 호조조에서 한발 나가 생산자료(生産資料) 사유제의 기초 위에 한개 자연부락을 단위로 토지와 농기구, 가축 등을 공동 사용하고 수량에 따라 지분을 나누며, 모든 일꾼이 함께 노동한 다음 시간과 강도를 기록해 수익을 분배하는 것이었다. 물론 입사와 퇴사는 모두 자원이었다.

이번에 마을 사람들은 김씨네가 입사하는 것을 너도나도 두 손 들어 환영했다. 김씨네는 농기구도 없고 가축도 없고 다섯 식구에 일꾼도 갑규 한 사람뿐이지만 이미 지난해 소출로 뛰어난 농사 기술을 증명하였으니 다들 승복하지 않을 수 없었던 것이다. 당연 갑규 본인도 초급사에 가입할 의향이었고 그래서 자연 초급사의 집단 일에 머리를 쓰게 되었다.

한편 일부 자존심 강한 장정들이 그 알량한 사나이 체면 때문에 갑규의 기술에 승복하지 않는 이들도 있었다. 갑규가 이사 오기 전에는 마을에서 그래도 자기들의 말이 서고 농사 기술도 손꼽힌다고 자처했는데 저 쪼끄맣고 보잘것없는 사람이 나타나 이제는 사람들이 그의 말에 귀 기울이고 집단 일도 좌우되는 것이 눈꼴사나워 견딜 수가 없었다. 하여 이것저것 트집을 잡기 시작했다. 그 낌새를 눈치 빠른 갑규는 벌써 알아채고 언젠가 기회가 오기만 기다렸다.

마을에 소문난 힘장사가 있었는데 성이 나(羅)씨여서 "나장군"이라 불렀다. 나장군은 키가 180이상이고 코뿔소 같은 머리에 침팬지 허리와 코끼리 다리를 가지고 있어 힘으로는 누구든 덤빌 엄두를 못 내는 위인이었다. 그에게는 이런 일화가 있었다.

어느 한번 나장군이 새밭에서 새를 하다가 잠간 누워 쉬고 있는데 갑자기 다리가 뜨끔 아파와 눈을 뜨고 보니 커다란 말승냥이가 다리를 꽉 문 것이었다. 나장군은 벌떡 일어나는 즉시 손으로 말승냥이의 목덜미를 덥석 잡아 허공 한 바퀴 돌려 땅에 메쳐 놓았다. 그리고는 발로 승냥이의 목을 꽉 밟고 두 손으로 승냥이의 다리를 쥐어 하나하나 뼈를 분질러 놓았다. 아직 죽지는 않았으나 다리뼈 네 개가 몽땅 부러져 더는 걷지 못하게 된 승냥이를 내려다보며 나장군은 이렇게 말했다.

"네가 내 다리를 물었으니 그 대가로 네 다리를 분지른 것이다. 공평하냐?"

오늘 이런 나장군과 키가 160도 되나 마나 한 갑규가 어찌하다 보니 맞붙게 되었다.

"자네 왜? 말승냥이 꼴이 되고 싶어 환장했나?"

나장군은 자기 눈에 한낱 토끼새끼에 불과한 갑규를 내려다보며 으름장을 놓았다.

비록 싸움은 아니고 자유로 하는 넘어뜨리기 시합이었으나 어느새 주위에 사람들이 가득 모여들었다. 갑규에게 승복하지 않는 일부 사람들이 속으로 쾌자를 불렀다.

"잘됐다. 갑규 저놈 오늘 한번 혼쭐 나봐라. 다시는 우쭐거리지 못하게."

이때 "내가 재판하지." 하고 강수가 호루라기를 들고 나서며 사람들에게 "뒤로 물러서시오. 자리가 널찍해야 합니다."라고 소리치니 모두들 뒤로 물러나 자리를 내주었다.

　나장군은 말승냥이를 잡아 메친 기세로 갑규를 해치우겠다는 듯 두 손으로 손가락 마디를 으드득 으드득 꺾으며 두 다리를 쩍 벌려 든든히 버티고 섰다.

　갑규는 나장군의 절반밖에 안 되는 몸을 좌우로 가볍게 돌리다가 상대를 보고 강경히 말했다.

　"딱 한 판만 겨룬다고 했습니다."

　그러자 나장군이 씩 웃고 나서 경멸조로 대답했다.

　"그래, 한판만 해. 원, 대상이 돼야 계속하지."

　드디어 호루라기 소리가 휙 나고 겨룸이 시작되었다. 나장군은 바로 갑규를 잡아 메쳐버릴 작정으로 두 손을 쭉 뻗고 드세게 달려들었다. 갑규는 날렵하게 몸을 요리조리 피해 상대가 허탕을 치게 만들고 그 기세를 빌어 옆으로 동그라미를 그리며 빙글빙글 돌아갔다. 나장군도 정면으로 갑규를 상대하느라 따라서 빙글빙글 돌다보니 두 사람은 마치 당나귀 연자마 돌리듯 빙글빙글 돌다가 어느 순간, 바로 나장군이 다리를 옮기느라 한쪽 발을 쳐드는 찰나, 갑규가 번개같이 달려들며 사정없이 강타를 안겼다. 쿵! 소리와 함께 나장군의 코끼리 같은 몸체가 옆으로 벌렁 나가 넘어졌다.

　사람들이 너무 놀라 악! 소리 지르고 그러다가 누군가 손뼉을 딱딱 치자 모두 따라 박수를 치기 시작했다. 갑규가 나장군을 부축해 일으키려 허리를 굽히고 손을 내미니 나장군은 갑규의 손을 휙 뿌리치고 스스로 일어나 도망쳐버렸다.

　이 일이 있은 후 마을 사람들은 쉽게 갑규를 깔보거나 거스르지 않았다. 유독 권씨네 막내인 권영호만은 자신의 머리와 체력, 그리고 가족의 세력을 믿고 갑규를 승복하지 않을 뿐만 아니라 일단 기회가 있으면 크게 겨뤄보려고 은근히 벼르고 있었다.

　그 후 얼마 지나지 않아 나장군은 가족을 데리고 멀리로 이사를 가 버렸다.

갑규는 초급사 집체 노동에 참가하는 한편 짬짬이 틈을 내어 집 짓는 일을 하기 시작했다. 먼저 터를 닦고 기초를 다진 다음 흙벽을 쌓기 시작했다. 억새 풀을 한 줌씩 쥐어 무르게 이긴 진흙에 적시고 발라서 벽을 쌓는데 이런 흙벽을 "태벽"이라고 불렀다. 태벽은 한꺼번에 쌓으면 잘 마르지 않아 무너지거나 변형될 위험이 있으므로 날씨를 보아가며 조금씩 조금씩 쌓아야 했다. 날마다 힘들게 집체 노동을 하고 날이 어두워서야 집에 들어와서는 또 저녁을 먹기 바쁘게 집터에 나가 혼자서 진흙을 이기고 태를 묻혀 벽을 쌓았다. 이렇게 한 달 넘게 고생해서야 겨우 태벽이 완성되었다.

여름 농한기에 들어서면서 사람들이 조금 한가해지니 이 기간 내에 집을 완성해야 했다. 태벽을 쌓는 일은 힘이 들어도 혼자 해낼 수 있지만 그 뒤부터는 아무리 날고뛰는 재간이 있어도 혼자서는 완성할 수 없는 일이니 마을 사람들의 손을 빌지 않으면 안 되었다.

그동안 갑규는 자기보다 두 살 연상인 강원도 고향의 안재현과 형님 동생 하며 가깝게 지내게 되었다. 아마도 전에 결의형제를 맺었던 강원도 친구 을규와 철수를 잊지 못하는 이유도 포함돼 있을 것이다.

기둥을 세우고 대들보를 거는 날, 동네 장정들이 거의 다 도우러 왔다. 촌장네도 권씨네도 장정들이 왔다. 그런데 권씨네 막내인 권영호는 가끔씩 삐딱한 소리를 탕탕 치는 바람에 순아 할아버지에게 크게 점 찍혔다. 순아 할아버지는 아들이 동네 사람들이 와서 일하는 동안 가까이 오지 말라고 해서 전혀 참견하지 못하고 집 주위를 빙빙 돌며 살피고 있었다. 그러다가 목소리가 유달리 높은 권영호의 말을 모두 들었던 것이다.

"아니, 키는 오소리 같이 작은 사람이 무슨 통은 이렇게 큰가? 집이 너무 커서 겨울에 얼어 죽지 않으면 다행이겠는데."

권영호의 이 말에 갑규는 속으로 좀 언짢았으나 내 집 일을 도우러 온 사람한테 화를 낼 수도 없고 하여 그저 허허 웃으며 그냥 농담으로 받아넘겼다.

"집이 커서 나쁠 거야 없지. 뭐, 모여서 술추렴하기도 좋고."

그러자 사람들이 따라 웃으며 "그래그래, 참 맞는 말이군. 우리 싫도록 여기서 술추럼 합시다." 하고 맞장구를 쳐서 분위기를 화해시켰다.

하지만 집 주위를 빙빙 돌다가 권영호의 말을 새겨들은 순아 할아버지는 역정이 배꼽으로부터 치솟는 걸 어찌할 수 없었다.

"저 망할 놈의 자식, 지금 내 아들을 비웃고 있지 않는가? 내 네놈들을 가만두지 않을 테다!"

이 밖에도 그날 권씨네가 던지는 다소 지나친 농담들이 순아 할아버지의 머릿속에 완전 나쁜 인상으로 박혀 들어갔다. 할아버지는 혼자 윽윽 벼르며 주위를 왔다 갔다 하다가 홧김에 지나가는 강아지를 발로 걷어찬 것이 강아지가 그만 죽어버렸다. 결국 갑규가 강아지 주인에게 사과를 하고 배상금을 치러주었다.

이씨네 형제와 안재현, 강수 등 가까운 사람들이 성심으로 도운 덕에 새집은 계속하여 중도리를 올리고 연목을 건 다음, 맑게 갠 날을 기다렸다가 산자를 올리고 진새우까지 순조롭게 쳤다. 이제 이엉을 할 일만 남았다.

그런데 이튿날 이엉을 하려고 보니 준비해 놓은 이엉 새가 근 절반이나 간데온데 없이 사라진 것이었다. 밤새 누군가 훔쳐간 것이 분명했다. 할아버지는 보나마나 권씨네가 훔쳐간 것이라며 그 집으로 이엉 새 찾으러 가자고 윽윽 별렀다.

"친 눈으로 보지 못했으면 아무 소리 마세요. 권씨네는 그 정도로 누추한 사람들은 아닙니다."

갑규는 아버지를 제지시키고 나서 나머지 이엉 새 단을 자세히 세어 보았다. 애초에 이엉 새를 조금 넉넉히 준비하긴 했으나 아무리 절약한다 해도 모자랄 것이 뻔했다.

"요 뒤 메가네인재에 가서 후닥닥 해오면 안 되겠나. 이엉은 오후에 하기로 하고."

안재현의 말에 모두들 서둘러 낫과 짐바를 갖추어 가지고 메가네인재에 가서 부지런히 이엉 새를 했다. 결과 대여섯 장정이 반나절 한 억새로 모자라는 부분을 채워 오후에 이엉을 순조롭게 마쳤다.

그런데 이 일로 할아버지는 권씨네에게 큰 원한을 품게 되었다.

할아버지의 기도

권씨 삼형제는 함경남도 신포에서 왔다고 하여 "신포집"라고들 불렀다. 신포집 삼형제는 모두 머리가 좋고 일 잘하며 심신이 드센 축이어서 마을에서 말이 서고 누구든 감히 대항하지 못하는데다 또 마을의 최고 권력자 황촌장네와 사돈 지간이니 더욱 세력을 누리는 집안이라 해도 과언이 아니었다.

그 중에서도 항렬 막내로 자라며 어려서부터 성격이 좀 자유분방한 권영호는 뭐든 삐딱하기를 즐기는 성격이었다. 평소에 옷도 삐딱하게 입기를 좋아하고 모자도 삐딱하게 써야 성이 풀리며 말도 언제든 삐딱하게 해서 남의 노여움을 사는 경우가 적지 않았다. 누가 뭘 잘하면 "너 참 잘한다."라는 것이 아니라 "혼자 너무 잘하면 물매 맞아 죽어." 라는 식이었다.

집을 짓고 그해 가을이 끝나자 김씨네는 새집에 들었다. 펌프도 새로 박았는데 물맛이 너무 좋아 마을 사람들이 일부러 물 마시러 찾아오기도 했다. 오막살이집에서 다섯 식구가 비비닥거리며 살다가 이 널찍하고 높다란 집에 이사를 오니 너무 좋아서 온 집 식구 어른 아이 할 것 없이 모두 삶에 새로운 희망이 보이는듯했다.

그런데 겨울이 되어 날씨가 추워지자 집을 덥히는 문제가 큰 골칫거리로 나섰다. 권영호의 말이 삐딱 소리 같지만 결코 틀리는 말은 아니었다. 대들보를 걸던 날 가까운 친구인 안재현과 강수도 높이를 가늠해보고 "집이 너무 높다"고 하던 말이 일리 있었던 것이다.

갑규는 그 대비로 가을에 땔나무를 남보다 훨씬 많이 해놓았으나 정작 겨울이 되니 불을 아무리 때도 이 운동장 같은 공간은 쉽게 덥혀지지가 않았다. 게

다가 집을 지은 지 얼마 안 되니 태벽이 아직 잘 맞물리지 못해 한겨울 북방의 무서운 칼바람을 제대로 막지 못하는 원인도 있었다.

대소한 추위가 덮쳐오자 아기가 먼저 감기에 들어 기침을 하고 열이 났다. 그러더니 윗방의 노인도 기침을 하고 결국 온 집 식구가 선후로 모두 감기에 걸렸다. 밤이면 정주간이나 윗방이나 기침소리가 끊기지 않아 갑규는 여기저기 돌보느라 잠을 설치기가 일쑤였다.

할아버지는 이 모든 것을 권씨네 탓으로 돌렸다. 그날 권영호가 입방정을 떨지 않았더라면, 또 이튿날 이영 새를 훔쳐가 이영을 바로 하지 못하게 방해 놓지 않았더라도 이렇게는 되지 않았을 거라고, 그러니 나쁜 놈은 저 권씨네 삼형제라고 혼자 욕을 하고 저주를 퍼붓기도 했다.

허나 할아버지와는 반대로 갑규는 갈수록 권씨네와 내왕이 잦아졌다. 한 것은 권씨네 둘째는 마을에서 행정을 맡은 간부이고 또 막내와는 나이가 비슷하여 함께 마을의 집체 농사를 이끌어가야 하므로 상론할 일이 많고 와중에 논쟁도 심심찮게 벌이는 고로 자연 접촉이 잦아졌던 것이다.

할아버지는 그것이 못마땅하고 늘 키가 작고 친척 하나 없는 아들이 그들 무리에 당할까 우려되어 걱정이 태산 같았다.

드디어 추운 겨울이 지나가고 따뜻한 봄이 왔다. 새해 농사가 시작되자 갑규와 권영호는 서로 "김동무", "권동무" 하며 자주 만나 농사일을 상론하고 그러다가 같이 술을 마시기도 했다. 어느 날 저녁, 같이 술을 마시던 두 사람이 무슨 일로 논쟁을 시작했는지는 몰라도 서로 옥신각신 격렬하게 다투다가 그만 손찌검을 하기 시작했다. 손을 먼저 댄 사람은 "권동무"였는데 결국 몸이 날랜 "김동무"한테 곱으로 얻어맞고 권영호는 둘째 형한테 이끌려 집에 돌아가고 갑규는 혼자 비틀거리며 집에 돌아왔다.

갑규는 술에 취해 자리에 누워서도 비몽사몽간에 "형제 없고 친척 없다고 날 멸시하는 거냐?" 하고 울분을 토로했다.

이 소리를 듣고 할아버지는 참다못해 그만 방에서 후닥닥 뛰어나가 문 옆에 세워두었던 곡괭이를 거머쥐고 권영호네 집으로 달려갔다. 그런데 밤길이 어두운데다 너무 급하게 달리는 바람에 길옆에 놓인 나무뿌리를 걷어차서 사정없이 앞으로 고꾸라졌다. 젊은 시절엔 놀라운 힘장사였던 할아버지도 이제는 70고령에 올라 몸이 말을 듣지 않으니 그렇게 엎어진 채로 한참이나 버둥거려서야 겨우 일어날 수 있었다.

이튿날 아침 갑규는 일어나자마자 속이 너무 쓰려 김칫국물을 한 사발 들이켜고 겨우 정신을 차려 밥상에 마주 앉았다. 방금 수저를 들려 하는데 밖에서 "계시오?" 하는 소리가 들려 "예, 들어오시오." 했더니 출입문이 삐걱 열리며 집안으로 들어오는 사람은 다름 아닌 권영호였다.

"아이구, 어젠 술이 과해 그만 실수를 했수다. 그냥 싹 다 잊어버리고 우리 해정술이나 같이 합시다." 말하며 권영호는 손에 든 술병을 절렁절렁 흔들었다.

"하하, 그래, 과연 자네답군. 그러니 이 일대에선 권영호라지!"

갑규는 엄지를 내밀어 권영호를 슬쩍 칭찬해주고 나서 소탈하게 웃으며 "자, 어서 신 벗고 올라오게. 여기 뭇국에다 한잔 하면 되겠네." 하며 반갑게 맞아주었다.

이렇게 두 사람은 사나이다운 화해를 하고나서 아무 일도 없었던 듯 밥상에 마주 앉아 김치쪼가리에 뭇국을 훌훌 마시며 해정술을 마시기 시작했다.

이 광경을 문틈으로 내다보고 있던 할아버지는 뭐가 못마땅한지 혀를 끌끌 차며 안절부절 못하다가 아침 식사도 거른 채 휭 하니 밖으로 나가버렸다.

마을의 동남쪽 방향에 "신툰"이라는 밭이 있는데 신포집 사람들이 처음 이사 왔을 때 그곳에 정착하여 땅을 개간하고 논을 풀었다는 뜻에서 지어진 이름이었다.

할아버지는 신툰 땅을 찾아가 옛 집터 부근의 적당한 곳에 자리를 잡고 삽으로 흙을 파서 둥그렇고 불룩하게 쌓아올려 무덤 모양을 만들었다.

하나를 만든 다음 또 하나를 만들고 다음 또 하나를 만들어서 기어이 세 개를 가지런히 만들어놓았다. 그런 다음 세 무덤 앞에 꿇어 앉아 두 손을 허공에 쳐들고 마주 비비며 정중히 빌기 시작했다.

"신포집 망해라! 권씨네 망해라! … 신포집 망해라! 권씨네 망해라! …"

"저 신포집을 망하게 해주소서! 권씨 삼형제를 망하게 해주소서! …"

"제발 저 나쁜 놈들을 망하게 해서 더는 난행을 못하게 해주소서! …"

"내 아들 규를 지켜 주소서! 갑규를 억울하게 하지 마소서! …"

……

이렇게 빌고 또 빌고 하며 해가 넘어갈 때까지 자리를 뜨지 않았다. 그래도 날이 어두워져 집에 돌아올 때는 썩쎄기(새끼 꼬는 풀)를 얼마간 하여 지고 왔으므로 아무도 이상하게 생각하지 않았다.

이렇게 두어 달이 지난 어느 날, 신포집의 둘째인 권기호가 무슨 볼일이 있어 신툰에 갔다가 자기네 옛 집터 부근에 무덤 세 개가 있는 것을 발견하고 깜짝 놀랐다.

"저게 뭐지? 무덤 아냐? 누가 함부로 저기다 죽은 사람을 묻어 놓았단 말인가?"

다급히 새밭을 헤치며 가까이 다가가 보니 무덤 앞에 사람이 꿇어 앉아 있는 것이 보였다.

"아니, 저건… 갑규 아버지 아닌가? 저 노인이 왜?"

이상해서 기척을 내지 않고 살금살금 다가가 풀숲에 몸을 숨기고 숨을 죽이며 동정을 살폈다. 그랬더니 노인이 두 손을 싹싹 비비며 이런 말을 하는 것이었다.

"신포집 망해라! 권씨네 망해라! … 신포집 망해라! 권씨네 망해라! …"

"저 신포집을 망하게 해주소서! 권씨 삼형제를 망하게 해주소서! …"

"제발 저 나쁜 놈들을 망하게 해서 더는 난행을 못하게 해주소서! …"

……

권기호는 기절초풍할 듯 놀랐다.

"저게 대체 무슨 소리란 말인가? 저 노인이 지금 우리 삼형제의 무덤을 만들어놓고…"

억이 꺽 막혔다. 말이 더 만들어지지 않았다. 노인의 언행이 고깝다기보다는 너무 위험해 보였다. 아니, 너무 무서워서 머리칼이 쭈뼛 일어서고 온몸이 마구 떨리는 듯… 저도 몰래 몸을 휙 돌려 허둥지둥 걸었다. 그러다가 범에게 쫓기듯 냅다 뛰었다. 어딘가에 걸려 넘어지고 엎어지고 할퀴우고 하며…

이렇게 겨우 집으로 도망쳐 돌아온 권기호는 그 후부터 아예 신둔에는 얼씬할 엄두도 못 내고 머릿속에서 그 무서운 기억을 지워버리려 애쓰는데 그럴수록 더욱 커다랗게 확대되어오는 그 세 무덤의 기세를 도저히 막을 길이 없었다.

하는 수 없이 당해 농사를 채 마무리하기도 전에 신포집 둘째 권기호는 온 가족을 데리고 부랴부랴 3반으로 이사를 가버렸다.

그 뒤로 순아 할아버지의 기도도 차츰 줄어들더니 언젠가는 세 무덤이 없어져버렸다.

어린 마음에 공포

1956년 여름, 겨우 다섯 살 난 순아에게는 무서운 사건이 닥쳤다. 무슨 일로 싸웠는지는 몰라도 그날 아버지는 어머니와 대판 싸우고 더는 같이 살수 없다고 하며 부뚜막에 걸어놓았던 냄비를 뽑아가지고 집체 사육실로 가버렸다.

처음에는 그저 홧김에 마음이나 풀려고 저러나 싶었는데 하루가 지나고 이틀이 지나고 사흘이 지나도 아버지는 돌아오지 않았다. 그런데 나흘이 지나고 닷새가 되던 날 아침, 동네 아낙네들이 찾아와 순아 어머니에게 귀띔하는 것이었다.

"순아 아빠가 순아 할배 모시고 따로 살 양으로 전에 살던 오막살이집을 손 질하고 있다네."

억장이 무너지는 소식이었다. 가슴에서 돌이 쿵 떨어지고 눈앞이 캄캄해났 다. 순아와 윤아 두 아이에 지금 또 임신하여 뱃속에 태아가 들어있는데 아이 들 셋이나 데리고 어떻게 혼자 살란 말인가? 게다가 순아 어머니는 건강 상태 가 좋지 않아 바깥일은 물론 집안일도 제대로 하지 못하고 장기 환자처럼 누 워있는 시간이 많은 상황이었으니 대체 무엇으로 어떻게 벌어서 아이들을 먹 여 살린단 말인가? 너무 억이 막혀 어머니는 아무 말도 못하고 눈물만 비 오듯 흘리며 서럽게 흐느껴 울었다.

갓 돌이 지난 윤아는 저쪽에서 제 장난에 취해 있고 희로애락에 조금이나 마 눈이 뜨기 시작한 순아는 너무 무섭고 안쓰럽고 자기도 슬퍼서 어찌할 바 를 몰랐다. 아직 어린 순아에게는 그저 아버지를 못 보게 될 거라는 두려움과 어머니가 아프면 누가 밥을 하나(전에는 어머니가 아프면 아버지가 밥을 지었 다), 밥이 없어 배가 고프면 어쩌지 하는 걱정이 앞섰던 것이다.

양반가 후대인 갑규는 가족의 교육법대로 아이들이 말을 배우기 시작해서 부터 반드시 "어머니, 아버지"라고 정중히 부르며 마디마다 존대어를 쓰도록 가르쳐서 순아는 한 번도 "엄마" 라거나 "아빠" 라고 불러본 적이 없었다.

"어머니, 울지 마세요… 그럼 나도 울고 싶어요."

아이의 울먹이며 하는 말에 어머니는 순아를 와락 품에 그러안고 얼굴에 볼 을 비비며 넋두리하듯 중얼거렸다.

"…네 아버지 없이 우리가 어떻게 산단 말이냐? 우린 못 살아, 못 산다구…"

그러자 순아가 또렷한 눈으로 어머니 얼굴을 빤히 쳐다보며 말하는 것이었 다.

"그럼 아버지한테 가서 이 말을 해요. 내가 가서 말할 게요."

갑자기 어머니가 울음을 뚝 그치고 품속의 아이를 대견하게 내려다보았다. 과연 맞는 말이 아닌가? 큰 딸을 누구보다 사랑하는 아비니 아이 요구는 결코 거절하지 못할 것이다.

그날 저녁, 어머니는 윤아를 등에 업고 순아의 손목을 잡고 집체 사육실로 향했다.

울퉁불퉁한 흙길을 걸으면서 어머니가 부탁했다.

"문을 열고 들어가면 두 손으로 아버지의 목을 꼭 그러안고 울면서 말해. '아버지, 어서 집에 갑시다. 아버지 없으면 우린 못살아요.'"

"네, 어머니. 걱정하지 마세요."

사육실문 앞에 이르자 어머니는 멈춰 서서 출입문 손잡이를 잡고 순아에게 눈짓한 다음 문을 열어주었다. 순아는 주저 없이 문턱을 넘어 또박또박 안으로 걸어 들어갔다.

사육 관리인 임시 거처인 사육원방은 좁다란 칸에 두 사람이 비비고 누울 크기의 중국식 온돌이 있고 부뚜막에 중국식 큰 가마 하나와 아버지가 집에서 뽑아 들고 온 냄비가 걸려있었다. 옆에 딸린 여물 실에서 여물을 썰고 있던 아버지가 문소리를 듣고 이쪽으로 건너왔다.

순아는 "아버지!" 하고 부르며 마주 달려가 아버지의 다리를 덥석 그러안았다.

"오냐, 순아 왔어?" 하며 아버지가 허리를 굽히자 순아는 다짜고짜 아버지의 목을 덥석 그러안고 엉엉 울기 시작했다.

"아버지, 어서 집에 가요. 아버지 없으면 우린 못 살아요…어머니 뱃속에 아기도 있는데… 우리가 어떻게 살아요 아버지… 흑흑흑… 우린 못 살아요… 어서 가요… 아버지! 흑흑흑…"

어머니가 시켜서 연기를 하기로 했는데 정작 아버지를 만나고 보니 연기가 아니고 진짜 서러워서 한없이 슬프게 흐느껴 울었다.

드디어 아버지가 아이를 번쩍 안아들고 얼굴에 볼을 비비며 달랬다.

"…그래, 알았다. 울지 말어. 집에 가자. 내가 같이 가마."

그러면서 아버지도 눈물을 주르륵 흘렸다.

아버지는 다시 냄비를 뽑아 들고 어린 딸의 손목을 잡고 집으로 돌아왔다.

그 후부터 어린 순아는 쩍하면 악몽을 꾸었다. 아버지 어머니가 싸워서 아버지가 집을 나가고 어머니는 아파서 죽어버리는 한없이 무섭고 공포적인 꿈이었다. 매번 이런 꿈을 꿀 때마다 순아는 너무 무서워서 막 고함을 지르고 몸을 부들부들 떨며 소스라쳐 깨어나곤 했다. 잠을 깬 다음에도 행여 진짜일까 싶어 살금살금 기어가 어머니를 만져보고 아버지를 만져보고 그러고 나서야 한시름 놓을 수 있었다.

이렇게 불안한 나날이 이어지면서 순아는 온갖 방법을 다해 아버지와 어머니가 싸우지 않게 하려고 갖은 애를 다 썼다.

이 시기는 고급사(高級社)를 실행하여 토지와 생산자료 사유권이 모두 취소되고 공분(노동 점수)에만 따라 수익을 나누는 때라 합작사에서는 중노동을 못하는 부녀들을 동원하여 경노동을 시키기도 했다.

가을의 어느 날, 순아 어머니도 경노동에 동원되어 나가고 순아 혼자 집에서 윤아를 데리고 놀게 되었다. 저녁때가 되어 해가 서쪽 하늘에 기울어가자 순아는 적이 초조해났다. 어머니가 아직 돌아오지 않아 저녁밥을 짓지 못했으니 밖에서 힘들게 일하고 돌아온 아버지가 시장해서 트집 잡고 싸우면 어쩌나 걱정이 태산 같았다. 아버지 어머니가 싸우는 것이 제일 싫은 순아는 자기가 손수 저녁밥을 짓기로 작심했다.

저녁이면 어머니가 싸라기 죽을 쑤는 것을 보아왔던지라 싸라기 주머니를 찾아 아가리를 열고 싸라기를 되박으로 퍼냈다. 식구가 다섯이니 다섯 되박을 퍼내어 이남박에 담고 물을 부어 몇 번 씻어서 돌까지 줄줄 일었다. 솥에 싸라기를 안치고 물을 얼마간 붓고 나서 아궁이에 새를 밀어 넣고 불을 지펴 죽을 끓이기 시작했다. 솥이 끓은 지 얼마 되지도 않았는데 안에서 짜작 짜작 소리가 나서 뚜껑을 열고 보니 벌써 물이 다 잦아들어 쌀이 타 붙고 있는 것이었다. 다시 물을 붓고 불을 때는데 또 짜작 짜작 소리가 나기에 다시 뚜껑을 열고 물을 붓고 또 다시 짜작 짜작 소리가 나서 물을 붓고… 이렇게 몇 번이나 반복했을 때 마침내 어머니가 돌아왔다.

군데군데 타고 퍼져서 솥이 넘치게 된 싸라기 죽밥을 보고 어머니는 너무 놀랍고 기가 막혀 "아이구, 이 도깨바, 도깨바…" 할뿐 마땅한 말을 찾지 못했다.

그래도 아버지가 돌아와서 보시더니 "와, 우리 순아 잘한다. 너 참 장하구나. 어떻게 밥 지을 생각을 다 했지?" 하고 칭찬해주어 순아는 은근 가슴이 뿌듯했다.

그 후부터 어머니가 일하러 나가는 날 저녁밥은 순아가 지었다. 어머니가 순아에게 쌀은 얼마 뜨고 어떻게 씻어 안치며 물은 어떻게 맞추고 불은 어떻게 때야 하는가를 자세히 알려주자 헤는 나이로 갓 일곱 살에 접어든 순아는 놀랍게도 한 치 오차도 없이 딱 그대로 배워 죽이든 밥이든 실수 없이 오돌차게 잘해내는 것이었다.

아버지는 순아가 이토록 야무지고 똑똑한 것이 너무도 대견해서 칭찬에 칭찬을 거듭하며 한없이 기뻐하고, 순아는 또 그것이 즐거워서 더욱더 집안일을 찾아 하려 했다. 이제는 어머니가 아플 때도 아버지가 밥을 짓지 않고 순아가 밥을 맡아 하게 되었다. 할아버지의 심부름도 순아가 도맡아 했다. 윤아의 대소변 시중도 순아가 전담했다.

겨울이 되자 어머니의 임신한 배는 점점 커져갔다. 몸이 무른 어머니는 이제는 숨이 차서 헐떡헐떡 하며 집안일도 바로 하지 못했다. 순아는 또 아버지가 화를 낼까 걱정되어 아버지가 퇴근해 들어오기 전에 집안을 깨끗이 청소해 놓고 맛있는 음식을 장만하느라 애를 썼다. 간장에 마늘을 다져 넣고 김치움에 보관해 두었던 푸른 고추를 꺼내 살짝 익혀 썰어서 버무려 놓았더니 아버지가 그렇게 반가워하시며 잘도 잡수셨다.

"이렇게 간단한 걸 네 엄마가 잘해주지 않아 못 먹었는데 오늘 순아 덕분에 잘 먹는구나."

아버지가 좋아하시는 모습을 보니 순아는 몸이 힘들어도 얼굴에는 웃음꽃이 활짝 피었다.

　가난한 생활에 푼돈이라도 보태기 위해 아버지는 여가를 내어 할아버지와 순아를 데리고 가마니를 짰다. 당시 가마니틀이란 완전 수공이어서 할아버지가 짚을 먹이고 아버지가 술질을 하고 순아가 바디질을 했다. 겨우 일곱 살을 먹은 아이가 가마니 바디질을 한다면 아마 헛소리라고 아무도 곧이듣지 않을 것이다. 그런데 순아는 마치 천성적으로 일을 배우고 태어난 아이처럼 어떤 일이든 손에 잡기만 하면 보는 사람이 깜짝 놀랄 정도로 완벽하게 잘해나갔다.

　낮에 온몸의 힘을 다해 그 힘든 바디질을 하고 나면 팔이 너무 아파서 밤에 잠도 바로 자지 못하지만 오로지 어머니 아버지가 싸우지만 않으면 순아는 안전감이 들어 마음이 편해졌다.

　어느 날, 순아가 한창 바디질을 하고 있는데 뒷집의 쌍돌이 엄마가 볼일이 있어 왔다가 보고 깜짝 놀랐다.

　"아니, 순아 네가 어떻게 바디질을 다 한다는 거냐? 아이구, 저 쪼끄만 손으로 제법 내리치는 걸 좀 보소. 야무지기도 해라. 쯔쯔쯔쯔!"

　이웃들은 어린 순아가 당차게 일하는 모습을 보고 모두 혀를 끌끌 차며 감탄해 마지않았다.

　이때로부터 어린 순아는 이를 악물고 힘들어도 힘들다는 말 한마디 없이 묵묵히 어머니 일을 대신해 나갔다. 이것만이 집안의 평화를 지키는 길이라고 생각했던 것이다.

야무진 바보

　추운 겨울이 지나고 봄의 향기를 잉태한 부드러운 바람이 등잔불을 펄럭이는 어느 저녁, 몸이 만삭인 순아 어머니는 또 산아 진통을 하기 시작했다. 당시는 산아 제한 같은 조치가 없을 때라 윤아가 아직 어린애인데 또 손아래 아기가 태어나려 하는 것이었다.

순아는 아버지가 시키는 대로 종식이네 집에 달려가 종식이 할머니를 데려온 다음 한쪽 구석에 앉아 꾸벅꾸벅 졸다가 "응아——!" 하는 아기 울음소리에 눈을 번쩍 떴다.

"오메, 또 계집애군. 갑규 자네 고추 만드는 재간 없나베."

종식이 할머니 농담 섞인 말에 아버지가 웃으며 대답했다.

"글쎄, 밭이 좋아야 좋은 곡식 나지 않겠지요. 나야 뭐…"

그런데 말이 채 끝나기도 전에 윗방 문이 활짝 열리며 할아버지가 손에 사주팔자 책을 들고 엎어질듯 달려 나왔다.

"암말 말어. 이 아인 좋은 팔자 타고 났으니 장차 큰 사람 될기여. 복이 많아서 이름은 복순이라 짓고."

그러자 다들 놀라서 할아버지의 얼굴을 빤히 쳐다보았다.

아버지가 뭔가 깨달은 듯 얼른 일어서 창가에 다가가 창문을 활짝 열어젖혔다. 파르스름한 새벽빛에 하늘이 창창하게 열리고 있는 순간이었다.

"좋은 시간이군!"

아버지도 이 찬란한 새벽에 태어난 아기의 출생이 무척 반가운 모양이었다.

이렇게 셋째 딸 금아는 태어나자부터 할아버지의 사랑을 독차지하고 아버지 또한 가장 좋아하는 비단 금(錦)자를 따서 아기에게 금아(錦雅)라는 이름을 지어주었다.

금아는 생김새도 두 언니와 달리 얼굴이 동그스름하고 살결이 희며 허리가 가늘고 눈이 더 크고 동그랬다. 그래서 어디든 업고 나가면 사람들이 보름달같이 환하게 생겼다고 했다. 또한 아기가 어찌나 순한지 우는 법을 모른다 할 정도로 울지 않아서 맏이인 순아가 업고 놀러 나가면 하루 종일 들어오지 않아 어머니가 잔뜩 불어 오른 젖을 줄줄 흘리며 여기 저기 아기를 찾아가 젖을 먹이곤 했다.

이렇게 별 탈 없이 잘 자라던 금아가 첫돌을 며칠 앞둔 어느 날 저녁, 갑자기 열이 나기 시작하더니 재빨리 고열로 번져 생명의 위험에 처하게 되었다. 당시는 마을에 병원이 없고 게다가 현성 병원에 가려고 해도 흔들개늪을 건너가야 했으니 아무리 급해도 날이 밝기를 기다리는 수밖에 없었다.

한밤중에 어머니는 부엌에서 약을 달이고 아버지는 아기의 옆을 지키며 들여다보다가 아기가 죽은 것 같아 아내에게 "이제 그만 달이오. 애가 틀린 것 같구려." 하면 어머니는 한달음에 뛰어올라와 아기를 품에 안고 목 놓아 울었다.

그런데 한참 울다가 보아도 아기의 숨이 끊어지지 않고 있었다. 그래서 어머니는 또다시 부엌에 뛰어 내려가 약을 달이기 시작했다. 그러다가 아버지가 또 "이젠 진짜 틀린 것 같소. 어서 올라와 보시오." 그래서 어머니는 또 뛰어올라와 아기를 안고 울고… 이렇게 몇 번을 거듭하는 동안 날이 서서히 밝아오기 시작했다.

그러자 과연 새벽에 태어난 아이답게 금아는 새날의 정기를 마셨는지 밖에서 파아란 새벽이 어둠을 밀어내는 속도와 더불어 서서히 소생하기 시작했다. 아버지와 어머니는 이 기적의 기적에 너무 감격하여 눈물만 줄줄 흘렸다.

말을 하기 시작하자 금아는 알고 싶은 것이 너무 많았다. 그래서 쉴 새 없이 조잘거리며 어른들께 질문을 들이댔다. 금아가 한돌 반쯤 되었을 때 어머니가 아기를 업고 목단강에 있는 외갓집으로 놀러 갔는데 기차역에서 내려 15리를 도보로 걸어가는 동안 등에 업힌 아이가 이것저것 너무 많이 물어서 그걸 대답하느라 진땀을 뺐다고 어머니는 늘 회상하군 했다.

외갓집에 가니 외숙모가 아기 얼굴이 사과 같다고 하며 빨간 사과무늬의 꽃천을 사다가 금아에게 예쁜 꽃치마를 해주었다. 금아는 그 꽃치마를 너무 좋아해서 스스로 "사과치마"라 부르며 한번 입으면 잠 잘 때까지도 벗으려 하지 않았다. 집에 돌아온 후에도 금아는 그 사과치마를 입고 밖에 나가 빙글빙글 돌아 바람에 치마폭이 항아리 같이 둥그렇게 부풀면 너무 좋아서 깔깔깔 웃어대곤 했다.

이와 같이 김씨네 딸들은 뛰어나게 야무지고 똑똑하고 귀여운 아이들이었으나 밖에 나가서는 억울하게도 한심한 멸시와 수모와 차별대우를 받아야 했다. 친척이 없고 형이 없어 지켜줄 이가 없는데다 아이들의 우산인 어머니가 너무 나약하고 물러빠져 있으니 동네 아이들은 순아네 자매를 때리고 놀리고 괴롭히는 일을 커다란 재미로 삼고 만나기만 하면 갖은 방법으로 괴롭히곤 했다.

심부름을 가는 순아를 때려서 울려놓고 손에 들었던 물건을 빼앗아 부셔버리고 별명을 지어 끝없이 놀리고 날이 어두울 때면 얼굴에 이상한 가면을 쓰고 나타나 혼비백산하게 만들기도 했다. 이런 일은 비단 순아 보다 나이 많은 아이들이 할 뿐만 아니라 순아 보다 한두 살 어린 애들까지도 가정의 우세를 믿고 우쭐거리며 순아를 괴롭히는 일이 거의 비일비재했다. 순아는 혼자 다닐 때도 동생들을 데리고 다닐 때도 늘 아이들에게 얻어맞아 눈물범벅이 되어 집으로 돌아오곤 했다.

이것을 보고 자존심 강한 아버지는 너무 화가 나서

"이 바보야. 너보다 작은 애들한테까지 얻어맞고 다니느냐? 넌 그래 손도 없고 발도 없느냐? 그렇게 맞고 울며 들어올 거면 아예 집에 오지도 말아." 하고 을러뗐다.

그 후부터 순아는 아버지 꾸중이 두려워서 밖에서 맞아대고도 울면서는 집에 들어오지 못하고 동생 윤아의 손목을 잡고 집 주위의 길에서 왔다 갔다 하며 서럽게 울다가 눈물이 다 마른 뒤에야 아무 일도 없는 듯 집에 들어오곤 했다.

1958년 대약진(大躍進) 인민공사(人民公社)가 시작되면서 마을을 단위로 집체 식당을 만들어 일꾼들은 식당에서 식사를 하고 가족들은 밥을 타서 집에 가져다 먹었다.

하루 세끼 아버지를 제외한 가족 다섯 식구의 밥을 어린 순아가 모두 타서 집에 가져왔다. 몸이 무른 어머니는 또 임신을 하여 뚱기적거리며 길을 걷기도 힘들어하고 그렇다고 70고령의 할아버지를 시킬 수도 없는 일이었다. 날마다 커다란 밥통에 뚜껑 달린 납 대야를 들고 식당에 가면 밥통에 국을 다섯 사발 어치 담고 밥통 뚜껑을 번져 놓은 다음 그 위에 납 대야를 얹고 대야 안에 밥 다섯 식구 어치를 담아서 뚜껑을 덮고 밥통의 양쪽 귀를 잡아 쥐고 집으로 날라 오곤 했다. 다행히도 이를 악물고 무거운 밥그릇을 들고 올 때만은 마을 아이들이 순아를 집적거리지 않아 안전하게 집까지 올 수 있었다.

어느 한번 명절에 밥을 타러 갔는데 찹쌀을 조금 넣고 지은 밥이 너무 맛있어 보였다. 밥을 타가지고 돌아오는 길에 순아는 그만 참지 못하고 뚜껑을 열어 입을 밥그릇에 대고 한 입 뜯어먹었다. 밥이 기막히게 맛있었다. 그래서 또 한 입 뜯어먹었다. 이렇게 딱 두 입을 먹었는데 집에 돌아오자 어머니가 발견하고 한바탕 야단을 치셨다. 그 후부터 순아는 어떤 맛있는 음식이 있어도 타오는 음식에 절대로 손을 대지 않았다.

마을에 순아 보다 한 살 어린 질구라는 남자애가 있었는데 가정에서 5년 독남으로 금이야 옥이야 받들리며 자라는 아이였다. 당시 질구의 큰 누이가 동네 혼사를 하여 매형의 여동생이 유치원 선생을 하고 있었으니 그 등을 믿고 질구는 유치원에 다니는 순아를 기막히게 괴롭혔다. 틈만 생기면 순아에게 집적대며 얼굴을 때리고 발로 차고 침을 발라놓는 등 추행까지 저질렀다.

순아 아버지는 딸이 자기보다 작은 남자애에게 늘 당하는 일이 하도 분하고 억울하여 손짓 발짓 하며 순아에게 대항하는 방법을 가르쳤다.

"기회를 보아 꽉 밀어놓고 넘어지면 가로타고 앉아 주먹으로 막 내리쳐! 한 번만 본때를 보이면 다시는 덤비지 못할 거야."

그러나 마음이 약한 순아는 감히 대항할 엄두를 내지 못했다. 날이 갈수록 질구의 행패는 끝이 없었고 그만큼 순아의 울분도 높직이 쌓여갔다.

그러던 어느 날, 식당에서 일꾼들이 식사하고 있는데 밥을 타러 간 순아는 아직 밥이 채 되지 않아 한쪽 옆에 서서 기다리고 있었다. 틈을 발견한 질구가 또 순아에게 다가들어 순아의 머리카락을 잡아당기고 발로 정강이를 차 놓고…

순아가 일꾼들이 식사하는 쪽을 흘끔 돌아보니 아버지가 바로 그 속에 끼여 식사하고 있는 모습이 보였다. 큰 힘을 얻은 순아는 갑자기 두 손을 모아 질구의 가슴을 사정없이 밀쳐버렸다. 너무 갑작스런 타격에 질구가 땅에 벌렁 나가 넘어지자 순아는 바로 덮쳐들어 질구의 배를 가로타고 앉아 주먹으로 마구 갈기기 시작했다.

아버지가 다가와서 순아를 말려 데리고 집으로 돌아왔다.

집안에 들어와 문을 닫자마자 아버지는 너무 기쁜 김에 순아를 번쩍 들어 안고 "하하하!" 너털웃음을 쳤다. "내 딸이 틀림없구나! 아무렴, 내 피를 받은 자식이겠지."

아버지가 너무 기뻐하는 바람에 순아는 처음으로 대항의 쾌감을 톡톡히 맛보았다.

그 후부터 질구는 다시는 순아를 건드리지 못했다.

돌피와 미꾸리

1959년, 쌍둥이 자매가 태어났다. 큰 아이는 향순이라 이름 짓고 작은 아이는 옥순이라 이름 지었다. 향순은 얼굴이 희고 동그스름한 것이 금아를 닮았고 옥순은 얼굴이 작고 여윈 것이 다른 모습이었다.

어머니는 쌍둥이들을 돌보느라 더욱더 집안일을 할 새가 없어 순아의 부담이 더 커졌다. 청소하고 빨래하고 아기들의 기저귀를 빨고 하루 세끼 밥을 타오고 할아버지 심부름에 윤아와 금아를 돌보는 일까지 모두 순아의 가냘픈 어깨에 떨어졌다. 혹 어머니가 밖에 나가면 쌍둥이 아기를 맡아 보는 일까지 순아가 해야 하는데 이때 어느 아기가 울면 다른 아기도 따라 울어서 순아는 이쪽저쪽 달래다가 안 되면 그만 같이 따라 엉엉 울어버렸다. 그래서 어머니가 돌아와 보면 아이 셋이 집안에서 함께 울고 있는 것이었다.

이 해 순아는 이미 여덟 살이 되어 학교에 갈 나이였다. 순아는 자나 깨나 학교 갈 날을 고대하며 이제 개학해서 학교에만 가면 이 모든 일에서 해방될 것이라 믿었다.

그런데 어느 날, 아버지가 청천벽력 같은 결정을 내려 순아에게 알렸다.

"순아, 넌 생일이 늦으니 내년에 학교에 가도 돼. 한해 더 아기를 보고. 알겠지?"

순아는 그만 눈앞이 캄캄해오는 듯싶었다. 그래도 싫다는 말 한마디 못하고 입술을 깨물고 고개를 끄덕이고는 슬그머니 뒤울안에 숨어들어 혼자 서럽게 울고 또 울었다…

개학이 되어 동갑내기 다른 애들은 모두 책가방을 메고 학교에 가는데 순아만은 아기를 등에 업고 먼발치에 서서 부러운 눈길로 바라보는 수밖에 없었다. 만약 이 아기가 없다면… 순간 처음으로 동생들이 미워났다. 특히 쌍둥이 자매 중, 작은 동생인 옥순이 없었으면 얼마나 좋을까 고 생각하다가 스스로 흠칫 놀랐다.

어느 날, 어머니가 암죽을 쑤면서 아궁이 앞에서 불을 때고 있는 순아에게 물었다.

"우리 작은 아기 옥순일 남의 집에 보내버릴까?"

그러자 순아는 너무 좋아서 저도 모르게 폴짝 뛰며 대답했다.

"예예, 그럽시다. 보내 버리세요. 보내요."

어머니가 기막히다는 듯 내려다보다가 암죽을 젓던 주걱으로 순아의 머리를 딱 때렸다. 사람들이 말하기를 쌍둥이를 키울 때 맏이에게 "저 애를 남의 집에 줄까?"라고 물어서 맏이가 주자고 대답하면 그 애가 살지 못하고 죽는다는 것이었다. 그래서 이 말을 듣고 어머니가 순아에게 물은 것인데 순아가 막 기뻐하며 주자고 서슴없이 대답했으니 어미 된 마음이 어찌 서운하지 않으랴.

그 후 과연 얼마 지나지 않아 옥순이 죽었다. 어머니는 슬프게 우는데 순아는 오히려 후련한 느낌이 드는 걸 어쩔 수 없었다. 몇 달 지나서 향순도 죽어

나갔다. 그제야 순아도 아까운 생각이 들어 눈물을 조금 흘렸다.

　이듬해 순아는 드디어 학교에 가게 되었다. 하지만 조건이 있었다. 오전 수업만 끝나면 바로 집에 와서 점심밥을 짓고 집안일을 하는 것이었다.

　때는 1960년, 대약진이 끝나고 3년 재해에 들어간 첫해라 집체 식당은 이미 망가지고 사람들은 굶어죽지 않기 위해 저마다 기를 쓰고 있는 시기였다. 당시 이곳의 조선학교는 세 자연부락이 함께 3반에다 소학교를 세우고 1반과 2반의 학생들은 매일 도시락을 싸가지고 3반으로 통학하고 있었다.

　순아는 아침 일찍 근 2킬로나 되는 길을 걸어 학교에 도착해 오전 수업인 산수와 어문을 배우고 수업이 끝나면 부랴부랴 다시 2킬로 길을 걸어 집으로 돌아왔다. 당시 어머니는 몸이 아픈데다 또 임신 중이어서 거의 아무 일도 하지 못하고 게다가 할아버지의 건강도 눈에 띄게 나빠져서 이제는 정신이 오락가락하는 상태였다.

　한번은 정신이 흐려진 할아버지가 창문턱에서 놀고 있는 금아를 보고 "조 토끼새끼!" 하며 낫을 휙 뿌린 것이 그만 금아의 발등에 찍혀 놀란 금아가 째지게 울고 온통 난리가 벌어졌다. 평소에 "우리 복 많은 복순아, 어부바!"하며 금아를 등에 업고 둥기 둥기 그렇게 귀여워하고 아끼던 손녀를 토끼라 착각하고 낫을 뿌린 것만 봐도 할아버지의 노망이 얼마나 깊어졌는지를 알 수 있었다.

　어머니 또한 그 허약한 몸으로 아이를 일여덟이나 낳으니 심장병에 풍습까지 겸하여 몸이 갈수록 퍼지고 무거워져 조금만 일을 해도 숨을 헐떡이며 자기 몸도 제대로 가누지 못하는 상태였다. 더구나 지금은 홑몸도 아닌지라 이런 상황에서 태반의 집안일은 순아가 맡아 하지 않으면 안 되었다.

　오전만 공부하고 돌아오는 순아는 오후에 배우는 미술, 음악, 체육 등 부과 수업에는 일절 참가하지 못하고 집에 돌아오면 책가방을 놓는 즉시 점심 먹거리를 준비해야 했다. 쌀이 없어 지난 가을에 이삭을 주워 모아두었던 미처 여물지 못한 쭉정이 콩을 맷돌에 갈아 나물과 섞어 죽을 쑤었다. 점심은 어제 갈아 놓았던 걸로 죽을 해 먹고 오후에 또 갈러 나갔다.

맷돌은 사람이 서서 밀며 돌리는 중등 크기로 어른들은 나무 가름대를 배나 허벅지에 대고 걸으며 돌리는데 아직 키가 작은 순아는 가름대를 가슴높이에 대고 두 팔로 버티며 빠득빠득 밀어서야 겨우 돌렸다. 혼자서 땀을 뻘뻘 흘리며 콩을 조금 퍼 넣고 맷돌을 돌리고 또 조금 퍼 넣고 맷돌을 돌리고 하며 다 갈아 놓으면 맷돌 짝을 들고 안의 것까지 파내야 마무리가 되는데 순아는 맷돌 짝을 들지 못해 그대로 서서 지나가는 동네 엄마들을 기다렸다. 동네 엄마들은 순아가 하도 불쌍하고 대견스러워 누구든 기꺼이 순아를 도와 맷돌 짝을 들어주고 안의 것을 파내어 그릇에 담아 머리에까지 이워주었다. 무거운 콩 그릇을 머리에 이고 집으로 오는 동안 목이 끊어지듯 아팠으나 순아는 이를 악물고 견디며 기어이 집에까지 도착하곤 했다.

순아는 또한 새끼 꼬는 일도 엄청 야무지게 잘했다. 고 작고 깜찍한 손으로 썩쎄기를 적당히 갈라 쥐고 싹싹 비벼서는 제법 새끼 모양으로 만들어 내놓았다. 아버지는 순아에게 하루의 새끼 꼬는 량을 정해주고 다 완성하면 놀라고 했다. 그렇게 매일 정해진 량을 넘쳐 완성하기 위해 순아는 열심히 노력하고 또 노력했다. 연거푸 며칠 새끼를 꼬고 나니 아이의 야들야들한 손바닥이 형편없이 닳아 아프고 쓰리어 밤잠도 제대로 자지 못하지만 혹 불평하면 학교를 그만두라 할까 두려워 아버지가 손바닥이 아프냐고 물어도 아니라고 대답했다. 그래도 아버지는 아이의 손바닥을 펴보고는 아프겠다며 며칠씩 쉬게 하였다.

가을이 되어 날씨가 차가워지자 할아버지의 병세는 점점 더 위중해졌다. 이제는 아들도 알아보지 못하고 기운이 없어 운신이 어려우며 대소변도 바로 가리지 못했다. 그래도 아버지는 얼굴 한번 찡그리지 않고 자기보다 훨씬 더 큰 체구의 할아버지를 안아서 목욕을 시키고 마사지까지 해주었다.

아버지의 거동을 지켜보며 어린 순아는 부모 자식 간의 정이란 바로 저런 것이구나 하고 심심이 느끼게 되었다.

늦가을도 다 가는 어느 날, 찬비가 축축이 내리는 황혼 무렵, 이름 있는 양반 가문의 독자로 태어났으나 지능의 한계로 가문의 권세와 명예를 이어가지 못해 온갖 비난과 멸시를 달고 살아온 할아버지는 드디어 이 세상의 생을 마감했다.

그때까지도 마을에서 조금 떨어진 곳에 상두막이 있었고 안에 상두를 보관해 두어 누구 집에 상사가 나면 바로 상두를 가져다 쓸 수 있었다.

상두가 나가는 날, 7,8명의 상두 메는 사람들을 대접하기 위해 김씨네는 없는 쌀을 박박 긁어모아 호박을 듬뿍 넣고 커다란 솥에 넘쳐나게 죽을 쑤었다.

먹을 것이 없어 하루에 한 끼도 제대로 먹지 못하거나 아예 겨와 나무껍질로 끼니를 에우던 사람들은 쌀 몇 알이라도 들어간 호박죽을 보자 아주 "게걸년"에 "게걸"을 만난 듯 눈 깜짝할 새에 그 많은 죽을 모두 먹어치웠다. 그리고는 힘이 나서 상두를 메고 공동묘지까지 씩씩하게 걸어갔다.

겨울 방학이 되자 순아는 어머니와 함께 하루 종일 논밭에서 돌피를 쓸었다. 돌피 쌀이라도 먹어야 살 수 있었으니 이건 진짜 생명의 밧줄이었다.

논밭에 이르러 먼저 불을 놓아 벼 그루터기를 모두 태워버리고 그런 뒤 빗자루로 쓸어 모아 삼태기로 돌피를 가린 다음 주머니에 담아가지고 돌아왔다. 집에 온 뒤에는 또 주머니의 것을 꺼내어 마당에 널어 말린 다음 디딜방아로 찧어서 돌피 쌀을 갈라내 주식으로 두고 먹었다.

어머니와 순아가 돌피 쓸러 가서 하루 종일 돌아오지 않으면 윤아와 금아는 너무 배가 고파 보드라운 겨를 볶아 식장 위에 올려놓은 것을 마구 훔쳐 먹었다. 그리고는 뒤를 보지 못해 순아가 꼬챙이로 파내 주기도 했다.

그 해 겨울엔 북쪽 늪에 미꾸리가 유난히 많았다. 순아는 또 아버지를 따라 미꾸리 잡이를 가기도 했다. 얼어붙은 늪 위에 서서 곡괭이로 얼음을 끄고 얼음의 마지막 층을 탁 터치면 밑의 물이 울컥 위로 솟아오르며 그에 따라 시커면 미꾸리들이 한가득 올라왔다. 그것을 자루 달린 반두로 푹 떠내어 얼음위에 쏟아 놓으면 지렁이 같이 구불떡 구불떡… 태반이 손가락 두세 개를 합친 굵기로 뱃속에 샛노란 알을 가득 품고 있었다.

이 힘든 해에 순아 셋째 외삼촌이 친구를 데리고 순아네 집에 와서 10여 일간 놀며 미꾸리를 백 여근 잡아 지고 떠났는데 열차에 오를 때 전부 압수당하고 말았다.

이렇게 미꾸리를 잡아 밥처럼 먹으며 돌피를 부지런히 쓸어 양식으로 만들어 먹으며 순아네는 "배가 고파 아비 귀라도 뜯어 먹는다"는 60년도에 배고픈 고생을 별로 하지 않고 무사히 넘길 수 있었다.

미운 새끼오리 백조로

드디어 배고픈 60년도 겨울이 지나가고 조금 덜 배고픈 61년도 봄이 돌아왔다. 눈석임물이 아직 채 말라들지도 않아 길이 질척질척한데 학교는 지정 날짜대로 개학을 하였다. 세 자연 마을의 학생들이 한데 모이고 보니 겨울동안 음식을 제대로 먹지 못해 볼이 홀쭉하게 들어간 아이가 있는가 하면 점심 도시락을 쌀 거리가 없어 아예 등교하지 못하는 아이도 있었다. 또한 보다 더 놀라운 이야기도 있었다.

마을의 서남쪽으로 5,6리 떨어진 곳에 보가 있는데 그 수문을 관리하는 송씨(宋氏) 성을 가진 중국인 가족은 배꼽마을 조선족들과 특수한 인연이 있었다. 1946년 토비들이 조선인들을 죽이는 "5. 26"사변을 일으켰을 때, 당시 아직 젊은 여인인 송씨 부인은 밤에 갑자기 토비들이 조선 사람들을 죽이러 내려온다는 소식을 듣고 한밤중에 아기를 업고 10여리 길을 달려 조선마을에 찾아와 소식을 알렸다. 덕분에 마을의 대부분 사람들이 피신을 하거나 이사를 해서 참살을 면하게 되었다. 배꼽마을 사람들은 이 은혜에 감격하여 송씨네를 수문 옆에 안치해 수문을 지킨다는 명의로 공수를 기입해주고 매년 전 가족이 먹을 식량을 공급해주었다. 송씨네도 이런 혜택이 고마워 여러모로 배꼽마을 사람들을 배려하며 늘 좋은 관계를 유지하고 있었다.

이런 송씨네 집에 지난겨울 허식이라는 조선아이가 심부름을 갔었다. 송씨 부인은 아이가 몹시 배고파 보여 밀가루로 찐빵을 만들어주었다. 찐빵을 본 아이는 마치 전생에 굶어죽은 원혼이 다시 태어난 듯 먹어대기 시작했는데 눈 깜짝할 새에 찐빵 여덟 개를 모두 먹어치웠다. 또 아홉 개 째를 손에 쥐고 막 먹으려 하다가 갑자기 두 손으로 배를 부둥켜안으며 바닥에 푹 쓰러졌다. 송씨 부인은 너무 놀라 아들을 불러 아이를 업고 바로 병원으로 내달렸다.

결국 입원하여 대수술을 받고 겨우 목숨은 건졌지만 이 일로 하여 아이들은 허식을 "먹다 죽은 귀신"이라고 놀려댔다. 후에 허씨네는 동네 사람들을 볼 면목이 없다며 부랴부랴 이사를 가버렸다.

새 학기가 되어도 순아는 여전히 마찬가지로 오전 공부만 하고 수업이 끝나면 집에 돌아와야 했다. 종래로 숙제를 하지 않고 또 숙제를 할 여가도 없었지만 천성적으로 아버지의 총명한 머리를 물려받았는지 순아는 시험만 치면 산수와 어문은 무조건 100점을 맞았다. 뿐만 아니라 학교에서 예절이 바르고 행실이 반듯하며 말을 똑똑하게 하여 선생님들의 한결 같은 칭찬을 받고 학기말엔 이런 저런 모범이 되어 상품도 적지 않게 받아왔다. 이렇게 되자 아이들이 더는 순아를 멸시하거나 괴롭히는 일이 없게 되었다.

그해 6.1아동절에 거대한 행사가 있었다. 전 시달린즈 지역의 7개 학교가 배꼽마을 학교에 모여 함께 명절을 쇠며 공부경색을 하는 것이었다. 그 중에는 한족 학교도 있고 꽤 멀리서 온 조선학교도 있었다.

순아는 당연 반에서 선두로 뽑혀 경색에 나가게 되었다. 그런데 며칠 전 순아네는 여러 가지 나물을 넣고 쑥떡을 해먹었는데 순아는 어느 나물에 알레르기 반응이 있는지 그만 온 얼굴이 퉁퉁 부어서 눈마저 바로 뜨지 못하게 되었

다. 이튿날 아침 학교에 갔더니 담임선생님이 보고 깜짝 놀라며

"아니, 이게 웬일이냐? 당박 경색에 나갈 아이가 눈도 뜨지 못하게 되었으니… 뭐 어디 좋은 약이라도 없을까?" 하며 안절부절 못했다. 하지만 당시 그 한심한 벽지에서 무슨 좋은 약이 따로 있겠는가.

그날 수업을 마치고 집에 돌아와서도 순아는 아무 조치도 취하지 않고 그냥 예전처럼 집안일을 부지런히 하고 동생들 시중을 들고 나서 잠자리에 누웠다. 그제야 이튿날 일이 조금 걱정되는 것이었다. 내일도 부은 얼굴이 내리지 않으면 눈이 잘 보이지 않아 시험을 망치면 어쩌지? 이렇게 걱정하면서도 눈을 감고 있으니 그냥 잠이 들어버렸다.

이른 아침 요란한 닭 울음소리에 눈을 번쩍 떴다. 벌떡 몸을 일으켜 거울 앞에 달려가 보니 와——! 얼굴에 부기가 말끔히 내리고 눈이 정상으로 회복되어 있는 것이었다. 너무 기쁜 김에 순아는 막 환성을 지르며 서둘러 세수를 하고 옷을 갈아입었다. 어머니가 준비해준 계란 도시락을 챙겨 넣고 순아는 나는 듯이 집을 나와 학교 가는 길에 올랐다.

학교에 이르러 보니 벌써 운동장 둘레 나무 그늘 밑에 각 학년별로 갈라서 책상과 걸상이 줄지어 놓여있고 각 학교의 우수생들이 열을 지어 입장하고 있었다.

담임선생님이 얼굴이 정상을 회복한 순아를 보더니 너무 반가워서 펄쩍 뛰기라도 하듯 기뻐했다.

드디어 경색이 시작되었다. 시험문제는 한족 학교는 한어로 조선 학교는 조선어로 나왔지만 문제는 같은 것이고 채점도 통일로 했다.

시험을 치는 동안 모두들 답을 찾느라 긴장해서 끙끙거리며 손에 땀을 쥐고 하는데 순아는 한동안 열심히 필을 놀리더니 얼마 되지 않아 곧 시험지를 바치는 것이었다. 담임선생님이 너무 긴장해서 달려와 "벌써 다 했어?" 라고 물으니

"예!" 하고 순아는 짧게 대답하고 나서 아무렇지도 않은 듯 화장실로 걸어가

는 것이었다.

그 뒷모습을 바라보며 담임선생님은 "저 애가 도대체 했다는 거야 못했다는 거야?" 하고 한숨을 내쉬었다.

채점이 끝나고 결과를 발표할 시간이 되었다.

채점 조의 대표선생님이 채점 결과를 적은 종이를 들고 연단에 올라섰다. 그러자 7개 학교의 천여 명 되는 학생과 선생님들의 시선이 일제히 그의 얼굴에 쏠렸다.

"매 반에 우수생 4명씩 6개 학년에 7소 학교를 합쳐 도합 168명이 이번 공부경색에 참가했는데, 각 과목 평균 100점을 맞은 학생은 단 한 명뿐입니다. 그 학생은 바로 여기 본지 학교의 1학년에 다니는 김순아 학생입니다."

모든 사람이 놀라 눈이 휘둥그레졌다. 심지어 지나가던 바람마저 잠간 멈추고 연단을 지켜보는 듯했다. 순아 자신도 너무 놀라서 누구한테 떠밀려 어떻게 연단에 올라가 상품을 받아 왔던지도 기억나지 않았다. 다만 담임선생님이 너무 기뻐서 순아를 훌쩍 안아 한 바퀴 빙 돌려놓던 그 황홀하고 행복하던 순간을 순아는 오래오래 기억하고 있었다.

그날 활동이 끝나고 집으로 돌아오는 길에 순아는 고급 학년 언니들에게 업혀서 왔다. 순아가 아무리 내려서 걷겠다고 해도 고급 학년 여학생들은 서로 다투어 업으려 하며 시종 순아를 내려놓지 않았다.

지나가던 아이들도 모두 순아에게 엄지를 내들고 선생님들은 순아의 영광을 자기의 영광이라 여겨 순아에게 극도의 찬미와 사랑을 아끼지 않았다.

집에 돌아오자 순아는 공부경색에서 유일한 평균 100점으로 우승한 소식을 부모님께 알리며 상품으로 탄 금촉만년필을 아버지 앞에 내놓았다. 아버지는 너무도 반갑고 마음이 막 흥분되어 안주라곤 아무것도 없는데도 강술을 잔에 부어 놓고 너털웃음으로 안주를 하며 맛있게 술을 마셨다.

"참, 술이 이렇게 맛있는 줄 몰랐군. 순아, 내 딸아, 우리 큰 딸, 넌 이 아비의 자랑이다! 네 덕분에 이 아비는 힘이 막 솟는다. 장하다 우리 순아, 참으로 장해! 하하하…"

공부경색이 있은 후 김순아, 이 미운 새끼오리는 하루아침에 찬란한 백조로 변해 멋지게 활개 치기 시작했다.

반에서 간부로 골간으로 선생님이든 학생이든 모두 순아를 에워싸고 돌며 같은 학교의 상급생들은 물론 다른 학교의 학생들이나 선생님들까지 김순아라면 모르는 사람이 없었다. 하여 김순아 동생들까지 이제는 아이들이 괴롭힐 대상에서 제외된 듯싶었다.

아버지는 사는 것이 너무 힘이 나서 어디 가든 "내 비록 딸이지만 남의 아들 열을 당한다."고 자랑을 멈출 줄 몰랐다.

실수와 깨우침

백조에게도 행운만 있는 것은 아니었다. 잘못 날아서 날개를 다칠 때도 있고 독수리에게 쫓기다 힘들게 몰리는 경우도 있는 것이었다.

순아와 같은 책상을 쓰는 남학생 진욱은 순아와 거의 비슷하게 공부를 잘하지만 전번 공부 경색 때는 감기를 앓느라 참가하지 못했다. 그래서인지 순아의 성취를 별로 대단하게 보지 않는 눈치였다.

공부 우승을 한 뒤로 순아는 오후 수업에 참가했으나 끝나면 가능한 빨리 집으로 돌아와 집안일을 해야 했다. 이때는 또 여동생 옥금이가 태어나 어머니는 아기를 돌보느라 바빴고 그래서 저녁밥은 순아가 지어야 했다.

한여름이 되자 아이들은 학교에서 돌아오는 길에 도랑둑으로 걷다가 더우면 도랑물에 철렁 빠져 목욕을 하기도 했으나 순아는 한 번도 아이들과 같이 목욕을 하거나 길에서 노는 일 없이 부지런히 집으로 돌아오곤 했다.

어느 날, 도랑둑으로 걸어 집에 오고 있는데 앞쪽에서 목욕을 하고 있던 아이들이 물장구를 크게 치는 바람에 물이 막 튀어 순아의 책가방이 젖고 안에 들었던 책도 젖었다. 당연 순아가 입은 옷도 흠뻑 젖어 이대로는 집에 가기가 어려웠다. 하는 수 없이 젖은 책과 책가방과 젖은 겉옷을 벗어 풀잎위에 널어 말리는 동안 순아는 아이들과 함께 목욕을 하기 시작했다. 무더운 여름 도랑 물에서 시원하게 목욕을 하니 시간 가는 줄도 모르고 첨벙거리다가 해가 거의 넘어갈 무렵에야 정신이 펄쩍 들어 부랴부랴 옷을 주워 입고 집으로 돌아왔다.

마당에 들어서면서 보니 창문 안으로 아버지가 몽둥이를 준비해놓고 인상을 쓰며 기다리고 있는 것이 보였다. 순아는 후닥닥 마당을 뛰어나가 북쪽 켠에 있는 떡갈나무 밭을 향해 죽어라 도망쳤다.

회색의 저녁 빛이 마지막 노을을 서서히 삼키는 시간에 순아는 떡갈나무의 허리를 부둥켜안고 엉엉 슬프게 울었다. 그리고는 떡갈나무 잎을 깔고 반듯하게 누워 어둠이 서서히 밀려오는 하늘을 하염없이 쳐다보았다.

"난 왜 이렇지? 왜 이런 신세일까?"

순아는 생각할수록 서럽고 억울하여 또다시 눈물이 줄줄 흐르기 시작했다.

이 때 아버지의 부름 소리가 들려왔다.

"순아야! 어디 있냐? 순아야--! …"

아버지의 목소리는 부자연스레 갈려 있었다. 아니, 울음이 섞인 목 메인 소리였다.

순아는 손으로 떡갈나무 잎사귀를 마구 끌어서 자기 몸에 덮었다. 아버지는 허둥지둥 이쪽으로 다가오고 그러다가 하마터면 순아를 밟을 번했다. 그 바람에 순아는 벌떡 몸을 일으켜 앉았다.

순아를 발견한 아버지는 한 아름에 와락 아이를 그러안고 눈물을 펑펑 쏟았다.

"…아비 어미 잘못 만나 네가 고생이구나! … 불쌍한 우리 순아…"

순아도 그만 엉엉 울음을 터뜨렸다.

집에 돌아온 후 아버지가 오늘 왜 이렇게 늦었냐고, 책은 왜 물에 젖었냐고 따져 묻기에 순아는 얼결에 그만 "진욱이 밀어서 도랑물에 빠졌어요."라고 대답했다. 사실대로 말했다가는 더 크게 야단맞을 것 같아 슬쩍 돌려 붙인다는 것이 그만 거짓말을 해버린 것이었다.

그런데 바로 이날 저녁 아버지가 진욱네 집으로 찾아가 한바탕 야단을 치셨다.

"남자애가 쫄랑거리며 여자애를 하나 때리거나 욕하는 건 말하지 않겠네. 그런데 물에까지 처넣는 건 너무 위험한 일이 아닌가?" 하고 아버지는 진욱이 아버지에게 엄하게 말했다는 것이었다.

당장 그날 밤으로 진욱은 자기 아버지에게 혼이 나게 야단맞고, 그래서 너무 억울하고 기가 막힌 진욱은 이튿날 등교하자마자 성난 사자같이 눈을 뚝 부릅뜨고 순아에게 따지고 들었다.

"말해봐, 내가 언제 널 물에 처넣었는데? 대체 언제 그랬는데, 말해 보라구… 이 나쁜 간나야! 거짓말쟁이야!"

순아는 그만 얼굴이 새빨개져서 대답 한마디 못하고 숱한 학생들 앞에서 볼 꼴 없이 당하기만 했다. 이제 순아는 거짓말쟁이가 되었다. 뭐라 변명하려 입을 벌려도 소리가 나가지 않았다. 이유야 어찌됐든 거짓말을 한 건 사실이니 무슨 말을 더할 수 있겠는가.

그 후부터 진욱은 툭하면 "이 거짓말쟁이. 거짓말쟁이 간나!" 하며 순아를 툭 쳐놓고 발로 툭 차기도 하며 무슨 주문 같이 노래 같이 하루에도 몇 번씩이나 외우곤 했다. 또한 진욱이 주위의 단짝들도 진욱을 따라서 순아를 거짓말쟁이라며 심심찮게 발로 차고 때리고 괴롭혔다.

그런 중에도 다행인 것은 순아가 공부를 드팀없이 잘해 선생님들의 귀여움을 독차지하고 반에서 간부역할도 제법 잘하는지라 덕분에 따돌림 받거나 물매 같은 것은 맞지 않았다. 하지만 "거짓말쟁이"라는 꼬리표는 생각보다 훨씬 오래 순아의 뒤를 따라다니며 몸과 마음을 괴롭혔다.

이 일에서 아픈 교훈을 실감한 순아는 그 후부터 다시는 그 어떤 한이 있어도 거짓말만은 하지 말아야겠다고 속으로 다짐지고 또 다짐했다.

그해 겨울방학에 순아는 외갓집으로 놀러갔다. 외갓집이 살고 있는 목단강시 교구 북촌은 실은 순아가 태어나서 아기 시절을 보낸 곳이어서 비록 기억은 없지만 늘 가보고 싶고 궁금한 곳이었다.

외갓집에 도착하니 외숙모를 비롯한 온 집 식구들이 반갑게 맞아주었다. 순아가 일곱 개 학교 공부시합에서 우승을 했다는 말을 듣고 큰 외삼촌은 너무 기뻐서 순아의 엉덩이를 툭툭 쳐주며 말했다.

"네가 참 대단하다. 아비 머리를 쏙 빼 닮은 거로구나."

순아는 동갑내기 외사촌 오빠와 잘 엇서서 오빠가 동이라면 자기는 서라 하면서 싸우기도 하고 놀기도 잘 놀았다.

음력설이 가까워지자 외숙모가 찰떡 고물을 만들고 있는데, 외사촌 오빠가 "난 팥고물을 좋아해."라고 하니 순아는 자기도 팥고물을 좋아하면서 일부러 오빠와 엇서느라 "난 아냐. 난 콩고물이 더 맛있어."라고 했다.

아이들이 장난치며 한 말인데 외숙모는 이 말을 받아 듣고 팥고물을 다 만들고 나서 또 힘들게 콩고물을 따로 만들어 순아에게 주었다. 순아는 너무 미안하고 송구스러운데 그렇다고 이미 만들어 놓은 걸 안 먹겠다는 말도 못하고 혼자 그 콩고물을 모두 찰떡에 찍어먹었다.

이튿날 외숙모가 합작사(지금의 상점)에 물건 사러 갈 때 순아도 따라갔다. 외숙모가 꽃사발을 고르는 것을 보고 순아도 같이 만져보며 "와, 꽃사발이 참 곱다."라고 했더니 외숙모가 어느새 꽃사발 세 개를 더 사서 순아에게 안겨주는 것이었다.

"집에 갈 때 가지고 가거라."

꽃사발을 안고 외숙모를 따라 돌아오며 순아는 속으로 생각했다.

"어른들 앞에서는 아무 말이나 하는 게 아니구나. 이제부터는 말조심 해야지."

이런 생각을 하자 부쩍 집이 그리워났다. 그래서 빨리 집에 가겠다고 졸랐더니 바로 음력설 이튿날에 셋째 외삼촌이 순아를 데리고 떠났다.

진녹색 천 가방에 꽃사발 세 개를 넣어서 메고 외삼촌은 순아를 데리고 열차에 올랐다. 정월 초이튿날이라 열차 안은 사람들로 붐비고 평소에 보지도 듣지도 못하던 과일들이 나와 팔리기도 했다. 판매원이 노란 색깔의 귤을 가지고 다니며 팔고 있었다. 당시 순아는 귤이 뭔지 이름도 모르고 보지도 못해 멍하니 쳐다보는데 외삼촌이 "저거 먹을래?"라고 물었다. 순아는 먹고 싶으면서도 고개를 가로저었다. 외삼촌에게 너무 폐를 끼치는 것 같아 미안해서 먹겠다는 말을 못한 것이었다.

얼마쯤 지나서 저쪽으로 갔던 판매원이 다시 이쪽으로 오면서 사구려를 불렀다. 그러자 외삼촌이 또 "저거 먹을래?"라고 물었다. 입안에서는 군침이 꼴깍 넘어가는데 그래도 순아는 입술을 꽉 깨물고 고개를 가로저었다. 외삼촌이 없는 돈으로 차비를 쓰고 자기를 집에 데려다주는 것만으로도 이만저만 아닌데 어떻게 저 비싼 과일을 사달라고 하겠는가. 이것이 순아의 생각이었다.

아이의 이런 마음도 몰라주고 외삼촌은 순아네 집에 도착해 누이인 순아 어머니를 만나자 "글쎄 이 따위 꽃사발 몇 개를 가져오면서 차안에서 귤을 먹겠냐 물었더니 싫다고 하지 않수? 계집애는 계집애야."라고 말하는 것이었다.

순아는 너무 억울하여 그만 문을 차고 나가 뒤뜰에 숨어 오래오래 혼자 울었다.

"통수", "옥편", "제갈량"

세월은 빨리도 흘러 김씨네가 이곳에 이사온 지도 어언 10년을 잡는 해가 되었다.

그동안 순아 아버지 갑규는 성격이 급하고 줏대가 세어 남들과 사납게 논쟁도 하고 또 덤비는 자는 가차 없이 때려눕히기도 하지만, 절대로 도리 없이 누구를 건드리거나 먼저 손을 대는 일은 없었다. 매사에 시비도리가 분명하고 처리가 공평하며 인정이 많고 이해심도 깊어 남을 잘 배려해주기도 했다. 마을 사람들은 어딘가 좀 두려워하면서도 어려운 일이 생기면 갑규를 찾아와 자문도 하고 그러는 가운데 좋은 조언을 받고 문제를 해결하기도 했다.

1958년 농장과 인민공사가 합병할 때 이곳은 8511농장의 제4분창에 속했다가 1962년에 농장과 인민공사가 다시 갈라지면서 토지를 가르는 분쟁이 있게 되었다. 전부의 땅 중에서 3호지(3號地) 땅이 가장 비옥하고 면적도 크니 쌍방에서 서로 가지겠다고 옥신각신하기 시작했다. 농장 한족들은 이때까지 한전으로 부치던 3호지 땅은 해발이 높아 물이 들어오지 못하니 수전을 풀지도 못하는데 너희 조선 사람들이 가져서 뭐하냐고 하며 기어코 자기네 소유로 만들려 했다. 마을 사람들은 분이 치밀고 애가 탔지만 별 뾰족한 수가 없어 눈을 편이 뜨고 가장 좋은 땅을 농장에 빼앗기게 되었다.

바로 이때 갑규가 나섰다. 회의에서 갑규는 높직한 목소리로 뚜렷하게 말했다.

"아닙니다. 3호지 땅은 해발이 조금 높지만 그렇다고 완전 논을 풀지 못하게 높은 것은 아닙니다. 물을 대는 도랑둑을 얼마쯤 높이고 물량을 조금만 늘이면 3호지 땅에 얼마든지 물이 흘러들어 수전을 풀 수 있습니다."

그러자 농장 측에서 "그걸 뭘로 증명할 수 있소? 당신이 재어봤소?" 하고 반문했다.

당시는 농촌에 아직 과학적으로 해발을 잴 수 있는 의기가 없고 또한 도랑둑의 높이나 물량도 정확하게 계산할 수가 없는 때라 마을 사람들은 모두 손에 땀을 쥐고 갑규의 입만 빤히 쳐다보았다.

이 때 황촌장이 갑규에게 낮은 소리로 "나도 같은 생각이오."라고 해서 힘을 얻은 갑규는 침착하게 기침을 두어 번 하고 확신에 찬 목소리로 힘차게 팔을 휘두르며 말을 이었다.

"내 눈이 자대요. 측량기란 말입니다. 이런 목측(目測)에서 난 한 번도 틀린 적이 없어요. 그래도 믿지 못하겠다면 우리 한번 도박을 걸어봅시다. 봄에 둑을 높이고 물을 대보아 3호지 땅에 물이 들어가면 우리 소유로 하고, 반대로 물이 들어가지 못하면 농장의 소유로 돌리겠소."

말을 마치고 고개를 돌려 마을 사람들을 향해 "이렇게 하는 게 어떻겠습니까?" 하고 물었다.

그러자 어느 젊은이(동구)가 "좋습니다!" 라고 소리치니 모두 이어 찬동을 표시했다.

회의는 바로 이렇게 하기로 결론이 나고, 모두들 헤쳐져 갔다.

봄이 되어 갑규의 말대로 용수로 도랑둑을 조금 높이 쌓고 논물 대는 시기에 수문을 얼마간 크게 열어 놓았더니 과연 3호지 땅에 물이 더도 덜도 아닌 딱 안성맞춤한 정도로 골고루 적시며 흘러드는 것이었다.

마을 사람들은 너무 기뻐서 막 환성을 지르고 너도나도 이 쉽지 않게 얻어진 승리를 경축하며 갑규가 참 보통이 아니라고 입을 모아 칭찬했다.

그러다가 누군가 "갑규는 어쩜 군대를 이끄는 통수 같아."라고 말했더니 전번 회의 때 선참으로 갑규에게 찬동을 표시하던 젊은이 동구가 얼른 받아 말했다.

"그걸 이제야 아시오? 저 양반 통수보다 더 통수란 말이오."

이렇게 되어 "통수(統帥)"라는 별명이 갑규에게 붙고 그만큼 갑규는 마을에서 통수 역할을 감당하기도 했다. 사람은 함부로 말을 해서는 안 되며 특히 사내대장부는 "장부일언 중천금(丈夫一言重千斤)"이라며 갑규는 체대가 작아도 언제나 묵직하고 시비가 바르며 주장이 설 수 있는 말만 회의에서 하여 대부분 그것이 회의 결정으로 되곤 하였다.

후에 과연 이 3호지 땅은 해년마다 마을에 풍작을 안겨주어 덕분에 사람들의 생활이 나날이 향상되었다.

썩 훗날 갑규가 늙고 병들어서 집체 노동을 바로 하지 못할 때 마을에서 괄시를 좀 받으면 갑규는 한없이 섭섭해 하며 "속담에 '물 마실 때 우물 판 이를 잊지 말라' 했거늘 당신들이 누구 덕분에 이렇게 잘사는 줄 아느냐?" 하고 불평을 토로하곤 했다.

갑규는 또한 기억력이 놀랄 정도로 좋아서 한번 들은 말이나 한번 익힌 글은 절대로 잊어버리지 않고 평소 생활에 딱 들어맞게 활용했다. 살아오면서 어디서 들었거나 혹은 스스로 책을 보아 익힌 무수한 격언, 성구, 속담 심지어 지금은 사용하지 않는 고어(古語)까지도 대뇌의 갈피갈피에 정확하게 재워 넣었다가 필요한 때엔 자동 스프링이 튕기듯 거침없이 튀어나오는데 때와 장소와 내용에 빈틈없이 들어맞아 아무도 반박할 여지조차 찾지 못하는 것이었다.

은혜를 모르는 사람을 가리켜 "물에 빠진 머저리 건져주면 보따리 찾아내라 한다."

남의 위기에 관심 없는 사람을 가리켜 "강 건너 불구경하듯 한다."

소문이 빨리 퍼지는 것을 가리켜 "발 없는 소문이 천리를 뛴다."

소리 없이 연애하는 사람 가리켜 "얌전한 고양이 부뚜막에 먼저 올라간다."

주제도 모르고 덤비는 사람을 가리켜 "뱁새가 황새 따라가려면 가랑이 찢어진다."

놀라운 능력을 가진 사람을 가리켜 "뛰는 놈 위에 나는 놈 있다."

너무 급해서 일을 그르치려 하면 "아무리 급해도 바늘을 허리 동여 쓸까."

완벽한 사람은 없다는 뜻으로 "산 좋고 물 좋고 정자 좋은 곳은 없느니라."

......

이외에도 갑규는 한글 단어나 중문 글자의 뜻을 정확하고도 다방면으로 해석할 수 있고 그 사용법에 대해서도 전문학교 어문선생 못지않게 똑똑하고도 유창하게 설명할 수 있어 누구든 하나 물으면 열개의 답안을 얻을 수 있었으니 차츰 사람들은 갑규를 "옥편"이라 부르기 시작했다. 이렇게 두 번째 별명인 "옥편"이 생기게 되었다.

갑규에게 세 번째 별명인 "제갈량"이 붙여진 것은 문화대혁명(文化大革命) 시기였다. 당시 50대에 들어선 갑규는 누구보다 머리가 명석하고 사유도 밝아서 사회를 투철하게 꿰뚫어보고 날카롭게 분석할 줄 알았다. 처음 사교대가 들어올 때는 조금 이상하다 하면서도 그런대로 지났는데 66년도 류소기와 등소평을 대비판하는 고조가 일어나자 갑규는 뭔가 잘못되고 있음을 직감했다. 그래서 갑규는 집체로 모여 하는 비판대회나 투쟁대회 같은 데는 가능한 참가하지 않고 그런 시간들에 오히려 집안에 들어박혀 책을 읽었다.

책의 종류는 조선의 고대명작으로부터 중국의 4대 명작에 이르기까지 있는 대로 닥치는 대로 걸탐스레 읽고 그 중에서도 "삼국연의" 같이 좋아하는 책은 몇 번을 반복해 읽는지 내용은 물론이요 책 중 인물들의 대화마저 토 하나까지 빠뜨리지 않고 모두 암기할 수 있었다.

"삼국연의" 속의 제갈량 형상에 깊이 공감한 갑규는 어디 가든 제갈량의 이야기를 재미있게 들려주며 제갈량이 어떻게 지혜롭게 적을 소멸하고 아군을 지켰으며 어떻게 줏대를 가지고 일생을 살았는가를 보는 듯이 생동하게 그려냈다. 사람들은 갑규가 "삼국연의" 이야기만 하면 그 속에 푹 빠져 시간 가는 줄도 모르고 들었고 그러는 가운데 차츰 제갈량의 형상이 머릿속에 완벽하게 세워지기도 했다.

문화대혁명이 끝나갈 무렵 사람들은 문득 이 동란 세월 속에 갑규가 취한 모든 행동을 돌이키며 갑규야 말로 제갈량 같은 통찰력과 지혜를 가진 사람이 아닐까 싶어 그에게 "제갈량"이란 별명을 붙여주었다.

이리하여 김갑규에게는 "통수", "옥편", "제갈량"이란 세 가지 별명이 지어져 여생을 사는 동안 오래오래 붙어 다니게 되었다.

제4장

등잔불 밑의 진실

제4장
등잔불 밑의 진실

밝은 곳에 드러난 이야기는
어두운 등잔불에 껌벅이는 진실보다
흥미롭지 못하다.

특이한 유아

김씨네 셋째 딸인 금아는 첫돌이 지나기 전에 젖이 떨어지고 그 후부터는 아버지 이불속에서 아버지와 같이 잠을 잤다. 아버지는 기쁠 때나 슬플 때나 또는 술을 마셔 취했을 때도 언제나 금아의 통통한 엉덩이를 똑똑 두드리며 "우리 통토래미" 하며 볼에 입을 딱 맞추고는 만족스러운 듯 품에 꼭 그러안고 잠을 청했다.

아버지의 이런 사랑과 정이 금아의 몸속에 깊이 배었는지 금아는 아주 어려서부터 감정이 풍부하고 감촉이 빠르며 말도 잘하고 웃기도 잘하며 울기도 잘하는 아이였다. 가끔 언니들이 금아를 놀리느라 "금아 또 운다, 운다 운다 운다…" 하면 금아는 정말로 눈물을 흘리는 것이었다.

금아가 다섯 살 나던 해에 여동생인 옥금이가 첫돌을 한 달 앞두고 병으로 죽었다. 금아는 죽은 동생의 옆에 다가앉아 얼굴에 덮어놓은 흰 수건을 벗기고 들여다보며 "옥금아, 옥금아! …" 하고 너무 구슬프게 울어서 장내에 있는 모든 사람들이 따라 울게 만들었다.

금아는 또 이야기를 엄청 좋아했다. 틈만 나면 어른들께 이야기를 해달라고 졸라서 어머니가 "칠선녀" 이야기랑 두루 해주면 토 하나 틀림없이 고대로 또래 아이들에게 들려주었다. 또한 큰 언니 순아가 집에 돌아와 교과서를 읽으면 금아는 눈 한번 깜박 않고 온 정신을 모아 열심히 듣고 혹 언니가 그림책을 집에 가져오면 그걸 읽어달라고 성가실 정도로 졸랐다. 하여 "용문을 뛰어넘은 새끼잉어들", "토끼와 거북이" 같은 그림책들은 언니가 읽는 것을 금아가 여러 번 들으며 내용을 기억하고는 이야기로 엮어 아이들에게 재미나게 들려주곤 했다.

그 몇 해는 마을에 유치원이 없어 금아네 또래들은 집이 가까운 아이들끼리 어울려 놀았는데 금아가 이야기를 잘한다는 소문이 퍼지자 아이들이 모두 금아에게 이야기 들으러 모여들곤 했다.

금아는 또한 이야기를 듣고 하는 과중에 그 속에서 뭔가 도출해낼 줄도 알았다. 무수한 이야기 속에 셋째 딸이 최고라는 대목을 기억하고는 식구들이 모여 밥을 먹을 때면 "옛말에도 셋째 딸이 제일이라는데 우리 집에서는… 흥!…" 하고 자기를 암시해서 온 집 식구들을 웃기기도 했다.

하지만 또래 애들보다 머리가 뛰어나게 좋은 금아는 너무 일찍 비교(比較)도 알고 수치(羞恥)도 알고 아직 조금 흐릿하기는 하나 시와 비 심지어 불평등까지도 깨우치고 있었다.

마을에서 결혼식이 있을 때마다 신랑신부에게 축하 꽃보라를 뿌리는 꼬마 둘이 선택되는데 금아는 한 번도 뽑히지 못했다. 매번 동갑내기인 옥이와 순희가 알록달록한 한복을 차려입고 여러 가지 색종이로 만들어진 꽃보라가 가득 담긴 꽃바구니를 들고 신랑신부의 앞에 나서는 것을 볼 때면 금아는 너무 부럽고 실망하고 화가 나기까지 해서 금시 미칠 것만 같았다. 그래도 자기 딴에는 옥이나 순희 보다 자기가 더 예쁘게 생기고 키도 크고 똑똑해서 더 잘할 수 있는데 왜 어른들은 자기를 뽑지 않고 그 애들만 뽑는지, 이유를 알 수가 없었다. 더욱이 그 애들이 풍성한 "꽃부리꼬마 상"을 받아서 맛있는 과자랑 떡이랑 사탕이랑 과줄이랑을 마구 자랑하면서 먹는 것을 보면 그 꽃부리 꼬마를 너무너무 하고 싶어서 배가 아프다 못해 위가 아릴 지경이었다. 하여 금아는 어른들이 미웠다. 왜 자기는 잔칫집 근처에서 뱅뱅 돌며 눈에 띄려고 그토록 애쓰는데 어른들은 보지 못하는지, 자기보다 키가 작고 못생긴 옥이를, 또한 머리가 똑똑하지 못해 수자도 바로 세지 못하는 순희를 무슨 이유로 택하는지…

같은 일이 여러 번 반복되자 금아는 스스로 판단을 내렸다. 아마도 내가 되게 못 생겼나 봐! 그래서 어느 날 화난 김에 집에 있던 유일한 거울을 부숴버리고 아버지에게 호되게 얻어맞았다.

혼자 늪가에 서서 슬피 우는데 낚시질을 하던 앞집오빠(박용우)가 다가와 왜 우냐고 묻기에 그만 속심을 말해버렸다. 용우 오빠는 듣고 나서 네가 못생긴 것이 아니라고 너는 누구보다 귀엽게 생겼다고 말했지만 금아는 자기를 달래기 위한 말이라며 믿으려 하지 않고 더 크게 울었다. 그러자 용우는 "내가 결혼할 때는 반드시 너를 꽃부리 꼬마로 만들어주마."라고 금아와 손가락까지 걸며 약속해서 겨우 울음을 그치게 했다.

금아에겐 새로운 희망이 생겼다. 그래서 거의 매일 박씨네 집문 앞에 가보았으나 날이 가고 달이 가도 결혼 찬치 같은 걸 준비하는 기미는 없고, 개학이 되자 용우 오빠는 현성 중학교로 훌쩍 가버려서 얼굴조차 보기 힘들었다.

어른들은 모두 거짓말쟁이라고 생각하며 금아는 슬픈 실망 속에서도 오로지 자기를 일편단심 따르는 검둥개에게 정을 쏟았다. 검둥이는 털색깔이 새까맣지만 머리는 엄청 밝고 정을 나눌 줄 알며 말도 어지간히 알아듣는 총명한 개였다. 집안에 들어와 있을 때 사람이 "저놈의 개새끼"라고만 하면 즉시 섭섭한 얼굴을 하고 밖으로 나가버리는 것이었다. 겨울에 눈이 내릴 때면 승냥이가 마을을 어슬렁거리는데 검둥이는 혼자서도 결사적으로 승냥이를 쫓아버리고 돼지우리나 닭우리를 지켜냈다. 눈치 빠른 검둥이는 금아가 자기를 좋아하는 걸 알고 금아만 보면 반가워서 머리 위까지 풀쩍풀쩍 뛰어오르며 얼굴을 핥아주고 손을 핥아주고 했다. 밖에서 누구든 금아를 괴롭히려 하는 눈치가 보이면 검둥이는 자기가 먼저 이발을 드러내고 으르렁거려 금아를 지켜주곤 했다. 이런 검둥이를 금아는 식구처럼 아끼고 사랑했다.

쓸쓸한 가을이 지나고 추운 겨울이 다가오는 어느 날, 아버지가 심부름을 시켜서 한참 동네에 나갔다가 돌아와 보니 검둥개가 집 옆의 높다란 비슬나무에 목매 달리고 턱밑에 커다란 식칼이 꽂혀 피가 줄줄 흐르고 있었다.

금아는 "아아… 검둥아, 내 검둥아!… 안 돼!… 안 돼——!…" 하고 목이 터지게 소리치며 달려가다가 그만 기절해 쓰러지고 말았다.

금아가 다시 정신이 들었을 때는 한창 아버지 잔등에 업혀 어딘가 가고 있는 중이었다. 아버지는 금아를 먼 친척 집에 업어다 놓고 며칠 동안 집에 오지 말라고 당부했다.

며칠 후 집에 돌아온 금아는 검둥이가 눈앞에 어른거려 거의 매일 밤 검둥이 꿈을 꾸다시피 했다. 금아는 생각할수록 검둥이 고기로 술추렴을 한 아버지 친구들이 밉고 괘씸해서 그분들이 집에 오기만 하면 인사도 없이 후닥닥 집을 나가버리곤 했다.

검둥이가 잡아먹힌 후로 금아는 개고기를 먹지 않았다. 개고기만 보면 그 친절하던 검둥이가 떠올라 목이 꺽 메어오고, 그래서 개고기를 먹는 다른 사람들도 밉고 가증스럽게 느껴졌다.

눈석임물이 처마 밑에 고드름으로 뚝뚝 떨어지는 초봄의 어느 날이었다.

어머니가 아파서 병원에 가고 금아와 윤아가 집에 남아 수수대로 안경을 만들어 쓴다고 집안을 마구 어지럽혀놓고 있는데 마을의 어른 몇이 와서 "청결검사"를 한다며 집안 여기저기를 살펴보더니 문 옆에 "하(下)"자를 붙여놓고 가는 것이었다.

아직 글자를 모르는 금아는 뭔가 좀 이상하여 어른들 뒤를 따라 옥이네 집에 가 보았더니 마찬가지로 집안을 살펴보고 나서 문 옆의 벽에 "상(上)"자를 붙여놓는 것이었다. 더 궁금해진 금아가 순희네 집에 뛰어가 보았더니 문 옆에 "중(中)"자가 붙어있었다.

학교에서 돌아온 큰 언니에게 글자의 뜻을 물었더니 "상"은 "깨끗하다"는 뜻이고 "중"은 "보통이다"는 뜻이며 "하"는 "불결하다"는 뜻이라는 것이었다. 너무 부끄럽고 자존심이 상한 금아는 그만 당장에서 엉엉 울어버렸다.

그 후부터 금아는 소침해졌다. 말수가 적어지고 음식도 덜 먹고 웃음도 드물어졌다. "나는 못 생겼다" 그리고 "우리 집은 불결하다" "나는 옥이나 순희보다 못하다"

봄이 지나고 여름이 되었다. 어느 날, 금아 보다 나이가 몇 살이나 더 큰 뒷집 언니 영월이가 금아를 불러서 자기가 시키는 대로 하면 빨간 치마를 줄테니 팬티를 내려 보라는 것이었다. 부끄러움을 희미하게나마 깨우친 금아는 싫다고 딱 잘라 말했다. 그러자 영월은 그 고운 빨간 치마를 꺼내 이리저리 흔들며 금아가 싫으면 옥이에게 주겠다고 옥이는 시키는 대로 잘 할 거라고… 그 말에 금아는 내심 싫으면서도 그만 대답하고 말았다. 금아의 하체를 잠간 구경하고 나서 영월은 곱게 생겼다고 혀를 끌끌 차며 약속대로 빨간 치마를 금아에게 내주었다. (영월은 공부를 못해서 유급을 몇 번이나 하고 13살에 학교를 그만두고 일찍 시집을 갔는데 아기를 낳다 죽었다.)

집에 돌아오자 금아는 낡고 해진 곤색 치마를 벗어버리고 빨간 치마(조금 크기는 하나 영월이 작아서 못 입는 것이기에 괜찮았고 색상도 아직 산뜻하고 아름다웠다)로 갈아입었다. 거울이 없어 비춰보지는 못해도 마음이 날아갈 듯 기뻐서 학교 운동장(이 때는 본 동네에도 학교가 세워졌다)으로 바로 달려가 그네에 뛰어올랐다.

한창 신나게 그네를 타고 있는데 6학년 학생 둘이 멀리서 보고 다가오면서 물었다.

"얘, 너 누구 동생이니? 참 곱게도 생겼다. 그네도 잘 뛰고."

이 말에 금아는 하마터면 그네에서 떨어질 번했다. 치마가 고운 것이 아니라 못생긴 내가 곱게 생겼다니. 그래도 대답은 해야 하기에 허둥지둥 그네에서 내려 두 학생 앞으로 다가가며 "저는 5학년학생 김순아의 작은 여동생 김

금아 입니다."라고 또박또박 대답했다.

그랬더니 두 학생이 눈이 휘둥그레져 "와 그래? 그 공부 잘하는 김순아 학생?" 그렇다고 금아는 고개를 끄덕였다.

"오, 생김새는 별로 닮지 않았는데 똑똑한 것만은 쏙 빼 닮았구나." 하고 두 학생은 혀를 끌끌 찼다.

그 후부터 금아는 자신을 되찾았다. 자기는 못생긴 것이 아니라 옷이 남루해서 언제나 낡고 해지고 꼴불견인 언니들 옷만 걸치고 다녔으니 누구의 눈에도 못나게 보였을 것은 뻔한 일이다. 이제부터 나절로 나를 가꿀 것이다. 그 후부터 금아는 스스로 자기 옷을 깨끗이 빨아 입고, 해진 곳도 가능한 예쁘게 기워 입으려고 애쓰는 바람에 바느질을 배우게 되었다. 덕분에 10살이 되자 금아는 낡은 옷을 뜯어 제법 새 옷을 지어 입기도 했다.

남동생들

1962년 봄, 아버지는 목단강에 가 양봉벌 한통을 사왔다. 양봉을 해서 돈을 벌려는 것이 아니라 벌꿀이 건강에 좋다는 것을 알고 아이들을 먹여 몸을 튼튼하게 만들려는 생각이었다. 50대를 바라보는 나이가 되니 더는 아이들이 아프거나 죽어가는 일을 견디기 어려워서였다.

둘째인 윤아도 몇 년 전 폐렴에 걸려 기침을 모질게 하는 것을 배를 사서 속을 파내고 꿀을 넣어 가마에 쪄 먹였더니 효과를 보았다. 후에는 배 대신 무의 속을 파내고 꿀을 넣어 쪄 먹였다. 이렇게 꿀의 효과를 확인한 아버지는 모든 정력과 경제력을 동원하여 양봉을 하기 시작했다.

당해 7월 달에 첫 꿀이 나오자 아버지는 한 근 들이 빈 병을 가득 구해 새로 나온 꿀을 병에 담아 순아를 시켜 온 동네 집집이 다니며 꿀을 나누어주게 했다. 이렇게 나눠주다가는 꿀벌들의 겨울 식량이 모자라겠지만 아버지는 그래도 내가 낸 첫 꿀을 동네 사람들이 고루 맛보게 해야 한다며 한 집도 빼지 않고 돌리다 보니 꿀이 조금도 남지 않고 깡그리 없어져버렸다. 하여 그 해는 집 식구들도 꿀이 없어 먹지 못하고 꿀벌들은 식량이 모자라 겨울에 사탕가루를 사서 물을 풀어주었는데도 막 난리를 해서 물엿을 쑤어 벌통에 넣어주었다. 꿀벌들은 물엿을 먹고 설사를 막 하더니 일부가 죽어버렸다.

찌르레기들이 한창 신나게 합창을 연출하는 늦여름이었다. 아침 식전에 아버지는 이웃집 이영을 해주러 가고 어머니와 순아는 삶은 옥수수로 아침을 대충 때운 다음 이불 빨래를 한가득 머리에 이고 개울에 나가 초벌 빨래를 했다.
점심식사도 아버지는 이영을 한 집에서 드신다고 하기에 어머니는 아이들을 데리고 나머지 삶은 옥수수로 점심을 때웠다. 두루 식사를 차리나 보니 순아는 맨 나중에 앉게 되었는데 건너 마을 친구가 와서 순아는 자기 앞 치 옥수수 두 이삭 중 한 이삭을 친구에게 주고 나머지 한 이삭으로 점심을 때웠다.
오전에 초벌 씻은 이불 빨래를 점심시간에 가마에 삶아 오후에 또 머리에 이고 나가 해 넘어갈 때까지 방치질을 해서 깨끗이 씻은 다음 어머니와 둘이 양쪽을 쥐고 꽉 비틀어 짜서 밧줄에 널었다.
빨래를 끝내고나서 어머니는 볼일이 있다며 어딘가 나가고, 순아는 저녁 식사거리로 호박을 뜯어 쪼개서 속을 빼고 깨끗이 씻어 가마에 안쳤다.
어린 윤아와 금아는 가마목에 앉아 참새처럼 조잘거리며 언니가 호박을 안치는 것을 구경하고 있었다.
"와, 우리 큰 언니 호박 너무 잘 안친다. 참 멋있다!"
금아가 언니를 칭찬하며 바라보는데 갑자기 순아가 몸을 휘청 하더니 부엌의 아궁이 앞에 푹 쓰러지는 것이었다. 놀란 금아가 바로 뛰어 내려가 보니 아궁이 앞에 쓰러진 언니는 두 눈이 히뜩 뒤집혀 흰자위밖에 보이지 않았다.
금아는 너무 급한 김에 "앗, 큰언니 죽었다! 우리 큰언니 죽었다―! …" 하고 죽어라 고함치며 밖으로 뛰어나갔다.
때마침 아버지가 집에 돌아와 문밖에서 벌통을 보고 있었으므로 금아의 고

함소리를 듣고 얼른 집에 달려 들어와 쓰러진 순아를 안아 온돌 위에 눕히고 꿀물을 풀어 입에 떠 넣어주었다.

그 며칠 마을에 나들이 온 의사가 있어 바로 청해왔더니 의사는 순아를 진단해 보고나서 다른 병은 없고 그저 과로해서 쓰러진 거라고 하며 인중과 손톱에 침을 놓아 구급하는 것이었다. 순아가 과로해서 쓰러졌다는 말에 아버지는 너무 가슴이 아파 눈물을 주르륵 흘렸다.

1963년 음력 7월 10일, 남동생이 태어났다. 온 집 식구가 너무 기뻐 어쩔 줄 모르고 아버지는 바위처럼 튼튼하라는 뜻으로 아기에게 "바우"라는 아명을 지어주었다. 축하하러 오는 마을 사람들은 태반이 명이 길라고 흰 타래실을 가지고 와서 아기의 목에 걸어주었다.

얼굴이 둥글넙적하고 오관이 빠진데 없이 잘생긴 바우는 첫돌까지는 별 탈 없이 컸다. 하여 첫돌 잔치 때 김씨네는 밖에다 커다란 딴솥을 걸고 옥수수국수를 눌러 마당에다 돗자리를 깔고 온 마을 사람들을 초대하여 먹고 마시고 춤추고 노래하며 생일잔치를 굉장하게 치렀다.

바우는 집안에서 사랑을 독차지하다시피 했다. 아버지뿐만 아니라 어머니도 누나들도 모두 남동생을 극진히 사랑하고 바우를 위해서라면 그 어떤 일도 마다하지 않았다.

그해 여름의 어느 날 저녁, 금아가 앞집 오빠를 따라 한족 마을에 영화구경을 갔더니 누군가 애가 참 예쁘다며 밀가루 찐빵을 하나 주었다. 맛있는 음식이 생기니 동생 바우 생각이 나서 금아는 찐빵을 조금만 뜯어 맛이나 보고 종이에 정히 싸서 품에 간직했다. 영화가 끝나 사람들이 우와 헤쳐지자 금아는 그만 앞집 오빠를 찾지 못해 혼자서 동쪽으로 걸어가는 사람들 틈에 끼여 마을로 돌아오게 되었다.

오는 길에 외나무다리를 건너야 하는데 어두운 밤이라 어른들도 손전지를 비추며 아슬아슬하게 겨우 건너가는 상황이었다. 갈 때는 그래도 앞집 오빠가 금아를 업고 건너갔는데 돌아올 때는 도와주는 사람이 없으니 일곱 살 나는 어린 아이가 혼자 외나무다리를 건너야 했다. 금아가 온 정신을 가다듬어 이를 악물고 앞의 어른을 따라 외나무다리에 올라섰을 때 외나무다리가 흔들흔들했다. 그래도 앞에 체중이 무거운 어른이 있으니 그런대로 몇 걸음 걸었는데 어른이 저쪽에 당도해 훌쩍 뛰어내리자 외나무다리가 빙글 옆으로 돌아가며 금아는 바로 다리에서 뚝 떨어져 늪 속에 철렁 빠져버렸다. 다행히도 아이의 새된 소리를 듣고 앞의 어른이 얼른 돌아서 긴 팔을 뻗어 물속에서 허우적거리는 아이의 머리를 끄잡아 올렸다.

물귀신을 만나러 가다 겨우 구원된 금아는 그 어른에게 고맙다는 인사도 잊은 채 엉엉 소리 내어 울기만 했다. 돌아오는 내내 금아가 울음을 멈추지 않자 어른들이 "죽지 않았으면 됐지, 왜 그리 질기게 우느냐"고 나무람까지 했다.

기실 금아가 우는 것은 자신이 물에 빠져 죽을 번한 것도 아니요 옷이 모두 물에 젖어서도 아니었다. 금아는 바로 아까 동생 바우를 주려고 자기도 먹지 않고 품에 고이 간직했던 그 밀가루 빵이 물에 다 젖어 반죽이 된 것이 너무 아깝고 안타까워 끝없이 우는 것이었다.

이토록 온 집안에서 바우를 떠받들고 중히 여기는데도 기대와는 달리 바우는 차츰 이상을 보이기 시작했다. 보통 아이들로 말하면 걸을 때가 훨씬 지났는데도 걷지 못하고 네 돌이 지나도 말을 번지지 못했다.

1965년 음력 7월 19일, 막내 남동생이 태어났다. 또 다시 바우를 났다는 뜻에서 아명을 "또바우"라고 지어주었다. 또바우는 형보다 얼굴이 작고 오관은 수수하게 생겼지만 눈빛은 또렷하고 맑았다. 또한 걸음마도 빠르고 말도 일찍 잘 해서 벌써 두 살 더 큰 형을 훨씬 능가하고도 남음 있었다.

1966년, 큰 외숙모가 순아네 집에 놀러 와서 바우를 보고 "바우야!" 하고 부르니 바우가 고개를 돌려 부르는 쪽을 보는 것이었다. 그러자 외숙모가 아버지에게 말했다.

"저 아이가 들을 줄 아는 걸 보니 벙어리는 아니고, 아마 좀 늦게 말하는 정도일 겁니다. 너무 걱정하지 마세요."

이 말에 식구들은 조금 위안을 얻긴 했으나 걱정이 사라진 것은 아니었다. 이듬해 다섯 살이 된 바우가 여름에 설사를 하며 앓기 시작하더니 갑자기 바람을 일으켜 눈이 뒤집히고 몸이 막 솟구치며 위중한 상태에 이르렀다. 아버지는 신발도 바로 신지 못 한 채 아이를 업고 그 먼 현성병원으로 뛰어 아슬아슬하게 아이를 살려냈다.

병이 완쾌된 후 바우는 비로소 말을 하기 시작하는데 발음은 정상으로 아주 똑똑해서 식구들이 한시름 놓게 되었다.

세 자매

금아가 학교에 들어가는 해 봄이었다. 학교운동장에서 놀다가 머릿수건을 잃어버렸는데 누군가 주워서 교무실에 가져갔다. 수건을 찾기 위해 교무실에 들어간 금아를 보고 선생님이 노래를 부르면 수건을 돌려준다고 했더니 금아는 어른처럼 똑바르게 서서 에헴 목까지 가시고 "항일연군 피로 지킨…" 하며 제법 야무지고 유창하게 노래를 불러 선생님들의 한결 같은 찬탄을 자아냈다.

몇 달 후 학교에 입학한 금아는 뛰어나게 공부를 잘하고 언행 또한 우아하고 단정해서 선참으로 소선대(少先隊)에 가입하고 상장, 상품을 싹쓸이하며 받아왔다. 공부에서 각 과목 평균 100점으로 최우등생, 낭독대회 우수상, 시낭송 특별상, 3호 학생 등 무수한 상장과 영예를 받아왔다. 또한 기억력이 뛰어나서 어문 교과서는 배우기만 하면 전부를 줄줄 외우고, 장편 시나 문장도 몇 번만 읽으면 금방 암송했다.

애들이 서로 업고 다니겠다고 다투고, 길에 빗물이 고여 다들 신을 벗고 다녀도 금아는 애들이 업어주어 신을 벗지 않았다. 한 살 연상인 주남은 금아를 자기 각시라 정해놓고 다른 애들이 접근하면 화를 내며 싸우기도 했다. 어느 날, 소조공부를 하다가 경훈이 금아를 곱다고 자기 각시라고 했다가 주남과 싸움이 붙어 코피 터지고 이마 깨지고 난리가 났다.

맏이인 순아가 공부를 잘하고 둘째인 윤아도 공부를 잘하고 셋째인 금아까지 공부를 잘하는데다 세 자매 모두 예절이 밝고 똑똑하고 각 방면에서 우수한 학생이라고 학교에 소문이 자자했다. 거의 매일 중간체조 시간이 되면 전교 학생들이 모인 앞에서 선생님이 순아네 세 자매를 여러모로 칭찬하고 모범으로 내세우며 모든 학생들에게 세 자매를 따라 배우라고 호소했다. 또한 학기말이 되면 세 자매는 여러 가지 상품이며 상장을 가득 타가지고 집에 돌아와 온 집 식구를 기쁘게 만들었다.

아버지는 "내 아무리 힘들어도 자식들 똑똑하고 공부 잘하는 덕에 산다."라고 하셨고 어머니는 자모회에 가면 칭찬받는 일이 너무 좋아서 자모회 한다면 누워 앓다가도 펄떡 일어나 달려가곤 했다. 아이들이 우수한 덕분에 어머니는 늘 학부형 모범이 되어 여러 가지 상품을 심심찮게 받아오곤 했다.

그런데 세 자매 중에서 둘째인 윤아의 성격이 좀 달랐다. 윤아는 공부도 잘하고 작문도 잘 써서 2학년 때 "해방군 아저씨께"라는 작문을 쓴 것이 우수 작문에 뽑혀 편지로 직접 부대에 보내지기도 했다. 또한 산수시간에 선생님이 돌 한 근과 솜 한 근이 어느 것이 더 무겁냐고 물으니 다른 학생들은 돌이 더 무겁다고 하는데 윤아는 똑 같이 무겁다고 했다. 소학교 2학년 때는 낭독을 해서 우수상을 타기도 했다. 이렇게 총명한 아이지만 성격이 너무 내성적이고 좀 차져서 그런 평가가 늘 학교 통신부에 적혀 오기도 했다.

순아가 5학년이고 금아가 1학년 때 일이었다. 한차례 선전 모임을 조직하며 학교에서는 순아더러 모주석의 약력을 읽게 하고, 금아는 만리 장정 시를 읊는데 뽑혀 시를 암기해 읊게 되었다.

선전 모임을 하는 날, 순아는 그 긴 문장을 쟁쟁한 목소리로 발음이 똑똑하게 너무 잘 읽어서 관중들의 절찬을 받고, 금아는 어린 나이에 감정을 살려 동작까지 해가며 멋지게 시를 읊어서 사람들의 찬탄을 자아냈다.

그날 저녁 아버지는 아이들의 성취가 너무 대견하고 자랑스러워 혼자 술을 마시며 웃고 말하고 웃고 말하며 한없이 기뻐하고 즐거워했다.

"야, 우리 딸들 참으로 장하고 대단하다! 순아는 어른처럼 그 긴 문장을 처음부터 마지막까지 똑똑하고 순통하게 잘 읽었고, 금아는 요 쪼그만 우리 '통토래미'가 벌써 시를 다 암기해 멋지게 사람들 앞에서 읊다니, 이 아비는 지금 죽어도 원이 없을 것 같다. 허허!"

김씨네 딸들이 이렇게 뛰어나고 뭐든 잘하고 있으니 사람들이 칭찬하고 부러워하는 동시에 일부 학생들의 시기와 질투를 자아내기도 했다.

1학년 때 첫 순으로 혼자 소선대에 가입한 금아는 아직 나이가 너무 어려 넥타이를 잘 건사할 줄 몰랐다. 어느 날 금아가 운동장에서 놀다가 넥타이를 잃어버렸는데 누군가 주워서 교무실에 가져갔다. 순아는 그 넥타이에 자기네 성씨 "김"자의 ㄱ가 새겨진 것을 증거로 넥타이를 찾아서 집에 가져다 깨끗이 빨아 다림질까지 해놓았다. 헌데 그날 저녁으로 교장의 조카딸인 명숙이가 집에 쳐들어와 순아가 없는 틈에 자기 넥타이라고 하며 빨랫줄에 걸려있는 넥타이를 와락 잡아채 가지고 휭 하니 가버렸다.

이제 이틀만 지나면 6.1아동절이어서 세 마을 학교 학생들이 학부형들과 함께 소풍 가는 날이니 넥타이가 없으면 안 되었다. 이튿날 순아는 등교하자마자 교무실에 찾아가 당장 넥타이 문제를 해결해달라고 했다. 그러자 조금 난처해진 담임선생님이 서랍에서 새 넥타이를 꺼내주며 이걸 매라고 했다. 순아는 싫다고 난 내 넥타이를 찾겠다고 강경히 요구해 말했다. 그러자 담임선생님이 "뭔 성질이 그래? 네 아버질 똑 떼 닮았구나." 하고 욕을 하는 것이었다. 이에 분노한 순아는 바로 교장선생님 앞으로 다가가 주먹으로 사무용 책상을 꽝 내리치며 소리쳤다.

"명숙이 교장선생님 조카딸이니 이렇게 싸고도는 게 아닙니까? 그렇지 않다면 왜 명백한 사실인데 처리해주지 않습니까?"

그러자 담임선생님이 너무 곤란해져 얼굴이 울상이 되어 "오늘은 6.1절 활동 준비에 너무 바빠서 그러니 6.1절이 지나면 바로 해결해 줄게." 하고 순아에게 사정하다시피 말했다. 하는 수 없이 순아는 교무실에서 나와 교실로 돌아갔다.

그날은 하루 종일 이튿날 명절 준비로 무용 연습을 했다. 순아도 대오에 끼여 연습을 하고 있는데 창문 밖에서 아이들이 순아를 향해 "저 넥타이 도둑" 하고 소리치며 흙덩이를 마구 들이 뿌려 그날 순아는 숱한 매와 욕으로 남은 시간을 보냈다.

6.1절 날, 순아는 자기 넥타이를 금아의 목에 매 주고 아버지도 어머니도 따라가지 않은 외로움에 "도둑년"이라는 수모까지 당하며 두 동생을 데리고 한 쪽 모퉁이에 서럽게 앉아 쓴 도시락을 먹었다.

소풍 다음날은 하루 휴식이고 그 다음날 등교하자 바람으로 순아는 교무실에 찾아가 넥타이를 찾아달라고 했다. 선생님이 중간체조시간에 해결해 주마고 대답했다. 과연 중간체조시간이 되자 전교 사생이 모두 모인 앞에서 선생님이 그 넥타이는 다름 아닌 김순아 동생 김금아의 넥타이라고 선포하고 당장에서 금아에게 돌려주었다.

저녁에 순아에게서 일의 자초지종을 듣고 나서 아버지는 한없이 기뻐하며 "과연 내 딸 답구나!" 하고 순아를 칭찬해주었다.

그해 겨울 방학의 어느 날, 명숙이네 집에 아이들이 모여 놀았는데 명숙의 친구 제옥이 뜨개질을 배운다고 덧양말을 어설프게 뜨고 있었다. 점심때가 되자 순아는 먼저 일어나 집에 돌아와 점심밥을 지어먹고 설거지까지 끝낸 다음 다시 명숙이네 집으로 갔다. 그런데 아이들이 이상한 눈길을 보내며 제옥이 떠놓은 덧양말이 없어졌다는 것이었다. 제옥은 도둑을 찾아내려면 방법이 있다고 하며 종이로 공 모양을 만들어서 안에 콩알을 넣고 순아를 향해 휙 던졌다. 그러자 안에 있던 콩알이 굴러 나와 순아의 발밑에 떨어졌다. "도둑이 바로 너였구나!"하고 제옥이 눈알을 부라리고 아이들도 따라서 순아를 손가락질하며 "덧양말도둑"이라고 소리쳤다. 하여 순아는 "넥타이도둑"으로부터 "덧양말도둑"이 되어 후에도 오랫동안 손가락질을 받게 되었다.

세월이 흐르면서 알게 된 일이지만 이것은 명숙과 제옥이 짜고 벌인 바로 반년 전 넥타이 사건에 대한 보복연극이었던 것이다.

그해 음력설에 외사촌 언니가 결혼을 하게 되었다. 금아는 이번에는 꽃부리 꼬마로 자기가 틀림없겠다고 목이 빠지게 기다렸으나 외지서 하는 잔치여서 어른들은 금아를 데리고 가지 않았다. 다시 돌아오는 겨울 방학에 금아는 외사촌 언니네 집에 놀러가겠다고 졸라서 아버지가 데려다 주었다. 당시 안사돈이 계셨고 외사촌언니는 초기 임신이었다.

식사를 하다가 형부가 언니의 뾰족한 아래턱을 흔들어놓는 것을 보고 금아는 형부가 "류망" 짓을 한다고 아니꼽게 생각했다. 언니가 엿을 먹으라고 숟가락을 주니 금아는 그걸로 땅땅한 엿을 뜯어먹다가 숟가락목이 똑 부러졌다. 금아는 얼른 미안하다고 사과하며 몸에 지닌 돈 전부(1원)를 배상금으로 내놓았다. 어린 아이가 자기 실수를 책임지려 하는 금아의 처사가 너무 우습기도 하고 기특하기도 해서 어른들은 두고두고 외우며 칭찬을 아끼지 않았다.

비상 세월에 비상 극

순아가 소학교를 졸업하는 해에 문화대혁명(文化大革命)이 시작되었다. 학생들은 거의 공부를 하지 않고 밤이나 낮이나 마을의 군중들과 함께 모주석 어록을 학습하고 16조를 읽으며 세월을 보냈다. 고중과 초중의 학생들은 홍위병(紅衛兵) 완장을 두르고 북경으로 촨랜(串聯)을 가는데 아직 중학교에 들어가지 못한 순아네 학년은 홍위병도 아니고 그렇다고 홍소병(紅小兵)도 아니었다.

소학교 6학년을 졸업하고 방학이 되었으나 학생들은 조금도 쉬지 않고 순아는 모주석 혁명 역사 도편전람(圖片展覽)에 해설원이 되어 날마다 해설에 바빴다. 그러다가 류소기를 비판하는 운동이 전국적으로 일어나자 반에서 반장과 학습부를 담당한 간부로서 순아는 자기의 뛰어난 문장 짓는 솜씨로 비판

문장을 멋지게 써서 군중대회에서 호되게 비판을 진행하였다.

당시 비판대회 장내에 앉아있던 아버지 김갑규는 너무 불편하고 송구하여 어쩔 바를 몰랐다. 집에 돌아온 후 아버지는 한밤중에 자고 있던 순아를 멱살을 쥐어 잡아 일으키고 엄하게 물었다.

"류소기가 누군지 네가 알기나 하고 비판을 하는 거냐?"

너무 갑작스런 물음에 순아는 그만 멍해져 아무 대답도 못하고 아버지의 얼굴만 빤히 쳐다보았다.

"류소기는 이 나라의 국가주석이시다. 네가 그렇게 이놈 저놈 하며 비판할 대상이 아니란 말이다."

"······."

그만 어리둥절해진 순아에게 아버지가 딱 찍어 설명했다.

"모택동은 지금 류소기와 정권다툼을 하고 있는 중이다. 그러니 알아서 적당히만 하거라. 사람이 너무 과분하면 못써."

과연 제갈량이란 별명을 가질 만큼 아버지는 예리하게 판단하고 날카롭게 단속하는 것이었다. 어떻게 그 맹목적인 세월에 그 우매한 벽지 농촌의 일개 농민으로 이 큰 나라의 국세에 이 같이 정확한 판단을 내릴 수 있었을까? 이렇게 갑규의 머릿속에 든 생각은 아무도 추측하기 어려운 것이었다.

아버지의 이런 영향으로 말미암아 김씨네는 동란 세월 기간 그 어떤 비판대상이나 투쟁대상에게도 손을 대지 않고 욕을 하지 않았다. 그 시기 생산대 식당을 하던 김씨네 집에는 검은 5류(黑五類)에 속하는 비판대상이나 투쟁 대상들이 노동개조를 한다고 내려와 장기 숙박을 하고 있었다. 아버지는 이들에게 깍듯이 존경어를 쓰고 가능한 돌봐 주려하며 식사도 생산대에서 정해준 외에 자기 돈과 양식을 보태가며 가능한 풍성하게 차려주려고 애썼다. 낮에 일을 하느라 해진 그들의 옷도 장갑도 모자도 어머니가 밤에 등잔불 밑에서 밤을 새워가며 한 뜸 한 뜸 기워주고 가끔 더러워진 옷도 슬그머니 가져다 깨끗이 빨아주곤 했다. 그분들은 혹 이 때문에 주인집이 연루될까 두려워 많이 사양하지만 김씨네는 멈추지 않고 계속 그들을 보살피고 돌보아 주었다.

　문화대혁명이 시작되는 66년 여름, 금아는 소학교 2학년을 마치고 3학년으로 올라갈 차례였다. 초여름부터 공부는 거의 중단되다시피 하고 사람들은 모주석 어록을 외우고 문건을 통독하며 홍소병들은 창을 들고 길목마다 지키다가 지나가는 행인들을 불러 세워 모주석 어록을 외운 정황을 검사했다.

　한번은 무거운 짐을 지고 힘겹게 걸어가는 박씨네 할머니를 불러 세우고 모주석 어록을 외워보라고 했더니 힘들고 악이 바친 할머니가 "니들 지금 할 일 없어 배가 쑤셔난 거냐?" 하고 욕을 퍼부으며 아이들 중간을 가로질러 휭 하니 가버렸다. 그러자 다른 애들은 박씨네 할머니가 반동이라는 둥 저 할머니를 끌어다 비판하자는 둥 고아대는데 금아만은 너무너무 미안해서 어쩔 바를 몰랐다. 무거운 짐을 지고 저렇게 힘들게 가고 있는 할머니를 우리가 막아 세웠으니 얼마나 우둔하고 나쁜 행동이냐, 그래서 저도 몰래 얼굴이 붉어지고 눈물이 막 날 것 같았다.

　그 후부터 금아는 다시는 길목을 지키며 모주석 어록 외운 정황을 검사하는 일에 참여하지 않았다.

　마을에 투쟁대상이 나져 사람들은 거의 날마다 낮에는 고깔모자를 씌워 끌고 다니며 투쟁하고 밤에는 영월이네 윗방에 가두어놓았다. 홍소병들은 또 창을 들고 그 집 문 앞을 지켰는데 금아는 한번 참가한 뒤로 다시는 가지 않았다. 왜냐하면 아이들이 어른 이름을 뉘 집 강아지 부르듯 마구 부르며 하대를 하는가 하면 가끔 발로 툭툭 차 놓기도 하고 죽어라 뒈져라 하며 상욕을 퍼붓기도 하는 것이었다. 이런 지나친 언행이 너무 싫어서 금아는 아프다는 핑계를 대고 다시 얼굴을 비치지 않았다.

　학교에서 문예선전대를 조직했다. 여러 가지 재능을 가진 금아는 선참으로 뽑혀 합창대의 주창이 되고 시 낭송도 하고 프로소개도 했다.

　대합창은 "동방홍(東方紅)"으로부터 시작하여 어록노래를 여러 수 부르고 나중에 "대해 항행은 키잡이의 힘(大海航行靠舵手)"으로 끝나는데 너무 길고 지루하여 관중들이 싫어했으나 혁명의 수요라며 조금도 줄이지 않았다. 금아는 얼굴이 환하게 생기고 노래도 잘 부르고 똑똑하다고 선생님이 맨 앞줄의 중간에 세우고 모주석 초상을 받쳐 들게 했다. 모주석 초상은 아직 어린 금아에게는 너무 크고 무거운 것이었으나 그래도 배당된 임무를 완성하지 않으면 안 되기에 금아는 힘든 대로 대답하는 수밖에 없었다.

마을에서 공연을 끝내고 선전대는 주위 마을을 돌며 순회공연을 하기 시작했다. 장마철이 아직 끝나지 않은 늦여름이라 날마다 허벅지 아니면 허리까지 치는 늪을 바지를 벗고 건너다니며 10여리 길을 걸어야 겨우 그 다음 마을에 도착할 수 있었다.

선전대 중 나이가 제일 어린 금아는 낮에 힘들게 길을 걷고 나면 저녁에는 너무 맥이 진해 금시 쓰러질 것만 같은데 또 선전대를 따라 공연을 하지 않으면 안 되었다. 더욱이 맨 앞줄 중간에 서서 무거운 모주석 초상을 들고 그 지루한 대합창을 견딘다는 것이 너무 힘들고 괴로웠으나 어찌할 방법이 없었다.

드디어 어느 날 저녁, 대합창을 하는 도중, 무대 위에서 모주석 초상을 들고 있던 금아는 너무 지치고 피곤하여 그만 초상의 한쪽 귀를 아래로 축 늘어뜨린 채 꾸벅 꾸벅 졸고 말았다. 이렇게 되자 경애하는 모주석께서는 삐뚤서하게 누워서 대합창 내내 무대 위에 계시게 되었다.

급기야 "모주석을 오멸했다"는 죄명이 금아의 머리위에 씌워졌다. 아이들은 금아를 걸상위에 세워놓고 "반동파"라며 비판하기 시작했다. 전에 공부를 한심하게 못해서 늘 금아와 비교당해 욕을 먹던 남자애들이 분풀이를 하려고 사납게 달려들었다.

"어떻게 모주석을 반대할 생각을 했는지 말해봐!"

누군가 외치자 아이들이 "말해라! 말해라!" 하고 소리쳤다.

이때 문주라는 남자애가 달려 나오며 오른발을 들어 금아가 올라서 있는 걸상 다리를 힘껏 걷어찼다. 걸상이 쿵 넘어지는 동시에 금아는 사정없이 땅에 꼬꾸라져 코피를 쏟기 시작했다.

더럭 겁이 난 아이들이 일부는 꼬리 빳빳이 도망쳐버리고 남은 여자애들이 선생님께 알려서 선생님이 달려와 금아를 업어 집에 데려갔다.

이튿날 아이들이 또 금아를 비판하러 집에 찾아온 것을 아버지가 몽둥이를 휘둘러 쫓아버렸다.

8월말 개학이 되어 순아는 동반 학생들과 함께 이불 짐을 지고 본 공사(公社)에 새로 세워진 조선족중학교에 갔다. 입학 첫날 담임선생님이 전에 소문난 작문 "우리 마을"을 쓴 학생이 누구냐고 묻기에 순아가 대답하며 일어섰더니 아이구, 이제야 널 만나보는구나 하며 엄청 반가워하는 것이었다.

순아가 소학교 5학년 때 썼던 "우리 마을"이란 작문은 "조국 변강의 완달산 기슭에 자리 잡은 우리 마을은 앞에는 목릉강이 흐르고 뒤에는 비덕강이 흐르며 군데군데 우거진 늪가의 나무숲에는 베개 통 같은 가물치와 손뼉 같은 잉어가 춤추고…"로 시작되어 "…몽둥이로 노루를 때려잡고 바가지로 물고기를 퍼내며 밥솥에 꿩이 날아드는 살기 좋은 고장입니다."로 끝을 맺어서 마을의 위치와 풍경, 인문과 생태 등을 재치 있는 필치와 언어로 눈앞에 보는 듯 생동하게 그려냈다. 하여 이 작문은 최고 점수를 맞고 모범 작문이 되어 당시 전 구역의 각 학교들에서 모두 돌려보며 감탄을 금치 못했다.

이런 연고로 순아는 중학교에 입학하자마자 반장이 되고 후에는 전교의 홍위병 대장이 되어 학생들의 총지휘가 되었다. 하지만 순아는 시시각각 아버지의 말씀을 명기하고 무수한 비판 투쟁 대회를 경과하면서도 한 번도 비판 투쟁 대상을 욕하거나 모독하는 행위는 하지 않았다.

바우와 또바우

두 아들이 점차 커가자 아버지는 그들에게 정식 이름을 지어주었다. 큰 아들인 바우는 귀한 구슬이 되라는 뜻으로 성주(成珠)라는 이름을 짓고 작은 아들 또바우는 구름처럼 높이 되라는 뜻으로 성운(成雲)라는 이름을 지어주었다.

성주는 자기보다 두 살 어린 동생 성운이가 더 빨리 걸어 다니고 말도 훨씬 먼저 잘하게 되니 스스로 역반 심리가 생겨 동쪽으로 가라면 서쪽으로 가고 남이 콩이라 하면 팥이라 하고 남이 춥다고 하면 덥다고 하는 삐뚜렁 성격이 되어버렸다. 게다가 심술이 많아서 시키는 일은 꼭 반대로 하고 대화를 할 때도 반드시 상반대로 말해야 성이 풀리는듯했다.

아이들에게 "기차하구 소 쌈하면 누가 이기냐?" 하고 문제를 제기해놓고는 아이들이 당연 기차가 이기지 하면 "아니다. 내 보기엔 소가 이긴다."라고 했다.

또한 "모주석과 서선생(당시 교장이었다)이 누가 더 세냐?"라고 묻고는 아이들이 당연 모주석이라고 말하자 "난 아니다. 서선생이 더 세다."라고 말해서 하마터면 반동에 걸릴 번했다.

하여 아이들은 성주에게 "삐뚜렁 바우"라는 별명을 지어주었다.

반대로 동생 성운은 거의 지나치다 할 정도로 똑똑하고 철이 일찍 들어 "신동(神童)"이라 해도 과언이 아닐 정도였다. 아직 학교에 붙기 전 일곱 살 때 간단한 숫자와 가감을 배워줬더니 암산이 어찌나 빠른지 누구든 나이만 대면 눈 깜짝할 새에 바로 그 사람의 띠를 계산해내곤 했다.

아버지는 큰 아들 성주가 너무 늦되는 것을 보고 학교 갈 나이가 되어도 보내지 않고 2년이 지난 후 성운이가 학교 붙을 때 성주도 같은 학년에 붙였다. 형제가 같은 학년을 다니게 되자 더 큰 대비가 생겨 형은 점점 더 삐뚜렁 길로 나가고 동생은 갈수록 더 총명하고 영리하게 되어갔다. 공부도 동생은 엄청 잘해서 소문을 놓고 형은 아예 공부에 뜻이 없어 겨우 낙제나 면하는 정도였다.

그래도 둘은 별로 싸우지는 않았다. 동생이 늘 형을 양보하고 형을 데리고 다니며 여러모로 보살펴주니 정면으로 대항할 일이 별로 없었던 것이다.

남동생들이 학교 붙는 해에 큰 누나 순아가 약혼을 했다.

미혼 매부가 아이들에게 사탕을 사다 주니 성주는 넙적 받아 잘 먹기만 하는데 성운은 "사탕이 맛있긴 하지만 우리에게 이제는 사탕보다 연필이랑 책이랑 더 필요합니다." 하고 말해서 매부는 어지간히 놀랐다.

이듬해 큰누나가 결혼하여 서쪽으로 40리쯤 떨어진 제방아래 마을로 시집을 가자 동생들은 큰누나 집에 많이 가보고 싶어 했다.

당시는 교통이 불편하여 배꼽마을 아이들은 꽤 클 때까지 기차를 타보지 못하는 경우가 많았으니 바우 형제도 예외가 아니었다.

그해 여름 방학, 마침 현성으로 가는 달구지가 제방아래 마을을 지나간다고 하기에 아버지는 두 아이를 달구지에 태워 큰누나네 집으로 놀러 보냈다. 그해 세는 나이로 성주는 11살, 성운은 9살이었다.

큰누나네 마을 앞 제방에 도착하자 달구지가 멈춰서고 두 아이가 수레에서 내렸다.

성운은 내리자마자 소몰이꾼 아저씨에게 수고했다고 깍듯이 인사하고 또 아저씨가 쇠꼴을 베니 기다렸다가 한 아름씩 안아서 소에게 가져다 먹였다.

성주는 수레에서 내리자 바로 제방을 내려 마을로 들어가며 노인 한 분을 만나니 "우리 큰누나네 집이 어딥니까?" 하고 물었다.

노인은 어리둥절해 있다가 "너네 큰누나가 누구냐?" 하고 되물었다.

이때 쇠꼴 주는 일을 다 돕고 뒤따라 내려오던 성운이가 보고 급히 달려오며 형에게 말했다.

"그렇게 물으면 어떻게 알아?"

그리고는 노인에게 허리 굽혀 정중히 인사하고 나서 매부의 성함을 밝히며 그 집이 어디냐고 물었다. 그제야 노인이 알아듣고 고개를 끄덕이며 집을 가리켜 주었다.

큰누나네 집에 들어서자 성주는 신을 벗고 구들에 훌쩍 올라가 앉고, 성운은 누나에게 소몰이 아저씨가 우리를 싣고 오느라 수고했으니 점심 식사를 대접하면 안 되겠냐 고 하여 누나와 함께 나가서 소몰이 아저씨를 데려왔다.

소몰이 아저씨에게 식사를 대접해서 떠나보낸 후 성운은 괴춤에서 돈 5원을 꺼내 큰누나에게 맡기며 이 돈은 떠나올 때 아버지가 주셨는데 1원은 둘이 배꼽마을 집으로 돌아올 때 기차를 타고 (당시 밀산(密山)에서 흥개(興凱)까지 열차요금이 50전이었다), 2원은 큰누나와 같이 현성에 가서 사진을 찍고 나머지 2원은 먹을 걸 사먹으라고 했다는 것이었다.

성미 급한 누나는 바로 이튿날로 텃밭의 채소들을 두루 따가지고 두 동생을 데리고 현성으로 떠났다. 태어나서 여태껏 마을을 떠나본 적이 없는 동생들은 밀산 현성이 가까워지자 여기 저기 구경하느라 저도 몰래 걸음이 느려졌다.

머리에 채소 짐을 무겁게 인 누나는 어서 빨리 갔으면 좋겠는데 동생들이 자꾸 두리번거리며 구경을 하니 말릴 수도 없고 하여 은근히 애가 탔다. 그러자 성운이가 얼른 눈치 채고 막 걸음을 재촉하며 형을 독촉했다.

"빨리 가자. 누나가 힘들어 한다."

이렇게 시장에 이르러 누나는 채소를 싼 값에 얼른 팔아치우고 동생들을 데리고 곧추 사진관으로 갔다. 그런데 당시는 사진관이 증명사진만 찍을 뿐 개인 사진은 찍어주지 않는다고 해서 사진을 찍지 못하고 점심식사도 돈이 아까워 고작 하나에 16전 하는 꽈배기를 사 먹고 집으로 돌아왔다.

그해는 논물을 일찍 떼어 물웅덩이 고기잡이가 벌써 시작되었다. 그날 바우 형제는 매부의 두 동생을 따라 고기잡이를 가서 적지 않게 수확했다. 저녁 때가 되어 해가 떨어지고 날이 저물어오자 모기들이 달려들어 성화를 부렸다. 성주는 어서 집에 가자고 조르는데 성운은 "우리 어머니는 물고기를 좋아하시니 좀 더 잡고 가자."라고 하며 하나라도 더 잡느라 애를 썼다. 그러다가 모기가 덮치면 그 흙손으로 이리 치고 저리 치고 하여 얼굴이 온통 흙투성이가 되어 집으로 돌아왔다.

매부의 동생들은 성운의 효심에 너무 감동되어 잡아온 물고기를 전부 형수에게 맡기며 "모두 다 말려서 성운에게 보내시오." 라고 했다.

며칠 후 한마을에 사는 매부 누님이 사돈총각들이 왔다고 자기 집에 청하여 한 끼 식사초대를 했다. 반찬으로는 말린 새끼붕어에 풋고추를 볶아놓고 김치와 무침들을 곁들였다.

머리가 단순한 성주는 자기가 좋아하는 붕어를 보자 한입에 하나씩 마구 집어넣고 꾹꾹 씹어 먹었다. 그걸 보고 성운은 너무 미안하여 자기는 풋고추만 골라 먹으면서 밥상 밑으로 슬그머니 손을 넣어 형을 툭툭 쳤다.

"통째로 먹지 말고 두 번 끊어 먹어라."

"고추도 좀 먹어라."

매부 누님이 얼른 눈치 채고 물고기반찬을 더 가져다주며 성운을 보고 "괜찮다. 너도 붕어를 먹어. 고추는 내놓고." 하면서 고추를 골라 다른 그릇에 담아놓았다.

그래도 성운은 형의 일이 너무 미안해서 내내 붕어는 먹지 않고 고추만 골라먹었다.

아버지가 누나네 집에서 열흘만 놀라고 했으니 바우 형제는 딱 열흘이 되자 떠나겠다고 했다. 누나는 여기서 밀산까지 가자면 18리, 밀산에서 흥개까지 기차를 타고 내려서 또 흔들개늪을 건너며 20여리를 더 걸어야 집에 도착할 수 있으니 차라리 자기하구 같이 제방으로 걸어서 가자고 했다. 바우 형제는 기차를 타보지 못해 아쉽긴 했으나 제방으로 걸어가면 흔들개늪을 건너지 않아도 되므로 쾌히 대답했다.

이렇게 되어 두 형제는 현성에 가보긴 했으나 기차도 못 타보고 사진도 못 찍은 채 집으로 돌아오고 말았다.

사신과 싸우며

1967년, 음력설이 지나고 날이 풀리는 계절에 마을에는 감기와 더불어 무서운 전염병 홍역이 돌기 시작했다. 5남매 가운데 맏이인 순아만 전에 홍역을 한 적이 있어 무사하고 둘째인 윤아와 두 남동생이 선후로 홍역을 하더니 마지막으로 금아에게 옮겨왔다.

금아는 윤아나 두 남동생처럼 순조롭게 홍진구슬이 나지 못하고 반대로 열이 40도 이상으로 오르다가 나중엔 42도를 넘겨 사선을 오락가락하게 되었다. 연 며칠 고열에 시달리며 혼수상태에서 깨어나지 못하는 금아를 두고 식구들은 너무 불안하고 안타까워 어쩔 바를 몰랐다. 당시는 홍역에 대해 어떤 특효약도 치료 방법도 없어 마을의사는 밤을 새우며 지키고 가끔 침이라도 놓으며 애쓰다가 전혀 효험이 없으니 이제는 살아날 가망이 없다며 진료를 포기하고 가버렸다.

이렇게 되니 생사 판가리는 열 살밖에 안 되는 금아 본인의 힘에 의지하는 수밖에 없었다. 사신은 저만큼에서 어슬렁거리며 아이의 의지와 줄다리기를 하고 시간은 어느 쪽에도 기울지 않고 고무줄처럼 늘어지기만 했다. 이렇게 연속 며칠 동안 밀고 당기고 하다가 드디어 사신이 지쳤는지 투항하고 물러가버렸다. 금아가 다시 인간 세상에 돌아왔을 때는 홍역이 떠나갔으나 대신 무서운 폐결핵이 찾아왔다. 밤이고 낮이고 구들장 훑어내는 소리 같은 금아의 기침 소리에 식구들은 잠마저 이루지 못했다.

아버지 부탁을 받고 큰 언니 순아가 동생 금아를 데리고 비덕병원(裴德醫院)에 가서 투시(透視)를 시켰다. 결과 양쪽 폐에 인용부호 모양의 검은 줄이 굵다랗게 생겨 있었다.

당시는 폐결핵만큼 무서운 병이 없었고 폐결핵에 걸린 사람들은 아무리 치료해도 완쾌하지 못하고 결국에는 모두 죽어버리는 것이 실정이었다.

지난 해 앞집의 용우 오빠가 폐결핵에 걸려 고중을 중퇴하고 집으로 돌아왔다. 앞 동네에 사는 장씨 성을 가진 청년도 폐결핵으로 고중을 중퇴하고 집에 내려와 있었다. 장씨 청년과 용우 오빠는 모두 한창 씩씩한 젊은이로 면역력이 가장 강한 나이였으나 치료가 별 효험이 없어 나날이 죽음으로 가고 있는 상황이었다.

그래도 김씨네는 금아를 살리겠다고 금아를 잃지 않겠다고 모든 경제력과 정력을 남김없이 동원했다.

아버지는 금아를 목마 태우고 가슴을 치는 흔들개늪을 수 킬로나 건너 용하다는 의사를 찾아 병을 보이고 약을 지어 먹였다. 당시 소염에 최고 효과의 약이었던 페니실린(靑黴素)과 스트렙토마이신(鏈黴素)을 어렵게 어렵게 구하여 금아는 매일 건너 마을의 위생소(衛生所)에 다니며 아침과 저녁으로 하루 두 번씩 주사를 맞았다.

또한 폐병에 용하다는 의사가 비방(祕方)이라며 지어준 약——개허파(狗肺)에 비상(砒霜)을 넣고 다른 약재도 조금 섞어 달인 냄새가 기막히게 지독한 시커먼 약을 큰 사발로 한 사발씩 매일 아침저녁으로 식전에 마셨다. 이 약은 먼저 폐결핵에 걸린 용우 오빠가 먹기 시작했는데 약이 너무 독해서 위가 받지 못해 매번 마시기만 하면 태반을 토해버리곤 했다. 이토록 독한 약을 열 살 소녀인 금아더러 먹고 삭이라 하니 너무 힘들고 어려운 일이지만 죽지 않고 살기 위해서는 그 어떤 방법을 써서라도 반드시 먹어야 했다.

매번 약을 먹을 시간이 되면 아버지는 기다란 나무 막대기를 준비해 들고 금아의 옆에 서서 을러메듯 말했다.

"반드시 먹어야 해. 마신 다음 얼른 코를 쥐고 입을 다물고 숨을 멈추고 있어. 힘들어도 잠수한다 생각하고 참아. 만약 못하겠다면 강제로 입을 벌리고 이 막대기를 물리고 돼지 약 먹이듯 쏟아 넣을 것이다."

금아는 아버지가 무서웠다. 아버지는 뭐든 말한 대로 하는 사람이라 말을 듣지 않다가는 어떤 봉변을 당할지도 모른다. 하지만 보다 중요한 것은 금아의 머릿속에 살아야겠다는 결코 죽지 않겠다는 일념이 확고히 섰기에 반드시 먹고 삭이겠다고 단단히 속다짐을 했다.

흙탕물 같이 걸쭉하고 시커먼 약을 단숨에 쭉 들이켜고 입술을 꽉 봉하고 손으로 코를 쥐어 호흡을 멈추고 몇 분 동안 까딱 않고 있었다. 속에서 먹은 약이 막 밀고 올라와도 이를 악물고 길을 내주지 않았다. 이렇게 한번 두 번

세 번… 참다 나니 차츰 위가 적응되는지 너무 반항하지 않고 받아들이는 것이었다.

개학이 되어 다른 애들은 모두 책가방을 메고 학교로 가는데 금아는 학교를 휴학하고 날마다 집에서 혼자 책을 읽으며 시간을 보냈다. 앉아있을 기운이 없어 자리에 누워 책을 벽 쪽에 세워놓고 간신이 읽었다. 그 바람에 시력이 나빠져 몇 년 후 안경을 쓰지 않으면 안 되게 되었다.

학교를 다니지 않으면서도 금아는 교과서를 보고 스스로 깨우쳐 오히려 학교를 다니는 아이들이 금아를 찾아와 산수나 어문 지식을 배웠다. 그 모습을 보고 아버지는 너무 기뻐서 딸 자랑을 입에 달고 있었다.

어느 날, 아버지와 함께 병원에 다녀오다가 늦가에 우두커니 앉아있는 용우 오빠를 보았다. 낚시를 한답시고 늪에 낚싯줄을 드리고 있지만 고기야 물리든 말든 상관없이 저기 먼 허공만 하염없이 바라보고 있었다. 병마에 시달리고 시달려 이제는 해골 모습이 된 용우 오빠를 바라보노라니 예전에 그 준수하고 활약적이던 모습이 떠올라 콧마루가 찡해 났다. "나도 언젠가는 저렇게 될지도 몰라." 하며 슬퍼하고 있는데 아버지가 얼른 눈치 채고 금아를 재촉해 자리를 떴다.

얼마 후 진달래가 흐드러지게 피었다 다시 지는 4월 하순, 앞 동네의 장씨 청년이 세상을 떠나가고, 사랑과 이별을 상징하는 철죽꽃이 피었다가 스러지는 슬픈 계절에 용우 오빠도 함께 스러져버렸다.

날에 날마다 죽은 아들의 이름을 부르며 미친 사람 같이 울고 울부짖고 숨이 끊어질 듯 슬퍼하는 박씨 할머니를 보며 금아는 "내가 죽으면 내 부모도 저렇게 슬퍼하시겠지."는 생각에 더욱 이를 악물고 살아갈 결심을 굳혔다.

페니실린과 마이신 주사를 맞으려면 동남쪽으로 5리 떨어진 2반 위생소에 가서 맞아야 했다. 처음 한번은 아버지가 데리고 가서 주사를 맞히고 그 후부터는 금아가 혼자 하루 두 번씩 시간을 맞춰 다니며 주사를 맞았다.

아침에 갈 때는 혼자 와캉다리(외나무다리였다)를 건너는 일이 좀 위태롭기는 하나 그래도 환한 대낮이라 그런대로 괜찮은데 저녁에 시간을 맞춰 주사를 맞고 돌아올 때면 태반이 날이 저물어져서 들짐승들이 어슬렁거리는 시간이었다. 그래도 길에서 오소리나 족제비, 너구리같은 작은 짐승을 만나면 놀라기는 하나 큰 위험은 없지만 반대로 살쾡이나 여우, 더욱이 승냥이 같은 큰 짐승을 만나면 아직 어린 소녀인 금아는 눈 깜짝할 새에 먹이로 전락될 위험이 있었다. 하여 늘 품에 자그마한 칼을 지니고 다니던 금아는 어느 날 저녁 돌아오는 길에 과연 와캉다리 길목에 승냥이가 앉아있는 것을 보았다. 저도 몰래 칼을 꺼내 들며 몸을 홱 돌려 오던 길로 걷는데 때마침 2반에 가 회의를 하고 돌아오는 두 어른을 만나 금아는 다시 방향을 바꾸어 그들의 뒤를 따라 걸었다. 와캉다리에 이르러 보니 승냥이는 어느새 사라지고 없었다.

아이들이 모두 역신을 피하듯 금아를 피해 다녔다. "무서운 폐병쟁이"라고 부모들이 병이 전염될까 금아와 놀지 못하게 했던 것이다. 하여 친구가 없게 된 금아는 약을 먹고 주사를 맞는 외에 할 수 있는 일이 책을 읽는 것뿐이었다.

박용우는 이미 죽었지만 그 집에는 그가 읽던 책들이 아직 많이 남아 있었다. 금아는 그 책들을 빌릴 수 있는 데까지 모두 빌려서 읽었다. 그러고도 모자라 빌릴 수 없는 어른들 책까지 심지어 장편 연애소설까지 떼를 쓰고 졸라서라도 하나하나 빌려다 열심히 읽었다. 책속에는 열 살짜리 소녀가 아직 이해하지 못할 말들이 꽤 많았지만 그런대로 금아는 글자를 읽고 가끔 어른들 일을 언니한테 물었다가 욕을 먹기도 하며 그래도 포기하지 않고 한 줄도 빠짐없이 모두 읽어나갔다.

주사를 하루 두 번씩 연속 1년 동안이나 맞았더니 금아의 엉덩이가 곪아서 고름이 흐르기 시작했다. 주사를 놓는 간호사가 보고 그만 눈물을 흘리며 말했다.

"주사를 잠시 정지하고 투시를 해보는 게 좋겠다."

하여 큰 언니를 따라 큰 병원에 가서 투시를 해보았더니 놀랍게도 이전에 있던 인용부호 같은 검은 줄이 기본상 없어지고 그 자리에 거무스레한 그림자만 남아있는 것이었다.

1년 동안 휴학한 뒤, 금아가 복학하려고 보니 학제를 단축한다고 5학년으로 올라갈 4학년과 올라오는 4학년을 합병하여 한 학년이 되어있는 것이었다. 마침 휴학으로 4학년을 다니지 못한 금아에게는 더 없이 좋은 기회였으나 금아는 받아들이지 않고 혼자서 반드시 5학년으로 진급하겠다고 우겼다. 남들은 4학년을 다니고도 합병하여 4학년이 되였는데 휴학으로 4학년을 다니지 못한 금아가 혼자 5학년에 올라가겠다고 우기니 쉽게 받아들여질 리 만무했다.

그래도 개학하는 날, 금아는 혼자 5학년 교실로 들어가 자리를 찾았으나 남은 책상과 걸상은 삐걱거리며 다 찌그러져가는 것뿐이었다. 하건만 그 위태로운 자리에 앉아 공부를 한 것이 금아는 첫 번 시험에서 전 반 2등을 했다. 선생님은 하는 수 없이 금아를 받아들이고 온전한 책상과 걸상을 배정해주었다. 이렇게 월반한 금아는 그 후 매번 시험에서 1등을 하여 월반의 가치를 당당하게 자랑했다.

공부에서 금아의 자신감은 거의 오만에 가까울 정도였다. 중학교 1학년 때 물리 시험을 쳤는데 자기가 풀지 못한 문제는 선생님이 잘못 낸 거라고 하면서 교무실에 들어가 한바탕 따져서 큰 풍파를 일으켰다. 후에 입증된바 확실히 그 시험문제는 틀리게 낸 것이었다.

몸이 조금 나아지자 금아는 다시 활약하기 시작했다. 단막극 주역, 공연 사회자, 무용과 노래, 과거회상(憶苦思甛)낭독해설 등 못하는 것이 없었다. "적도 탄광 사기"라는 과거회상자료는 16절지로 무려 20여 페이지나 되는 긴 분량인데 군중대회에서 금아는 혼자서 마지막까지 읽으며 감정도 엄청나게 잘 살려 듣는 군중들이 모두 따라 눈물을 흘렸다.

아버지는 하늘땅이 맞붙게 고생해서 겨우 살아난 금아가 또다시 병이 도질까 염려되어 친히 학교에 찾아가 교장선생님께 금아를 좀 놓아달라고, 금아에게 과거회상 같은 낭독해설을 시키지 말고, 운동이나 힘든 노동도 시키지 말며, 노래나 무용도 가능한 시키지 말아달라고 간곡히 부탁했다.

이때로부터 금아는 운동도 노동도 낭독도 심지어 노래와 무용에도 참가할 수 없게 되었다. 하지만 여전히 말 잘하고 글 잘 쓰는 금아를 두고 아이들은 "말만 반지르르 하고 행동에는 옮기지 못하는 나쁜 학생"이라고 흉을 보기 시작했다.

빚진 호의 슬픔

1969년 7월, 순아는 중학교를 졸업하고 마을로 돌아와 생산대 노동에 참가하게 되었다. 당시 아버지는 이미 건강이 좋지 않아 예전처럼 생산대 일에 장기 출근을 하지 못하고 중노동도 많이 삼가는 편이었다.

어려서부터 일이 손에 익은 순아는 노동을 시작하자 일을 너무 잽싸게 잘하여 호평을 받는 동시에 공수도 노농들 못지않게 받았다. 하지만 생산대에 나오고 보니 사람들이 빚진 호를 너무 가혹하게 타격하는 것에 마음이 얼어들기 시작했다.

당시 빨간 털실로 짠 머리 수건이 너무 갖고 싶어 남들이 사는 김에 순아도 하나 사서 썼더니 사람들이 "빚이 없고 분홍(分紅)을 타는 집들에서는 옷을 더 덕더덕 기워 입는데 오히려 빚진 집들에서 고급 털수건을 쓰고 너덜거린다." 라고 공론을 해서 순아는 빚진 호의 슬픔을 뼈저리게 느끼게 되었다. 순아는 처음으로 자신이 중학교를 다닌 걸 후회했다. 내가 중학교를 다니지 않고 일을 했더라면 벌어서 빚을 물고 이런 뒷소리는 듣지 않았을 것. 순아가 이런 마음속 말을 아버지에게 했더니 아버지는 너무 가슴이 아파 "참으로 빚진 것이 죄구나! 우린 죄수나 다름없다!" 하고 슬프게 한탄했다. 그 뒤로 아버지는 그만 깊은 고민에 빠져 식사마저 제대로 하지 못했다.

그해 연말, 둘째인 윤아가 소학교를 졸업하고 이듬해 봄에는 이불 짐을 싸지고 언니 순아가 다니던 공사 조선족중학교로 가게 되었다. 어려서는 성격이 차지고 지나치게 내성적이던 윤아는 크면서 차츰 성격이 활달해지고 말도 잘 하고 웃기도 잘하는 외향적인 성격으로 변했다. 중학교 입학 첫날 저녁, 커다 란 기숙사에 모인 학생들이 모두 마을끼리 모여 앉아 수군거리는데 윤아가 일 어서서 큰 소리로 말했다.

"이제부터 한반에서 공부할 것이니 우리 통성명이나 하는 게 어때? 난 배꼽 마을에서 온 김윤아라 불러."

이렇게 되어 아이들이 돌아가며 통성명을 하고 서로 낯을 익히게 되었다.

개학 첫날, 학생들의 정황을 파악하기 위해 학교에서 모의고사를 쳤는데 윤 아는 성적이 상에 속하고 작문도 잘 써서 호평을 받았다. 또한 선생님들이 윤 아가 순아의 동생이라는 것을 알고는 윤아에게 남다른 관심을 보이기 시작했 다.

그런데 공부를 일주일동안 했을 때 아버지의 무서운 결정이 글쪽지로 날아 왔다. 고민을 하고 또 하던 끝에 아버지는 윤아를 중퇴시켜 순아와 함께 벌어 서 빚을 물기로 결정했던 것이다. 그렇게 공부를 잘하고 내내 간부를 하며 똑 똑하다고 소문 놓던 순아도 중학교를 졸업했으나 아무 전도도 없이 바로 농촌 에 내려와 농사일을 하고 있으니 저 공사 중학교는 졸업해 봤자 아무 소용이 없다고 아버지는 판단했던 것이다.

당시까지만 해도 김씨네 집안에서는 아버지의 말씀이라면 "최고지시"로 아 무도 대항할 엄두를 내지 못했다. 그해 방금 열다섯 살을 먹은 윤아는 이불 밑 에서 장 밤 내내 울어 눈이 퉁퉁 부어가지고 이튿날 별수 없이 이불 짐을 싸지 고 눈물을 홀뿌리며 학교를 떠났다.

선생님은 윤아가 떠나는 것이 너무 아까워서 운동장 끝까지 따라 나오며 가 지 말라고 재삼 말렸다. 하지만 윤아는 터지는 가슴을 부둥켜안고 일생의 꿈 과 동경을 아프게 끊어내며 걸음을 재촉하는 수밖에 없었다…

윤아는 언니 순아처럼 어릴 때부터 일을 하여 일이 손에 익은 건 아니지만 많은 일들을 처음 배우는데도 아주 시원하고 영활하게 잘해 나갔다. 삽이든 괭이든 호미든 쟁기를 쥐기만 하면 이쪽저쪽 착착 넘겨 쥐며 양쪽으로 쓰고 나이에 비해 훨씬 어려운 일도 놀라울 정도로 잘 완성해 나갔다.

또한 윤아는 어린 나이지만 부모형제를 위하고 가족을 위한 일이라면 자신을 전부 희생하라고 해도 서슴지 않을 각오가 되어있는 듯했다.

동생들에 대한 사랑은 물론이고 언니인 순아와 같이 집체노동을 하면서도 틈이 생기면 윤아는 언니의 장갑을 한 뜸 한 뜸 정성들여 기워주고 짐을 져도 꼭 자기가 무거운 것을 지겠다고 나섰다. 면적을 떼 맡아 가을을 할 때도 윤아는 자기가 언니보다 더 많이 하겠다고 애를 쓰며, 언니에게 필요한 것은 뭐든 무조건 양보할 자세가 되어있었다.

하여 아버지는 세 딸을 두고 이렇게 평가해 말했다.

"조조처럼 천군만마를 거느리고 적을 무찌르는 데는 우리 큰 딸이 제일이고, 부모에게 효도하고 형제자매 우애하는 데는 우리 둘째 딸이 제일이며, 매사 일을 차근차근 빈틈없이 풀어나가는 데는 우리 셋째 딸이 제일이다."

1972년 봄, 금아가 고중에 올라가게 되었다. 아버지는 금아를 공사 중학교에 보내기 싫어 금아를 데리고 목단강에 가서 한족 중학교에 붙였다. 금아는 조선 초중을 졸업하고 한족 고중에 붙어 한어가 결핍한 상황에도 시험을 치기만 하면 반에서 이과 성적이 일등이었다.

이렇게 한족 고중에서 두어 달 동안 공부한 다음 금아는 전학증을 떼어 밀산 현성의 조선족중학교로 전학해왔다. 이것은 당시 지역적으로 반드시 공사 중학교로 가야 하는 규정을 피해 밀산 현성 중학교로 우회해가는 아버지의 전략이었다.

현성 중학교에 온 금아는 공부를 뛰어나게 잘해 후학기말 전 학년 수학경색에서 300여명을 제치고 1등을 쟁취하여 상장과 상품을 타고 온 집 식구를 기쁘게 해주었다. 어문 성적과 작문은 비길 상대가 없어 선생님들까지 "네 작문은 고칠 곳이 없다"고 했고, 학교 방송에 쓰는 문장 모두를 금아가 도맡아 써서 그대로 직접 방송했다.

이렇게 공부를 잘하는 학생이었으나 이듬해인 1973년에는 학교를 갈수가 없게 되었다. 왜냐하면 매년 학생의 양식을 입쌀로 학교에 바쳐야 하는데 김씨네는 입쌀이 많지 못했던 것이다.

지난겨울, 생산대에서 양식을 나눠줄 때 김씨네는 생산대에 빚이 있다고 입쌀 대신 옥수수를 주었다. 말하자면 생산대에서 김씨네 양식 입쌀을 한족마을에 싣고 가 옥수수로 바꾸고 그 웃돈은 벗겨 빚에 처넣은 것이었다.

그날, 일 년 양식으로 마당에 부려 놓은 통 옥수수를 보고 막내 동생인 성운이(10살)가 책가방을 부엌 아궁이에 막 집어넣으며 이제는 자기도 학교를 그만두고 일을 해서 빚을 물겠다고 울며불며 말해서 온 집 식구가 통곡하고 난리가 났었다.

그해 장장 긴 겨울동안 김씨네는 통 옥수수를 겨우 찧어 옥수수밥에 옥수수죽으로 힘든 나날을 보내고 있는 상황인데 어디서 입쌀이 나져 금아를 학교에 보내겠는가?

1972년 겨울 금아는 눈물을 머금고 생산대 탈곡장에 일하러 나갔다. 허나 몸이 허약한 15세 소녀는 탈곡장에서 아무 일도 바로 하지 못해 이리 밀리고 저리 밀리고 하다가 누군가 "공부하기 싫어 나왔냐?" 하고 묻는 바람에 그만 울음을 터뜨리고 말았다. "당신들이 입쌀을 주지 않아 학교 못가요."하고 소리치고 싶은 것을 이를 악물고 억지로 참았다.

아버지는 "내가 감자골에서 입쌀밥 먹으러 여기까지 와서 생사결단 좋은 땅(3호지)을 쟁탈해 주었더니 누구 덕에 해마다 풍작 이루어 입쌀밥 먹는지도 모르고 나를 이렇게 괄시하느냐…" 하고 억울함을 호소하며 식사도 거르고 잠도 제대로 주무시지 못하더니 끝내는 몸져눕고 말았다.

그러던 어느 날, 생산대 노동을 마치고 돌아온 윤아가 아버지가 누워 계시는 방에 들어가 앉으며 말했다.

"아버지, 금아를 학교 보낼 방법이 있습니다. 우리가 옥수수쌀 두 근으로 입쌀 한 근씩 바꾸어 금아의 양식으로 학교에 보내고 남은 식구들은 절약해 먹으면 되지 않겠습니까? 감자도 먹고 나물죽도 끓여먹고…"

누워있던 아버지가 벌떡 일어나 앉았다.

"그게 가능하겠느냐? 새해엔 언니가 시집가고 너 혼자 일을 하게 될 터인데 식사가 그렇게 부실해도 괜찮겠느냐?"

윤아는 조금도 주저하지 않고 바로 대답했다.

"예, 아버지, 전 괜찮습니다. 어떤 고생을 하더라도 금아를 꼭 졸업시키고야 말겠습니다."

윤아의 드팀없는 대답에 아버지는 눈물을 글썽이며 허락을 해주었다.

이렇게 되어 옥수수쌀 두 근에 입쌀 한 근씩 바꾸어 금아를 학교에 보내고 남은 식구들은 1년 양식이 모자라 감자와 나물을 보태 먹으며 60년도에도 하지 않은 배고픈 고생을 이 해에 모질게 했다.

기회는 턱밑으로 지나가고

순아는 중학교 시절에 서로 호감 있던 남자가 있었다. 상대는 성이 최씨고 순아 보다 한 학급 높은 상급생이었다. 서양인들처럼 코가 칼코인 최선배는 생김새와 마찬가지로 성격이 좀 날카롭고 자기주장이 세며 언행이 확고한 사람이었다. 당시 전국적으로 류소기를 비판하는 고조가 갈수록 앙양되고 있는 때에 한낱 시골 중학교 학생인 최선배가 "나는 류소기의 좋은 후대다."라고 말해서 학생 반동 전형이 되어 전교적으로 비판을 받기 시작했다. 물론 학생 간부인 순아는 앞장서 비판 문장을 써가지고 호되게 비판을 진행했다.

그런데 상상 밖에도 최선배가 졸업을 하면서 순아에게 연애편지를 보내 사랑을 고백해온 것이었다. 순아는 놀라기는 하면서도 비판 당시 학생리드라는 입장에 못 이겨 비판을 진행한 자기의 심정을 알아주는 것 같아 마음이 다소 편안해지기도 했다. 또한 그런 와중에도 자기주장을 굽히지 않는 남자다운 최선배가 나쁘지 않게 느껴졌다.

그런데 이 일을 알게 된 아버지가 최선배를 "콧날이 칼날처럼 우뚝 선 놈이 아내 고생시킬 면상이다."라고 하면서 반대하는 바람에 둘은 관계를 끊어버리고 말았다.

1970년 봄, 순아는 중학교를 졸업하고 생산대 노동에 참가한지 얼마 안 되어 대대(大隊)부녀주임으로 임명되었다. 거기엔 이런 과정이 있었다.

어느 날 , 일 밭에서 생산대 부녀대장과 안씨 성을 가신 교원의 아내가 싸움이 붙었다. 사람들은 교원의 아내가 부녀대장을 욕한 것은 혁명 간부를 욕한 것이니 혁명 간부를 욕한 것은 혁명을 모욕한 것이라며 고리에 걸고 노선에 붙여 모자를 씌우려 했다. 자칫했다간 아주 좋지 않은 결과가 빚어질 판이었다.

바로 이때 순아가 나섰다. 순아는 우선 양쪽 모두 정서가 가라앉도록 장점을 긍정해 말하고 나서 쉽게 이해하고 받아들이도록 과실을 지적해 준 다음 잘못을 승인하도록 부드럽게 인도하였다. 결과 크게 번져갈 번하던 문제가 조용히 해결을 보았다.

이 광경을 목격한 당지부서기가 순아의 군중 공작 능력을 높이 치하하며 마을에 훌륭한 부녀주임감이 나왔다고 엄청 기뻐했다. 과연 며칠 뒤 순아는 간부들의 토론을 거쳐 대대 부녀주임으로 임명되었다.

당시는 1반, 2반, 3반 세 부락을 합쳐 한개 대대였고 호수도 전에 비해 훨씬 불어나 4,5백호를 웃도는 큰 대대여서 부녀 공작을 하기가 만만치 않았으나 순아는 아직 사회경험이 부족한 단점을 극복하고 맡겨진 중임을 충실하게 완성해 나갔다.

그해 하 반년에 학교에 선생이 모자라 마을에서 민영교사(民辦教師)를 뽑아 쓰기로 했다. 학생 때 공부 성적이나 활약을 보아도, 또한 졸업 후 각 방면의 능력으로 보아도 당연 순아가 제일이어서 마을에서는 순아를 선발했다. 그런데 현부련회(縣婦聯)에서 소식을 듣고 "그렇게 큰 대대에 민영교사 할 사람 하나 없어 대대부녀주임을 떼 내느냐?"고 불평하며 막는 바람에 순아는 민영교사 할 기회를 놓치고 말았다.

이듬해 마을에 김영익 선생 전람관이 세워지자 순아는 해설원으로 선정되어 해설 자료를 직접 써서 해설을 하기 시작했다. 순아가 하는 해설은 문장도 잘 썼거니와 말도 아주 순통하고 똑똑하게 잘해서 참관자들의 한결 같은 호평을 받았다.

그해 연초 2반에 사는 한씨 성을 가진 총각이 순아에게 혼삿말을 왔는데 두 사람은 첫 대면에 서로 호감이 들어 좀 더 만나며 사귀어 보기로 했다. 그런데 아버지가 벌써 한씨의 내막을 다 알아보고 듣자니 총각이 고중을 다니다 중퇴하고 무슨 초약인가를 다려먹었다 하니 건강에 문제 있는 게 틀림없다고 순아더러 그만두라고 하는 것이었다.

음력설이 지나고 눈석임물이 질척이는 초봄에 들어섰다. 제2생산대에서는 땅이 채 녹기 전에 배수로 공정을 한다고 청년 남녀 네 명을 한조로 묶어 폭발물 다루는 일을 하게 했다. 지정된 곳에 구멍을 뚫어 폭발물을 안치한 다음 심지에 불을 달고 흩어지면 심지가 타들어가다 폭발하여 언 땅을 파헤치는 일이었다. 앞의 두 방을 안전하게 폭발시킨 뒤 세 번째를 안치하고 심지에 불을 달았는데 이상하게 한참을 기다려도 폭발하지 않았다. 아마 화약이 습기를 받아 벙어리가 됐나보다고 추측하며 청년들이 폭발물을 제거하려고 주위로 다가서는데 그만 폭발물이 꽝! 터져버렸다. 네 청년은 한 사람도 살아남지 못하고 모조리 하늘나라로 가버렸다. 이 사망한 네 명중에 나이가 가장 많은(24세) 청년이 바로 순아에게 혼삿말을 왔던 한씨 성을 가진 총각이었다. 그 후 한씨 총각의 어머니는 순아만 보면 눈물을 흘리며 "그때 둘이 연애하느라 같이 있었어도 우리 아들이 죽지 않았을 것을." 하고 슬프게 한탄했다.

김순아가 해설을 잘한다는 소문이 성 방송국에까지 전해져 방송국 선생님

몇 분이 순아를 면접하러 친히 흥개까지 오셨다. 면접 보러 가는 날, 아버지는 큰 희망을 품고 흔들개늪 건너까지 순아를 바래다주었다. 면접이 끝나고 선생님이 결과를 알려주었다. 순아는 낭독을 잘하고 발음도 똑똑하여 좋은데 천성적으로 목소리가 쉽게 쉬는 목청이라 평생 방송원으로 일하기는 적합하지 않다는 결론이었다. 순아도 생각해보니 자기 목청이 확실히 잘 쉬는 목청이라 수긍하지 않을 수 없었다.

순아는 키가 작고 몸이 통통하게 생겼으나 말 잘하고 일 잘하고 똑똑하고 또 심성이 발라서 아들 가진 어른들이 며느리 감으로 탐내는가 하면 본인이 죽자 살자 좋아하는 총각들도 있었다. 하지만 순아 아버지가 너무 똑똑하고 게다가 "통수, 옥편, 제갈량"이란 별명까지 달았으니 퇴짜 맞을까 지레 겁을 먹고 감히 혼삿말을 하지 못하는 사람들도 적지 않았다.

1972년 봄 진달래가 활짝 피는 계절, 제방 아래 마을에 살고 있는 신천이라는 총각이 순아에게 혼삿말을 왔다. 순아는 친구의 안내로 신천과 첫 만남을 가졌는데 키가 작지 않고 인물은 수수하나 말을 시원하게 해서 남자다운 맛이 있고 장점이든 단점이든 솔직하게 말하는 것이 꽤 마음에 들었다. 이튿날 친척을 동반해 김씨네 집으로 들어온 총각을 만나보고 아버지도 사람이 똑똑하고 대바르며 자기 노릇은 충분히 할 사람이라고 큰딸을 허락해주었다.

동네 사람들은 순아의 약혼자는 보나마나 똑똑한 사람일 거라고 왜냐하면 그 "통수, 옥편, 제갈량"의 시험에 합격되었겠으니 두말하면 잔소리일 거라고 하면서 약혼식에 신랑을 보러 와 공손히 축하해주었다.

사실 신천은 사람 하나만 보면 괜찮은 편이지만 가정을 들여다보면 말이 아니었다. 우선 제방아래 마을이 집체 농사가 잘 안되어 해마다 거의 국가 구제에 의지해 살아가는 형편이고, 다음 신씨네 가정을 살펴보면 아버지가 일찍 세상을 뜨며 맏이인 신천이 소학교를 졸업하자 학업을 그만두고 어린 동생 셋을 거느리고 일은 못하지만 성격만 과해 "암펌(母老虎)"이라 소문 놓은 어머니를 모시고 사는 형편이었다. 그러니 생산대에 빚이 있는 것은 두말할 것도 없었다.

　이웃들이 소식을 듣고 그런 집안에 어찌 순아 같이 우수한 딸을 주겠냐고 말렸지만 아버지는 그래도 당사자 문제가 아니므로 이미 정한 혼사를 그만둘 수 없다고 했다.

　결혼 날짜를 이듬해 정월 초아흐레 날로 받아놓았으나 양가 모두 가난에 쪼들리는 형편이라 잔치 준비가 참으로 말이 아니었다.

　김씨네는 이것저것 팔아 용돈을 겨우 짜내어 계획을 세우고 장부를 만들어 1전이라도 기록하며 힘들게 준비를 해나갔다. 한번은 순아가 잔치 장을 보러 현성에 갔다가 친척 언니가 너무 권하는 바람에 계획에 없었던 혼방 옷감을 하나 끊어 왔는데 아버지가 보시고 계산 외의 옷감을 샀으니 돈이 모자라 잔치를 하기 어렵다며 너무 난리를 쳐서 끝내 옷감을 되넘겨 팔아버리고 말았다.

　신씨네 상황은 더 말이 아니었다. 정월달에 결혼잔치를 하니 찰떡을 치고 신부 큰상을 차려야 하는데 우선 찹쌀이 없으니 찰떡을 칠 수가 없고 맵쌀도 없으니 큰 상도 못 차리고 축객 접대도 할 수가 없게 되었다. 신천의 어머니는 연 며칠 밤을 뜬눈으로 지새우다가 어느 날 밤, 생사를 내걸고 생산대 탈곡장에 가서 찰벼 한주머니를 퍼왔다. 그런데 이튿날 소문이 간부들 귀에 들어가 생산대장이 즉시 사람을 데리고 신씨네 집에 들이닥쳐 집안을 샅샅이 수색했다. 집안에서 찾아내지 못하자 밖에 있는 김치움까지 뒤져 끝내 찰벼를 모조리 압수해갔다. 장부에 기입하고 조금만 남기면 안 되겠냐고 그렇게 빌고 사정해도 전혀 사정을 봐주지 않았다.

　하는 수 없이 친척들이 모여서 이집에서 쌀 한 되, 저 집에서 싸라기 한주머니, 또 어떤 친척들은 말린 채소도 가져오고 돈도 조금씩 기부하여 어렵게 어렵게 잔치를 치렀다. 그해 신천은 25살, 순아는 23살이었다.

바람처럼 사라지다

1974년 여름, 금아가 고중을 졸업하고 귀향하여 집으로 돌아왔다. 당시는 학생 시절 공부를 아무리 잘해도 졸업한 후엔 사회에 나와 빈하중농(貧下中農)의 재교육을 받아서 입당을 하거나 아니면 "위신"이 있어 추천을 받아야 대학교에 갈수 있었다. 이른바 "위신"이란 가족이 마을에서 세력이 있거나 간부이거나 돈이 많아 권리를 살 수 있으면 가질 수 있는 것이었다.

금아는 학생 때는 뛰어나게 공부를 잘하고 문장도 잘 써서 단 총지 선전위원으로 활약하며 소문을 놓았으나 귀향해 농촌에 돌아오니 아무것도 아니었다. 타격 받는 빚진 호 가족에 든든한 오빠도 없고 친척도 없고 통수 아버지도 이제는 늙고 병들어 말이 서지 못하고, 하여 금아는 아예 대학교에 추천 받을 희망은 접고 그저 평범히 일이나 배우려 했다.

그런데 아무리 애쓰고 노력해도 원래부터 체질이 허약한 금아는 체력 노동으로 호평을 받을 수가 없었다. 게다가 살결이 희어 얼굴이 새까만 사람들과 선명한 대조가 되니 사람들은 금아를 자산계급이라고 뒷공론을 하기 시작했다. 이 말을 듣고 언니 윤아는 너무 분개하여 사람들과 막 싸우며 "그래 얼굴이 원래 희게 생긴 걸 재를 바르고 다녀야 하나요?" 하고 매섭게 반박을 들이댔다.

윤아는 동생 금아를 데리고 다니며 극진히 사랑하고 보살펴주었다. 자매는 단짝 친구처럼 서로 붙어 다니며 일도 같이하고 출퇴근도 같이하고 목욕도 같이하고 민병활동에도 같이 참가했다.

가을에 면적을 떼 맡아 가을할 때, 윤아는 새벽에 너무 일찍 나가면 금아가 힘들어할 것 같아 혼자 슬그머니 먼저 나가려다가 금아에게 들켜 둘이 함께 출근했다. 밭에 가서 가을을 하다가 점심시간이 가까워 올 때면 윤아는 뒤 보러 간다고 잠시 없어졌다. 한참 지난 후 "금아야, 밥 먹자." 하고 불러서 금아가 가보았더니 윤아가 어느새 도시락을 열어놓고 반찬속에 있는 잔 붕어 머리를 모두 뜯어 먹어버린 것이었다. 금아가 너무 놀라 "이건 왜?" 하고 물으니 윤아가 웃으며 "네가 물고기 머리는 무섭다고 못 먹잖아. 남은 건 다 몸뚱이니어서 먹어."라고 대답했다.

그해 열 살 나는 막냇동생 성운은 우리 셋째누나가 이 동네에서 제일 예쁘고 제일 지식이 있다고 하며 누구보다 자랑스러워하고 즐거워했다.

이듬해 3.8절에 금아는 친구들을 데리고 무용과 노래 절목을 만들어 연습해서 전 마을 부녀들 모임에서 공연하였다. 부녀들이 잘했다고 박수치고 소리치며 흥이 나서 난리였다.

그날 금아 어머니는 일이 있어 3.8절모임에 참가하지 못하고 대신 성운이가 슬그머니 따라와 공연을 구경하고 나서 재빨리 집에 돌아가 어머니에게 일렀다.

"우리 셋째 누나가 제일 춤도 잘 추고 노래도 잘했어요. 또 얼굴도 제일 고왔습니다. 근데 내가 아무리 봐도 우리 마을에는 셋째누나 대상자 될 총각이 없는 것 같아요."

어머니는 너무 기가 막혀 그만 웃어버리고 말았다. 방금 열 살을 잡은 남자아이가 어찌 저런 생각을 다 한단 말인가? 아이들이 너무 일찍 철이 들면 공부를 못한다고 하던데 성운은 머리가 좋아 상급반 뺨치게 공부도 잘하니 진짜할 말이 없는 것이었다.

성운은 공부뿐만 아니라 또래 아이들과 씨름을 해도 다른 어떤 놀이를 해도 지는 경우가 극히 드물고 더욱이 군기나 장기 같은 지능경기는 절대로 지는법이 없었다. 수학 선생님은 수업시간에 거의 성운만 바라보며 강의를 하고, 또한 아이들끼리 노는 다른 어떤 장소에도 성운만 나타나면 중심이 바로 성운의 몸에 쏠리는 것이었다.

아버지는 성운이가 막내 삼촌 진을 닮았다고 했다. 생김새도 닮았고 총명영리한 머리도 닮았으며 철이 일찍 든 것까지 모두 닮았다고 했다. 그러면서도 속으로는 진의 운명만은 닮지 말기를 특히는 진처럼 명이 짧지 않기를 바랐다. 아버지는 자기 막냇동생 진이 조선전쟁에 나간 후 여태껏 아무 소식이 없는 걸 봐선 십중팔구 죽었으리라 판단하고 있었던 것이다.

그런데 세상일은 참으로 알 수 없는 것이요 한치 앞도 보지 못하는 것이 인간의 치명적인 단점이었다.

1975년의 3.8절이 지나고 다시 사흘이 지난 3월 11일 오후 해질 무렵, 일꾼들이 봇둑 일을 끝내고 마을로 돌아오고 있었다. 윤아와 금아도 일꾼들 속에 끼어 도랑둑 길을 따라 걸어오고 있는데 마을이 가까워지면서 멀리 마을 서쪽의 큰길에 자동차가 서있는 것이 보였다. 그걸 보자 금아의 가슴이 철렁 내려앉았다. 당시만 해도 큰길이 제대로 닦아지지 못해 자동차가 이 마을까지 들어오는 일은 거의 없었던 것이다.

이때 앞에서 누군가 소리쳤다.

"자동차 사고 난 거 아닐까? 사람들이 저리 많이 모인 걸 보면…"

과연 멀리서도 자동차주위에 사람들이 가득 모여 있는 것이 보였다.

금아는 두말없이 냅다 뛰기 시작했다. 윤아도 금아와 함께 뛰어 자매는 다른 사람들을 스쳐 지나며 재빨리 마을 어귀에 들어섰다. 아니나 다를까 한마을에 사는 친척 언니가 다급히 마주 달려 나오며 윤아와 금아를 부둥켜안고 울음을 터뜨렸다.

"금아야, 윤아야, 큰일 났다 큰일 났어… 흑흑흑…"

순간 금아의 머릿속에 먼저 떠오른 것은 성주였다. 아마도 지능이 약한 삐뚜렁 바우가 사고를 냈을 거라 판단한 것이었다. 그래서 친척 언니를 밀치고 더 정신없이 앞으로 뛰어갔다. 그런데 사고 현장에 거의 이를 무렵, "삐뚜렁 바우" 성주가 저 앞쪽에 멀찌감치 서있는 것이 보였다.

"아아, 이게 뭐란 말인가? 성주가 아니면 성운이? …? …? …? …? …? …"

눈앞이 아찔해났다. 저 똑똑한 아이가 사고를 쳤을 때는…상상이 가지 않았다. 아니, 상상하고 싶지 않았다. 어서 가서 내 눈으로 확인해야지!

하지만 현장에 이르자 주위 사람들이 금아를 와락 붙잡고 다가서지 못하게 했다. 현장을 보지도 못하게 막아섰다. 도대체 어떤 상황인지 보아야 하는데, 확인해야 하는데 사람들이 물러서 주지 않는 것이었다.

"아니, 보아야 합니다. 내 눈으로 보아야 한다구요—!"

금아는 고함치며 발광하며 다가가려 애썼다. 그때까지도 상처를 입었겠지. 좀 많이 다쳤겠지. 인사불성이 되었겠지…라고만 생각했지 죽었으리라고는, 당장에서 숨이 끊어졌으리라고는 상상도 하지 못했던 것이다. 이 세상에서 어찌 성운이가 없어질 수 있단 말인가? 그 똑똑하고 총명하고 영리한 아이가 어떻게 죽음으로 갈 수 있단 말인가?

금아는 도저히 믿을 수가 없었다. 온몸의 힘을 다하여 고함치고 울부짖고 몸부림치다가 그만 기진하여 쓰러졌다…

다시 정신이 들었을 때는 친척 언니의 품에 누워있었다. 이웃인 이민산 부인이 금아의 어깨를 잡아 흔들며 갈린 소리로 말했다.

"금아야, 네가 정신을 차려야 해. 넌 이 집에서 공부도 제일 많이 하고 똑똑한 애 아니냐, 네가 정신을 차리고 뒷일을 수습해야지. 어서 일어나 부모를 가보아라."

이 말에 금아는 눈을 번쩍 뜨고 애써 몸을 일으켰다.

금아가 집안에 들어가 보니 어머니는 심장병이 도져 인사불성인 상태이고 아버지는 이를 악물고 슬픔을 참느라 입술이 다 터져 있었다. 그런 아버지 앞에 얼굴빛이 새카맣게 죽어 흑인 같이 된 자동차 기사가 두 무릎을 꿇고 엎드려 전신을 부들부들 떨고 있었다.

사실을 말하자면 운전기사의 잘못이라 하기도 어려운 상황이었다. 당시 성운이 또래 친구들과 주변 밭에서 일하던 일꾼들이 증명한바 사고의 시말은 이러했다.

학교를 새로 짓는다고 큰 목재가 필요해서 마을에 처음으로 자동차가 목재를 싣고 한족 마을로 에돌아 울퉁불퉁한 흙길을 덜컹거리며 달려 힘들게 마을로 들어왔다. 자동차를 구경도 못했던 마을 아이들이 우야! 환성을 지르며 자동차 뒤를 쫓아 달리고 그러다가 목재를 부리고 빈 차로 다시 마을을 지나가는 자동차를 보고는 아예 올라타려고 생사를 걸고 매달렸다가 속도에 사정없이 뿌리쳐 떨어지기도 했다.

이걸 보고 총명한 성운은 혼자 콩밭을 꿰질러 지름길로 먼저 달려가 토성위에 서서 달려오는 자동차를 기다렸다가 옆에서 몸을 훌쩍 날려 적재함 앞쪽 모퉁이를 잡고 매달렸다. 이제 모질음을 써서 거의 막 안으로 들어가려는 찰나, 공교롭게도 자동차가 웅덩이를 지나며 털렁 하는 바람에 성운은 그만 잡고 있던 손을 놓치며 땅에 뚝 떨어졌다. 그 떨어진 성운의 머리 위로 차 뒷바퀴가 깔고 지나갔다…

그래도 사람들은 운전기사의 잘못이 없다 해도 생사람을 깔아 죽였으니 감옥에 처넣어 한이라도 풀어야 한다고 저마다 떠들며 야단이었다. 성이 맹(孟)씨인 이 한족 기사는 너무 무서워서 어찌할 바를 모르고 마냥 아버지 앞에 엎드려 빌기만 했다.

"…제발 용서해주십시오. 아이들이 일곱입니다. 아내까지 아홉 식구가 내 두 손만을 바라고 있습니다. 내가 감옥에 들어가면 아이들이 굶어죽습니다… 식구들이 살지 못합니다…"

맹기사는 눈물을 뚝뚝 떨구며 사정하고 또 사정했다.

드디어 아버지가 생각을 정리하고 엎드려 있는 맹기사의 두 손을 잡아 앉혀 놓으며 무겁게 입을 열었다.

"당신 탓만이 아니라 내 탓도 있소이다. 자식에게 안전 교육을 시키지 못한 내가 잘못이오." 그리고는 잠간 괴롭게 입을 다물었다가 다시 말을 이었다. "허나 내 죽은 자식도 자식이요, 당신 자식도 자식이 아니겠소. 내 자식은 이미 갔으니 당신 자식이라도 살아야지요. 내 양해각서에 서명하리다."

이렇게 되어 당시 현 운수공사(縣運輸公司)에서 내려온 위로금 300원을 받아 어머니 병을 치료하는데 쓰고 일은 마무리되었다.

그해 세는 나이로 갓 열한 살을 잡은 성운은 태어나서 반반한 옷 한 벌, 신한 켤레, 음식 한 끼 배불리 먹어보지 못하고 기차도 못 타보고 사진 한 장 남기지 못한 채 짧디 짧은 일생을 슬픈 낙서로 마감했다. 어쩌면 이 뛰어난 아이에게는 그 무지했던 시대가 맞지 않았을 수도 있다. 아니, 썩 먼 훗날 21세기 중엽 즈음에 태어났더라면 成云이라는 이름과 똑 같이 구름이 되어 높이 높이 날았을 것을!…

성운이가 죽은 후 선생님들은 "또바우가 없으니 강의할 멋이 없다"고 하며 아예 그 반에 들어가기를 싫어했다고 한다.

운명의 도박

성운을 보낸 후 금아는 몸이 더 허약해져 체력노동을 하기가 힘들었다. 마침 유치원에 선생님이 필요해서 유치원 선생님을 하기 시작했는데 아이들이 많이 좋아하고 잘 따라서 다른 선생들이 시샘 낼 정도였다. 그해 가을 금아는 또 대과교원을 한동안 하며 좋은 평가를 받기도 했다.

이듬해인 1976년 초, 연주산진(連珠山鎮)에 있던 475군비공장(軍工廠)이 이사 가고 그 자리에 화학비료 공장이 서면서 농촌 지식청년 가운데 우수한 자를 뽑아 노동자로 쓰게 되었다.

이곳 세 마을이 합쳐 정원(名額)이 하나밖에 없는데 그 많은 지식청년 중에서 금아의 학교 평판이 가장 좋고 학습 성적도 우수하여 대대부에서 금아를 추천하기로 했다. 그런데 생산대에서 반기를 들고 나섰다. 김씨네는 빚진 호이고 남자 노력도 없는 상황에 금아까지 노동자로 도시에 가버리면 윤아는 이제 곧 시집갈 것이고 그럼 누가 벌어서 그 집을 먹여 살리냐 고 군중대회에서 사람들이 떠들고 일어났다. 이 때 윤아가 벌떡 일어섰다.

"여러분, 제가 일찍 시집갈까 두려우면 지금 여기서 각서를 쓰겠습니다. 5년 안에 시집가지 않겠다고요."

윤아의 단호한 말에 모두들 깜짝 놀라 평소에 일 잘하고 착하기만 하던 김윤아가 맞나 의심이라도 하듯 얼굴만 빤히 쳐다보았다.

다행히도 마을에 대 바른 사람들이 있어 여론은 차츰 "윤아에게 각서까지 받아내는 건 너무하다. 금아는 본인이 우수하여 대대에서 추천한 것인데 우리가 빚을 빌미로 전도를 망쳐서야 되겠는가."로 돌아가며 나중에 드디어 금아를 놓아주기로 결정이 났다.

1976년 봄, 금아는 마침내 농촌을 떠나 현성의 공장으로 올라갔다. 첫 일년 동안은 임시로 명주공장에서 방직 일을 하다가 이듬해 정식 연주산진으로 옮겨 공장 건설을 하기 시작했다. 공장 측에서는 금아가 나이 어리고 몸이 허약한 점을 감안해 식당에서 사발 나르는 일을 하게 했다. 하루 세끼 동료들이 식사를 마치면 사발을 날라 지정 곳에 놓아주는 것이 하루 작업이었으니 일을 하는 시간은 두세 시간도 되나마나 했다. 월급은 얼마 안 되지만 그래도 어머니 약값과 가정 살림에 조금 보탬이 되었다.

연말이 거의 되어가는 12월 중순, 갑자기 대학교 승학 시험을 친다는 소식이 전해왔다. 금아는 무조건 응시를 결정하고 복습하러 떠나려 하는데 공장장이 허락하지 않았다.

"어린애(당시 공장사람들은 금아를 깜찍하다고 '小孩'라 불렀다)가 무슨 대학교 시험을 친다고 그래. 일주일만 떨어지면 자격취소 된다는 걸 몰라?"

기가 막혔다. 하지만 당시는 중국말이 잘되지 않아 깊은 의사소통도 할 수가 없었다.

금아는 며칠 동안 혼자 끙끙 앓다가 시험 날이 닥쳐오자 새벽에 몰래 공장을 빠져나와 열차를 타고 시험장으로 달려갔다. 신분 증명을 내보이고 사정사정하여 겨우 시험장에 들어가기는 했으나 이미 시험이 시작된 지 반시간이나 지난 뒤였다.

그날 저녁 공장으로 돌아온 금아는 공장장에게 호되게 욕을 얻어먹고 눈물로 베개를 적시며 긴긴 밤을 지새웠다. 그리고 아침에 해가 떠오름과 동시에 금아는 거의 비장한 결정을 내렸다.

"사직할 것이다. 공장을 사직하고 내년 대학시험을 준비할 것이다!"

공장장 사무실에 들어가 사직서를 바쳤더니 공장장이 놀라 펄쩍 뛰었다.

"지금 애들 장난하고 있어? 여기서 3년만 하면 정식공이 되는데 이제 1년밖에 남지 않은 지금 뭐 사직하겠다고? 도대체 정신 있는 거냐 없는 거냐?"

금아는 아무 대답도 않고 그대로 몸을 돌려 사무실을 나와 버렸다. 그리고는 바로 숙소에 달려가 짐을 싸지고 기차역으로 향했다. 자기의 지능에 자신감이 넘치는 금아는 결코 후회하지 않았다. 내년 시험은 여름이라고 하니 몇 달 동안 부지런히 복습만 하면 희망이 있을 것이다. 희망은 언제나 노력하는 자의 것이니까.

집에 돌아오니 대학교 시험을 치겠다고 공장에서 퇴직하고 돌아온 금아를 아버지는 나무라지 않았다. 여느 부모 같으면 걱정되어서라도 너 자신 있느냐? 그렇게 중대한 일을 부모와 상의도 없이 혼자 결정했느냐 등 잔소리라도 하련만, 아버지는 그저 "그래? 알았다." 하고는 대견스러운 듯 딸을 지켜봐 주었다.

그런데 음력설을 쇠고 현성에 있는 모교에 복습하러 떠나려 하니 생산대에서 딱 막아 나서는 것이었다.

"윤아가 방금 시집가서 너의 집엔 노력이 없다. 그러니 시험복습 한다 어쩐다 싸대지 말고 얌전히 일이나 해."

더 한심하게 말하는 사람은 "너네는 참 얼굴도 두껍다. 생산대에 빚을 가득 지고도 일은 안하고 뻔뻔스럽게 시험 복습 가겠다고?"

또 어떤 사람은 "네가 가면 니 집 식구들은 누가 벌어 먹인다냐? 사람이 좀 염치가 있어야지."

……

맙소사, 내게 왜 이러는 것입니까? 내가 왜 1년만 지나면 정식공이 되는 공장을 그만두고 내려온 줄 아십니까? 대학에 가려고 온 것입니다. 농촌 일을 하려고 온 것이 아니란 말입니다. 생산대에 진 빚은 언제든 우리 가족이 갚을 것입니다. 결코 당신들이 갚아줄 것도 아니면서 왜 내 앞길을 이토록 참혹하게 가로막는 것입니까? 이건 한 사람의 일생에 달린 문제입니다. 당신들은 인간의 최저한도의 도의마저 없단 말입니까? …

입술까지 나온 말들을 온 힘을 다해 모질음 쓰며 모두 도로 삼켜버렸다. 마음 같아서는 목숨이라도 내걸고 피가 터지든 살이 터지든 한바탕 싸우기라도 하고 싶으나 뒷일이 걱정되어 아버지 어머니가 더 기막힌 타격에 못 견딜까 두려워 혀를 깨물고 참았다.

이날 후부터 금아는 말을 하지 않았다. 집에 와서도 밖에 나가서도 입술이 마주 붙은 병신인양 도저히 입을 열지 않았다. 대신 생산대 노동에는 하루도 빠짐없이 참가하고 일을 나가서는 하루 종일 입을 꾹 다물고 하늘에 떠가는 태양만 쳐다보았다.

시간은 인간의 괴로움을 좀먹으며 빨리도 흘러가 벌써 5월달이 되었다. 6월달에 초시험(初試)을 친다고 했으니 이제 시간은 한 달도 안 되게 남은 셈이었다.

어느 날, 점심을 먹고 오후 일을 나가려 하는데 아버지가 금아를 불러 세웠다.

"여기 신문에 정책이 나왔다. 한번 보거라."

아버지가 건네는 신문을 받아보니 《흑룡강 조선문보》의 제 1면에 "각 농촌 생산대, 가도 및 기층 단위에서는 지식청년들이 대학시험에 응시하는 것을 적극적으로 지지해야 한다."라는 제목이 나와 있었다.

아버지는 이 문장을 가리키며 "보았지? 나라 정책이 이러하니 네가 시험 치러 가도 될 것 같다. 한번 용감하게 응시해 보거라."

금아는 잠간 생각하다가 "근데 붙어도 못 가게 한다면?"

그러자 아버지가 "그때면 내가 밥을 빌어먹어도 중앙까지 상소를 가마."

그래도 금아는 자기 때문에 부모를 힘들게 할까 두려워 얼른 대답하지 않았다.

"예, 생각해 보겠습니다."

말은 이렇게 했으나 벌써부터 가슴이 쿵쾅거리는 걸 어쩔 수 없었다. 하여 얼른 일하러 간다고 낫을 쥐고 문을 나섰다.

이튿날 금아는 아버지 말씀대로 이불 짐을 싸지고 시험 복습하러 현성으로 떠났다.

금아는 모교로 찾아갔으나 숙소에 자리가 없어 고중 1학년 때 한동안 기숙했던 아버지 친구의 집으로 갔다. 20평방도 되나마나 한 단칸집에 가족 3대 아홉 식구가 북적이는 이 집은 자기 식솔만 해도 좁아터질 지경인데 금아가 기숙하려고 찾아갔으니 거절해도 십분 당연하겠으나 마음씨 착하고 의리 있는 분들이어서 모두 금아를 식구처럼 반갑게 맞아주었다.

이튿날부터 복습을 시작했다. 헌데 금아에게는 교과서도 참고서도 복습 자료도 아무것도 없었다. 이과를 잘하고 특별이 수학을 뛰어나게 잘하는 금아였지만 교과서도 자료도 참고서도 없어 공식마저 기억할 수 없으니 급박한 시간에 문과로 바꾸는 길밖에 없었다. 낮에는 남의 자료를 빌려 종일 베끼고 밤에는 남의 집에 주숙하니 전등을 늦게까지 켤 수 없어 잠자리에 누워 어둠속에서 낮에 베꼈던 자료의 주요 내용을 머릿속에 떠올리곤 했다. 이렇게 복습을 했는데도 20여일 후 초시험을 친 것이 놀랍게도 금아가 수석 합격이었다.

신심을 얻은 금아는 준비를 더 열심히 하여 한 달 후 정식 시험에서 전성 어문 성적 수석을 하고 1978년 밀산현 조선족 수험생 중에서 유일하게 중점대학 점수에 올라 중앙민족학원(후에는 중앙민족대학)의 입학 통지서를 받아 안았다.

금아의 일류대학 합격 소식에 온 마을이 끓어번졌다. 소학교 1학년 때의 담임선생인 박선생님은 너무 반가운 나머지 자기의 결혼 첫날 한복을 가지고 금아를 찾아와 눈물을 흘리며 진심으로 축하해 주었다. (중앙민족학원은 한복이

있어야 했다)

김씨네는 없는 살림에 축하연을 베풀어 동네 사람들을 모두 초대하였다. 그제야 마을 사람들이 금아의 재간에 감탄하며 "와, 저리 대단한 인재를 시골에 파묻을 번했다."고 크게 감복하는 것이었다.

자비(自卑)와 자신(自信)

1978년 9월초, 금아는 꿈과 희망으로 부풀어 오른 가슴을 안고 수도의 곳곳에 만발한 보랏빛 국화의 은은한 향기를 마시며 중앙민족 대학에 입학하였다.

전국 방방곡곡에서 모여온 수천 명 학생 중 금아가 소속된 조선언어문학(朝鮮語言文學) 반은 남녀 24명으로 구성된 아담한 단체였다. 담임선생님이 갓 본교를 졸업한 예쁜 처녀 선생이고, 조선어를 가르치는 선생님과 일본어를 가르치는 선생님은 우아한 한복을 차려입고 첫 수업을 시작하여 학생들에게 민족의 긍지와 자존심을 심어주었다.

그런데 금아는 도리어 깊은 자비(自卑)의 나락에 떨어져버렸다. 한심한 벽지의 시골에서 와 아직 세상 물정을 잘 모르는데다 가정이 곤란하여 옷도 반반하게 못 입고 더욱이 공부에서는 외국어 자모 한자 모르고 또한 한어가 짧아 조선어를 제외한 각 과목의 수업을 받기가 너무 어려운 상태인 것이었다. 중앙민족대학의 조선어 전업은 조선어문과만 조선어로 강의하고 기타 20여 개 과목은 모두 타민족 선생님이 한어로 강의하는데 금아는 강의를 알아듣기도 어렵거니와 필기는 더욱 할 수가 없어 금시 미칠 지경이었다. 입학 초기, 학생들의 상황을 알아보기 위한 모의고사에서 금아의 성적은 조선어문은 수석이고 한어는 거꾸로 두 번째였다.

또한 가정이 곤란하여 조학금(組學金)을 받으니 좋지 않은 여론이 떠돌고 가끔 억울하게 눈총을 받기도 했다. 입학할 때 먼 친척이 한복 한 벌을 또 주어 금아는 한복 두벌을 가지고 학교에 왔었다. 여름이 가까워오자 갈아입을 옷이 없어 금아는 한복 한 벌을 뜯어서 스스로 재단하여 선생님집의 재봉틀을 빌어 옷 세 견지를 만들었다. 원피스와 주름치마, 반팔 블라우스를 만들어 두 개는 다른 색상으로 염색하여 입었다. 그러자 일부 학생들이 떠들고 일어나 "가정이 곤란해 조학금을 받는다는 학생이 옷만 잘 입는다." 느니 "공부 성적도 별로면서 멋만 부린다." 느니 별별 여론이 다 떠돌았다.

그래도 금아는 말없이 조용히 공부만 했다. 어디에도 나서고 싶지 않고 누구와도 다투고 싶지 않았다. 기실 금아의 마음속 깊은 곳에는 남모르는 상처가 있었다. 전에 공장에 출근할 때 항거할 수 없는 상황에서 성추행을 당했던 일이 있었다. 그때부터 금아는 자기는 이미 더럽혀진 몸이라고 스스로 자책하고 자학하고 자비에 빠져 허우적거렸다.

다행히도 대학교에 붙었으니 이제 환경이 바뀌면 잊혀질 거라 믿었는데 생각과는 달리 기타 압력과 한데 엉겨 오히려 더 무겁게 가슴을 눌러오는 것이었다. 하여 금아는 점점 더 소극적이 되었다. 문예에 소질이 있었지만 전혀 나서지 않고 어떤 활동에도 꽁무니만 따르며 언제나 구석을 찾아 조용히 지켜보기만 했다. 남학생들이 보는 앞에서는 더욱 움츠러들고 누구든 자기에게 호감을 보이기만 하면 소스라치게 놀라 도망쳐 버리곤 했다.

수업시간을 제외한 나머지 시간에 금아는 도서관에서 중문 장편소설을 읽었다. 사전류 공구서를 몇 개씩 펼쳐놓고 모르는 단어나 글자는 모조리 찾아보며 필기를 했다. 이렇게 장편소설 5권을 다 읽고 나니 수업내용을 좀 알아듣고 필기도 할 수 있게 되었다. 2학년에 올라가서는 외국어도 따라갈 수 있고 또 한어로 대화도 어지간히 나눌 수 있게 되었다. 이렇게 공부 성적이 올라감에 따라 금아는 조금씩 자신(自信)심을 찾게 되었다.

그해 여름 방학에 금아는 로비를 아끼느라 집에 가지 않았다. 그 방학에 회의차 목단강에 오셨던 서영섭 교수님이 일부러 차를 타고 배꼽 마을까지 오셔 금아네 집을 방문하셨다.

애초에 집터를 높이 닦지 못하고 지은 초가집은 이제는 엄청 내려앉아 손이 천정에 닿을 듯하고 살림은 가난하다 못해 년대를 잊을 지경이었다. 그래도 서교수님은 이 초라한 집안에 금아 아버지와 마주앉아 함께 식사를 하고 금아에 관한 이야기도 많이 나누었다. 학교에 돌아온 후 서교수님은 금아에게 깊은 배려와 보살핌을 아끼지 않았다.

3학년이 되면서 금아의 공부 성적은 눈에 띄게 올라갔다. 그때 몇 개 과목의 점수를 본 어느 남학생이 금아의 점수가 상상외로 높은 걸 보고 "말없이 공부 잘한다니까."라고 해서 그 후부터 "무성언어"라는 별명이 금아에게 붙여졌다.

어느 날, 금아가 식당에 가 저녁을 먹고 돌아오는데 누군가 앞길을 꾹 막아섰다. 고개 들어보니 다른 학부의 상급생 황철수였다. 같은 흑룡강성에서 왔다고 상관 모임에서 몇 번 만난 적은 있으나 별로 익숙하지는 못한 사이였다.

"철학이 아픕니다."

밑도 끝도 없는 황철수의 말에 금아는 눈을 슴벅이며 무슨 대답을 했으면 좋을지 몰라 했다.

황철수는 마치 네가 왜 알아듣지 못한 척하느냐는 듯 옥타브를 슬쩍 높였다.

"아니 그 고중 동창생 철학일 모른단 말이오?"

아, 그제야 퍼뜩 생각났다. 김철학이라고 고중 시절 금아와 학년은 같고 반이 다른 남학생으로 친구들 몇이 공부는 안하고 담배를 피워서 비판을 받은 적이 있었다. 당연 문장을 잘 쓰는 금아가 비판문을 써서 비판을 했는데 당시 김철학이 얼굴색이 흙빛으로 변하더니 이튿날로 이불 짐을 싸지고 집에 가버렸다는 것이었다. 몇 년이 지난 후의 어느 날, 희멀겋게 미남으로 변한 김철학이 집에 찾아왔다. 당시 어찌되어 고중도 채 졸업하지 못한 철학이 추천받아 은행전문학교에 갔고 그래서 이제는 대학생이 된 신분으로 자신만만해서 금아한테 혼삿말을 온 것이었다.

"너 참 웃긴다. 네가 좋으면 내가 고중 때 좋아했지?"

금아가 비아냥조로 말하자 철학은 비위 좋게 슬쩍 다가앉으며 말했다.

"내가 좋아했으니까, 네가 비판하는 게 서러워 학교까지 그만뒀잖아. 그래서 고졸도 못했으니 네가 책임져."

말하며 철학이 마구 그러안으려 하는 걸 금아가 세차게 뿌리쳤다. 그리고 좀 인상을 쓰며 쏘아붙였다.

"썩 나가지 못해? 네 얼굴 두 번 다시 보지 않았으면 좋겠다."

이렇게 갈라지고 다시 만나지 못한 동창생이었다.

황철수가 계속하여 말했다.

"철학은 나와 외사촌 간이오. 지금 몸이 많이 아파 병원에 입원해 있는데 날마다 금아 이름만 부른다는군."

"…네에? …그게 무슨…"

금아는 참으로 이해하기 힘들었다. 여느 연인들처럼 죽자 살자 연애한 것도 아니요, 언제 한번 좋아하는 태도나 기미 같은 걸 보인 적도 없는데, 또한 서로 가까이 접촉해본 일도 별로 없는데 어떻게 그 같은 감정이 생길 수 있단 말인가? 혼자 아무리 생각해도 이해가 가지 않아 금아는 황철수에게 "그게 나하고 무슨 상관예요?" 하고는 몸을 획 돌려 재빨리 걸어가 버렸다.

세월이 꽤 오래 흐른 뒤 금아가 들은 소식에 따르면 당시 황철수는 자기가 금아를 은근히 좋아해서 말을 좀 붙여보려고 사촌동생 얘기를 들먹였는데 금아가 아주 냉정하게 잘라 말하니 더 어쩌지 못하고 혼자 냉가슴을 앓다가 그만두었다는 것이었다.

대학 4학년으로 올라가는 방학에 금아가 집에 왔던 차 모교에 들러 인사를 올렸더니 선생님이 금아에게 올해 중앙민족대학에 새로 입학할 학생이 있는데 몸이 허약하니 많이 돌봐주라는 것이었다. 금아는 자기도 몸이 허약해서 엄청 힘들었던 과거를 떠올리며 어린 학생을 잘 돌봐 주리라 마음먹었다.

그런데 가을에 입학해서 학교에 온 학생을 보니 웬걸, 어린 학생이 아니라 나이가 금아 보다도 이상인 꽤 잘생긴 남자였다. 게다가 유머까지 잘 써서 이 래저래 금아를 웃기며 두 사람은 서로 가까이 다가서기 시작했다. 금아는 처음으로 자기가 좋아하는 남자를 만나게 된 셈이었다. 전에도 몇 번 연애한 적은 있지만 금아가 좋아한 건 아니고 그냥 상대방이 너무 좋아하니까 가끔 만나서 밥이나 먹고 산책이나 하다가 갈라지곤 했다. 그런데 이번에는 상대방은 물론 금아까지 진심으로 좋아하게 되었다.

자기보다 세 학년이나 후배인 남자와 연애를 한다는 것이 조금 우습기는 하나 그래도 두 사람 사이는 별 거리낌 없이 무난하게 서로를 사랑하고 아끼며 잘 진전되어 나갔다.

그런데 한학기가 지나고 겨울방학이 되어 집에 다녀온 후의 어느 날, 이상한 소문이 전해왔다. 금아와 연애를 하는 남학생 최림(崔林)이 고향에 아내가 있다는 것이었다. 금아에게는 청천벽력 같은 소식이었으나 들은 그날로 바로 달려가 따져 묻거나 소란을 피우지는 않았다. 헛소문이라면 아무 상관도 없을 것이요 만약 진짜라면 본인이 언젠가는 자기 입으로 털어놓을 것이다. 이것이 금아의 생각이었다.

마지막 학기가 되니 금아는 졸업논문을 쓰느라 바쁘고 최림은 나름대로 반에서 학습부를 맡고 바삐 돌았다. 그런 와중에도 둘은 사흘이 멀다 하게 만나 아주 잠깐이라도 얼굴을 보곤 했다.

그러던 어느 한번 만남에서 최림이 드디어 입을 열어 진실을 털어놓았다.

사실 최림은 여러 해 전에 벌써 대학교시험에 합격되었는데 신체검사에서 폐병이 심해 떨어지고 말았다. 그 때 사람들이 모두 손가락질하며 폐병쟁이라고 피하는데 한 처녀가 뜨거운 동정을 주며 품에 안겨드는 것이었다. 후에 최림이 대학교에 붙게 되자 처녀는 아예 짐을 싸가지고 최림이네 집에 들어와 살고 있었던 것이다.

결론은 없었다. 스스로도 어찌해야 할지를 모르고 있는 것 같았다. 오히려 금아가 먼저 결론을 내려 말했다.

"당신들의 위대한 사랑 계속하세요. 그동안 행복했습니다."

그 후 두 사람은 오랫동안 만나지 않았다.

졸업배치가 끝나고 금아가 짐을 모두 꾸린 다음 차표를 끊어 학교를 떠나기 전날 밤, 최림이 금아를 찾아왔다.

"내 아내로 되어주겠소?"

금아는 당장에서 거절했다. 집에다 여자를 하나 앉혀놓고 밖에서 구혼하는 남자, 당시 최림은 이렇게 보일 수밖에 없었던 것이다.

이듬해 최림은 천신만고를 거쳐 먼저 처녀와 갈라졌으나 이때 금아는 이미 다른 남자의 아내가 되어 있었다.

통수답게 살고 통수답게 죽다

둘째 딸 윤아를 시집보낼 때 아버지는 눈물을 하염없이 쏟았다. 하여 윤아의 절인사도 제대로 받지 못하고 그 정서가 윤아에게 옮겨져 시집에 가서 큰상을 받을 때까지도 윤아는 너무 슬프게 울어 시어머니의 나무람까지 받았다.

후에 아버지는 너무 속이 허전하여 윤아네 집을 꽤 자주 드나들며 스스로도 못 마땅한지 이렇게 말하는 것이었다.

"윤아야, 내가 왜 이러냐? 미친 놈 죽은 딸집 다니듯 내가 왜 문만 나서면 너의 집에 오고 싶냐."

윤아는 동쪽으로 약 5리를 거리 둔 선민촌(원 2반)에 시집을 갔다. 남편 서민선은 외모가 잘생기고 남자다운 체격에 성격이 유순하여 당시 마을에서는 꽤 인기 있는 총각이었다. 먼 친척의 소개로 윤아에게 혼삿말을 왔을 때 아버지가 보고 좋다고 하니 윤아는 별 의견 없이 약혼해버렸다.

그런데 시집을 와서 보니 서씨네는 아주 괴짜 집안이라 해도 과언이 아니었다. 연상 연하 시누이 다섯에 시동생 둘 모두 8남매 중에서 아들로 서민선이 맏이고, 살림은 째지게 가난한데다 가풍은 인간의 도의와 원칙에 따르는 것이 아니라 그냥 뭐든 내키는 대로 하는 것이 본인 듯했다. 그래서 공부도 안하고 일도 안하고 손버릇이 나빠 가끔 도둑질이나 하며 청춘을 허송하는 막내 시동생을 아무도 상관하는 사람이 없었다.

후에 윤아가 아이 둘을 낳고 너무 가난하고 힘들게 고생하며 사는 것을 보고 아버지는 크게 실망하여 "그때 내가 막지만 않았어도…" 하고 아프게 자책하고 후회했다.

사실 서민선을 만나기 전에 윤아에게 사랑을 고백한 남자는 한둘이 아니었으나 대부분 아버지가 반대해서 그만두었다. 성분이 나빠 안 돼, 나이가 많아서 안 돼, 키가 작아 안 돼, 얼굴이 희다고(건강하지 못하다고) 안 돼. 마지막에 아버지가 찬성한 남자는 이미 윤아의 친구와 약혼한 사이여서 윤아가 끊어버렸다. 이렇게 되다 보니 나중에 서민선과 만나게 된 것이었다.

어린 나이에 공부도 못하고 일을 죽게 하며 고생한 둘째 딸만은 시집이라도 가서 좀 편히 지내기를 바랐건만 반대로 더 심한 고생을 하고 있으니 아버지는 가슴이 미어지는 듯해서 그렇게 끙끙 가슴앓이를 하며 저도 모르게 자주 가 보았던 것이다.

1982년부터 중국의 농촌은 가족을 단위로 밭을 나누어 개인영농(單幹)을 하게 되었다.

이미 늙고 병들어 몸이 말을 듣지 않는 상황이나 아버지는 그래도 성주를 데리고 한해 농사를 잘 지어보려 애썼다. 일흔을 바라보는 노인이 몸소 한 삽 한 삽 떠서 만들어 놓은 논두렁을 보고 사람들은 혀를 내두르지 않을 수 없었다. 농사일을 전혀 모르거니와 농사일을 배우려고도 하지 않는 성주에게 일을 시키면 제대로 완성하지 못할 뿐만 아니라 저도 모르게 "삐뚜렁 바우" 본성이 나와 도리어 일을 그르칠 때가 태반이었다. 그 한 해 동안 아버지는 너무 절실한 실망, 아니 깊은 절망 속에 빠져 허우적거렸다. 그렇게 울며불며 한탄하며 개탄하며 힘들게 일 년 농사를 지었는데 연말에 가서 보니 그래도 농사 소출이 전 마을에서 일등이고 벼들이 얼마나 잘 여물었는지 알알이 종자로 써도 손색없을 정도였다.

그런데 여름부터 아버지의 가슴을 무겁게 지지누르는 것이 있었다. 금아가 7월 달에 졸업했다는데 어디로 배치 받는지 소식이 없는 것이었다. 아버지에게 있어 금아는 마지막 희망이었다. 그렇게 애타게 기다리다가 12월 달이 되어서야 금아가 밀산현 문화관에 배치 받고 집으로 돌아온 것이었다.

아버지는 이해할 수가 없었다. 전에 서교수님이 오셨을 때 금아는 공부도 잘하고 예절도 밝아 호평이 높다고 했었다. 또 금아가 가져온 성적표를 보아도 학업 점수가 거의 모두 상등에 속하는데 어찌하여 이 같은 배치를 받아야 한단 말인가. 처음에 금아는 아버지가 괴로워하실까 걱정되어 실말을 하지 않다가 후에는 너무 따져 묻는 바람에 할 수 없이 사실을 털어놓았다.

원래 금아가 배치 받은 자리는 성급의 당당한 모 행정자리였다. 그런데 졸업을 하고 할빈에 와서 배치된 직장에 찾아갔더니 다른 학생을 이미 받았다는 것이었다. 알아보니 그 학생의 아버지가 모모 인사국장과 동창생… 이유는 묻지 않아도 뻔한 것이었다. 일개 농민의 딸 금아에게 무슨 권리가 더 있겠는가? 그래도 자기 자리를 찾겠다고 금아는 할빈에서 갖은 고생을 다하며 근 70여 일을 버티고 있었다. 겨우 성 교육국에서 금아의 성적표를 보고 받겠다고 대답을 했는데 금아의 당안이 이미 목단강 지구에 가 있으니 금아 더러 가서 찾아오라는 것이었다.

당안 찾으러 목단강에 온 금아는 목단강 인사국에서 당안을 순순히 내주지 않아 모교 서교수님께 전화를 했더니 서교수님이 민족출판사로 찾아가라는 것이었다. 당시 성 민족출판사는 목단강에 자리 잡고 있었다.

금아가 출판사에 찾아가니 총편인 허일선생님이 금아를 얼른 알아보고

"내가 학생을 데리러 중앙민족대학에 갔을 때 금아 학생이 탐이 나서 물었더니 이미 배치가 되었다고 해서 많이 아쉬웠는데 이게 어찌된 일이오?" 하고 물었다.

금아가 전후 과정을 죽 얘기하자 듣고 나서 허총편이 말했다.

"그러지 말고 차라리 출판사에 오는 게 어때요? 올해는 이미 편제(編制)가 없지만 내년엔 꼭 있을 것이니 몇 달만 기층에 내려가 고생하면 됩니다."

이렇게 되어 금아는 차라리 고향인 밀산으로 내려가 잠간이라도 가족을 돌보는 것이 낫겠다고 결정하여 밀산에 온 것이었다.

그래도 아버지는 한없이 괴로워했다. 내가 농민이라 힘이 없으니 북경에 가서 좋은 대학을 다니고도 이렇게 밀리는구나. 다 내가 못난 탓이다. 하며 억울해서 밤잠마저 이루지 못했다.

그해 금아는 목단강 출판사에서 만난 박총각(박송헌)과 약혼하여 이듬해 정월 초이튿날에 결혼식을 올렸다.

셋째 딸까지 시집을 보내고 나니 아버지는 거의 허탈상태에 빠졌다. 그래도 자연의 계절은 드팀없이 돌아와 이제는 새해 농사를 계획해야 하는데 아버지는 심신이 지나치게 지쳐있었다.

"하느님이여, 내게 조금만 힘을 주시오. 이제 농사를 한두 해만 더 지으면 생산대 빚을 다 물고 홀가분히 떠나가련만…"

그렇게 심신이 나부라져 허우적거리는 중 어느 날, 신문을 나르는 아이가 특별하게 생긴 편지 한통을 가져다주었다. 아버지가 열어보니 막냇동생 김진이 희생되었다는 열사통지서였다. 조선전쟁에 나간 지 30여년이나 되는 동안 소식 한번 없어 아버지는 설명절이 돌아오면 늘 혼자 술을 마시며 눈물을 흘리곤 했다.

"진아, 지금 어디 있는 거냐? 왜 소식 한번 주지 않고 이토록 형을 애타게 하는 거냐?"

아버지의 이런 모습을 안타깝게 지켜보던 금아가 대학교에 승학하자 중앙의 상관 부문에 편지를 보내 삼촌의 행방을 탐문했다. 오늘 바로 그 답장이 열사통지서로 집에 도착한 것이었다.

아버지는 극도의 슬픔과 개탄에 빠졌다. 동생이 이렇게 오랫동안 소식이 없으니 아마 죽었을 거라고 추측은 했어도 정작 열사통지서를 손에 쥐는 순간, 심장을 에이는 듯한 아픔이 온몸을 엄습했다. 더욱이 동생 진은 나라를 위해 싸우다 목숨을 바쳤는데 당지부에서도 촌의 행정기관에서도 머리 하나 내밀지 않고 위로의 말 한마디 없으니 그 무심함과 냉정함에 치를 떨지 않을 수 없었다. 내가 아무리 빚진 호라 해도 최저한도의 인간대접은 해줘야 하지 않는가? 사람이란 집에서 기르던 개 한 마리 죽어도 누구의 위로가 필요한 법…

생각할수록 서럽고 슬프고 자신이 한없이 초라하게 느껴졌다. 인간 대접을 받지 못하는 인간이 세상에 더 살아서 뭐하랴.

전에 아버지는 큰딸 순아에게 이런 말을 한 적이 있었다.

"세 가지 경우에 나는 비명(非命)의 죽음을 할 수도 있다. 첫째, 빚진 호라고 지금보다 더 심하게 타격하면 자살할 것이다. 둘째, 세 딸 중에서 어느 딸이 바람을 피워 남을 웃기면 살지 않을 것이다. 셋째, 내가 술을 좋아하니 취해서 인사불성이 되어 객사할지도 모른다."

지금이 바로 첫째 경우라고 아버지는 생각했다.

"인간이 인간 대접을 받지 못할 때는 가버리는 것이 상책이다. 구차하게 목숨이나 구걸하며 하루하루 연명하는 것은 나 김갑규의 풍격이 아니다."

그날 밤 아버지는 열사 통지서를 가슴의 심장부위에 꼭 대고 동생의 이름을 끊임없이 부르며 긴긴 밤을 모대기고 또 모대겼다…

이튿날은 3월 11일, 바로 동생 김진이 입대하던 날이었다. 그날 입대해서 가족과 갈라진 것이 영영 이별로 되었다. 또한 이 날은 막내아들 성운이가 자동차에 치워 목숨을 잃은 날이기도 했다. 슬픔에 슬픔이 겹쳐 바다를 이루고 억울함과 초라함이 심장을 함몰하며 전신의 세포 세포를 삼켜갔다…

핏빛 노을이 온 하늘을 벌겋게 물들이는 황혼 무렵, 아버지는 짐바를 허리에 두르고 낫을 들고 봄버들 하러 가는 차림으로 마을을 벗어져 나갔다.

7,8리나 떨어져 있는 목릉강을 바라고 터벅터벅 걸어갔다. 힘들어도 가자.

이제 조금만 더 가면 황소처럼 끌고 가야 할 내 삶의 무거운 짐수레도 없어지는 것이다. 죽음이라는 건 결국 삶이라는 술자리를 잊어버리기 위해 마시는 한잔의 독주가 아니겠는가?

기어코 목릉강 기슭에 이르렀다. 이른 봄의 칼바람에도 강물은 머리를 풀고 있어 군데군데 얼음이 녹아 층이 얇아진 흔적이 보였다. 낫으로 그 얇아진 층을 툭툭 凸자 밑으로 흐르는 시커먼 강물이 나타났다.

낫을 내려놓고 허리의 짐바를 풀어놓고 담배를 피워 물었다. 이 세상에서 피우는 마지막 담배였다. 이윽고 대지를 함몰한 탁한 어둠이 사방에서 옥죄어들고 하늘은 먹물의 밤 장막에 가려 아무것도 보이지 않았다.

짧은 순간이지만 잠의식이 지난 생을 돌이켜보았다. 그리고 잠의식이 조용히 말했다.

"결코 나는 이 삶도 이 죽음도 사랑할 수 없습니다. 이제 내가 다시 태어날 수 있다면 나는 사람으로 태어나지 않고 용으로 태어나 저 푸른 하늘을 자유롭게 훨훨 날아다닐 것입니다."

담배가 모두 타들어갔다. 아버지는 결연히 일어서서 담배꽁초를 버리고 방금 꺼놓은 얼음구멍으로 다가섰다. 웃으며 가자, 미소 지으며 가자. 내 평생 그토록 힘들어도 가능한 울지 않고 미소 지으며 살았다. 아니, 통쾌하게 하하하 웃으며 살았다. 그래서 내게는 통수라는 별명이 붙었다. 내 과연 통수답게 살았다면 이 죽음도 통수답게 맞이하리라!

입술을 열어 노래를 부르기 시작했다. 평소에 가장 즐겨 부르던 "멋쟁이 춘풍"이었다.

"능라도 실버들 하늘 하늘이 봄바람 붙들고 춤을 추니, 꾀꼬리 쌍쌍 가지에 앉아 둥실 두둥실 춤을 추네. 흥-흥 흥-흥 멋들어졌구나. 흥-흥 흥-흥 멋이로다."

이렇게 미소 지으며 한때 "통수, 옥편, 제갈량"으로 소문 놓던 금녕 김씨 김 갑규는 67세의 파란 많은 인생을 마감했다.

제5장

비(悲)와 희(喜)의 소나타

제5장
비(悲)와 희(喜)의 소나타

인간의 유한한 삶은
무한하게 작은 삶들의 집결이며
각자의 삶은 모방할 수 없는 소나타다

거꾸로 선 혼전 약속

결혼하기 전에 남자가 한 약속은 "콩으로 메주를 쓴다고 해도 믿지 말라."라는 말은 마치 금아의 혼인을 두고 생긴 말 같았다.

대학교를 졸업할 때 최림과 갈라지면서 금아는 사랑도 묻어버렸다. 이제 사랑의 감정 따위는 내게 다시 존재하지 않는다. 나는 단지 내 부모를 모시고 내 동생 성주를 돌봐주겠다고 대답하는 남자면 결혼을 고려할 것이다. 이것이 금아의 생각이었다.

마침 출판사에 갔다가 아직 노총각인 박송헌을 만났다. 당시 배치 때문에 심하게 고생하여 금아의 몰골은 말이 아니었으나 총각은 한눈에 꽂혀버렸다.

알고 보니 박송헌은 금아가 대학교 1학년 때의 담임선생님과 동창생이고 금아와는 같은 중앙민족대학 조문전공 졸업생이었다. 세 학년 위인 동문 선배님을 만나니 금아는 너무 반갑고 의지가 되어 배치 문제로 당한 억울함을 마구 하소연했다. 송헌은 금아에게 따뜻한 동정과 위로를 주는 동시에 백방으로 금아를 도와 나섰다.

천신만고 끝에 드디어 금아의 배치문제가 결정되자 송헌은 금아에게 정식으로 청혼을 했다. 금아는 "나는 금후 내 부모를 모시고 내 동생 성주를 돌보아야 합니다."라고 조건을 내걸었다. 송헌은 자기네는 아들이 셋이고 부모가 아직 젊고 건강하니 처가 부모를 모시고 처남을 돌보는 일은 당연하다고 흔쾌히 대답하며 금아의 조건을 받아주는 것이었다. 또한 금아가 자기는 어릴 때부터 건강이 좋지 않아 독한 약을 많이 쓴 탓에 장래 불임일 위험도 있다고 하니 송헌은 자기는 자식이 없어도 괜찮다고 하며 금아 더러 신경 쓰지 말라고 했다. 이렇게 되어 두 사람의 결혼은 상상보다 빨리 이루어졌다.

그런데 정작 결혼을 하고 보니 박송헌은 비단 혼전 약속을 지키지 못했을 뿐만 아니라 상황이 도리어 거꾸로 되고 말았다.

실정은 결혼 전에 박씨네가 소위 탄광을 경영하고 집에 자동차가 있으며 그만큼 살림이 넉넉하다고 소개한 것은 모두 허장성세였다. 내막은 박송헌의 아버지가 탄광을 경영한다는 명의로 빚을 몇 십만 원이나 졌고(당시는 만원호가 부자일 때임), 다 망가진 중고 자동차를 둘째 아들이 몰고 다니며 사고만 치고, 할머니까지 계시는 노소 3대는 빚 독촉에 못 이겨 여기저기 쫓겨 다니는 신세였다.

이런 속사정을 알지 못하는 금아는 하루 빨리 돈을 벌어 자기 가정을 추세우고 부모를 모셔올 궁리만 하는데 기막히게도 금아가 결혼한 지 한 달도 채 안되어 아버지가 스스로 세상을 버리셨으니 그 슬픔과 한이 가슴에 서려 미칠 지경이었다.

그해 9월에 금아는 성민족출판사로 전근되었고 10월에는 마침내 임신을 하였다. 몸이 허약해 임신하기 어렵다던 금아가 임신을 했으니 크나큰 희사일 텐데 놀랍게도 남편은 조금도 기뻐하지 않고 수심 가득한 얼굴로 금아에게 아이를 지우라고 하는 것이었다. 이유는 자기네 가정형편이 지금은 아이를 낳아 키울 때가 아니라는 것이었다. 금아가 이해할 수 없어 자꾸 따져 묻다 보니 그만 이하의 놀라운 사실을 알게 되었다.

사고덩어리 큰 시동생 송호가 연변호텔에 가서 최고 비싼 방을 근 한 달 동안이나 외상으로 쓰고는 형의 이름과 주소를 남겨놓고 도망쳐 버려 그 빚을 무느라 송헌의 월급이 통째로 잘려 나가고 있는 중이라는 것이다.

한심하게 기막힌 일이지만 별수 없이 그 빚을 무는 근 일 년 동안 송헌의 월급은 1전도 없고 금아 한사람 월급으로 가정을 운영하노라니 임신부가 고기 한 근, 과일 한 알 먹어보지 못했다. 그래서 원래부터 몸이 허약한 금아는 그만 영양 부족으로 두 번이나 기절하여 쓰러졌고, 해산 시에는 표준보다 훨씬 작은 아기(5근도 채 안됨)를 낳으면서도 산모와 아기가 다 죽어 숨이 없는 것을 의사들이 인공호흡으로 겨우 살려냈다.

이듬해 사고덩어리 큰 시동생은 또 자동차를 몰고 자기보다 열 몇 살이나 큰 한쪽 과부의 집에 드나들더니 덜컹 임신을 시켜 과부가 자기와 결혼하지 않으면 돈을 엄청 내라고 해서 하는 수 없이 송헌네 부부가 가서 돈 몇 천원을 주고 시동생을 어렵게 빼내왔다. 이 일로 지나치게 열 받은 남편은 얼마 안 되어 임파결핵에 걸려 목이 곪아 터지고 혈압이 오르내리며 건강이 눈에 띄게 나빠져 갔다.

그런데도 시아버지는 뻔질나게 큰아들 집에 드나들며 아픈 아들과 비밀리에 숙덕질을 하더니 어느새 며느리를 속이고 옆집의 림부인(출판사 림편집의 아내)한테서 돈 만원을 한 달에 15%(1년이면 180%) 이자로 빌려간 것이었다. 한 달이면 갚는다고 가져간 돈을 1년이 넘도록 갚지 못하니 옆집의 림부인이 금아를 찾아와 빚 독촉을 하는 바람에 그제야 금아는 박씨네 내막을 모두 알게 되었다.

이때는 그 빌려간 돈 만원이 이미 이자가 2만원이나 붙어 도합 3만원이 되었고 이제 물지 못하면 그 3만원으로 다시 이자를 계산하여 한 달에 15% 즉 4500원씩 붙게 되는 판이었다. 당시 송헌과 금아 두 사람의 월급을 합쳐도 단돈 백 원이 안 되는 형편인데 어디 가서 3만원이란 큰돈을 빌려온단 말인가.

시아버지는 금아에게 돈을 빌려오라고 은근 강박하며 아들집에 눌러앉아 살다시피 하고, 한편 대 약하고 마음이 어진 송헌은 속이 타서 하루 종일 집안에 들어박혀 담배질이나 하고 한숨만 풀풀 내쉬었다. 그러는 와중에도 빚의 이자는 한 달만 지나면 4500원씩 쑥쑥 올라붙고 있었다…

견디다 못해 더는 참을 수 없어 금아가 전에 취재를 했던 젓가락공장 백사장을 찾아가 사정이야기를 했다. 듣고 나서 백사장은 자기도 지금은 유동자금이 넉넉하지 못한 상태지만 금아의 사정이 하도 딱해서 돈 3만원을 개인 장부에 올리고 빌려주었다. 하여 이 돈으로 겨우 월 15% 이자의 빚은 갚았는데 이 빌려온 돈 3만원은 또 어떻게 무엇으로 갚는단 말인가.

이렇게 속을 태우며 안절부절 못하던 중 드디어 큰일이 일어나고 말았다. 연말이 되자 백사장의 부인이 장부를 맞추다가 돈 3만원이 없어진 일을 알고 남편에게 따져서 금아가 가져간 사실을 알게 되었다. 백부인은 살기등등해 출판사에 찾아와 다짜고짜 금아가 자기 남편과 바람을 피워 돈 3만원을 홀려갔다고 고자질을 했다.

온 출판사가 발칵 뒤집혔다. 사람들은 가는 곳마다 수군거리며 금아를 손가락질하고 욕을 퍼붓고 침까지 뱉고… 그러면서도 아무도 진실을 알려 하거나 금아를 이해하려 하는 사람은 없었다. 더욱이 남편인 박송헌마저 아내를 이해하고 믿어주는 것이 아니라 오히려 이상한 눈길로 쓸어보며 자기네 박씨 가문의 빚 때문에 일어난 일임에도 미안하다는 말 한마디 없이 마치 금아가 원해서 저지른 일인 듯 담담하고 애매한 태도를 취하는 것이었다.

금아는 철저한 절망 속에 빠져버렸다. 아직 세 살잡이 딸애에게 진실을 말할 수도 없고 그렇다고 멀리 농촌에서 힘들게 살고 있는 언니들한테 하소연할 수도 없었다. 아무리 어떻게 노력해도 청백함을 증명할 길이 없고 아무리 아니라고 해도 믿어주는 사람이 없으니 모든 신조와 용기를 잃은 이 짐승보다 못한 운명으로부터 벗어나는 길은 오로지 하나── 죽는 길밖에 없었다.

금아는 떨리는 손으로 어린 딸에게 유서 한 장을 써놓고 출판사 지도부에 유서를 남긴 다음 백주 한 병을 사서 마개를 열고 병나발을 불며 목단강변을 향해 걸었다. 아버지의 젊은 시절처럼 비록 시대는 다르지만 아버지와 비슷한 생각을 하며 술을 한 모금 마시면 조금 더 죽음 가까이 다가간 느낌을 안주로 삼키며 타박타박 걷고 또 걸었다…

문득 웬 자전거 바퀴가 금아의 앞길을 가로막았다. 이상하여 고개를 들고 보니 생면부지의 웬 껑다리 한족 남자였다.

"비틀거리며 가는 거 아까부터 보았습니다. 어딜 가는지 내가 실어다 드릴게요." 말하며 남자는 손으로 자전거 뒷좌석을 툭툭 두드렸다.

금아는 흐리멍덩한 눈으로 남자의 얼굴을 빤히 쳐다보다가 고개를 좌우로 흔들었다.

"아닙니다. 상관 말고 어서 가던 길이나 가세요."

금아는 정신을 가다듬고 가능한 앞을 주시하며 걸음을 재촉하려 했다. 죽음을 실은 칼바람은 귓전을 스치며 윙윙 불어치고 마음은 죽음으로 에워싸인 어둠 속에서 가속으로 직행하고 있었다.

다시 술병을 들어 병나발을 불었다. 이제 이 술병이 굽이 나는 시간에 죽음은 성큼 앞으로 다가올 것이다. 그때는 아무것도 생각하지 말자. 가신 아버지만 생각하며 저 세상에 계시는 아버지만 바라보며 그냥 따라가 버리자…

그런데 자전거 바퀴가 또 다시 앞길을 가로막았다. 여전히 그 껑다리 남자였다.

"앞은 강변입니다 아가씨. 바람이 너무 차요."

이상하게 심장이 찡— 울리는 느낌이었다. 누군가 나를 관심한다? 내가 추우면 싫다? 내가 죽으면 아깝다?

저도 몰래 눈물이 주르르 흘렀다. 왜 우는 거지? 울지 말고 가기로 했잖아. 그런데 죽기에는 아직 몸속의 피가 너무 생생했다. 이렇게 가기에는 아직 외치고 싶은 말이 너무 많았다.

몸을 돌려 살아있는 도시의 껌벅이는 등불을 물끄러미 바라보았다. 저기에 이 남자와 같은 심장을 가진 사람이 얼마나 더 있을까? 그러자 달려오는 죽음과 살아있는 혼돈 사이로 이상한 목소리가 들려왔다.

"검은 모자를 쓰고 죽은 자는 영원히 검은 색깔로 사람들의 기억 속에 남는다.”

"안 돼!"하고 금아는 몸을 부르르 떨었다. "절대로 내 아이의 머릿속에 검은 색깔로 남아서는 안 된다. 결코!"

금아는 몸을 홱 돌렸다. 죽음을 내쳐버리듯 술병을 멀리 던져버리고 두 눈을 크게 껌벅거려 날아가는 정신을 휘휘 되잡아왔다. 남자의 얼굴을 잠간 쳐다보다가 천천히 그리로 다가갔다. 그리고 강변에서 가까운 친구의 집 주소를 대주었다.

찬바람은 여전히 자전거 뒷좌석에 앉은 금아의 귓전을 아프게 때렸으나 머릿속은 이미 죽음으로부터 완만한 커브를 그리며 돌고 있었다. 금아는 이 초라한 운명 앞에 하나의 참다운 도전을 걸어보리라 속다짐하며 주먹을 높이 쳐들었다. 그것은 죽음을 물리치는 거대한 의식과 같은 거동이었다.

그 후 이 3만원 빚은 출판사에서 대신 백사장에게 갚아주고 매달 금아네 부부의 월급에서 얼마씩 떼어내며 수년을 두고 갚았다.

운명과의 대결

생활상에서 이토록 큰 풍파를 겪으면서도 금아의 업무수준은 눈에 띄게 비약했다. 출판사의 편집으로 자기 앞의 업무를 훌륭히 완수할 뿐만 아니라 남편 앞에 배당된 각종 편집 일과 번역 일을 높은 수준으로 대신해주어 한때 사람들은 송헌의 문자 수준이 높다고 출판사에서 가장 힘든 "종합잡지" 편집 일을 맡겼다. 그런데 얼마 가지 않아 사람들은 금아가 대신한 것을 알고 송헌을 과학기술 편집부로 옮기고 대신 금아를 종합잡지 편집으로 배치하였다.

금아는 종합잡지 편집부에서 맡은 바 일을 훌륭히 완성하여 거의 매년 우수 편집상을 타는 동시에 여러 문학지에 소설, 수필, 평론 등 작품들을 발표하여 문학상을 받아오기도 했다. 하여 출판계통의 업무수준을 상징하는 중급 직함을 선배 심지어 훨씬 선배인 편집들과도 함께 받았다.

반면에 시집의 빚은 시아버지가 여기저기 다니며 빌려서 바쁜 목은 겨우 해결하지만 이렇게 빌리고 빌리니 이자에 이자가 붙어 굴러가는 눈덩이같이 갈수록 불어만 갔다. 해마다 설이 돌아오면 빚받이를 온 사람들이 밀물처럼 쓸어들어 맏며느리인 금아는 하루 종일 술상을 차리고 시중을 들어야 했다. 시아버지는 이제 곧 탄광의 갱에서 석탄이 나올 것이니 그때는 곱절로 갚아주마고 입이 닳게 빚받이꾼들을 얼리고 사정하여 어렵게 돌려보내곤 했다. 게다가 그 해는 둘째 아들이 장가드느라 또 빚에 빚을 첨가하여 이제는 희망의 꼬리마저 보이지 않게 되었다.

부모네 집 일 때문에, 그 끝없이 불어나는 빚과 동생들 일 때문에 태산보다 더 무거운 심리적 압력을 느낀 송헌은 원래부터 내성적인 성격이 더 과묵해져 하루 종일 말소리는 거의 입 밖에 내지 않고 틈이 나면 담배만 태우고 한숨을 쉬는 것이 허구한 일과였다.

1988년 3월 7일 저녁, 출판사에서는 3.8절 기념활동으로 회식을 한 다음 무도회가 이어졌다. 모두들 신나게 춤을 추고 있는데 송헌은 몸에 기운이 쏙 빠져 혼자 구석에 앉아 담배를 피우고 있었다. 그런데 이상하게도 손가락 사이에 낀 담배가 자꾸 저절로 손에서 빠져나가는 것이었다. 하여 송헌은 일찍감치 집에 돌아와 초저녁부터 잠을 잤는데 아침에 일어나보니 혀가 잘 돌아가지 않았다. 오른손도 말을 잘 듣지 않았다. 오른 다리도 오른발도 모두 말을 듣지 않았다. 금아가 즉시 남편을 데리고 병원에 가 진단을 한 결과 오른쪽 마비의 반신불수가 왔다는 것이었다. 그해 송헌은 겨우 35살을 먹었고 금아와 결혼한지는 5년밖에 안되었다.

맙소사, 운명은 왜 내게 이토록 가혹한 희롱을 하는 것입니까? 어찌하여 내 앞에는 비운의 고해 (苦海)만 펼쳐주고 빠져나갈 통로는 주지 않는 것입니까? 하지만 병마는 이미 판결을 내렸고, 이 판결은 상소할 길이 없는 것이었다.

이렇게 송헌은 아버지가 저지른 잘못의 대가를 치르며 근 일 년 동안 병상에 누워 힘든 치료를 받고 나서야 다소 회복이 되어 간신이 정상생활을 할 수 있었다.

이듬해 여름, 300여일 남편의 병상을 지키던 금아는 동북3성 문학평론 회의 통지서를 받고 오랜만에 바람도 쏘일 겸 장춘에 가서 회의에 참석하였다. 참석자는 모두 평론문을 한 편씩 써야 하는데 금아는 통지를 늦게 받다 보니 사전에 평론문을 작성하지 못해 밤 열차를 타고 가는 도중에 사색하고 이튿날 아침 회의장에 당도해 한쪽 구석에 앉아 논문을 쓰기 시작하여 수정할 새도 없이 발표했다. 그런데 놀랍게도 발표한 모든 논문 가운데 금아의 논문이 최고 득점을 얻어 이번 평론회의에서 유일한 우수 논문상을 받아 안았다.

소식을 듣고 출판사 총편(總編)이 너무 반가워서 그날로 대회에서 금아를 지명 표창하였다. 이에 진심으로 축하를 보내는 사람들이 있는가 하면 금아가 실력 있어 받은 것이 아니라 얼굴이 반반해서 그 덕으로 받았다고 하며 백방으로 비하하려 애쓰는 사람도 있었다. 그러거나 말거나 지금의 금아에게는 이런 하나하나의 성취들이 금아가 삶을 지탱하는 가련한 이유이기도 했다.

그해 10월말에 송헌과 금아는 시아버지를 힘들게 설복하여 탄광 개발권을 남에게 넘기기로 했다. 수년이 지나도 석탄 한 알 나오지 않는 갱이니 개발권만 가지고 있은들 빚만 늘어났지 무슨 소용 있겠는가?

마침 김씨 성을 가진 석탄 전공 졸업생 친구가 관심을 보이기에 송헌은 김씨를 데리고 탄광으로 고찰을 갔다. 그곳에서 탄광을 고찰하고 이튿날 저녁 열 시가 넘은 시간에 돌아왔는데 두 사람은 또 상론할 일이 있다며 술을 사 들고 집에 들어와 계속 마시는 것이었다.

금아는 딸 소연이가 빨리 자자고 칭얼대기에 먼저 침실에 들어가 아이를 끼고 누워 잠이 들었다. 시간이 얼마나 흘렀는지 남편이 비칠거리며 옆에 들어와 눕는 바람에 금아가 잠을 깨어 화장실로 가는데 갑자기 거실에서 이상한 소리가 나는 것이었다. 금아가 얼른 가보니 거실의 소파에 시커먼 사람이 길게 누워 코를 드렁드렁 골고 있었다. 너무 놀라 침실로 달려 들어와 남편에게 물었더니 김씨가 술에 취해 집에 가지 못하고 거실 소파에 누워 자고 있다는 것이었다.

어딘가 좀 불쾌하고 께름칙한 느낌이 들었으나 달리 어찌할 방법이 없었다. 이 한밤중에 술에 곤죽이 되어 인사불성인 150근의 남자를 6층에서 업고 층계를 내려갈 수 있는 사람은 아무도 없을 것이다. 더욱이 당시 남편은 중풍을 맞아 기막힌 치료를 거친 뒤 겨우 자립을 회복한 상태였으니 어른은 고사하고 아이 하나도 업고 내려가지 못할 형편이었다. 그렇다고 체중이 90여근밖에 안 되는 금아가 업고 내려갈 수는 더욱 없는 것이었다.

별수 없이 금아는 김씨를 그대로 내버려두고 자기 침실에 돌아와 계속하여 잠을 잤다.

그런데 새벽 4시 쯤 되었을 때, 갑자기 밖에서 문을 잡아 두드리는 소리가 났다. 아니, 두드리는 것이 아니라 무슨 쟁기로 문을 부수고 있는 것 같았다. 금아가 놀라 깨어나 문께로 다가가며 누구냐고 물었더니 밖에서는 대답이 없고 더 세차게 문만 두드리는 것이었다.

금아가 얼결에 문을 열자 바다코끼리 같은 웬 여자가 싸움을 거는 침팬지 상을 하고 다짜고짜 집안에 들이닥쳤다. 그 뒤로는 한 무리 굶은 사자 같이 날뛰는 남녀 일여덟이 몽둥이를 들고 저마다 흉악한 이발을 드러내며 홍수같이 밀고 들어왔다.

이어 뭐가 뭔지 미처 가릴 새도 없이 바다코끼리 여자가 거실에 뛰어들어 소파에서 자고 있는 김씨의 멱살을 잡아 일으키며 쌍욕을 퍼부었다.

송헌이 다급히 여자를 잡으며 말리려 했다.

"아주머니, 이러지 말고 내 말 좀 들어보세요…"

그러자 여자가 이번에는 송헌의 머리카락을 와락 움켜쥐며 물어뜯을 듯이 악다구니 하는 것이었다.

금아가 얼른 나서서 여자의 손을 풀게 하려고 애쓰자 여자가 성성이 같은 손을 뻗어 이번에는 금아의 머리카락을 틀어쥐려 했다. 금아는 잽싸게 피하며 여자의 손을 호되게 탁 쳐버렸다. 이걸 보고 여자를 따라 들어왔던 무리들이 곧바로 몽둥이를 휘둘러 왈라당 절라당 집안을 부수기 시작했다. 거실에서 침실로 통하는 사잇문 유리가 박살났다. 거실에서 서재로 통하는 사잇문 유리도 박살났다. 화장실문은 몽둥이에 얻어맞아 널판자가 다 깨지고 찌그러져 떨어지고 문도리만 문틀에 덩그러니 붙어있었다.

이때에야 김씨가 제 정신이 들었는지 "집에 가자. 가서 말하자!" 하고 소리치며 아내의 팔을 잡아 밖으로 끌어냈다. 여자는 금아를 요귀라고 자기 남편을 홀려 돈을 빼갔다고 고래고래 고함치고 욕질하며 남편에게 끌려 문밖으로 나갔다. 무리들도 우르르 뒤따라 나갔다.

바로 이 순간, 놀라운 일이 일어났다. 싸움 소리에 놀라 깬 4살 먹은 딸애 소연이가 주방에 달려가 식칼을 거머쥐고 달려와 출입문을 활짝 열고 방금 문을 나서 층계를 내려가는 무리들을 향해 힘껏 소리쳤다.

"이 나쁜 놈들아, 퉤! 다신 우리 집에 얼씬도 말아. 퉤퉤!"

금아는 너무 놀라 얼른 아이를 안아 집안에 들여놓고 문을 닫아버렸다.

너무 기가 막히고 억이 막혀 말이 나오지 않으나 송헌의 상태를 보니 더 말이 아니었다. 금아는 우선 아픈 사람을 살려야 하기에 무엇보다 먼저 남편을 데리고 병원에 가서 오전 내내 구급치료를 했다.

그런데 "방귀 뀐 놈이 성낸다"더니 그날 놀랍게도 그 악한들이 먼저 경찰에 신고하여 송헌과 금아를 경찰서에 연행해갔다. 내막은, 그 바다코끼리 같은 김씨 아내는 친정이 이 지역 토박이인데다 지금은 이미 결혼한 형제자매만 해도 여덟이나 되니 맨 아래 기층 경찰서로부터 시급 공안국과 검찰기관, 법원에 이르기까지 연줄이 닿지 못하는 곳이 없다는 것이다. 그날 점심 그들은 개두 마리를 잡아놓고 상관 연줄들을 모두 청해 한바탕 먹이는 동시에 주요 인원에게는 돈까지 찔러주었다는 것이다. 이렇게 되어 그날 오후 두 경찰이 우쭐거리며 출판사에 찾아와 숱한 동료들 앞에서 송헌과 금아를 연행해갔던 것이다.

이 한심한 시와 비의 전도 앞에 금아는 금시 미쳐버릴 것만 같았다. 도대체 우리가 무슨 잘못을 저질렀단 말인가? 술에 취해 인사불성이 된 사람을 내쫓지 않고 소파에서 자게 한 것뿐인데, 밤중에 남의 집에 뛰어들어 기막힌 행패를 부린 저 악한들을 처벌하지 않고 반대로 억울하게 당한 우리 부부를 연행하다니 천하에 이런 일이 어디 있단 말인가?

경찰서에서 경찰이 들이대는 기막힌 질문에 금아는 너무 어처구니가 없어 하마터면 기절할 번했다.

"왜 남의 남자를 집에서 재웠느냐? 왜 그렇게 취할 때까지 술을 먹였느냐? 왜 돈은 천원이나 이유 없이 가졌느냐? …"

돈 천원 일은 이때야 남편에게 물어 알게 되었는데 며칠 전 남편이 차용증을 쓰고 김씨한테서 돈을 빌려 자기 아버지에게 주었다는 것이었다.

사람이 기막혀 죽는다는 말을 금아는 지금 기막히게 체험하고 있었다. 중풍을 맞아 말이 잘 안 되는 남편은 너무 억울하고 조급한 나머지 혈압이 껑충 뛰어올라 다시 병원으로 실려 가고 이제는 금아 혼자서 이 모든 것을 직면해야 했다.

오후 내내 경찰에 시달리고 저녁에야 겨우 집에 돌아온 금아는 그날 밤, 밤을 지새우며 "세상에 알리는 글"을 썼다. 먼저 이 일의 시말을 상세히 적고나서, 가령 저 무리들이 뒷문으로 권리를 남용해 이 사건에 이상한 판결이 내려지는 날엔 금아가 어떻게 해서든 저자들을 죽이고 자기도 죽을 것이니 훗날에라도 이 사건의 진상을 세상에 공개해달라는 부탁이었다. 다 쓴 다음 봉투 세 개에 각각 넣어 남편에게 한 부, 친구에게 한 부, 그리고 먼 훗날을 고려해 어린 딸에게도 한 부를 남겼다.

날이 희붐히 밝아올 무렵, 금아는 칼 한 자루를 잘 갈아서 품에 간직했다. 밥을 지어 남편이 입원한 병원에 가져다주고 딸애 소연은 유치원에 데려다 주었다. 그런 다음 양복을 정중히 차려 입고 출근시간에 맞추어 경찰서로 찾아갔다. 어제 받은 질문에 대답하겠다고 말해서 어제 질문하던 경찰을 불러 마주 앉았다.

"어제는 내가 너무 기가 막혀 확실한 대답을 드리지 못했습니다. 오늘 정식으로 대답을 드리겠습니다."

서두를 떼고 나서 녹음기 앞에 똑바로 앉아 허리를 꼿꼿이 펴고 경찰의 얼굴을 마주 보았다. 경찰은 이 여자가 도대체 어떻게 변명을 하나 보자는 듯 두 손으로 팔짱을 척 끼고 거만하게 쓸어보고 있었다. 금아는 아랑곳 않고 맑고 또렷한 목소리로 한 글자 한 단어씩 씹어 뱉었다.

"만약 당신들이 이 사건의 진상을 알아보지 않고 시와 비를 제대로 가를 생각이 없다면 이 사건에서 손을 떼세요. 내가 사사로이 해결할 것입니다! 반드시 해결을 보고야 말 것입니다!"

마지막 한마디는 목소리에 쇳소리가 섞여있었다. 아니, 비수같이 섬찟한 무엇이 조용한 말속에 움츠리고 있음을 경찰은 직감했다. 뭔가 무시무시한 느낌이 전신을 타고 흘러 경찰은 저도 모르게 몸을 부르르 떨었다.

이튿날 사건은 검찰원(檢察院)으로 옮겨갔다. 검사가 집에 찾아와 현장을 돌아보며 정상적인 절차로 조사를 진행하기 시작했다. 며칠 후 드디어 김씨네가 송헌네 부부에게 사과를 하고 손해 배상을 무는 것으로 사건은 마무리되었다.

그림의 풍파

세상은 금아에게 기막힌 비운을 가져다주는 동시에 이따금 행운을 가져다주기도 했다. 1990년, 금아는 모 문화대표단의 일원으로 조선을 방문하게 되었다.

수년간 그토록 힘든 가정의 재난과 풍파와 고해를 겪으면서도 금아는 "살아있는 한 나답게 살리라"는 신념으로 부단히 몸과 마음을 가꾸었다. 하여 어디를 가든 누구를 만나든 한결같이 "참 아름답다", "행복해 보인다", "구김살 없고 반듯하다"는 평가를 받는 동시에 어떤 장소에서든 한쪽 구석에 조용히 앉아있어도 인기가 금아 한 몸에 집중되곤 했다.

대표단은 평양에서 국가 급의 접대와 예우를 받고 금강산으로 갔다. 금강산 호텔의 대청에서 금아는 벽에 걸려 전시되고 있는 금강산 그림에 매료되어 감상하고 또 감상했다. 이 때 뒤에서 누군가 말을 걸어왔다.

"그림이 마음에 드십니까?"

금아가 고개를 돌려보니 사십대 초반의 그림같이 잘생긴 남자가 서있었다.

"네, 그림이 참 좋습니다. 너무 아름답습니다."

그러자 남자가 흐뭇한 미소를 지으며 가까이 다가왔다.

"선생님이 더 아름답습니다. 여기 오는 외국 손님들을 많이 만나는데 선생님처럼 우아한 여성은 처음 봅니다."

그리고는 조금 쑥스러운 듯 살짝 웃어 보이는데 하얀 이가 특별히 인상적이었다.

"그렇게 봐주셔서 감사합니다. 저는 중국에서 왔습니다. 김금아라 부릅니다."

말하며 명함장을 내밀자 남자도 황급히 품에서 명함장을 꺼내 금아에게 주었다.

명함장에는 "국가 1급화가 전 모모" 라고 씌어있고 밑에는 금강산 주소와 전화가 적혀있었다. 남자가 자기소개를 계속했다.

"저는 금강산 전담입니다. 이 그림들은 대부분 제가 그린 것입니다."

"와, 그래요? 참 대단하십니다."

금아가 엄지를 내밀며 조금 큰 소리로 감탄하자 남자가 얼른 "쉬——" 제지시키고 나서 목소리를 낮추어 금아에게 말했다.

"원하신다면 두어 점 그려드릴까요?"

"……"

금아는 조금 난처해졌다. 그림은 진심으로 가지고 싶지만 이렇게 비싼 그림을 살만한 돈이 없었던 것이다. 남자가 얼른 눈치 채고 금아의 귓전에 입을 오므리며 속삭이듯 말했다.

"파는 것이 아니라 선물하려는 것입니다. 선생님이 하도 귀하신 분이셔서 드리고 싶습니다."

금아는 너무 감동되어 연신 고맙다고 인사를 거듭하고 전화백과 헤어졌다.

금강산을 유람하는 동안 금아는 금강산의 아름답고 미묘한 자연 경치에 깊이 빠져들어 연속 감탄을 토하며 당장에서 즉흥시 "구룡대에 올라"를 읊은 것이 이튿날 조선의 국제 급 신문《통일신보》에 실렸다.

금강산 호텔에서 이틀 밤을 자고 사흗날 아침, 떠나기로 된 시간이 다 되어 가는데 전화백이 나타나지 않았다. 금아는 초조하게 기다리며 마음속으로 혹 어떤 사정이 있어 그림을 그리지 못한 게 아닐까, 그렇다 하더라도 최저한 약속 장소에 나타나 사정얘기는 해야지 않을까 고 생각하며 얼결에 고개 들어 보니 바로 저 앞에서 전화백이 손에 그림을 들고 헐레벌떡 뛰어오는 것이 보였다. 금아는 얼른 마주 향해 걸어 나가며 말했다.

"못 오시는 줄 알고 좀 섭섭할까 했는데… 오시네요."

그러자 전화백이 가쁜 숨을 몰아쉬며 대답했다.

"약속을 어기다니요. 그럴 리가 없죠. 더욱이 선생님 같이 아름다운 여성과 한 약속은 어기면 천벌을 받습니다."

두 사람은 거의 동시에 하하 즐겁게 웃었다.

이어 전화백은 그림말이 통에 정히 담은 그림 두 장을 금아에게 내밀며 말했다.

"이틀 밤을 새워서 겨우 마무리했습니다. 미흡하더라도 양해하시고 받아주세요."

과연 전화백의 얼굴을 보니 전에 비해 수척해진 것 같고 두 눈에 핏발까지 서있는 것이 그 노고가 바로 가슴에 와 닿아 금아는 너무 미안하고 황송하여 어쩔 바를 몰랐다.

"이렇게 큰 선물을 받았으니 제가 어떻게 보답하면 되겠습니까?"

그러자 전화백이 산뜻하게 웃으며 낮은 소리로 뜻 깊게 말하는 것이었다.

"이제 찾을 날이 있을 것입니다. 제가 연락드리겠습니다."

"네, 언제든 중국에 오시면 제가 가배로 도와드리겠습니다."

금아는 진심으로 사의를 표하며 그림을 받아 소중히 간직하고 전화백과 악수로 헤어졌다.

그런데 훗날 바로 이 그림으로 인해 커다란 파문이 일 줄은 상상도 못했다.

이듬해 1991년 초가을, 금아에게 또 하나의 행운이 날아들었다. 한국 문화공보부에서 조직하는 "중소동포언론인초청연수(中蘇同胞言論人邀請研修)"에 참가하게 된 것이었다. 당시는 중국과 한국이 아직 수교 전이어서 초청장은 친척 방문으로 하고 한국에 입국한 다음 상관서류를 밟게 되어있었다. 그렇게 되면 이참에 오매에도 그리던 한국 숙부(김혁)님과 가족들도 만나보게 되었으니 일거양득이라고 금아는 한없이 기뻐했다.

하지만 가는 길은 결코 평탄하지 않았다. 당시는 직행 비행기가 없어 위해(威海)에서 배를 타고 인천항으로 들어갈 수밖에 없었다. 선물을 준비해야 하는데 돈은 없고 그래서 송헌이가 손이 영활하지 못한 대로 서예작품을 몇 장 완성하여 금아의 트렁크에 넣어주고 숙부님 집에는 우환청심환과 고사리나 땅콩 같은 토산품을 얼마간 마련하여 넣었다.

동행인 박선생과 그 가족 두 분에 금아와 송헌까지 모두 다섯이 위해에 도착하여 그날 저녁 송별 식사를 했다. 해변 도시에 왔으니 해물을 먹는다고 조개류를 시켜서 먹었는데 제일 적게 먹은 금아가 그만 해물중독에 걸려 탈수가 심해진 통에 해방군 병원에 입원까지 하게 되었다. 당연 이튿날 한국으로 떠나지도 못하고 금아는 꼬박 사흘 동안 링거를 맞으며 구급치료를 해서야 나흘 날 아침에 겨우 출원하게 되었다.

마침 그날 인천행 배가 있어 금아는 지친 몸으로 바로 승선하여 옹근 하루 밤낮을 흔들리며 이튿날 점심때 힘들게 인천부두에 도착하였다.

배에서 내려 입국 심사를 받을 때였다. 금아는 속으로 자기는 짐이나 사람이나 아무 문제없으니 쉽게 통과될 거라고 생각했는데 의외로 금아를 조사실에 연행하는 것이었다.

조사실에서 조사원은 금아에게 별의별 질문을 다 들이댔다. 부모의 성명으로부터 시작하여 위로는 조상 8대를 캐묻고 횡으로는 사돈의 팔촌, 아래로는 아직 아기인 조카들 이름까지 빠뜨릴세라 캐묻고 또 캐묻는 것이었다. 금아는 이해할 수가 없었다. 왜 남들은 다 놓아주면서 나만은 이렇게 복잡하게 구는지. 그래서 당돌하게 반문을 들이댔다.

"이유나 좀 압시다. 왜 저한테만 이러시는지, 도대체 어디가 잘못됐는지 말씀해 주십시오."

그러자 조사원이 기침을 한번 크게 하더니 종이와 필을 금아에게 주며 말하는 것이었다. "짐 안에 들어있는 물목을 모두 적어보세요."

금아는 물목을 하나하나 적어서 조사원 앞에 내밀었다. 조사원이 물목을 받아 잠간 들여다보더니 금아를 한번 쓸어보고는 아무 말도 없이 문을 열고 나가버렸다. 그 후 오후 시간 내내 아무도 조사실에 들어오는 사람이 없었다. 초조한 나머지 금아는 막 미쳐버릴 것만 같았다. 숙부님이 마중 나오셨을 텐데 어떻게 기다리고 계시는지 너무 걱정스럽고 미안해서 견딜 수가 없었다. 그래서 조사실 문을 마구 두드려 사람을 불러 물었더니 대답은 한마디 기다리라는 것뿐이었다.

해가 다 지고 저녁 여덟 시가 넘어서야 웬 낯선 조사원이 들어왔는데 보건대 상급이 아니면 안기부 소속인 것 같았다. 나이가 좀 들어 보이고 오관이 분명하게 생긴 이 조사원은 외모와 같이 바로 본론에 직행했다.

"가지고 온 저 그림은 뭡니까?"

"…네에?"

처음에 금아는 깜짝 놀라 일순 어리둥절해 있었다.

그러자 조사원이 연극하지 말라는 듯 손으로 책상을 탁 쳤다.

"트렁크 뚜껑 주머니에 금강산 그림 두 장이 들어있는데 왜 물목에 적지 않는 거요?"

"아… 그… 그거…"

일순 말이 나가지 않았다. 너무 당황하고 뜻밖의 일이어서 혀가 잘 돌아가지 않았다. 그 그림이 어떻게 저 안에 들어있단 말인가? 갑자기 정신이 퍼뜩 들며 지난일이 떠올랐다.

작년에 조선에서 선물 받은 금강산 그림을 당시 금아는 간편하게 트렁크 안에 넣기 위해 겉의 통을 버리고 그림만 접어서 트렁크 뚜껑의 안쪽 주머니에 눕혀 넣어 가지고 돌아왔다. 집에 와서 트렁크를 열자 남편이 그림을 꺼내 펼쳐보았는데 아마 보고나서 도루 그 자리에 넣어둔 것 같았다. 그 후 금아가 한국행 짐을 쌀 때, 남편이 자기 서예작품을 트렁크 뚜껑 주머니에 잘 넣었다고 해서 금아는 열어보지도 않고 다른 짐들만 챙겨 가지고 한국으로 떠났던 것이다. 하니 그 그림은 아마도 남편의 서예작품 밑에 눌려 있었음이 분명했다.

일의 전후사연을 다 듣고 나서도 조사원은 아직 미진한데가 있는지 거듭 캐물었다.

"북한의 전화백은 왜 아가씨에게 그림을 그려준 겁니까?"

이건 간단하면서도 대답하기 어려운 문제였다. 금아는 잠간 생각하고 나서

"그건 제가 대답할 문제 아니죠. 이북에 전화해서 본인께 물어보세요."

그러자 조사원의 얼굴에 아주 잠간 미소가 스쳤다. 만만치 않은 여인이라는 느낌이 든 모양이었다.

이번에는 금아가 먼저 입을 열었다.

"근데 이 경치 그림이 도대체 무슨 문제가 있다는 겁니까? 금강산 자체가 사회주의 입니까, 아니면 자본주의 입니까?"

조사원이 그만 소리 내어 하하 웃었다. 그러더니 문밖에 대고 밥을 들여오라고 당부하는 것이었다. 이때에야 점심도 저녁도 먹지 못한 금아의 뱃속에서 꼬르륵 소리가 크게 났다.

잠시 후 도시락 두개가 들어오고, 조사원은 금아와 마주앉아 똑같은 도시락을 먹으며 스스럼없이 이런저런 이야기를 나누었다. 식사가 끝나자 조사원이 금아를 자기 차에 태우고 수도권 전철역까지 와서 1호선에 앉혀주고 금아의 숙부에게 전화를 걸어 마중 나오게 했다.

영광에 울다

서울의 지하철은 북경의 지하철과 비슷하면서도 다른 점이 많았다. 하지만 금아는 지금 이런 것들을 대비하고 느낄 겨를이 없었다. 가슴은 온통 아버지의 생각과 이제 곧 만나게 될 아버지의 동생—— 숙부님에 대한 동경으로 잔뜩 부풀어 있었다. 그래도 약속한 역에 거의 도착할 때는 온 신경을 모아 역 이름을 듣고 정확히 지정 역에서 내렸다.

그런데 전철 문으로 막 나와 홈에 발을 딛기 바쁘게 바로 앞에 서있던 노인이 다가서며 "너 금아냐?" 하고 소리쳐서 깜짝 놀랐다. 고개 들어보니 사진 속에서 보았던 그 숙부님 얼굴이 바로 코앞에 서있는 것이었다. 아아, 어쩜 이렇게 기묘한 일이 다 있단 말인가? 그 많은 찻간에서 그 숱한 사람들이 내리는 중 타국에서 온 얼굴 한번 보지 못한 조카가 어느 찻간에서 어느 문으로 내릴 줄 알고 이렇게 서있어 일분일초 낭비도 없이 바로 만날 수 있단 말인가? 핏줄의 힘이란 참으로 기묘하고 막을 수 없는 마력임을 시인하지 않을 수 없었다.

"숙부님—!"

금아는 노인의 손을 덥석 잡고 눈물을 펑펑 쏟았다. 무엇보다도 아버지 생각에 목이 메고 가슴이 메고 심장이 아팠다. 가령 아버지가 살아 계시어 이렇게 함께 와서 형제간 상봉을 한다면 그 얼마나 기쁠 것인가, 아니, 아버지가 오시지 못한다 하더라도 딸이 숙부님을 만나고 돌아가서 들려주는 얘기만 들어도 얼마나 감동하고 또 반가워하실 것인가…

금아는 아버지가 그렇게 가셨다는 말을 차마 숙부님께 올릴 수 없어 그냥 병으로 돌아가셨다고 말씀을 올렸다.

그때까지 미아리 꼭대기 단층집에서 여러 식구가 비비닥거리며 살고 있는 숙부네 삶은 금아의 상상과는 완전 다른 모습이었다. 금아 보다 한 살 어린 사촌 여동생은 전에 공부를 엄청 잘했다는데도 돈이 없어 대학에 진학하지 못했고, 둘째인 사촌 남동생도 대학교를 다니지 못했으며 막내인 작은 남동생이 그나마 힘들게 대학교를 다니고 있는 중이었다. 비록 수도인 서울에서 산다고는 하지만 숙부님 가족의 생활은 당시 경제가 비교적 낙후한 중국 북방도시에 살고 있는 금아네 보다 별로 우월한데가 없었다. 그래도 가족들은 정성을 다해 금아에게 잘해주려고 애쓰는데 오히려 숙부님 본인이 금아의 한국행을 이해하지 못하고 국가 초청으로 왔다는데도 믿지 않는 눈치였다.

식구들이 없고 조용할 때면 숙부는 금아에게 "금아야, 삼촌하고 제대로 말해봐. 너 왜 한국에 왔느냐? 목적이 뭐냐?" 하며 따져 묻고, 또 경찰서 옆을 지날 때면 "너 여기가 어딘지 아느냐? 바로 간첩을 잡아넣는 곳이야." 하고 으름장을 놓기도 했다. 밤에 잠을 잘 때 금아가 연한 보랏빛 잠옷을 꺼내 입으니 숙부는 "그건 기생들이나 입는 옷 아니여?"라고 해서 별수 없이 벗어버리고 바지와 셔츠를 입고 잤다.

또한 끔찍이 생각한다고 하는 것이 오늘 누구에게 연락하냐 누구를 만나냐 무슨 일에 참여하냐 어디를 가냐 등등 꼬치꼬치 캐묻고 일일이 간섭했다. 문화공보부에 전화를 건다고 하니 "너 거기가 어딘 줄 알고 덤비느냐? 국가 중앙기관이란 말이다." 하면서 당치도 않다는 듯 막아 나섰다. 하는 수 없이 숙부가 잠간 밖에 다녀오는 틈을 타 얼른 전화를 걸어 문화공보부와 연락이 닿았다.

문화공보부의 소개로 금아는 우선 1991년 9월 11일부터 20일까지 서울 올림픽공원에서 열리는 제2회 세계한민족체전(世界韓民族體典)에 참가하게 되었다. 세계 100여 개 국가에서 모여온 2천여 명의 한인들이 서로 만남을 이루고 한 장소에서 축구, 육상, 배구, 탁구 등 체육행사를 할 뿐만 아니라 문화행사, 학술행사, 한민족가요제, 연극예술제 등 47개 행사까지 펼치어 완전 한민족대축제를 이루고 있었다. 축제장은 가는 곳마다 반가운 만남과 눈물이요 기쁨과 웃음의 바다였다. 금아는 칠레에서 온 한인, 캐나다에서 온 한인 등 국제 한인들과 친분을 맺고 함께 사진을 남기기도 하며 즐거운 시간을 보냈다.

9월 13일, 금아는 한민족 통일문제 대토론회(韓民族統一問題大討論會)에 참석하게 되었다. 세계 각국에서 온 여러 분야의 학자들이 나름대로 통일에 관한 견해를 발표하기 시작했다. 금아도 말하고 싶은 것이 있어 손을 들었더니 사회자가 금아의 발언을 금방 허락하는 것이었다. 금아는 자신이 한국에 입국할 때 금강산 그림 때문에 고생했던 실례를 들어가며 남북이 통일을 이루려면 우선 각종 출판물부터 막힘없이 교류하여 서로 상대방의 정황을 파악하고 이해하는 것이 무엇보다 중요하지 않겠냐고 제의했다. 그러자 많은 사람들이 박수를 치며 호응해 나섰다. 이렇게 금아는 각광을 받게 되고 그날 통일원 영상사는 금아의 얼굴을 가득 촬영하고 클로즈업하여 뉴스에 냈다.

그날 저녁, 부총리 겸 통일원 장관 초청만찬(副總理兼統一院部長邀請晩餐)에 금아도 참석하게 되었다. 이동 식사를 할 때 통일원 영상사가 특별히 금아를 찾아와 "오늘 참 인상을 잘해 주셔 감사했습니다."라고 인사하는 것이었다.

금아가 어리둥절하여 "네에? 무슨 말씀인지요?" 라고 물으니 영상사가 웃으며 "오늘 촬영을 담당한 영상사입니다. 아가씨 모습이 하도 좋아서 많이 찍었습니다." 라고 대답했다.

그제야 금아는 퍼뜩 알아차리고 "아닙니다. 제가 뭘요."하며 조금 쑥스럽게 웃었다.

그런데 이튿날 거리에 나가니 놀랍게도 금아를 알아보는 사람들이 적지 않았다.

"저 여자 뉴스에 나오던 그 얼굴 아냐?"

"맞아, 어제저녁 뉴스에 나왔지."

상상밖의 영광은 또한 여기서 그치지 않았다. 1991년 9월 15일, 금아는 세계한민족 함께 달리기 대회(世界韓民族同跑大會)에 참가하여 기념메달을 수상하였다. 또한 그날 저녁은 한국 대통령부부초청만찬(總統夫婦邀請晚餐)에 초대되어 대통령과 악수를 하고 영부인과 함께 식사를 하며 이야기를 나누는 등 크나큰 영광을 누리게 되었다. 그날 금아는 받아 안은 영광이 너무 커서 저도 몰래 감동의 눈물을 줄줄 흘렸다.

1991년 9월 18일 밤, 세계한민족 모닥불 야회놀이(篝火晚會)가 있었다. 금아는 국제 벗들과 함께 손에 손을 잡고 마음껏 노래를 부르고 만세를 부르며 모닥불 주위를 빙글빙글 돌았다. 세상은 원래 이토록 아름답고 황홀한 것이었구나! 금아는 자신이 마치 하늘과 같은 높이에 둥둥 떠 있는 기분이었다.

9월 20일 세계한민족체전이 끝나고 10월에 시작되는 언론인 초청 연수까지는 아직 3주간의 시간이 남아 있었다. 이 기간에 금아는 우선 호텔을 잡아 거주를 정하고 글을 쓰기 시작했다. 그때까지 한국 사람들은 너무 중국을 모르고 있었다. 처음에 체류했던 어느 작은 호텔에서 체크인을 하기 위해 금아가 중국 여권을 내보였더니 직원이 깜짝 놀라며 자기가 결정할 수 없다고 당장 호텔 매니저를 불러서야 겨우 체크인을 할 수 있었다. 그 뒤에도 직원들은 이상하게 금아를 여겨보며 "빨갱이들은 모두 머리에 뿔이 났다 하던데 왜 뿔이 없지?" 하고 수군거리는 것이었다.

중한 수교 1년 전인 그때까지도 백성들이 이 정도로 중국을 모르고 있었으니 금아의 숙부가 금아를 간첩으로 의심하는 이유도 조금 이해가 되었다. 하여 금아는 중국을 소개하고 중국 조선족을 소개하고 중국의 문학을 소개하는 글을 사명적으로 쓰는 한편 일부 대학교들에 가서 초청강연을 하기도 했다.

어느 날, 금아는 숙부를 따라 작은 할머니(금아 할머니의 막내 여동생)를 뵈러 갔다. 숙부와는 달리 서울 중심지역에 살고 있는 작은 할머니네는 집도 널찍하고 생활이 꽤 풍족해 보이며 서울시 정부에 근무한다는 금아 아버지의 이모사촌 동생 문씨 아저씨는 키가 훤칠하고 늠름한 모습에 말씀이 점잖고 학식도 깊어 보였다. 이미 고령에 이르러 운신이 어려운 작은 할머니는 그래도 금아를 보더니 "너를 보니 마치 네 할머니가 살아오신 것 같구나." 하시면서 몹시 반가워했다. 작은 할머니의 모습을 보며 금아는 자기는 얼굴도 보지 못했지만 아버지가 그렇게 자주 외우시던 할머니의 모습을 상상해보았다.

10월 7일, 금아는 부산에 내려가 수산대학교에서 문학 강연을 하며 중국 조선족 문학실태를 소개하였다. 또한 부산 작가협회의 작가, 시인들과 만나 여러 형식의 교류를 나누었다. 한번은 몇몇 대학교 석박사와 교수님들과 함께 저녁 식사를 하면서 많은 이야기들을 주고받았다. 그런데 식사가 끝난 후 조직자가 금아에게 강연료를 주는 것이었다.

금아가 딱 잘라 거절하며 "이건 강연이 아니라 만찬이 아니었나요?"라고 하자 조직자가 사람 좋게 웃으며 설명하는 것이었다.

"김작가님이 긴장하실 것 같아서 제가 일부러 강연을 담소식사 형식으로 조직했습니다. 그러니 사양 마시고 어서 받으세요."

그들의 이런 진심 어린 배려에 금아는 깊이 감동했다. 그 번 강연이 있은 뒤 어느 한 시인은 금아가 한국말을 너무 잘한다고 "중국태생이라는 여자가 기분 나쁘게 한국말을 잘하네." 라고 말해서 재미나는 웃음거리가 되기도 했다.

향수(鄕愁), 그리고 감수(感受)

10월 10일 금아는 아버지 고향인 진주시 미천면 향양리(向陽裏)에 도착했다. 아버지의 고향에 오니 아버지의 향수(鄕愁)가 느껴지고 이곳의 어딘가에서 아버지의 탯줄 썩는 냄새가 풍겨오는 듯해 가슴이 부풀었다.

아버지의 팔촌 동생인 인길 아저씨가 후덥게 맞아주었다. 시골의 사람들은 당시만 해도 너무 순박하고 인정 많고 사람을 편하게 대해주었다. 김규의 딸이 왔다는 소식을 듣고 마을의 노인들이 모여들었는데 그 속에 아버지를 아는 분들이 적지 않았다.

"네 얼굴을 보니 아버질 많이 닮았구나. 그 사람 어릴 때는 꽤 귀여운 친구였는데."

"김규 그 사람 참 똑똑했지. 학교도 못 다닌 사람이 동네 편지를 전부 대필했으니까."

"그 친구 자기 아버지 땜에 많이 힘들어 했어. 그 아버지만 아니라면…"

그러자 옆에 노인이 옆구리를 쿡 찔렀다.

"그건 말해서 뭐해? 저애가 지 할배도 몰르라고."

사실 금아는 할아버지에 대해 잘 모르고 있었다. 평소에 아버지가 할아버지에 관한 일은 입에 담지 않고 집 식구들도 별로 얘기하지 않으니 금아는 아주 어릴 때 돌아가신 할아버지에 대한 인상이 거의 없고 신상도 별로 아는 것이 없었다.

금아가 입을 열어 뭔가 막 물으려 하는데 아까 옆구리를 찌르던 노인이 갑자기 생각난 듯 서둘러 말했다.

"아 맞다. 너 아직 옛날 집터에 몬 가봤지? 느거 아버지 태어난 곳을 내가 알고 있어."

금아는 너무 기뻐 얼른 대답했다.

"네네, 안 그래도 막 여쭤보려던 참인데 어르신께서 아신다고 하시니 참으로 감사합니다."

모두들 자리를 바꾸어 75년 전 김규가 태어난 그곳으로 갔다.

산을 끼고 그 밑의 산자락에 자리 잡았던 마을은 지금은 전체가 옮겨가고 이곳의 평지는 나무와 잡풀들이 가득 자라 있었으나 노인들은 용케도 아버지의 집터를 찾아냈다.

"이쯤 어딘데… 아, 저기, 저 커다란 밤나무가 보이지? 저기가 바로 느거 할배 살던 집터여. 바로 느거 아버지 태어난 곳이지."

금아가 격동된 얼굴을 하고 앞으로 걸어 나가자 노인들이 "애 혼자 있게 가만 놔둬." 하면서 더 따라오지 않고 각기 흩어져갔다.

세월이 그토록 많이 흘렀는데도 집터는 아직 다른 평지보다 조금 불룩하게 솟아 있고 그 위에 이름 모를 풀들이 가득 자라있었다. 금아는 집터 앞에 털썩 꿇어앉았다. 두 손을 깊숙이 넝쿨과 흙 속에 밀어 넣고 눈을 꼭 감았다. 급기야 아버지의 체취가 전해오고 아버지의 숨소리가 들리는 것 같았다.

"아버지, 이 딸은 지금 아버지의 옛날에 와 있습니다."

그러자 아버지가 "응, 금아 왔느냐." 하면서 저쪽에서 숲을 헤치고 나오는 듯했다.

"아버지, 금아는 지금 이렇게 아버지 고향에 와 있는데 아버지는 지금 어디에 계시는 것입니까? 한번 대답해보세요 아버지--! …"

우수수 가을바람이 불어와 단풍나무 잎들을 금아의 머리위에 가득 떨어뜨렸다. 얼결에 고개 들어 보니 저 멀리 산 너머 파랗게 펼쳐진 하늘에서 아버지 얼굴 모습 같은 흰 구름이 금아를 향해 아련하게 미소 짓고 있었다. 암, 그렇겠지. 아버지는 기뻐하고 계시겠지. 당신의 딸이 이렇게 큰 영광을 지니고 당신의 고향으로 찾아왔으니 그 누구보다 기뻐하실 사람은 다름 아닌 내 아버지가 아니겠는가! 그러니 나도 웃자. 미소를 짓자.

금아는 구름을 향해 미소를 지어보이고 눈물을 닦으며 몸을 일으켰다. 아버지 집터의 흙을 한 움큼 쥐어 봉투에 넣고 집터 앞에 거대한 우산 같이 뻗으며 자란 밤나무의 잎사귀를 따서 봉투에 넣어 소중히 간직했다. 그런 다음 아름이 넘게 자란 밤나무 밑동을 그러안고 아득히 뻗어간 나무 꼭대기를 쳐다보며 중얼거리듯 말했다.

"밤나무야, 너는 보았지. 결코 잊지 않을 것이지. 이제 내가 늙어 저 세상으로 가야 할 즈음이면 이 모든 것을 글로 남겨놓을 것이다. 반드시! 그때면 다시 너를 보러 오마."

이렇게 나무와 약속하고 인길 아저씨와 기념사진을 찍은 다음 금아는 아버지 고향 향양리를 떠났다.

돌아오는 길에 금아는 진주시에 살고 계시는 아버지 외 5촌 조카 허종철과

허종수 일가를 방문하였다. 진주시 정부에 근무하고 계시는 종철오빠는 말씀
도 잘하시고 인정이 넘치며 가능한 금아를 많이 배려해주려 애쓰셨다. 진주
대학교에 교수로 계시는 종수오빠는 말이 무겁고 풍채 늠름한 학자 형에 또한
자상한 면도 가지고 있었다. 당시 숙모님도 생전이어서 모습을 뵐 수 있었고
귀여운 조카들도 모두 만나보았다. 이 대가족은 생활도 풍요롭고 분위기가 화
기애애한 것이 참 보기 좋았다.

서울에 돌아오자 금아는 숙부님 댁에 인사 갈 새도 없이 10월 14일부터 진
행되는 제2회 중소동포 언론인 초청연수(中蘇同胞言論人邀請研修)에 참가하
였다.

서울 중심지에 자리한 플라자 호텔에 도착한 첫날, 흑룡강 일행인 박선생과
북경 국제 방송국에서 온 방송인 언니와 만나게 되었다. 당시 소련이 해체되
고 러시아로 개명한 나라에서 온 한인 언론인 6명과 중국에서 온 언론인 3명
을 합쳐 도합 9명이 이번 중소동포 언론인 초청연수의 전체 인원이었다.

연수 기간 금아는 너무너무 많은 것을 보고 듣고 배웠다. 문화공보부에서
나온 직원들이 시종 대동 안내를 하고 고급 버스를 따로 내어 전국을 돌며 한
국의 문화와 역사, 인문, 지리, 공업과 산업 등 대한민국의 모든 분야를 참관
하며 느끼고 배웠다. 또한 거의 매끼 식사를 부장급 이상의 고위급 인사들의
초대로 그들과 함께 먹으며 허다한 교류를 하고 견해를 나누고 친분을 쌓았
다.

당시 중국은 아직 경제가 낙후한 상황이라 금아의 한 달 월급으로 한국에서
사과 한 알을 사면 절반이 없어지고 소고기는 단 한 근도 사지 못하는 형편이
었다. 하여 많은 사람들이 중국을 깔보고 있었으나 세상을 잘 아는 고위급 간
부들은 그와 반대로 이런 견해를 내놓기도 했다.

"중국을 깔보지 마세요. 대국의 저 거대한 바퀴가 진짜 가동되는 날엔 엄청
빠른 속도로 내달릴 것입니다. 작은 바퀴들이 아무리 빨리 회전해도 저 큰 바

퀴의 속도를 따르지 못할 것입니다."

참으로 원대한 시각이고 깊은 철학적 사고가 담긴 예리한 분석이었다. 금아는 이들의 원견(遠見)에 못내 감탄하며 따라서 급별이 높은 어른들일수록 겸손하고 친절하며 상대를 존중한다는 것을 깊이 느끼게 되었다.

비장이 허약한 금아는 가끔 차멀미를 하여 따라다니기 어려울 때도 있었지만 그래도 가능한 빠지지 않으려 애썼다. 한국 최대 방송국인 KBS에 초대되어 갔을 때 국제 사업국의 장국장은 참으로 인정 많고 따뜻한 분이셨다. 금아가 차멀미를 해서 힘들다는 말을 듣고 자신이 외국에서 어렵사리 얻은 귀한 약을 내주고, 또한 생방송으로 금아를 취재하여 금아 가족의 한을 세상에 말할 수 있게 했다. 이 생방송은 당시 금아를 아는 많은 사람들(금아의 고향 배꼽마을 사람들과 흑룡강 민족출판사의 직원들)이 라디오로 듣고 깜짝 놀랐다는 것이었다.

서울대학교에 참관방문을 갔을 때 금아는 학생들의 거동에 소스라치게 놀란 일이 있었다. 학생 식당으로 들어가는 문 앞의 길바닥에 현임 대통령 얼굴을 커다랗게 그려 붙이고 학생들이 드나들며 밟고 다니는 것이었다. 너무 놀랍고 희한한 일이어서 안내 직원에게 이래도 되는 거냐고 물었더니 민주 국가에서는 언론 자유 행위 자유로 단 하나 법만 어기지 않으면 모든 일이 가능하다고 대답하는 것이었다.

또한 안내원을 따라 서울대학교 교정을 돌아보는 동안 금아는 저도 몰래 나도 이 교정에 들어와 공부하고 싶다는 간절한 욕망에 몸이 뜨거워졌다. 당시는 중국과 한국이 아직 수교 전이어서 정식으로 유학을 하기는 무리였지만 그래도 금아는 욕망을 버릴 수가 없었다.

당시 중국대사관 전신인 중국판사처(中國辦事處)가 명동에 자리 잡고 있었다. 초청 연수가 끝난 이튿날로 금아는 명동의 중국판사처에 찾아갔다. 문안에 들어서자 안내원이 주임실로 안내하고 차를 따라주며 기다리라고 했다. 약 10분쯤 지나 저쪽 방에서 주임이 문을 열고 걸어 나오는데 금아는 저도 몰래

자리에서 벌떡 일어섰다. 40대 중반의 이(怡)씨 성을 가진 이 주임은 키가 크지 않고 얼굴도 특별히 잘생긴 축은 아니지만 엄청난 자기마당(磁場)을 가지고 있어 놀라운 마력을 과시하는 것이었다. 목소리도 조용하고 부드러운 편이나 말속에 엄청난 카리스마가 흐르고 매 하나의 손짓 발짓과 얼굴 표정에 기묘한 힘이 들어있는 듯했다. 중국에서 살지만 여태껏 이렇게 대단한 한족은 만나본 적이 없었다.

금아는 처음으로 가슴이 세차게 뛰는 느낌을 받았다. 하지만 여기는 이성을 느낄 자리가 아니므로 마음을 진정하고 찾아온 용건부터 이야기했다. 서울대학교에서 유학하고 싶은데 어떻게 하면 될지 가르쳐 달라고 했더니 아직은 수교가 되지 않아 합법적으로는 어렵겠고 단기 연수 같은 것은 가능할 것이라고 말했다.

별수 없이 금아는 이제 수교가 되면 다시 나올 것이라 다짐하며 중국에 돌아가기로 했다. 한국을 떠나기 전 금아는 그동안 써놓은 원고를 상관 간행물들에 넘겨 중국에 돌아온 뒤에도 자기의 글이 실린 《시조와 비평》, 《예술세계》 등, 또한 자기의 글이 연재된 《통일》 잡지 1992년 제1호부터 제7호까지를 국제 우편으로 받아 볼 수 있었다.

1992년 8월 24일, 드디어 중한 수교가 이루어졌다. 이제는 유학 절차를 정식으로 밟을 수 있게 되었는데 안타깝게도 금아는 자신의 현황에 목이 매이였다. 첫째로 직장에 진 빚을 아직 절반도 갚지 못했으니 출판사에서 금아를 유학이나 하라고 놓아줄 리 없고, 둘째로 남편이 장기 환자인데다 딸애까지 아직 어리니 가정에서 찬성할 리가 만무하고, 셋째로 중국에서 한국과 유학 관계를 맺고 추천하는 대학교들이 마음에 들지 않았다. 금아는 서울대학교를 제외한 기타 대학교에는 별로 가고 싶지 않았다,

궁리하던 끝에 금아는 친구의 초청으로 다시 한국에 가서 연수 명의로 서울대학교에서 문학 강의를 듣는 한편 석박사과정련독(碩博連讀) 입학시험을 쳤다. 면접시험까지 마치고 교무실을 나올 때 교수님이 어느 박사생더러 금아를

바래주라고 하며 일후에 함께 공부할 학생이라고 소개하는 것이었다. 이 말을 듣고 금아는 자신이 합격되었음을 알고 너무 기쁜 나머지 당장에서 막 눈물을 쏟을 번했다.

임시 거처인 친구 부모의 집으로 돌아와 금아를 친딸처럼 사랑해주는 주인집 양주에게 소식을 전했더니 양주는 마치 가족처럼 기뻐하며 거듭 거듭 금아를 축하해주었다.

헌데 바로 그 이튿날, 중국에 있는 금아네 집에서 비보가 날아들었다. 금아의 남편 송헌이 다시 중풍을 맞아 쓰러졌다는 소식이었다. 별수 없이 금아는 모든 꿈을 눈물로 접어버리고 귀국의 길에 올랐다.

팔자는 찰떡처럼 붙어 다니고

셋째인 금아가 이처럼 비운과 영광을 교차하며 10년 세월을 보내는 동안 맏이인 순아와 둘째인 윤아는 농촌에서 별의별 고생을 다하며 가정을 운영하고 아이들을 낳아 키우느라 필사적으로 애쓰고 있었다.

팔자는 아무리 도망쳐도 벗어나지 못한다더니 순아가 먼저 맏이에게 시집가 갖은 고생을 다하며 동생들은 절대로 맏이에게 시집보내지 않겠다고 했는데 결국 어찌되다 보니 윤아와 금아 모두 맏이에게 시집을 갔다.

맏며느리란 진짜 당해본 사람만이 그 깊이와 너비와 고민과 부담의 밑바닥을 감지할 수 있는 것이다.

맏이 순아는 시집간 마을이 농사가 잘 안되어 해마다 먹을 식량이 모자라 국가 구제에 의해 연명하며 게다가 터전마저 면적이 너무 작아 채소 고생까지 엄청 해야 했다. 식구는 많고 시어머니는 늙어 아무 일도 못하고 두 시동생은 현성 중학교에 다니고 있으니 이 가정의 돈고생 또한 더 말이 아니었다.

순아는 기실 이토록 기막힌 고생은 태어나서 처음이었다. 어려서부터 일 고생은 죽도록 했으나 친정집에서는 그래도 배고픈 고생은 한 적이 없고 아버지가 너른 텃밭을 남다르게 잘 가꾸어 각종 채소며 과일이며 옥수수, 감자, 호박 등 부식물에 이르기까지 그리운 것 없이 풍족하게 잘 먹을 수 있었고, 또한 아버지가 집에서 꿀벌을 키우며 꿀을 내어 필요할 때는 꿀도 양껏 먹을 수 있었다. 그리고 아버지가 고추농사를 특별히 잘 지어 가을이면 고춧가루를 팔아 생활 소비를 하며 지금처럼 극도의 돈 고생을 해본 적도 없었다.

하지만 이미 결혼을 하여 이집 식구가 된 이상 순아는 이를 악물고라도 견뎌내는 수밖에 없었다. 이렇게 잘 먹지도 못하고 따뜻하게 입지도 못하고 샌들 하나를 봄, 여름, 가을까지 신고 다니며 일만 죽게 하노라니 몸은 갈수록 축해가고 힘들어져 순아는 그해 임신을 하여 동짓달에 해산을 했으나 결국 죽은 아이를 낳고 말았다. 하도 힘들고 고달픈 삶이라 순아는 아이를 잃은 슬픔을 오래 느낄 사이도 없이 또다시 사는 일에 전념하지 않으면 안 되었다.

이듬해 정월달에 윤아가 언니네 집으로 놀러 왔다.

순아는 늘 윤아가 자기보다 공부를 많이 못했다는 미안감이 있는데다 결혼하기 전의 한 가지 일이 시종 아프게 마음에 걸려있었다. 순아가 시집오기 일 년 전에 아버지는 고춧가루를 팔아 모아두었던 돈으로 핑크색 털실 두 근을 사와서 순아에게 주며 말했다.

"털실 한 근은 남겨두고 다른 한 근으로 네가 먼저 스웨터를 짜서 입다가 시집갈 때 윤아에게 주고 남은 한 근으로 네가 새 스웨터를 짜 입고 가거라."

당시 빚 진 호에서 둘이 동시에 고운 털 스웨터를 입으면 말썽이 생길까 두려워 아버지가 시킨 것이지만 진짜 그대로 하고 보니 새것을 못 입고 낡은 스웨터만 입은 윤아가 너무 불쌍하고 가슴이 아팠다. 그래서 지금 자기 집에 놀러 온 윤아에게 뭐든 해주고 싶은데 순아의 두 손은 텅텅 비어있는 것이었다.

윤아가 신고 온 신이 너무 낡고 해진 것을 보고 순아는 어떤 방법을 대서라도 윤아에게 새신을 사주리라 마음먹었다. 어느 날 시어머니가 마실 나간 틈에 순아는 부랴부랴 쌀을 얼마간 퍼내어 주머니에 담아 머리에 이고 윤아와 함께 도랑 안의 얼음 위로 재빨리 걸어갔다. 그런데 하늘이 벌을 주려고 그러는지 걷다 걷다 그만 발이 미끄러져 순아는 사정없이 뒤로 벌렁 넘어지며 머리가 땅 얼음에 부딪쳤다. 잠깐 정신이 아찔하여 그대로 누워있었다. 윤아가 일으키려 하자 순아는 바로 손을 저어 제지하고 그대로 누워 한참이나 있다가 겨우 정신을 수습하고 일어섰다. 윤아는 너무 놀라 일시 어쩔 바를 몰라 했다. 그래도 순아는 손으로 머리를 쓱쓱 문지르고는 괜찮다고 하며 가던 길을 재촉했다. 이렇게 현성에 도착하여 순아는 쌀을 시장에 가져다 팔아서 기어이 윤아에게 새신을 사주고야 말았다.

1974년 동짓달에 순아는 드디어 남자아기를 순산했다. 하지만 포대기도 기저귀도 저고리도 갖추지 못해 어른들이 입다 해져 너덜너덜해진 솜옷을 뜯어서 포대기로 쓰고 낡은 내의를 잘라 겨우 저고리모양을 만들어 아기에게 입혔다. 일주일후 친정아버지가 타월 포대기를 사가지고 해산 뒤에 먹을 보신 약을 만들어 짊어지고 외손자를 보러 오셨다. 그런데 아기의 몸에 두른 넝마짝을 보고는 너무도 기가 막혀 안사돈을 불러놓고 한마디 했다.

"내 딸이 얼마나 시집살이를 못 했기에 첫 아기를 낳았는데 포대가 하나 없는 것입니까?"

말문이 막힌 시어머니는 이 분풀이를 두고두고 며느리에게 했다. 그러다가 후에는 시어머니도 많이 안됐는지 봄에 암탉이 병아리를 까자 어미 닭과 병아리들을 한꺼번에 시장에 가져다 팔아서 아기의 누비포대기를 사다 며느리에게 주었다.

현성 중학교에 다니는 시동생들은 돈이 없어 학교에 기숙하지 못하고 둘이 함께 자전거 한 대를 엇바꾸어 타며 왕복 30여리를 통학하고 있었다. 순아는 새벽에 떠나는 시동생들을 아침밥을 지어 먹여 보내야 하는데 집에 시계가 없으니 시간을 알 수가 없어 때로는 너무 일찍 밥을 해놓고 또 간혹 늦는 때도 있어 여간 불편하지 않았다.

친정아버지가 이 사정을 알고 아기의 첫돌에 친정어머니를 딸집에 보내며 몸소 쌀을 등에 지고 늪을 건너 공사소재지로 가 팔아서 자명종 딸린 탁상시계를 구매해 순아에게 보내주었다. 그 후부터 순아는 탁상시계의 자명종을 듣고 정확한 시간에 일어나 아침밥을 지을 수 있었다.

1977년 겨울에 결혼한 둘째 윤아는 첫날 한복도 새것으로 입지 못하고 언니 순아의 한복을 빌어 입고 결혼식을 올렸다. 시집에는 시부모에 다 성장한 시누이 둘, 시동생 둘까지 합쳐 식구가 모두 여덟이었다. 여기는 원래 농사가 잘되고 쌀이 풍족한 곳이어서 "곡창"이라 소문 놓은 마을이건만 서씨네는 어떻게 살림살이를 하는지 먹을 식량이 모자라 며느리가 자기 몫의 쌀을 가지고 왔는데도 임신한 몸이 쌀밥마저 배불리 먹을 수 없었다. 그런데다 온 집안에 일을 열심히 하는 사람은 아무도 없고 그저 얼렁뚱땅 나날을 보내는 것이 목적인 듯싶었다.

그해 섣달에 윤아가 딸을 낳으니 시집에서는 계집애를 더 낳지 말라는 뜻에서 바로 "어금"이라 이름 지어 부르고 정식 이름은 아예 지어주지도 않았다. 아이는 총명하고 영리했으나 아무도 귀여워하는 사람이 별로 없었다.

이듬해 윤아네는 세간을 났다고 하나 집만 따로 잡았을 뿐 양식이든 뭐든 모두 한곳에 두고 시어머니가 주머니로 조금씩 날라다 주었다. 자류지는 아홉 식구 어치를 맏이 혼자 맡아서 다루고 부모와 동생들은 얼굴 한번 비치는 일이 없었다.

어느 봄날, 윤아가 일꾼 도시락을 해가지고 밭에 나가보니 아주 기가 딱 막히는 상황이었다. 윤아는 친정아버지한테서 농사일을 제대로 배워 무슨 일이든 노농들 이상으로 잘하고 또한 아버지가 남보다 빼어나게 잘 다룬 논판을 보아왔던지라 도저히 이 상황을 눈 뜨고 볼 수가 없었다. 하여 장화도 없이 바짓가랑이를 마구 걷어 올리고 논판에 들어가 일을 척척 했더니 남편이 보고 깜짝 놀라며 "집에 상일꾼을 두고 몰랐구나, 내일부터 아기를 풀밭에 매 놓고 같이 일하자"고 하는 것이었다. 하여 이튿날부터 윤아는 넉 달 밖에 안 된 아기를 시누이에게 맡기고 밭에 일하러 나갔다.

일을 하기 시작하니 윤아는 아기에게 젖을 먹일 시간도 잊고 열심히 일만 했다. 그동안 아기는 배고파 울다 울다 어른들이 먹는 밥알도 먹고 하다가 체하여 시름시름 앓기도 했다. 그해 늦가을의 어느 날, 아기가 폐렴에 걸려 고열이 나며 풍을 일구기 시작했다. 윤아는 아기를 안고 남편과 함께 이웃의 경운기를 빌려 제방으로 달려 언니 순아네 집에 도착했다.

포대기도 없이 솜뭉치에 싸서 안고 온 동생의 아기를 보고 순아는 너무 불쌍하여 자기의 작은 아들 길영이 쓰던 포대기를 바로 내주었다. 윤아는 겨우 포대기를 얻어 아기를 싸 업고 형부와 함께 현성병원으로 가서 즉시 아기를 입원시켰다. 하루 종일 고된 일을 죽도록 하고 저녁 식사도 못한 채 병원에 가서 아기를 입원시키느라 들볶인 형부는 그날 저녁 담배 사러 나갔다가 낮에 시공을 하느라 파놓은 웅덩이에 빠져 하마터면 목숨을 잃을 번했다.

1982년부터 밭을 나누어 개인영농을 하게 되자 순아네는 신천이 부근에서 가장 좋은 땅에 황지를 일구어 수전면적과 한전 면적을 늘리는 한편 같은 땅에서도 과학농사를 잘 지어 남보다 소출을 훨씬 많이 내어 살림은 해마다 눈에 띄게 늘어갔다.

반면에 윤아네는 수전도 한전도 심지어 문 앞의 터전까지 농사가 잘 안 되어 먹을 것이 별로 없고 살림은 갈수록 가난해지는데다 아이까지 셋이나 되어 부담에 부담이 늘어갔다. 아이들은 배가 고파 울고 아내는 병이 나 울고 가난해서 우는데 다섯 식구의 호주라는 남편은 짬만 나면 도박 치러 다니고 집안일은 아주 뒷전이었다.

구들에 불이 들지 않고 연기가 아궁이로 돌아 나와 기막히게 냅는데도 남편이 상관하지 않아 윤아가 말하다 못해 울며불며 자기 손으로 구들장을 뜯어고쳤다. 또한 남편이 새를 실어다 놓고 낟가리를 가리지도 않은 채 어디론가 가버려 비가 내리려 하니 윤아가 아기를 등에 업고 혼자 밑에서 올려놓고 사닥다리를 타고 올라가 가리고 또 내려와서 도구로 꿰어 올리고 다시 기어 올라가서 가리고 하였다.

집안 살림은 가난하다 못해 석장 막대기 휘둘러도 거칠 것이 없고 윤아가 시집온 지 7년이 되어도 식장 하나 마련하지 못해 주방은 말이 아니었다. 보다 못해 언니 순아가 남편과 함께 달구지를 몰고 현성 백화점에 가서 식장을 사는 중, 값을 치르고 식장을 운반해 층계를 내려오다가 순아가 발목을 삐어 심하게 고생했다. 나중에 뜸을 수십 장 뜨고 나서야 발목이 겨우 회복되었다.

1983년에 태어난 윤아의 셋째 아이는 아들이었다. 남편은 아들을 봤다고 기뻐하며 한동안 가정으로 돌아올 듯하더니 시간이 흐르자 또다시 매한가지로 되었다. 그래도 아들의 첫돌 잔치는 잘 치르려 하는데 채소가 없어 순아가 여섯 살 나는 둘째 아이 길영을 데리고 현성 시장에 채소 사러 갔다..

순아가 시장에서 채소를 거의 사고 돌아서 보니 데리고 온 아이가 없어졌다. 정신없이 아이의 이름을 부르며 온 시장을 찾아 헤매도 아이는 보이지 않고 애꿎은 시간만 흘러 쳐다보니 해가 벌써 서산마루에 걸려있었다. 순아가 너무 애타고 가슴이 졸려 막 울음을 터뜨리려 하는데 홀연 저쪽 길가의 배수로 옆에서 아이 울음소리가 들려오는 것 같았다. 순아가 막 엎어질 듯 그 곳으로 달려가 보니 아니나 다를까 콧물눈물 범벅이 된 길영이가 배수로 옆에서 울고 있는 것이었다. 그 앞에는 웬 한족 남자가 지키고 서서 부모가 아이를 데리러 오길 기다리고 있었다. 이렇게 아이를 찾은 순아는 너무 조급한 김에 그만 그 고마운 한족 남자에게 인사 한 마디 변변히 하지 못하고 아이의 손목을 끌고 부랴부랴 떠나버렸다. 후에 순아는 두고두고 이 일을 후회하며 외우곤 했다.

성주의 삶

성주도 결혼할 나이가 되어 대상자를 찾아야 하는데 그게 쉽지가 않았다. 아버지가 가신 다음 성주는 혼자 농사를 한다는 것이 말이 아니었다. 일 년 농사를 마치고 연말에 가서 장부를 보면 수입이란 전혀 없고 빚만 늘어나니 소비 돈 한 푼 나올 데가 없어 생활 소비마저 누나들 집에 드나들며 돈을 조금씩 얻어 간신히 살아가고 있었다. 잘 여물지 못한 쌀로라도 밥은 지어먹는다지만 소금과 간장 살 돈이 없어 힘들 때가 한두 번이 아니었다. 병약한 어머니는 약을 제대로 쓰지 못해 건강이 눈에 띄게 못해가고 30여 년 전에 지은 토벽집은 내려앉고 내려앉아서 이제는 손이 천정에 닿을 지경이었다. 이런 가정에 어떤 여자가 시집오려고 하겠는가?

불행 중 다행인 것은 그래도 저 김씨네는 딸들이 뛰어나게 똑똑하고 아버지가 대단한 사람이었으니 "가족은 유랑종이다"라는 소문이 사방에 퍼지고 게다가 성주 본인이 얼굴이 번듯하게 잘생긴 덕에 간혹 혼담이 오가는 경우도 있었다.

그런데 우선 집 문제를 해결해야 했다. 집이 다 찌그러져 언제 사람이 다칠지도 깔려 죽을지도 모르는 상황에 모두가 걱정되어 밤잠마저 제대로 이룰 수 없었다. 상논 끝에 누나들이 돈을 모아 집을 사주기로 하고 동네를 돌아보았는데 마땅한 집이 없었다. 하는 수 없이 새집을 지어 주기로 결정했다.

맏이와 셋째가 먼저 돈을 내고 집을 시작하여, 당해 청명절에 아버지 제사로 한데 모였을 때 집터를 닦고 이튿날 돌을 사들였다. 셋째 금아네는 거리가 멀어 집을 짓는 일을 돕지 못하니 돈을 더 내고, 큰 매부와 둘째 매부가 같이 일을 시작했다. 매부들은 어떻게 하나 집을 든든하게 지어 다시는 처남의 집 때문에 신경 쓰는 일이 없도록 하겠다고 돌로 집 기초를 높직이 쌓았다. 그런 다음 기초 흙벽을 두텁게 쌓고 그 위에 쓸 흙벽돌은 삯을 주고 시켰다. 마지막에 성주를 보고 이영새를 해놓으라 부탁하고 두 매형은 농한기인 7월 20일에 다시 와서 집을 만공하기로 약속하고 돌아갔다.

며칠 후 큰 매부가 집 재목을 사서 산재를 올릴 버들과 함께 싣고 왔다가 산재 버들이 모자랄 것 같아 윤아네 집에 들러 버들 5단만 해 놓으라고 부탁했다.

농망기가 지나고 농한기가 시작되는 7월 20일이 다가오자 큰 매부는 집을

짓는데 필요한 못이며 기타 재료들을 빠짐없이 마련해 가지고 부랴부랴 성주
네 집으로 내려왔다. 그런데 도착해보니 처남은 이영새 한단 해놓지 않았고
둘째네는 사람도 산재 버들도 오지 않았으며 기별도 없었다. 하는 수 없이 이
튿날부터 큰 매부는 혼자 성주를 데리고 이영새부터 하기 시작했다.

찌는 듯한 무더위에 하루 종일 쉼도 없이 엎드려 새를 하노라면 갈증이 너
무 심해 아침에 가져온 물을 다 마시고도 모자라 도랑의 물을 마구 퍼마셨다.
그날 저녁부터 매부는 몸이 오싹오싹하며 안 좋은 느낌이었으나 그렇다고 이
큰일을 뿌리치고 가버릴 수도 없어 이를 악물고 하루하루 견지해 나갔다. 드
디어 둘째네가 오고 동네 사람들도 도우러 와서 일은 진척이 되어갔다. 산재
를 올리는 날, 과연 예측대로 버들이 모자라 이웃집 이씨 노부인이 자기 집 울
바자를 헐어 버들을 가져와서 모자라는 부분을 겨우 채워 산재를 완성했다.

마지막으로 이영을 하는 일만 남았다. 그런데 이날, 신천은 몸이 더는 지탱
할 수 없는 지경에 이르렀다. 하는 수 없이 집에 돌아온 신천은 그날로 고열이
나고 놀랄 정도의 혈변을 보았다. 깜짝 놀란 순아가 바로 남편을 현성 병원에
호송했는데 침대가 없다고 병원에서 입원을 시켜주지 않는 것이었다. 급해난
순아가 울며불며 전에 마을 의사로 있던 박 의사를 찾아갔더니 박 의사가 함
께 병원으로 달려와 혈압이 60밖에 안 되는 구급 환자를 병원에서 쫓아내면
어쩌냐 고 무섭게 야단을 쳐서 겨우 복도에 낡은 침대를 놓고 입원을 하였다.

그런데 연 한주 동안 진단이 나지 않고 링거를 맞으면 열이 잠시 내렸다가
도 또 다시 고열로 치솟으니 의사들은 백혈병이 아니냐 의심하고 혹은 기타
불치의 병으로 짐작하기도 하는 것이었다. 순아는 남편이 처남인 성주의 집을
짓다 이렇게 되었으니 시어머니와 시집 식구들 볼 면목이 없어 만일의 경우
남편이 잘못되면 자기도 죽어버리려고 유서까지 써서 적당한 곳에 놓아두었
다.

입원한지 한주일이 지나고 토요일이 돌아왔다. 그날 아침, 조선족 의사인
김원장의 회진(査房)이 있었다. 김원장은 신천의 병세를 자세히 묻고 세말하

게 검사를 하더니 상한이라고 결론을 내리는 것이었다. 하여 그날부터 상한으로 치료를 했더니 과연 효과를 보기 시작했다. 이렇게 20여일을 병원에서 치료를 받고 기본상 호전이 되어 8월말에 신천은 겨우 집으로 돌아왔다. 하지만 몸이 너무 여위고 맥이 없어 그해 가을은 그 숱한 면적의 가을걷이를 순아 혼자서 모두 했다.

겨울이 되어 건강이 얼마간 회복되자 신천은 또 처남 성주 일이 걱정되었다. 얼마 전 성주가 돈을 남에게 떼인 일이 있는데 사연은 이러했다.

몇 해 전 개인영농이 시작된 이듬해에 제비를 쥐어 생산대 재산을 나눌 당시 성주네는 소 한 마리가 배당되었다. 그런데 얼마 되지 않아 아버지가 세상을 뜨니 소를 돌볼 사람이 없어 성주는 그 소를 팔아 빚으로 쳐서 생산대에 바쳤다. 그런데 후에 몇 해가 지나가도 그 소 값만큼 빚이 줄어들지 않았다. 하여 큰 매부 신천이 성주네 마을 대대 회계원을 찾아 장부를 보았더니 과연 소 값이 기입되지 않은 것이었다. 그 당시 출납원을 맡았던 황길은 이미 마을을 떠나 호림이라는 곳에 가서 음식점을 하고 있었다. 신천은 윤아의 남편 서민선과 함께 호림에 가서 황길을 찾아냈다. 증거 앞에서 황길은 이 일에 대해 승인은 하지만 지금은 갚을 돈이 없다고 해서 차용증을 쓰라고 하니 요리조리 피탈하며 빠져나가려 하는 것을 매부 둘이서 강경하게 요구하여 어렵게 차용증을 받아냈다.

헌데 지금까지 1년이 넘도록 돈을 물지 않았고 성주가 그토록 어렵게 집을 짓는데도 일전 한 푼 표시가 없었다. 하여 신천은 바로 향정부에 찾아가 민사법정에 소송을 걸었다. 전후사연을 다 듣고 나서 법관은 두말없이 소환장을 내주었다. 신천이 소환장을 들고 호림의 음식점으로 찾아가니 황길은 이미 경영을 말아먹고 어디로 갔는지 모른다는 것이었다. 신천은 별수 없이 소환장을 가지고 집으로 돌아왔다.

이튿날 아내인 순아가 현성 시장에 갔다가 마침 황길의 친척을 만나 황길의 행방을 물었더니 바로 알려주는 것이었다. 그 이튿날 새벽 신천은 소환장을 들고 그 곳에 찾아가 소환장을 황길에게 전달했다.

소환장을 받고 황길도 마음이 안됐는지 법정에서 소환을 정한 날, 돈을 마련해 가지고 와서 고스란히 신천에게 넘겨주었다.

성주의 집은 그럭저럭 이영을 하고 완공이 되었으나 아직 문짝이 없어 들지 못하고 있었다. 집을 짓는 비용을 맏이와 셋째가 냈으니 문을 해 넣는 것은 둘째인 윤아네가 하기로 되었는데 그해 따라 서민선은 한번 농사를 잘해보겠다고 이웃 한족 마을의 밭을 도맡아 농사를 크게 벌리다보니 일손이 딸려 미루고 미루다가 해를 넘겨버렸다.

이듬해 봄, 어머니의 건강이 급속도로 나빠졌다. 하지만 어머니의 고통을 살펴줄 딸 하나 옆에 없고 날마다 밖으로 떠도는 아들은 더욱 아픈 어머니를 구완할 줄 몰랐다. 어느 날, 어머니는 마당에 퍼더버리고 앉아 슬피 슬피 울었다. 이웃들이 왜냐고 물으니 어머니는 맏딸 순아를 보고 싶어 그런다고 하는 것이었다. 허나 때는 한해 농사의 가장 관건시기인 파종철이라 순아는 어머니를 보러 갈 시간이 없었다.

파종이 끝나고 망종이 지난 후 6월 11일 어머니가 뇌출혈로 쓰러졌다는 소식이 전해왔다. 순아 부부가 부랴부랴 달려왔을 때 어머니는 이미 인사불성이 되어 사람마저 알아보지 못했다. 아마도 어머니는 이 넓은 세상에 자식이 넷이라지만 아픔의 바다에는 나 혼자 뿐이라는 고독감을 시린 가슴으로 절감하며 의식을 마감했을 것이다.

하루 밤낮 동안 링거를 걸고 구급치료를 했으나 사흘날 아침이 되어도, 해가 떠올라도 어머니의 병세는 차도를 보이지 않았다.

1988년 음력 4월 29일(양력 6월 13일), 어머니 강선미는 허약한 몸으로 자식 열 하나를 낳아 일곱을 잃은 아픔과 슬픔을 견뎌내며 극심한 가난과 한을 가슴에 품은 채 58세의 아까운 나이로 세상을 마감했다. 월말이라 장례는 달을 넘기지 않는다고 하여 당일 장례를 치르는 바람에 거리가 먼 셋째 딸 금아는 어머니의 마지막 면상마저 보지 못했다.

　그해 여름이 다 되어서야 윤아네가 성주네 새집에 문을 달아주어 성주는 드디어 새집에 들게 되었다. 그렇지만 아무도 없는 집에 혼자 오래 산다는 것도 말이 되지 않았다. 마침 순아의 둘째 시누가 성주와 비슷하게 대상 될 여자가 있다고 하여 보니 키가 훤칠하고 자기 살림은 할만한 여자 같았다. 하여 재빨리 성주와 마주 세우고 결혼까지 치러주었다.
　결혼한 이듬해 성주네는 딸을 낳아 이름을 옥지라고 지었다. 옥지는 별 탈없이 잘 컸다.

심장이 시키는 대로

　어머니를 보내면서 윤아는 많이도 울었다. 돌이켜 보니 어머니에게 해준 것이 너무 없어 심장이 아프다 못해 구멍이 나는 것 같았다. 애초에 가까이서 부모를 돌보겠다고 거리가 5리 밖에 안 되는 마을에 시집을 왔는데 아무리 생각해도 부모님을 위해 해드린 것이 아무것도 없는 것 같았다. 처음 시집와서는 시집살이를 하느라 육체와 영혼을 다 팔고 후에는 아이들을 데리고 가난에 쪼들리며 그 착하고 정 많던 마음도 모두 메말라 밑바닥이 드러난 것 같았다.
　"조조처럼 백만 대군을 거느리고 적을 무찌르는 데는 우리 큰딸이 제일이고, 부모에게 효도하고 형제자매 우애하는 데는 우리 둘째 딸이 제일이며, 매사 일을 차근차근 물이못나게 풀어나가는 데는 우리 셋째 딸이 제일이다."
　아버지가 생전에 가는 곳마다 외우시며 자랑하시던 이 내용에 윤아는 자신이 너무너무 미안하고 부끄럽고 원망스럽게 느껴졌다. 그 어려운 상황에 금아가 대학교를 다니는데도 나는 돈 몇 푼이라도 주어 부모님 부담을 덜어드리는 일이 없었다. 어머니가 그렇게 많이 아파도 나는 약 한 첩 사드리지 못했고 시집온 지 10여년이라는 세월이 흐르는 동안 부모님께 옷 한 견지, 맛있는 별미 음식 한번 대접하지 못했다. 대체 가난이란 무엇인지 처녀 시절에는 그토록 착하고 효성이 지극하던 내가 어찌하여 이토록 인색하고 몰인정한 인간이 되었단 말인가? 생각할수록 윤아는 목이 메고 가슴이 저려 견딜 수가 없었다.

그래도 세월은 똑딱거리며 흐르고 아내의 심정을 조금도 헤아리지 못하는 남편은 위로의 말 한마디 없이 자기 일(도박 따위)에만 여념 없었다. 가난은 가난을 낳고 그 가난은 가슴앓이를 낳고 가슴앓이는 끝내 중병을 낳고 말았다.

1990년 봄, 가슴앓이에 가슴앓이를 거듭하던 윤아는 어느 날 드디어 두 손으로 가슴을 부둥켜안고 바닥에 쓰러지고 말았다. 큰 병원에 가 계통검사를 한 결과 관상동맥심장병(冠心病)이라는 것이었다. 즉시 입원하여 며칠 구급치료를 받으니 조금 호전이 된 듯하고 또한 이제는 돈도 없어 입원비를 바치기 어려운데다 시기가 한해 농사의 가장 관건인 파종 철이라 별수 없이 퇴원하여 집에 돌아왔다.

그런데 며칠 지나지 않아 병이 바로 다시 도져버리는 것이었다. 심장이 너무 아파 두 손으로 가슴을 꽉 움켜잡고 숨도 바로 쉬기 어려운데 손에 돈이 없으니 병원에 가도 받아주지 않을 것이요 그렇다고 집에 앉아서 죽기를 기다릴 수도 없는 일이었다. 하는 수 없이 현성으로 가는 경운기를 타고 언니네 마을 앞 제방에서 내려 언니네 집까지 기어가다시피 하며 겨우 찾아 들어갔다.

일하러 갔던 언니와 형부가 돌아와 윤아의 상태를 보고 소스라치게 놀랐다. 형부는 이렇게 병이 중한 환자를 내가 어떻게 맡느냐 며 거절하는 것을 언니 순아가 "당신이 치료하다가 동생이 죽어도 원망하지 않겠다."며 남편에게 사정했다. 당시 신천은 아직 정식 의사가 아니고 단지 의학을 자습하여 일부 환자들의 병을 가끔 사사로이 보아주는 정도일 뿐이었다.

그래도 아내가 이렇게까지 사정하는 데는 신천도 더 거절할 수가 없어 윤아를 맡아서 그날 저녁으로 진맥하고 처방을 썼다. 이튿날 아침, 순아는 처방을 가지고 현성에 달려가 약을 사다가 즉시 링거를 걸고 탕약을 달여 윤아에게 먹이기 시작했다. 며칠이 지나자 병이 조금씩 나아지는 추세를 보였다.

형부와 언니는 이 바쁜 파종 철에 농사일은 일대로 하면서 날마다 어김없이 윤아에게 링거를 꽂아주고 탕약을 달여 제시간에 꼬박 먹이며 극진히 보살폈다.

이렇게 치료하다가 돈이 떨어지면 순아는 말없이 주위 마을에 가서 이자 돈을 맡아오곤 했다. 당시는 순아네도 아직 살림이 그다지 넉넉한 편이 아니지만 그래도 신천은 아무 말 없이 환자를 치료하는 데만 전념했다. 어찌됐든 죽는 사람은 살려놓고 봐야 한다는 의사의 도덕품성(醫德)이 슬며시 신천의 마음속에 자리 잡은 것이었다.

약 두 주일쯤 치료를 한 뒤 형부가 윤아를 데리고 큰 병원에 가 기계검사를 해보았더니 바람대로 병이 많이 나아지고 있는 것이었다. 집에 돌아온 후 다시 약을 조금 조정하여 치료를 계속하였다.

이와 같이 시집간 동생을 언니네가 돈을 대어 치료를 해주고 보살피는 동안 윤아의 시집인 서씨네는 남편을 포함하여 환자가 어떠한지, 상태가 더하지는 않는지, 치료비는 어떻게 해결하고 있는지 등등 아무 관심도 보이지 않고 와 보는 사람도 없으며 심지어 문안 한마디 인편에라도 보낸 적이 없었다. 병이 위중하여 목숨이 경각에 달린 중환자를 경운기 편에 훌쩍 실려 보내고는 마치 줄 끊어진 연을 바람에 훌훌 날려 보낸 듯 그 뒤는 무심하고 매정하기 그지없었다. 윤아 남편과 시집의 이런 태도에 순아 부부는 참 기가 막히고 억이 막히는 일이었지만 말을 하면 환자의 마음이 다칠까 염려되어 일언반구도 하지 않았다.

그 사이에 한번은 이런 일이 있었다. 약 20여일 치료를 한 뒤 윤아의 병이 얼마간 나아져 걸어 다닐 수 있게 되자 순아는 윤아를 약 20여 리 떨어진 마을에 사는 윤아의 이상 시누 집에 치료비 빌리려 보냈다. 갈 때는 그래도 순아가 술 두 병에 과자 두 봉지를 윤아에게 들려 보내며 가서 어떻게든 잘 사정하여 돈을 단 얼마라도 빌려오라고 했다. 그런데 아픈 사람이 탈탈 힘들게 걸어

가서 병을 치료하겠다고 돈을 좀 빌려달라고 하는데 시누네는 단돈 1전도 빌려주지 않아 윤아는 괜히 힘만 빼고 왕복 40여리를 비칠거리며 걸어갔다가 다시 빈손으로 비칠거리며 돌아오고 말았다.

얼굴이 흙빛이 되어 맥없이 들어서는 윤아를 보고 순아는 그만 화가 치밀어 당장 그 서씨네 집에서 나오라고 고래고래 소리치고 싶은 충동을 가까스로 참았다. 그래, 아이들이 셋이나 되니 어쩌겠나 하고 가슴 아프게 한탄하는 수밖에 없었다. 사실 윤아도 마음속으로 크나큰 절망을 느끼며 이제 돌아가서 보자고 든든히 벼르고 있었다.

6,1아동절이 가까워오자 윤아는 아이들이 걱정되어 집에 돌아가지 않으면 안 된다고 했다. 형부는 병이 아직 완쾌되지 못했으니 좀 더 치료하는 것이 좋겠다고 했으나 윤아가 반드시 떠나겠다고 하니 더 말리지 않고 몇 가지 기성 중약 이름을 종이에 적어주며 몸이 안 좋을 때 사먹으라고 했다. 그 후부터 윤아는 형부가 시켜준 기성 약을 사먹으며 견디어 냈다.

병을 치료하고 집에 돌아온 후 윤아는 이 서씨네 집안에 만정이 다 떨어지고 남편도 어쩐지 낯선 사람처럼 멀게만 느껴졌다. 하지만 자나 깨나 엄마를 지켜보고 있는 세 아이들의 새까만 눈을 보면 가슴이 아파 이를 악물고 가정을 유지해보려 애썼다.

그 후 몇 해 동안 죽을힘을 다해 농사를 지었으나 윤아네는 여전히 산량을 높이지 못해 해년마다 수입이 지출을 초과하지 못하고 오히려 장부가 거꾸로 서서 빚만 늘어갔다. 애들이 나날이 커 가는데 먹을 것도 입을 것도 쓸 것도 엄청 부족하여 작은 이모 금아가 이불이랑 옷이랑 철철이 붙여주고 가까운 곳에 있는 큰 이모 순아는 윤아네 애들에게 옷을 해 입히겠다고 돈을 주고 재단까지 배웠다.

겨울 농한기가 되면 윤아는 해져서 넝마같이 된 옷가지들을 한 보따리나 가지고 순아네 집에 와서 겨울 내내 재봉틀에 깁고 손으로 꿰매고 하여 봄철이 되면 가지고 돌아갔다. 동생이 사는 것이 하도 기막히고 한심하여 순아는 매번 윤아가 갈 때면 남편이 알게 모르게 돈을 손에 쥐어주곤 했다.

1994년 봄, 윤아네는 벼 싹을 틔우는데 실수하여 한해 농사를 말아먹게 되었다. 부부는 서로 니탈 내탈 하며 싸우기 시작했는데 한해 농사를 수확하는 가을이 가까워오자 모순은 점점 더 커져 나중엔 무력에까지 이르게 되었다. 심장병이 있는 윤아는 이렇게 계속 버티다가는 자신이 먼저 죽어버릴 것만 같았다. 심장은 거짓을 하지 않는다. 윤아는 드디어 결단을 내리고 심장이 시키는 대로 하기로 했다.

8월 중순, 김윤아와 서민선은 정식 갈라서기로 합의를 보았다. 집, 재산, 자식 모두를 서민선에게 남겨놓고 윤아는 빈손에 빈 몸으로 집을 나와 혼자 눈물에 세수하며 언니 순아네 집으로 향했다.

언니네 집에서 며칠 동안 탕약을 달여 먹으면서 몸과 마음을 수습한 뒤 순아가 현성에 일자리를 주선해주어 윤아는 현성으로 올라가 음식점에 출근하기 시작했다. 그런데 음식점 일을 처음 하는지라 적응이 잘 안되어 며칠 만에 밀려나오고 또 다른 곳에 주선해주어도 마찬가지로 밀려나오는 것이었다. 이렇게 서너 번 밀려나오고 보니 더 일을 찾을 생각이 없어 다시 언니네 집에 내려가 며칠 있다가 짐을 챙겨가지고 동생인 금아네 집으로 떠났다.

기점(起點)

그날 집에 문득 찾아온 둘째 언니 윤아를 보고 금아는 기절초풍하듯 놀랐다. 사람이 어찌 저 지경으로 될 수 있단 말인가? 옛날 그토록 살이 많고 통통하던 얼굴은 간데온데없고 두 볼은 여위다 못해 비비(狒狒) 같이 쑥 들어가고 서른아홉의 나이에 비해 거무튀튀하고 초들초들 마른 피부에는 때 이른 주름살이 눈에 띄게 퍼져 있었다.

윤아는 금아 보다 근근 두 살 연상인데도 이웃들은 금아를 보고 친정어머니가 오셨냐고 묻고 직장 동료들은 금아가 아무리 언니라고 말해도 둘이 진짜

친 자매라고 믿는 사람은 아무도 없었다.

며칠 돌아다니며 시내 구경을 시킨 뒤 이제는 일자리를 찾아주어야 하는데 금아가 윤아를 데리고 직원을 모집한다는 광고를 낸 음식점들에 찾아가면 거의 모두가 나이 든 사람은 싫다고 거절하는 것이었다. 나이가 아직 마흔 살 전인 30대라고 신분증을 내보이며 설명해도 소용없었다.

이렇게 내처 돌고 돌다가 겨우 금아가 아는 어느 사람의 면목을 빌어 힘들게 음식점에 들어갔는데 며칠이 안 되어 또 밀려나고 말았다. 이렇게 몇 번 더 면목으로 주선해 주었다가 계속 밀려나오니 금아도 더는 어찌할 방법이 없었다. 상황이 이쯤 되자 윤아 자신도 곰곰이 생각해보지 않을 수 없었다. 왜 나는 이렇게 밀려만 다니는 것일까? 왜 이 많은 음식점들에 내가 필요한 곳은 없는 것일까? 밤을 자지 않고 거듭거듭 생각해보니 답이 나오는 것 같았다. 과연 그도 그럴 것이 이 나이에 여급을 하자니 형상이 맞지 않고 주방에 들어 하자니 할 줄 아는 요리가 하나도 없어 쓰려는 사람이 없는 것은 당연했다. 윤아는 입술을 깨물며 속으로 다짐했다. 요리 기술을 배우자. 다문 한두 가지라도 요리 기술을 장악하면 쓰려는 사람이 있을 것이다.

이튿날부터 윤아는 스스로 음식점을 찾아다니며 월급이 높든 낮든 사발 가시는 일이라도 시키기만 하면 쾌히 응낙하고 나섰다. 목적은 하나 즉 일을 하면서 기회를 보아 요리기술을 배우려는 것이었다. 그런데 여러 음식점을 떠돌며 갖은 수단과 방법을 다 써보았으나 주방의 오리사들은 아무도 윤아에게 요리기술을 가르쳐주려 하지 않았다. 하여 윤아는 결심을 내리고 스스로 실험하여 깨우치기로 마음먹었다.

이때로부터 윤아는 밤이고 낮이고 기회만 있으면 주방에 들어가 음식을 만들어 스스로 먹어보며 실험을 하기 시작했다. 주로 무침을 많이 하고 때로는 냉면탕을 만들어 보기도 했다. 가끔은 실험하다 주방장한테 들켜 싫은 소리도 듣고 쫓겨나기도 했으나 그래도 갈비를 들이댈 만큼 질기게 추구해 나갔다.

"노력은 뜻있는 사람을 저버리지 않는다(功夫不負有心人)"고 이렇게 애를 쓰며 두어 해를 고생하다 보니 어느새 무침을 맛있게 할 수 있어 "무침셰프凉拌師傅"로 주방에 들어가 일을 하게 되었다. 이제는 월급도 전보다 높게 받고 일을 하다 쉬가 틀리면 다른 음식점으로 쉽게 옮겨 다니기도 했다.

윤아가 도시에 와서 눈을 뜨고 적응하며 발전하는 동안 맏이인 순아네는 농촌에서 개인영농에 적응하고 발전하며 돈을 벌기 시작했다.

신천은 어려서 아버지를 여의고 농사일을 계통적으로 배운 적이 없으나 후에 어디서 어떻게 배웠는지 농사를 너무 꼼꼼하게 잘 지어서 해마다 풍작을 거두었다. 논밭의 벼가 알알이 터지게 잘 여문데다 가을을 끝낸 다음 벼 조배기를 특별히 꼼꼼하게 잘하여 이듬해 봄이 되면 순아네 벼는 종자벼로 불티나게 잘 팔렸다. 보통 벼로 팔면 한 근에 0.60원 하는 벼를 종자로 파니 한 근에 1.50원씩 받아 두 배도 넘는 수익을 얻었다.

1994년 가을에는 이상하게 늦장마가 지며 때 이르게 진눈깨비가 많이 내려 집집마다 벼 조배기를 했으나 비가 새어 벼가 젖는 바람에 이듬해 봄에 가서 종자로 쓸 벼가 없게 되었다. 단지 순아네만이 신천이 벼 조배기를 얼마나 꼼꼼하게 잘했는지 비가 새들지 않아 대부분 벼를 종자로 쓸 수 있었다. 하여 그해 봄에 순아네는 남은 벼를 몽땅 종자로 팔아 한해 농사로 두 해의 수익을 얻었다.

한전에는 또한 경제작물 고추를 심어 순아는 그 매운 고추를 따서 말리고 가루를 내어 매년 고춧가루 5,6백근씩 만들어 팔아 돈을 차곡차곡 저장했다.

이밖에도 신천은 집 주위에 외양간을 짓고 매년 이른 봄 시장에 가 새끼소를 사다가 봄, 여름, 가을 세 계절은 날이 푸르무레하면 끌어내다 풀을 뜯게 하고 저녁에는 끌고 와서 외양간에 재우며 극진히 보살펴 소가 빨리 크고 살이 잘 찌게 했다. 이렇게 소를 키우면서 밭갈이부터 시작하여 겨울 벼를 실어 들일 때까지 두 해쯤 부리고 큰 소가 되면 시장에 내다 팔아서 몇 곱의 수익을 얻었다. 순아도 돼지, 닭, 거위 같은 집짐승들을 특별히 살이 지게 잘 길러 팔아서 생활에 보탬 했다.

1994년부터 신천은 정식으로 마을 위생소(卫生所)를 맡아 하게 되었다. 그날 부부는 감개무량한 추억을 떠올리며 밤새 이야기를 나누었다. 의사로 되는 길, 참으로 힘든 과정이었고 하늘의 별 따기 같이 아득히 멀고 비현실적인 꿈인듯했으나 끝내는 이루고야 말았다.

맏이 길민을 낳고 얼마 안 되었을 때의 일이었다. 저수지에 일하러 갔던 신천은 공지에서 보조금이 조금 나오자 오래도록 사고 싶었던 책이 있어 서점으로 들어가 의학책 한권을 사가지고 돌아왔다. 그런데 책을 사온 것을 본 순아가 울며불며 집식구들은 돈이 없어 팬티도 제대로 해 입지 못하는데 당신은 한가하게 책이나 사 들고 다니냐 며 야단을 쳐서 신천은 한마디 대답도 못하고 아내한테 혼쭐이 났다. 그 후부터 신천은 아무리 사고 싶어도 다시는 책을 사려 하지 않았다. 후에 금아의 남편인 송헌이 의학책을 여러 권 보내주어 신천은 그 책들을 보며 의학의 깊은 도리를 깨치게 되었다.

아무튼 학교는 소학교밖에 다니지 못한 한낱 농민이 농촌에서 고된 일을 하며 스스로 여가를 짜내어 의학 공부를 해서 농촌 의료일꾼 합격증을 받기까지 참으로 힘든 과정과 눈물겨운 이야기들이 많았다.

그 후의 나날들에 부부는 쉽지 않게 찾아온 이 기회를 더없이 소중히 여기며 성심을 다해 열심히 위생소를 운영하였다. 그런데 마을사람들 중에 신천의 성과를 무섭게 질투하는 사람이 있어 벼라 별 나쁜 여론을 다 퍼뜨리는 것이었다. 의사라는 명의뿐이지 아무것도 모른다는 둥, 약값이 다른 촌보다 엄청 비싸다는 둥, 예방주사까지도 바로 놓지 못하는 바보라는 둥, 심지어 상관 부문에 고자질까지 하며 신천을 비방하고 모함하는 것이었다.

하여 위생소 운영에서는 별로 큰 이윤을 얻지 못했지만 경험을 쌓고 경력을 축적하여 앞으로의 발전에 기반을 다지며 무엇보다 실천 속에서 배우는 것이 더 큰 소득으로 남았다. 한편 농사는 농사대로 지어 매년 수익을 얻어 아이들을 공부시키고 가정생활도 나날이 향상되어갔다.

윤아는 도시에 온지 여러 해가 되고 음식점들에 다니며 일을 배우고 경험을 쌓은 지도 꽤 오래 되는데 이상하게 여전히 한곳에 머물지 못하고 자꾸 여기 저기 밀려다니며 스트레스를 받는 것이었다. 그래서 금아는 윤아더러 한번 자영업을 해보라고 집을 하나 세 맡아 다방을 꾸려주었다. 돈은 윤아가 대부분을 내고 금아가 소부분을 내어 함께 경영하되 금아가 법적인 수속, 세금, 영업 증서 등 밖의 일을 전부 담당하고 안의 주요 영업은 윤아가 맡아 하기로 했다.

그런데 윤아가 영업 경험이 없어서인지 다방 영업이 생각대로 잘되지 않아 몇 달 만에 다방을 접어버리고 대신 자그마한 냉면집을 넘겨받아 국수 장사를 하기 시작했다. 하지만 몇 달 동안 애를 쓰며 갖은 방법을 다 써보았으나 냉면집 역시 영업 상황이 그닥지 않아 이를 악물고 버티다 못해 끝내는 본전도 못 뽑고 헐값으로 남에게 넘겨주고 말았다.

이듬해 윤아는 누군가의 소개로 러시아에 일하러 갔다.

갈림길

그 몇 해 동안 금아는 엄청 바쁜 시간을 보내고 있었다.

1995년 금아는 문학 사전을 편찬하는 대 공정을 벌렸다. 직장에 아직 많이 남아있는 빚을 한꺼번에 모두 청산하기 위해서였다. 이 사전 편찬 일은 과학 기술 편집부의 박주임이 금아와 송헌 부부더러 출판사의 빚을 물라고 특별 배려하여 주선한 선재였다. 백만 자도 넘어 되는 어마어마한 공구서 편찬 분량을 금아와 송헌이 대부분을 맡고 금아를 도와 신문사 김형희 선생과 금아의 대학교 후배 송순이 일부를 맡아 하기로 했다.

금아는 밤에 낮을 이어가며 하루에 단 네 시간만 잠을 자고 남은 시간 동안 편찬 일을 열심히 했다. 후에 남편이 맡은 부분도 아픈 남편이 미처 완성하지 못해 금아가 대신 모두 완성했다. 결국 이 공구서는 금아가 대부분 편찬한 것이었으나 당시까지 아직 고급직함이 없는 금아는 사전의 주편찬자로 이름을 달수가 없어 모 명문대 유명 교수의 명의를 빌어 사전을 출판하고 원고료는 받아서 모두 금아네 출판사 빚을 갚는데 썼다.

그해 말, 금아는 드디어 출판사의 빚을 모두 청산하고 너무 기쁜 나머지 식당에서 안주를 만들고 술을 사서 출판사 동료들을 청해 한 끼 먹고 마시며 축하를 했다. 여성 동료들은 눈물을 흘리며 금아의 억울하고 힘들었던 지난 과거를 회상하고 오늘의 빚 청산을 함께 기뻐하며 축하해주고, 남성 동료들은 금아를 아주 보기 드문 "열녀(烈女)"라고 엄지를 내들며 칭찬을 아끼지 않았다. 사람들은 모두 금아 같은 여자는 세상에 둘도 없을 것이라고 혀를 끌끌 차며 감탄해 마지않았다.

이렇게 해서 금아의 직장에 있던 빚은 모두 청산되었으나 금아 시집의 빚은 여전히 큰 골칫거리가 되어 있었다. 뿐만 아니라 이제 시집 식구들은 사람이 먹고 사는 기본 조건까지도 자립하지 못해 금아가 대주어야 했다. 이 몇 해 동안 금아네 시집에는 변고가 많이 생겼다. 돈을 더 빌려달라고 큰아들 집에 와서 하루 세끼 술로 마음을 달래며 세월을 보내던 시아버지가 간경화 복수로 세상을 뜨고, 빚을 물지 못해 자동차를 빚에 처넣은 다음 장사를 한다고 여기저기 떠돌아다니던 둘째 시동생이 객사를 했다. 그 뒤 얼마 안 되어 가족의 어른인 시할머니가 세상을 뜨시고, 시집간 두 시누도 각기 기막힌 생활난에 허덕이고 있었다. 막내 시동생은 어렵게 중학교를 졸업했으나 직업이 없어 금아네 집에서 하루 세끼 술만 마시고 있다가 금아가 대련에 직업을 주선해주어 그곳에 보냈는데 1년도 채 안되어 다시 돌아왔다. 일하기는 싫고 그렇다고 하늘에서 돈이 저절로 떨어지는 것도 아닌데 그것만 바라고 있으니 맞는 직업이 있을 리 만무했다.

큰 시누는 그 없는 살림에 아이를 셋이나 낳아 아이들이 아프기만 하면 곧바로 업고 오빠네 집으로 달려오는 것이었다. 그때마다 금아는 아픈 아이를 보고 어쩔 수 없어 돈을 빌려서라도 시누를 데리고 병원에 가 아이의 병을 보이고 치료를 해주었다. 어느 한번 시누는 기막히게 설사를 자주 하는 아이를 업고 금아네 집에 와서 바닥의 융단(地毯) 위에다 여기저기 싯누런 똥물을 가득 싸 놓았다. 금아는 금시 가슴이 폭발하여 미쳐버릴 것만 같았으나 그 남편과 살고 있는 한 별다른 방법이 없어 울며 겨자 먹기로 돈을 빌려서 아이를 치료해주었다.

시아버지가 세상 뜨고 없으니 빚받이꾼들은 시어머니 혼자 있는 집에 와서 집을 내놓으라고 난리를 쳤다. 하여 시어머니는 집을 주어버리고 아예 금아네 집으로 살러 왔다. 빚받이꾼들도 부대를 따라가듯 주르르 따라 금아네 집으로 와서 빚받이를 하기 시작했다.

빚받이꾼들의 사정도 들어보니 딱하기 그지없었다. 금아의 시아버지가 빌려간 돈을 기한이 엄청 넘었는데도 갚지 못해 그 돈 때문에 부부가 싸우고 부모자식이 싸우고 친구사이가 벌어져 머리가 깨지고, 심지어 그 돈 때문에 이혼한 집까지 있었다. 돈머리가 비교적 큰 이씨네는 아예 목단강 시로 집을 옮기고 장기적으로 금아네 집에 와 빚받이를 할 작정이었다.

이 당시 금아는 출판사에서 편집부 주임 겸 종합 잡지의 주필을 맡고 업무상에서 한창 놀라운 비약을 하고 있을 때였다. 잡지 주필을 맡자 천지개벽의 변화를 일으켜 일 년도 채 안 되는 사이 잡지의 발행 부수를 몇 배로 끌어올리고, 새로 "문학기금회(文學基金會)"를 세웠으며 문학상 시상식을 하고 창작 필회(筆會)를 여는 등 큰 행사들을 빈틈없이 성공적으로 조직하여 대내외의 한결 같은 절찬을 받았다. 이와 같이 뛰어난 업무성과에 개인 작품 창작의 성과를 합쳐 금아는 선배 또는 대선배들을 뛰어넘어 출판계통의 고급직함인 부편심(副編審)을 먼저 수여 받았다.

이런 금아가 집에만 돌아오면 그 기막히게 무지하고 막부가내인 빚받이꾼들에게 끝도 없이 시달려야 했다. 시어머니는 이제는 빚받이꾼들에게 단련되어 마치 아무 일도 없는 듯 낯빛 하나 변치 않고 찾아온 사람들이 말하겠으면 말하라 내버려두고 얼굴 두껍게 꿋꿋이 있는데 얼굴이 얇은 금아는 애간장이 빠질빠질 타 들어가 숨도 바로 쉬기 어려웠다. 더욱이 빚받이꾼들이 울며불며 하소연하는 소리를 들으면 금아는 당금 몸속의 피라도 팔아 빚을 모조리 갚아 버리고 싶었다.

어느 날, 하는 수 없어 금아는 빚받이꾼들에게 집안의 쓸 만한 물건이 있으면 모두 가져가라고 했다. 하여 금아가 한국에서 사가지고 와 한 번도 써보지 못한 전지레인즈며 전기밥솥이며를 모두 빚으로 빼앗기고 말았다.

차츰 금아는 집에 들어가기가 싫어졌다. 자기 두 손으로 이룬 자신의 집이건만 지금은 마치 남의 집인 것만 같았다. 아니 시어머니 집 같았고, 빚받이꾼들의 집 같았다. 하루라도 집에 들어가 있으면 또 어느 빚받이꾼이 찾아오는 소리를 들어야 하고 얼굴을 맞대고 자존심이 상하다 못해 모든 인간의 존엄을 상실한 버러지의 신세가 되어 온갖 욕을 다 먹고 가지가지 수모를 주는 대로 받아야 하는 시간이 닥쳐올까 두려웠다.

갈수록 금아는 몸과 마음이 볼꼴 없이 여위어가고 있었다. 잠이 오지 않아 밤중에 혼자 강변으로 나간 적도 한두 번이 아니었다. 생각해보니 이건 잠시 극복하면 되는 일도 아니요 힘들게 넘어야 할 산도 아니었다. 이건 갈수록 깊어지는 진창이요 영원히 끝이 보이지 않는 진흙의 바다인 것이었다.

가정이 이런 상황인데도 남편은 그저 몸이 아프다는 구실로 전혀 아내의 마음을 헤아려 주거나 위로하는 말 한마디 없이 오히려 처형인 윤아가 집에 드나든다고 흠을 잡고 싫어하며 투정을 부리려 했다. 더욱이 몸에 살이 잘 쪄서 200근도 넘어 되는 시동생은 집에만 들어오면 하루 세끼 술을 마시고 똑 마치 자기가 주인인 듯 위세를 부리며 열심히 일해 돈을 벌어 빚을 분담할 생각은 만분의 일이라도 하지 않는 것 같았다.

시어머니는 금아가 집에 들어오기 싫어하고 출장을 많이 다니는 것을 보고 밖에서 바람을 쓰고 다니지 않냐고 아들을 부추겨 금아와 싸우게 만들었다. 하여 남편은 출판사에 가서 사장을 찾아 반영하고 금아를 처분해달라고 부탁했다. 출판사에서는 애매한 젊은 편집원을 내쫓아 버리고, 금아는 홧김에 스스로 사장을 찾아가 주필직을 사임해버렸다. 이쯤 하면 송헌과 금아의 혼인은 철저하게 유명무실이 된 셈이었다.

이때 즘 금아의 딸인 소연에게도 변화가 생기기 시작했다. 소연은 아기 때부터 "신동(神童)"이라 불릴 만큼 총명하고 학교에 들어간 후에는 공부를 잘하고 각 방면에서 우수하여 소학교 때 벌써 입단(入團)을 하고 학생 대표로 조선과 한국을 방문했으며 초중에 올라가서는 우수 단지부서기로 상장까지 받은 뛰어난 아이였다.

그런데 할머니가 집에 와 살고 빚받이꾼들이 따라와 빚받이를 하는 것을 보면서 점차 아이가 변하기 시작했다. 열네 살에 접어들자 사태를 판단했는지 소연은 단지부서기도 안 하겠다 하고 따라서 성격이 소침해지는가 하면 공부 성적도 눈에 띄게 내려갔다. 하지만 이런 변화들에 금아 외에는 식구들 아무도 관심이 없었다. 마치 너도 이집 식구이니 빚도 나눠가지고 죽음도 나눠가져야 한다는 듯 살벌한 분위기만 풍길 뿐이었다.

그러던 어느 날. 아이가 금아에게 정식으로 말하는 것이었다.

"어머니, 이젠 나도 철이 다 들었어요. 지금 어머니 아버지가 갈라져도 나는 다 이해할 것이니 어머니 생각대로 하세요."

참으로 똑똑한 아이였다. 사실 금아는 소연이 네 살 때 시아버지가 아들을 핍박하여 월 15% 이자의 돈을 빌린 걸 알게 되면서 시집의 내막도 알게 되자 그때 송헌과 이혼하려고 했다. 그런데 귀엽고 총명한 아이가 아직 너무 어리고 불쌍하고 아까워서 차마 그렇게 하지 못했던 것이다. 헌데 지금 어느새 커서 어른 사유를 하고 있는 딸애가 불쌍한 어머니를 이해하고 이제는 자기 걱정을 말고 어머니의 인생을 찾으라고 권하는 것이었다.

금아는 아이를 와락 품에 그러안고 눈물을 비 오듯 흘리며 속으로 그 어떤 방법을 대서라도 딸을 구해낼 것이라 다짐했다. 남들은 부모가 이혼하면 자식을 망친다고 하는데 소연은 오직 부모가 이혼을 해야만 이 기막힌 상황에서 빠져나와 구원될 가망이 있는 것이었다. 반대로 계속 이 집에 이대로 두다가는 빚을 갚느라 돈이 없어 공부를 못하는 것은 두말할 것도 없고 보다 큰 문제는 심리적으로 정상을 유지하기 어려워 이토록 총명한 아이가 십중팔구 일생을 망쳐버리고 말 것이었다. 이런 결과를 금아는 절대로 허용할 수 없었다.

선택

1998년 가을, 금아는 이를 악물고 이혼을 선택했다. 그 어떤 대가를 치르더라도 반드시 소연을 데리고 이 가정을 떠나야 한다. 이것이 금아의 머릿속에 든 생각의 전부였고 결단의 전부였다. 밖의 사람들은 아무도 금아를 이해할 수 없었고 또 아무에게도 구구하게 설명하고 싶지도 않았다.

금아는 우선 송헌을 설득했다. 소연은 우리의 유일한 자식이 아닌가? 지금이 상황에서 소연을 구할 수 있는 길은 오로지 이혼밖에 없다. 금아는 자기가 아이를 데리고 빈손으로 떠나겠으니 집이든 재산이든 모두 송헌이 혼자 쓰고 이제 소연이 성인이 되어 신분증이 나오면 집을 소연의 이름으로 넘기자고 제안했다. 그러자 송헌도 대답하는 것이었다. 금아는 우리 모두 신분 있는 사람이니 이혼 절차는 아무에게도 알리지 말고 우리 둘이 조용히 민정국(民政局)에 가서 처리하자고 했다. 두 사람은 이혼 합의서를 쓰고 쌍방이 사인하고 지장까지 찍었다.

이혼 합의서를 가지고 민정국으로 가는 길에 송헌은 내내 울면서 금아를 따라왔다. 금아가 사람들의 눈이 있으니 참으라고 아무리 말해도 송헌은 더 서럽게 흐느끼며 우는 것이었다. 과연 민정국 문 앞에 당도하자 송헌은 들어가기를 거절하며 밖에서 엉엉 소리 내어 울더니 그만 되돌아서서 쿵쿵 걸어가 버리는 것이었다. 하여 금아도 별수 없이 남편을 따라 집으로 돌아오고 말았다.

두어 달이 지난 후 다시 이혼 절차를 밟으려 하니 송헌이가 갑자기 손바닥 뒤집듯 약속을 훌쩍 뒤집어버리는 것이었다. 그동안 시집 식구들이 모여들어 아픈 사람을 얼마나 핍박했는지 송헌은 병이 재발하여 다시 병원에 입원하고 금아가 찾아가도 시집 식구들이 송헌이 환자라며 말도 못 나누게 했다. 또한 시집식구들이 출판사에 찾아가 뭐라고 지껄여댔는지 온 출판사가 떠들썩하니 금아를 나쁘다고 손가락질하는 것이었다.

그 당시 출판사의 노령도(老領導)들은 모두 퇴직하고 젊은 층이 이어받았는데 아무도 금아의 말은 들어보려고도 하지 않고 무조건 이혼은 안 된다고 잡아떼는 것이었다. 이렇게 되니 금아는 소송을 하는 수밖에 다른 길이 없었다.

이혼을 하면 두 사람이 같은 직장에 있을 수 없으니 출판사 직장은 그냥 송헌에게 남겨두고 금아는 다른 도시로 전근을 가려고 업무가 맞는 단위에 자리를 마련했다. 처음 자리는 모 대학 강사로 일하는 한편 박사 공부를 하는 것이었다. 대학교 총장이 대답하고 상관 교수가 받기로 했는데 출판사 지도층에서 전화로 금아를 모함하여 훼방을 놓았다. 두 번째 자리는 모 신문사 부총편(副總編) 자리인데 역시 출판사에서 못된 말을 하여 훼방을 놓아버렸다. 세 번째 자리는 모 잡지사 주필 자리인데 역시 출판사 지도층 모모가 아주 안 좋은 말을 가득 전하여 물거품을 만들어 버리고 말았다.

기실 사장과는 지난 해 금아의 업무가 한창 고봉으로 오를 때 한번 버성긴 일이 있었다. 당시 금아는 한국 교수들을 통해 일본 교수들을 알게 되었는데 그 교수들이 금아의 문학기금회에 관심을 갖고 돌아오는 해에 중국을 방문하여 거액의 기금을 내겠다는 것이었다. 이 좋은 소식을 금아는 돌아오는 길로 사장에게 회보하고 초청장을 부탁했다. 그런데 이상하게도 사장이 초청장을 허락하지 않았다. 금아가 하도 이상하여 그 이유를 따져 물었더니 사장이 그만 기막힌 대답을 하는 것이었다.

"금아 이름이 너무 나가면 안 돼."

이 말을 듣고 화가 머리끝까지 치민 금아는 하마터면 재떨이를 사장에게 막 집어던질 번했다.

이 일이 있은 후 사장은 무조건 금아를 억누르려 하고, 금아는 금아대로 너무 억울하여 그때부터 직장을 바꾸려고 마음먹었다. 그런데 이상한 것은 사장은 금아가 떠나는 것도 허락하지 않았다. 미운 사람이 눈앞에서 사라지면 시원하고 좋을 텐데 왜 사장은 금아를 떠나지도 못하게 하는 건지 도무지 이해할 수가 없었다.

전근이 안 되니 최후 남은 길은 퇴직하는 수밖에 없었다. 금아는 국가 간부로 장장 19년이나 근무한 연한을 하루아침에 내버리고 단연히 사직서를 써서 사장에게 바쳤다. 사장은 처음에 "너 미친 거 아냐? 진짜 퇴직하겠단 말이냐" 하더니 금아가 암말 않고 돌아서 나가려 하자 "밥 못 먹으면 3년 안에 돌아와"라고 말했다.

1999년 봄, 금아가 이혼 소송을 하여 법원에서 두 번이나 소환장을 보냈는데 송헌은 아프다는 핑계로 법정에 나타나지 않았다. 세 번째 소환장을 전하기 위해 금아가 병원으로 찾아가니 시어머니와 시동생이 눈을 부릅뜨고 노려보고 있었다. 금아는 송헌에게 다가가 나는 이미 사직했으니 당신이 마음 놓고 출판사에 있으라, 그리고 나는 이제 이곳을 떠나야 하겠으니 아무래도 갈라질 걸 조용히 절차를 밟자고 말했다. 그러자 옆에 있던 시동생이 갑자기 벌떡 일어서며 다짜고짜 금아에게 욕을 퍼붓는 것이었다. 순간 너무 화가 치밀어 금아는 저도 몰래 손이 올라가 시동생의 뺨을 하나 때렸다.

네가 어찌 나한테 이럴 수 있단 말이냐? 네가 아직 아이 적에 내가 이 집에 들어와 얼마나 고생했는지 아느냐? 네가 내 집에 와서 마신 술만 해도 아마 한 독은 잘 될 것이다. 일은 안하고 먹기만 하는 기생충! 마지막 한마디는 입 밖에 내지는 않았지만 가장 하고픈 말이었다. 금아는 소환장을 송헌에게 던져주고 표연히 자리를 떴다.

그런데 시어머니와 시동생이 그 길로 출판사에 찾아가 시동생이 금아에게 맞아서 이발이 다 부러지고 볼이 병신 됐다고 떠들어댔다는 것이다. 참으로 "박대포"라 소문난 아버지 아들다웠다. 정상 사유를 가진 사람이라면 누구든 판단할 수 있는 일—— 키가 154이고 체중이 90여근밖에 안 되는 연약한 여자가 어떻게 구 척 키에 200여근 체중을 가진 건장한 사내를 뺨 하나 때려서 이발을 분지르고 볼이 병신 되게 할 수 있단 말인가? 박씨네는 이와 같이 거짓말을 밥 먹듯 하고 엄청난 과장을 하고 신용을 지키지 않고 은혜도 모르는 인간들이니 모든 실패가 다 그 안에 있는 것이었다.

출판사에서는 금아가 이미 사직했으니 이 문제는 상관하지 못한다고 했다.

법정이 열리는 날, 드디어 송헌이 큰 여동생과 남동생을 데리고 출정하였다. 자녀 양육권 문제가 나오자 송헌은 딸의 양육권을 포기한다고 밝혔다. 소연 본인의 뜻을 물으니 당연 어머니를 선택한다고 했다. 다음 양육비 문제가 거론되어 법관이 아이의 양육비는 대학을 졸업하기까지라고 말하자 송헌의 여동생이 코웃음을 치며 "흥, 대학? 중학교도 못 졸업할 걸!" 하고 자기 조카를 못되게 비난했다.

금아는 기가 막혀 말이 나가지 않았다. 그젯날 똥물싸개를 찔찔 하는 아이를 업고 장장 6시간이나 되는 기차를 타고 금아네 집에 찾아와 제입으로 "천하에 우리 형님 같이 좋은 사람은 없다"며 금아 앞에서 강아지 같이 꼬리를 저어대던 저 시누 모모가 지금은 그만 카멜레온(變色龍) 같이 몸의 색깔을 싹 바꾸고 감추었던 발톱을 마구 드러내며 흉악한 이발을 앙다물고 저렇게 으르렁거리고 있는 것이다. 세상이 아무리 바뀌어도 인간의 최저한도의 도리마저 모르는 저런 사람에게는 영원히 좋은 운명이 차례지지 않는 것이 인간철리(人間哲理)라고 금아는 생각했다.

이혼을 판결 짓고 법정을 나올 때 송헌이 무슨 말을 하려는 듯 금아를 향해 손짓하는 것이었다. 층계를 내려가던 금아는 재빨리 방향을 돌려 다시 층계를 올라가 조금 비칠거리는 송헌을 부축했다. 그러자 갑자기 뒤에 섰던 남동생이 바람같이 달려와 손으로 두 사람 사이를 칼로 베듯 툭 잘라 딱 갈라놓는 것이었다. 이 무지막지한 행동에 금아는 할 말을 찾지 못했다. 마지막으로 아이에 대한 부탁을 할 수도 있고 또 16년간 결혼 생활에서 어떤 유감이나 부탁 같은 것도 할 수 있는데 저 미련한 인간이 짐승보다 못한 짓을 하고 있는 것이었다. 게다가 그 뒤에 따라 나오던 여동생까지 마치 자기 오빠가 금아와 말을 한

마디라도 하면 자기의 허벅다리 한쪽이 날아가 버리듯 눈을 부라리고 무섭게 지켜서는 것이었다. 그들의 모습이 하도 기가 막히고 더러워서 금아는 암말도 않고 돌아서서 혼자 층계를 내려가 버렸다.

이튿날, 금아는 우선 소연을 큰 언니네 집에 보내고, 자기의 짐은 모두 꾸려서 부칠 것은 부치고 가져갈 것은 트렁크에 넣어 떠날 준비를 마쳤다.

그날 저녁 금아는 마지막으로 혼자 목단강변에 서서 눈앞에 펼쳐진 어둠의 밑으로 사품치며 흐르는 검은 강물을 내려다보았다. 운명의 신비하고도 추악한 얼굴이 금아를 향해 싸늘한 비웃음을 던지고 있는 것 같았다. 그래, 웃고 싶으면 실컷 웃어라. 하지만 나는 이제부터 시작일 것이다. 내일 이곳을 떠나면 저 앞날에 그 어떤 악마가 기다린다 해도 난 다시는 이 땅을 밟지 않을 것이다! 내 가슴에 무수한 상처와 못을 박아 넣은 목단강이여, 잘 있거라!

금아는 고개를 들어 어두운 밤에 자유로이 낙서하는 상공의 반딧불을 오래오래 바라보았다.

제6장

웃음의 의미

웃음의 의미

인생은 능담을 던지고
남자는 웃음으로 여자는 눈물로 응수한다,
허나 가끔은 세상이 거꾸로 되기도

길이 없으면 개척하라

1999년 늦여름, 세기의 끝자락을 잡고 금아는 중국의 수도인 북경에 도착하였다. 북경의 날씨는 아직 무더위가 물러가지 않았으나 4년 동안 북경에서 대학교를 다닌 금아에게 있어서는 별 문제가 아니었다.

조양구에 위치한 방 세 개 달린 집을 세내어 숙사 겸 사무실로 쓰기로 하고 회사를 시작하였다. 회사 이름은 아세아 진흥을 위한다는 뜻에서 "아진흥(亞振興)"이라 짓고 업무는 한문화권(韓文化圈)을 대상으로 하는 생활주간지를 출간하는 것으로부터 시작하였다.

큰언니의 아들인 길민과 함께 등록 자금(注冊資金) 10만원, 지분은 금아가 80%, 길민이 20%로 상업부문에 정식 회사 등록을 마치고 주간지 배포와 광고 등 밖의 일은 길민이가 맡고 주간지를 만드는 일은 금아가 전담하기로 했다.

금아의 인간적 매력에 끌린 많은 사람들이 여러모로 금아를 도와주었다. 정신적으로 커다란 지지와 성원을 주는 것은 물론이고 경제적으로 돈을 빌려주기도 하고 컴퓨터 같은 설비를 지원해주기도 했다. 이렇게 시작은 큰 어려움 없이 순리롭게 진행되었다.

그해 연말 금아의 장편소설 "굴러가는 태양"이 출판되었다. 이 작품은 금아가 1998년 하반기부터 쓰기 시작하여 당시 조선족 대표 문학지인 《연변문예(후에 '연변문학'으로 바꿈)》에 연재하기 시작했는데 이 때문에 그만 어처구니 없는 일이 발생했다. 금아 직장의 사장이 이 작품에 "사장"이라는 단어가 들어갔다고 자기를 썼다고 하며 잡지사에 찾아가 한바탕 떠들어대고 난리를 쳤다는 것이다. 이 세상에 정녕 "사장"이라 불리는 사람이 얼마나 많고 또한 "사장"이란 단어는 얼마나 큰 범위를 포함하는데 이와 같이 얼토당토않은 신경과민을 한단 말인가.

그 즈음 금아는 어느 장소에서 조선족 문학 거장인 김학철 선생을 만나고 선생이 이 일에 대해 묻기에 금아가 사실 얘기를 했더니 시종 대 바르고 문학적 양심을 가진 선생께서 잡문으로 이 현상을 들어 비평하였다. 이렇게 되자 더 큰 일이 일어났다. 젊은 사장이 80여세 고령의 김학철 선생을 찾아가 얼마나 난리를 치고 핍박을 했던지 일본 감옥의 그 험악한 고문에도 의지를 굽히지 않아 다리까지 절단 당한 일대 강철의 사나이가 그만 사과의 글을 써내고 깊은 정신적 자학에까지 빠졌다는 것이다.

하지만 결코 이 장편소설의 연재만은 막지 못했다. 문학지에서는 여전히 소설원고를 독촉하여 끝까지 작품을 연재했고 이렇게 완성된 작품은 나중에 단행본으로 출판되어 여러 서점들에서 잘 팔리는가 하면 북경 왕부정(王府井)거리의 외문서점(外文書店) 매대에까지 올라 매상고를 높이는데 일조했다.

이듬해 이 작품은 또한 북경에서 중문으로 번역 출판되어 나름대로의 독특한 내용과 풍격으로 중문 시장을 휩쓸었다. 금아는 중국 최대 대표 서점들인 왕부정신화서점(王府井新華書店)과 서단도서빌딩(西單圖書大廈) 등 서점들에서 자기의 중문 도서가 팔리는 것을 지켜보며 무한한 자호감과 행복을 느끼는 동시에 하나의 새로운 가능성을 떠올리게 되었다. 내가 만약 중문으로, 한어로 직접 창작을 한다면? 직접 글을 쓴다면?

사실 회사를 경영하면서 금아는 별로 행복하지 않았다. "아름다운 여사장"

이라고 주위에서 떠받들고 높이 봐주어도 아첨에 불과하다고 생각되어 별로 즐겁지가 않았다. 그만큼 자신도 사장이라는 체면 때문에 혹은 회사의 어떤 이익 때문에 마음에 없는 말을 해야 하고 상관 부문에 잘 보여야 하며 억울함 이나 수모를 당해도 참아야 한다는 것이 너무 힘들고 비참하게 느껴졌다. 게 다가 문화 회사인데도 가끔 지방 깡패들이 찾아와 무슨 "보호"를 해준다며 "보호비"를 내라고 공갈 위협하고, 또한 이른바 고위급간부자녀(高幹子弟)라 는 자들이 심심찮게 나타나 회사를 자기 수하에 귀속시키라는 둥, 금아를 자 기 비서로 오라는 둥, 심지어 자기 말을 듣지 않으면 좋은 결과가 없을 것이라 고 은근히 협박까지 하는 것이었다.

과연 북경으로 떠나오기 전 누군가 "돈이 없고 든든한 빽도 없이 북경에 가 발을 붙인다는 것은 하늘의 별따기다"라고 하던 말이 헛소리가 아님을 금아 는 지금 체험 속에서 절실히 느끼고 있었다.

또한 문제는 이것뿐만이 아니었다. 뭐니 뭐니 해도 회사의 밑천인 돈이 바 닥나 버리는 것이었다. 돈을 빌릴만한 곳은 모두 빌려 쓰고 아직 갚지 못해서 이제는 빌린다는 단어마저 무섭게 들려왔다. 광고는 지면에 내주고도 광고료 를 제대로 받지 못하니 수입이 안 되고 그렇다고 모두 살기 바쁜 때에 억지를 쓸 수도 없는 일이었다. 애초에 회사를 시작하기에는 가련하기 짝이 없는 돈 으로 시작했으니 이런 결과는 스스로 감당할 수밖에 없었다.

금아는 다른 업무를 개발하려고 이것저것 알아보다가 유학이나 노무수출 (勞務輸出) 같은 업무를 하는 것이 어떻겠냐고 제기했더니 길민이가 체면이 떨어진다고 강하게 반대하는 것이었다. 하여 별수 없이 언어를 가르치는 학원 을 시작하기로 했다. 마침 금아의 작품을 번역한 윤애씨가 동참하기로 되어 학원은 윤애씨에게 맡기다시피 되었다.

그러나 학원의 수입으로는 밥도 먹기 힘들고 게다가 금아의 건강이 나빠지 기 시작해 시름시름 앓으며 회사 일에 힘들게 부대끼고 있었다. 그러다가 끝 내는 올 것이 오고야 말았다.

어느 날, 금아와 직원들이 회사 사무실에서 한창 주간지를 편집하고 있는데 갑자기 문이 벌컥 열리며 낯선 사람 대여섯 명이 들이닥쳤다. 그들은 저들이 국가 신문출판국에서 나왔다고 하며 이곳에서 불법 출판물이 나온다고 신고가 들어와 압수 수색을 왔다는 것이었다. 금아는 이건 비 매매 인쇄물로 순 생활정보를 교환하는 것이니 시작한지 3년 철이 되어도 여태껏 유관 부문에서 금지한 적이 없고 또한 실제적으로 외국인이 중국에서 회사를 경영하는데 꼭 필요한 정보지기에 유사한 정보지가 한두 종이 아니라고 설명했다.

했으나 그들은 다짜고짜 전기스위치를 끄고 모든 컴퓨터와 그에 따른 하드 및 이동 디스크를 전부 압수해 갔다.

금아는 완전히 몸져눕고 말았다. 연 며칠 밥을 먹지 못하고 잠도 자지 못해 저혈압이 막 50이하로 내려가는데도 돈이 없어 병원에 가지 못하고 밥도 사 먹지 못해 윤애가 자기 돈으로 도시락을 사서 금아와 나눠 먹었다.

얼마 후 길민이가 금아를 찾아와 자기는 회사를 떠나 남방에 돈벌이를 가겠다고 했다. 당시 길민은 금아가 몇 달 전 직원으로 받아들인 강씨 처녀와 연애하고 있었는데 두 사람 모두 떠나기로 약속했다는 것이었다. 회사가 바로 망해버릴 경각에 이른 지금 젊은이들이 살길을 찾아 떠나겠다고 하는데는 금아도 막을 힘이 없었고 또 막을 권리도 없었다. 당시 회사에는 돈이 1전도 남아 있지 않고 있다면 그동안 회사를 유지하느라 빌려 쓴 빚 15만원뿐이었다. 금아는 지금 자기 돈으로 밥도 먹지 못해 남의 밥을 얻어먹는 처지에 무슨 이유로 밥벌이 가겠다는 애들을 막겠냐고 생각해 그들의 요구를 허락해주었다.

이렇게 길민과 강씨 처녀는 떠나가고 금아는 근 20여일 더 누워 앓다가 압수해간 컴퓨터들이 돌아왔다는 소식에 겨우 정신을 차리고 일어났다. 금아는 밤을 새우며 열심히 앞으로 할 일을 고민해 보았다.

이제 다시 주간지는 계속할 수가 없고 그렇다고 회사를 접자니 저 15만원 빚은 또 무엇으로 갚는단 말인가? 연 며칠 동안 고민하고 고민하던 끝에 금아는 마지막 도박을 걸어보기로 마음먹었다. 그것은 유학과 노무수출이었다. 이제는 체면이고 뭐고 고려할 여지도 없이 생사라도 걸어야 할 상황이니 별수 없었다.

윤애가 도와주겠다고 해서 둘이 함께 계획을 짜고 광고를 내보냈다. 관심 있는 사람들이 문의가 들어오기 시작했다. 외국 측의 일은 주로 금아가 맡고 중국 쪽의 일은 둘이 함께 손을 맞추어 추진해 나갔다.

이렇게 한동안 힘들게 일한 결과 첫 기(第一批)로 6명이 합격되었다. 복잡한 절차를 어렵게 마치고 6명이 안전하게 국경을 넘은 뒤 수수료를 모두 받아 계산해 보니 과연 수입이 괜찮았다. 금아는 이 돈으로 무엇을 먼저 해야 할지 심사숙고를 했다. 눈앞에 당장 해결해야 할 문제는 우선 사무실과 숙박이었다. 안 그래도 그동안 임대료가 밀려 집주인의 독촉이 성화같고 매일같이 쫓아낸다고 을러메는 통에 금아는 너무 화가 나고 얼굴이 없어 견딜 수가 없었다.

이 돈으로 선수금을 지불하고 은행에서 대부금을 내어 집을 하나 마련한다면 사무실도 숙박 문제도 모두 해결할 수 있지 않을까? 당시는 개인주택을 사무실로 쓸 수 있는 때였으니 가능한 일이었다. 하여 금아는 윤애에게 둘의 공동이름으로 집을 하나 사자고 제안했다. 그러자 대 바르고 마음씨 착한 윤애는 자기는 이번 일을 그저 도운 것뿐이라고 그러니 금아더러 혼자 이름으로 집을 사라는 것이었다. 윤애가 고생한 일을 생각하면 돈을 당금 나눠주고 싶지만 이 돈은 일단 헤치기만 하면 아무리 싼 집이라도 선수금을 낼 수 없는 상황이라 금아는 이제 앞으로 윤애에게 갚아 주리라 마음먹고 우선 집을 마련하기로 결정했다.

선수금이 너무 적어 위치가 좋거나 비싼 집은 엄두도 못 내고 조금 외곽에 나가 집을 보아서 어렵게 선택을 했다. 그런데 이 집도 값이 싸고 안의 설계가 괜찮으니 너무 잘 팔려 선수금을 조금만 늦게 바치면 모두 나가고 없을 판이었다.

선수금을 바칠 마지막 기한이 된 날, 당시 금아는 외국 손님들과 한창 새 프로젝트를 담판하고 있을 때라 몸을 빼지 못해 방학에 집에 온 딸 소연을 시켜

선수금을 가방에 넣고 버스를 타고 부동산회사에 찾아가 바치라고 했다. 당시 아직 초중 학생인 소연은 대담하게 자기가 한다고 대답하고 허름한 애들 미니 가방에 돈 6만여 원을 넣어서 메고 근 두 시간이나 버스를 타고 부동산회사를 찾아가 실수 없이 선수금을 바치고 영수증을 받아왔다.

새집은 집안이 어설픈 인테리어 상태였으나 돈이 없는 금아는 우선 나무 장판만 새로 깔고 성급하게 이사를 했다.

야릇한 팬

금아의 장편소설 "굴러가는 태양"이 널리 구독되면서 저자인 금아에게 팬이 생기기 시작했다. 수많은 독자들이 금아에게 전화를 걸어오고 편지를 보내오기도 하며 작품 중 인물에 대해 탐색하는 한편 나름대로 자기의 감정을 토로하기도 했다.

몇몇 처녀들은 작품속의 남자 주인공에 커다란 관심을 갖고 "지금은 감옥에서 나왔냐", "결혼은 했느냐"고 물으며 자기에게 소개해 달라고까지 부탁하는 것이었다. 금아가 작품 속 인물을 얼마나 생동하게 그려냈는지 독자들이 그만 작중 인물을 완전 실존 인물로 착각한 것이었다.

당시는 컴퓨터가 아직 많이 보급되지 않은 상태라 대부분 사람들이 편지나 연하장으로 보내오고 일부 메일로 보내오는 사람은 금아의 메일주소를 아는 극소수의 친구나 문인들이었다.

그런데 어느 날, 문득 이상한 메일이 날아들었다. 발신인 이름도 주소도 없고 수신인은 장편소설 "굴러가는 태양"의 여자 주인공으로 된 메일이었는데 내용은 이런 한마디뿐이었다.

"박혜주씨. 내가 찾아갈 것입니다."

금아는 어느 싱거운 독자가 심심풀이 장난을 치는 거라 단정하고 아예 상관도 하지 않고 답장은 더욱 해주지 않았다.

그런데 한 주가 지나자 또 메일이 날아들었다.

"박혜주씨. 도착하면 바로 찾아갈 것입니다."

그다음 주가 되자 또 다시 메일이 날아들었다.

"박혜주씨. 반드시 찾아갈 것입니다."

그다음 주에도, 그다음 주와 그다음 주에도 메일은 여전히 비슷한 시간에 비슷한 내용으로 날아들었다.

"박혜주씨. 기다려주세요. 반드시 찾아갈 것입니다."

……

이와 같이 매주 동일한 뜻의 내용으로 동일한 주소에서 메일이 들어오는데 옹근 8개월 동안 한주도 끊이지 않고 계속되었다. 도중에 금아가 두 번이나 대체 누구냐고, 성함을 밝히라고 강력히 답장했으나 상대는 여전히 성명도 주소도 밝히지 않은 채 단마디 메일만 끊임없이 보내오는 것이었다.

그러던 어느 주, 갑자기 메일이 뚝 끊어졌다. 금아는 좀 이상한 생각이 들어 바쁜 와중에도 시간을 내어 메일함을 다시 깐깐히 훑어보았으나 확실히 이번 주에는 그 "야릇한 메일"이 들어오지 않은 것이었다.

"왜지?" 금아는 자신도 몰래 신경 쓰이는 것이 슬그머니 화가 났다. "사람을 가지고 노는 거야뭐야? 나쁜 놈 같으니!" 하고 욕하며 다시는 신경 쓰지 않겠다 작심했는데 이상하게 그 다음 주가 되자 또 은근히 메일이 기다려지는 자신이 다소 밉기까지 했다. 그래서 아예 결단을 내리고 메일이 들어오는 경로를 깨끗이 차단해 버렸다.

몇 달이 지나 금아가 이 야릇한 메일 일을 거의 잊어가는 어느 날, 한밤중에 금아의 핸드폰으로 이상한 전화가 걸려왔다. 막 잠이 들었던 금아는 벨소리에 놀라 깨어 습관처럼 통화 버튼을 눌렀다. 웬 남자의 조금 둔탁한 목소리가 울려나왔다.

"박혜주씨, 제가 왔습니다. 드디어 왔습니다."

"……"

금아는 잠시 얼떨떨해 있다가 갑자기 그 이상한 메일이 떠올라 정신을 바짝 차리고 조금 칼칼한 목소리로 대답했다.

"저는 박혜주가 아닙니다. 전화 잘못 거셨습니다."

그러자 상대는 아주 잠간 입을 가리고 웃는 듯하더니 바로 목소리를 부드럽게 바꾸어 말하는 것이었다.

"아, 미안 미안! 김금아 작가님, 제가 실례했습니다. 진심으로 사과드립니다!"

금아는 얼른 상대의 말꼬리를 잡아 날카롭게 들이댔다.

"그렇다면 먼저 자기소개부터 하는 것이 기본 아닐까요?"

찌르는 듯한 금아의 말에 상대가 허둥대듯 다급히 대답했다.

"네네. 저는 쫀이라 부르고 미국에서 왔습니다. 김작가님 팬입니다. 장편소설 '굴러가는 태양' 너무 감명 깊게 읽었습니다, 그래서 만나보려고 지금 마악 달려왔습니다."

좀 어처구니없기도 하고 믿기도 어려웠지만 그렇다고 팬이라는데 마구 거절할 수도 없는 일이었다.

"그래요? 그렇다면 지금 계시는 호텔 이름 대보세요. 제가 전화 다시 드릴 테니."

진위를 알아보려고 금아가 한 말인데 상대는 오히려 자기 거처를 대는 것이 아니라 서둘러 금아에게 다짐부터 받으려 했다.

"만나고 싶고 또 반드시 만나야 합니다. 그런데 제가 스케줄이 너무 빡빡하여… 행여 저한테 와주실수는 없겠는지요?"

금아는 조금 불쾌했으나 그런대로 장군을 치듯 다시 물었다.

"호텔 이름을 대세요. 아님 거처 주소를 말씀하시든지."

"고려호텔입니다."

"네? 북경엔 고려호텔이 없는데요. 서울 말씀인가요?"

"아니, 심양입니다. 심양의 고려호텔요."

"……"

금아는 아연해져서 잠간 말을 잃었다. 자기가 찾아왔으면 북경까지 와서 연락할 것이지 외지에 자리 잡고 나더러 오라 가라 해? 웃기는 놈!

하지만 상대는 진지하게 자기 방 번호를 금아에게 알려주며, 내일 저녁시간 밖에 없다고 그 다음날 아침엔 반드시 떠나야 한다고 강조해 말하는 것이었다. 또한 모든 의문은 만나서 자세히 밝히겠노라 덧붙였다.

금아는 여전히 입을 다물고 있었다. 도대체 믿어야 할지 말아야 할지, 일시 판단이 서지 않았던 것이다.

상대는 오히려 "꼭 기다리겠습니다. 내일 오후 대학교 강의가 끝나면 바로 호텔방에 돌아가 김작가님을 기다리겠습니다. 약속드립니다." 하고는 전화를 끊어버렸다.

잠기가 말끔히 가셔 금아는 침대에 우두커니 앉아 있었다. 장난이라 하기엔 너무 진지해보이고 사기꾼이라 하기엔 너무 구체적이며 신분을 의심하기엔 분위기가 아닌 느낌이었다. 그렇다면…?

이튿날 금아는 서둘러 오전 사무를 마치고 오후 비행기로 심양에 도착하였다. 택시를 잡아타고 고려호텔에 도착했을 때는 이미 해가 지평선 너머로 떨어지고 빨간 저녁노을이 서쪽 하늘가에 걸려있는 할아버지 시간이었다.

방 번호를 대고 약속을 했다고 말했더니 직원이 방에 전화를 걸어 확인하고는 올라가라고 했다. 엘리베이터를 타고 해당 층에 도착해 엘리베이터 문이 열리자 바로 눈앞에 웬 남자가 서있는 것이 보였다. 보통 키에 몸이 뚱뚱하고 나이는 갓 노인 행렬에 들어선 듯한 노란 스웨터를 입은 남자였다.

"김작가님…?"

"네, 접니다. 안녕하세요?"

몸에 입은 노란 스웨터와 똑같이 남자가 환하게 웃으며 흥분된 듯 말했다.

"아, 진짜 오셨군요. 그래, 잘 오셨습니다. 어서 방에 들어가십시다."

방에 들어가 자리를 잡고 앉자 남자가 사람 좋게 웃으며 말하는 것이었다.

"많이 놀라셨죠? 웬 메일? 웬 전화? 웬 약속? 또한 남자가 웬 노란 옷? 하하! 이 밝은 색 스웨터는 바로 오늘 오전 여기 백화점에서 사 입은 것입니다. 김작가님께 잘 보이려구요."

남자가 해바라기 같이 활짝 웃는 바람에 금아도 따라 웃지 않을 수 없었다.

"내 신분이 많이 궁금하셨죠. 자, 그럼 어디부터, 아니, 소설얘기부터 합시다."

남자는 금아에게 커피를 권하고 자기도 한 모금 마시고나서 말을 이었다.

"거두절미하고, 장편소설 '굴러가는 태양'을 마지막까지 읽고 내가 그만 소리 내어 엉엉 울었습니다. 세상에 나만큼 분단의 아픔을 느끼는 사람도 있구나 싶어 눈물이 저절로 흐르는 걸 금할 수 없었습니다."

지금도 콧마루가 찡해나는 듯 남자는 잠간 말을 멈추고 괴롭게 코를 실룩거리더니 다시 이었다. 그런데 다음 말 내용이 그만 금아를 깜짝 놀라게 만들었다.

"그 이유는… 내가, 내가 바로 대한제국의 마지막 황태손이기 때문입니다."

이게 무슨 소리란 말인가? 대한제국의 마지막 황태손이라면 영친왕 이은(李垠)의 아들인데 살아있다는 말은 들었으나 지금 내 눈앞에 있는 이 뚱뚱한 노인이 바로 그분이라니, 참으로 믿기 어려운 일이었다.

"나는 일본에서 태어나 죽 자라다가 스물두 살 때 미국에 유학 갔습니다. 거기서 공과대학을 마치고 미국에 남아 일을 하다가 서양 여자와 결혼했으나 후에는 이혼을 하고 지금은 혼자 지내고 있습니다."

금아는 뭐라 말하고 싶은데 도저히 말이 입술 밖으로 나가주지 않았다. 진실 여부를 따져 묻자니 주제 넘는 것 같고, 또 그대로 믿어버리자니 어쩐지 아라비안나이트 이야기 같아 뭐라 표현하기 어려웠다.

금아의 마음을 읽기라도 한 듯 남자가 다시 입을 열었다.

"내 신분의 진위(眞僞)는 후에 알아보시면 될 것이고, 내가 반드시 김작가님을 만나야 하는 이유는 두 가지가 있습니다. 첫째는, 김작가님께 여태껏 공개되지 않은 내 가족의 비밀을 말씀드리고 싶은 것입니다. 여기 중국과 연관되는 역사 사실로 후에 작품에 쓰셔도 상관없습니다."

"네, 감사합니다." 하고 금아는 얼결에 고개 숙여 사의를 표했다.

죤은 마치 가족의 아주 중요한 무엇을 후세에 전하기라도 하듯 깊은 숨을 길게 들이쉬고 나서 자기 아버지 영친왕에 관한 조금 엽기적인 느낌까지 주는 비밀 이야기를 자세히 들려주기 시작했다.

금아는 두 눈을 동그랗게 뜨고 열심히 들으며 이야기의 줄거리와 세절 모두를 대뇌의 갈피갈피에 재워 넣었다.

두 사람은 또한 당시의 국제 정세와 나라지간의 관계, 민족의 역사와 앞으로의 운명 등 여러 방면에서 견해를 나누고 지식을 교류하였다.

그런데 얘기를 나누고 나눠도 죤은 두 사람이 만나야 하는 두 번째 이유는 말하지 않는 것이었다. 하여 금아가 제성했다.

"그럼 저를 만나야 하는 두 번째 이유는 무엇입니까?"

그러자 상대는 잠간 생각하는 듯하더니 갑자기 두 손을 합장하고 말하는 것이었다.

"어, 미안. 그건 말하지 않겠습니다. 아니, 생략입니다. 그냥 앞에 말한 이유가 유일한 이유라고 생각해주세요. 죄송합니다!"

금아는 다소 불만스러웠으나 초면에 마구 따져 물을 수도 없고 하여 이것으로 방문을 마치고 자리를 떴다.

북경에 돌아온 후 금아는 오랫동안 고민한 끝에 자기의 장편소설 "굴러가는 태양"과 죤이 들려준 엽기적인 이야기를 하나로 합쳐 거대한 작품을 만들기로 했다. 여러 가지로 머리를 쓰고 이것저것 고려하며 힘들게 시놉을 짜서 메일로 죤에게 보냈는데 이상하게 메일이 들어가지 않는 것이었다. 주소가 존재하지 않는다는 이유였다. 하여 죤이 준 번호대로 미국에 전화를 걸었더니 통화도 가능하지 않다는 것이었다. 이게 뭐지? 모든 것이 사기연극이 아닌가?!

금아는 화가 치밀어 견딜 수 없었으나 그렇다고 누구와 화풀이를 할 수도 없고, 그냥 교훈을 얻었다 간주하고 잊어버리는 수밖에 없었다.

그런데 몇 해 후 금아는 한국 인터넷에서 이씨왕조의 마지막 황태손 이구(李玖)가 사망했다는 소식을 보았다. 놀라운 것은 사망자 이구의 생전 사진을 보니 틀림없이 금아가 만났던 죤 그 분인 것이었다. 순간 얼굴이 화끈거리고 가슴이 뜨거워짐을 금할 수 없었다. 금아는 속으로 외쳤다.

"황태손님, 섣불리 판단했던 저를 용서하세요! 이제 님께서 저를 찾아오셨던 두 번째 이유는 영영 알 길 없으나, 한반도의 분단을 그토록 괴로워하시던 그 모습만은 금아의 머릿속에 깊이 새겨 남았습니다. 언제든 저의 작품에 반드시 그려낼 것입니다!"

분투는 울며 하지 않는다

그 몇 해는 모두 힘들게 살며 분투하는 과정이었다. 하지만 김갑규의 세 딸은 아무도 울고불고 하지 않았다. 신세를 한탄하며 질질 짜는 것이 아니라 나름대로 각자의 길에서 엎어지면 일어서고 깨지면 다시 맞추고 산이 있으면 기어서라도 넘어갔다.

2001년 밀산 일대는 날씨가 많이 흐리고 비가 필요 이상으로 짓궂게 내려 곡식이 제대로 여물지 못해 흉작이 들었다. 더욱이 순아네 동네가 심은 종자 벼는 다른 종자보다 피해가 심해 이 해 순아네는 1년 농사가 완전 폐농이 되어 참으로 힘들고 지치는 나날을 보내게 되었다.

부부는 이제 농사를 그만 짓고 도시에 들어가 일감을 찾아 하는 것이 어떻겠냐고 상론에 상론을 거듭했다. 남들은 벌써 오래전부터 농사를 그만두고 고액의 돈을 들여 한국에 가서 돈벌이를 하는데 그 때 순아네는 두 아들애가 학교를 다니고 있으니 부모가 없으면 행여 애들이 잘못될까 두려워 들놀지 않고 눌러 앉아 농사를 계속 지었다. 허나 지금은 애들이 모두 학교를 졸업하고 대

도시에서 자기 밥벌이는 하고 있으니 한국행을 다시 생각해 볼만한 일이기는 했다.

하지만 당시 한국 수속을 하자면 한사람이 적어도 10만원을 갖추어야 했으니 손에 돈이 없는 순아네는 부부 합쳐 도합 20만원이란 돈을 이자로 맡아 쓰고 만약 수속이 성공되지 못하는 날엔 이 엄청난 고리대를 본전에 이자까지 합쳐 갚아야 하는 것이었다. 당시 한국 수속을 한다고 돈을 엄청 빌려 처넣고 나중엔 수속이 안 되어 돈을 모두 떼이고 기막힌 빚 낟가리에 앉은 사람이 수도 없이 많았다. 순아네는 비록 아이들이 학교는 졸업했다지만 아직 직업이 안정되지 못하고 장가도 들지 못한 상황에서 부모의 한국 수속이 일단 실패하는 날엔 아이들에게 얼마나 큰 부담이 되는지를 너무나도 잘 알고 있었다.

또한 농사를 접고 도시에 들어가 자영업을 한다는 것도 엄청난 여건 부족으로 마치 돈을 빌려 도박을 시작하는 것과 비슷한 일이었다. 아이들이 있는 북경에 가서 민박을 경영해 볼까는 생각도 해보았으나 밑천이 조금도 없이 돈을 전부 빌려서 뭔가를 시작한다는 것은 지나친 모험이라고 생각했다. 하여 순아네 부부는 일치하게 아직은 떠나지 말고 계속 마을에 남아 몇 해 더 농사를 짓기로 결정했다.

"한해 농사가 잘못되면 그 영향이 3년 간다."는 말과 같이 순아네는 2001년에 잘못된 농사로 인해 옹근 3,4년을 힘들게 보냈다. 그래도 신천과 순아는 누구보다 부지런히 일하고 누구보다 열심히 농사를 지었다.

순아는 이제는 반백을 넘긴 나이임에도 불구하고 자기 집 농사일 외에도 돈을 조금이라도 더 벌겠다고 철철이 동네 젊은이들을 따라다니며 삯일을 맡아 했다.

봄에는 떡 반죽 같이 끈적거리는 진흙탕에 들어가 하루 종일 삯 모를 하고 저녁에 집으로 돌아오면 사지가 물행주같이 나른해져 일어서기도 어려운 상태지만 밤을 자고나면 또다시 새벽에 일어나 일하러 나가곤 했다.

여름이면 불같이 내리쬐는 땡볕에 나가 땀을 철철 흘리며 삯 기음을 맸다.

높이가 키를 넘게 자란 억센 풀을 맨손으로 뽑아 지정 곳에 운반해 갔다.

또한 삯일을 하지 않을 때도 순아는 놀고 있지 않았다. 도랑을 파서 넘긴 흙이 너무 부드럽고 토질이 좋은 것을 보고 순아는 혼자서 이를 악물고 그 흙을 운반하여 저쪽의 물이 질편하던 습지를 메워 옥토로 만들었다. 그 땅에 곡식을 심으니 어떤 종자든 너무 잘 자라 고추는 대풍작을 이루고 감자는 사람의 머리통만큼 커서 시장에 팔러 가면 모두 감자가 맞는지 의심할 정도였다.

이토록 순아는 언제나 남보다 몇 곱절의 일을 하며 늘 바쁘고 늘 눈코 뜰 새 없이 분망하게 돌아쳤다. 밭으로 일하러 갈 때면 길에서 걸리는 시간이 아까워 거의 뛰는 속도로 걸어가 동네 사람들은 순아가 자전거를 타지 않고도 자기네 자전거 탄 사람보다 더 빨리 밭에 도착한다고 혀를 끌끌 찼다.

친정어머니 생전에 한번은 어머니가 순아네 집에 놀러와 한 달쯤 계셨는데 가실 때 자꾸 눈물을 흘리기에 순아가 대접이 섭섭해 그러냐고 물었더니 어머니가 도리질하며 "아니다. 네가 일을 너무 힘들게 죽도록 하는 것이 가슴 아파 그런다"라고 대답하는 것이었다.

이렇게 아내가 하루도 쉬지 않고 동분서주하는가 하면 남편인 신천도 마찬가지였다. 더욱이 신천은 여러 해 전에 성주의 집을 짓고 상한으로 생사를 헤매며 크게 앓은 후 그 영향으로 혈당이 오르내리다가 90년대 초에는 당뇨병으로 진단이 났다. 당뇨병, 이같이 무서운 질병에 걸렸으나 성격이 강하고 의지가 굳은 신천은 정신적으로 실망하거나 환자로 자처하지 않고 오히려 놀라운 자각성과 의지력으로 스스로 음식을 조절하고 기타 모든 것을 조심하여 가정에 큰 부담을 끼치지 않고 혈당을 공제해 기본 건강을 유지하는 한편 농사일은 농사일대로 위생소는 위생소대로 경영해 나갔다. 하여 그 몇 년 동안 순아네는 해마다 대풍작을 거두어 농사 수입으로 아이들의 결혼 준비를 차곡차곡 해나갔다.

2006년 큰아들 길민이가 오랫동안 연애하던 강씨 처녀와 약혼하고 북경에서 정식 결혼식을 올리게 되었다. 순아 부부는 농사를 지어 모은 돈으로 길민의 결혼잔치를 누구보다 못지않게 잘 치러주었다.

2007년, 순아네는 국고에서 종자벼를 받아 심어서 다시 국고에 종자벼로 바치는 혜택을 얻어 태반의 면적에 종자벼를 심었다. 부부는 왕년보다 더 열심히 일을 하고 정성을 다해 농사를 지어 가을에 대풍작을 이루었다. 벼는 종자로 국가에 바치면 보통 가격보다 훨씬 높게 받을 수 있어 수익이 배로 느는 셈이었다.

"화는 홀로 오지 않고 복은 쌍으로 온다"더니 그해 또한 한국에서 1950년 이전에 출생한 조선족은 합법적으로 입국이 허락되는 새로운 정책이 나와 신천은 49년도 생으로 한국 수속이 자연스레 이루어졌다.

가을이 끝나자 신천은 한국에 가고 남은 농사 마무리는 순아 혼자서 해야 했다. 그런데 이 해 따라 진눈깨비가 너무 일찍 많이 내려 논판에 물이 질펀하게 고였다. 순아네는 가을할 때 벼를 베어 몇 단씩 마주 세워놓았을 뿐 아직 조배기를 하지 않았는데 이러다가 기온이 폭락하여 떵 얼어붙기라도 하는 날엔 국고에 바칠 종자벼가 모두 잘못되고 마는 것이었다.

순아는 혼자 너무 급한 나머지 밤잠도 못 이루고 궁리하다가 남동생 성주와 건너 촌에 사는 시조카에게 다급히 기별을 했다. 그러자 성주와 시동생 부부가 모두 달려와 순아를 도와 나섰다. 네 사람은 논판의 볏단을 하나하나 들어 눈을 털어버리고 논두렁에 날라 내다가 단단히 조배겼다. 이렇게 새벽에 나가 밤에 들어오며 쉼도 없이 연속 작전하여 단 이틀 사이 근 4쌍이나 되는 대 면적의 벼를 모두 조배기 하였다.

한편 한국에 간 신천은 별로 신통치가 않았다. 일은 남들이 하는 것을 모두 다 할 수 있으나 가장 큰 문제는 음식이었다. 음식이 너무 달고 입에 맞지 않아 당뇨병 환자인 그는 견지하기가 어려웠다. 또한 집에서처럼 여러 가지로 몸을 조심할 수도 없고 약도 제 시간에 맞춰 먹기 어려우니 몸이 눈에 띄게 여위고 전신에 맥이 빠져 일을 하는 것이 너무 힘들었다.

약 40여일 되었을 때 신천은 한국에서 국제 전화를 걸어 순아에게 상황을 얘기했다. 그러자 순아는 가슴아파하며 그 동안 체중이 얼마나 내렸냐고 물었다. 신천이 한 달 좀 넘어 되는 사이에 살이 20여근 빠졌다고 하자 순아는 소스라치듯 놀라며 울먹이듯 말했다.

"안돼요. 아무것도 상관 말고 어서 돌아오세요. 사람이 살자고 하는 일이지 죽자고 하는 일은 아니잖아요. 내일 당장 항공권 끊으세요."

"열 자식 부부 하나만 못하다"더니 과연 아내는 남편의 몸이 축갔다는 말을 듣기 바쁘게 무조건 돌아오라고 하는 것이었다. 하여 신천은 그 이튿날 바로 항공권을 끊어 중국으로 들어왔다.

신천이 집에 돌아와 보니 순아는 벌써 혼자서 탈곡을 다 끝내고 종자벼를 모두 안전하게 국고에 바쳐 돈 결산까지 깔끔하게 끝낸 뒤였다.

신천의 44일 간의 한국행은 이렇게 끝나고 부부는 다시 회합하여 앞으로의 일을 상론하기 시작했다. 연 며칠 상론에 상론을 거듭한 결과 이제는 농사를 접고 두 아들이 있는 북경에 가기로 합의를 보았다.

2008년 정월 초이튿날, 신천과 순아는 드디어 고향의 집과 밭 모든 것을 적당하게 처리하고 북경으로 가는 열차에 올랐다.

복합(複合)

동생 금아가 목단강을 떠나 북경에 가고 없으니 윤아도 목단강에 혼자 있기가 싫어졌다. 마침 청도에 있는 둘째 딸 옥신에게 전화를 걸어 상황을 말했더니 옥신이가 엄마를 바로 청도에 나오라고 하는 것이었다. 윤아는 그 이튿날로 서둘러 떠날 준비를 마치고 짐을 여섯 짝이나 꾸려가지고 혼자 들고 청도로 떠났다.

기차를 타느라 구름다리를 지날 때 짐이 너무 많아 마구 땅에 흘러 저마다 층계에서 나뒹구니 사람이 주우려다 함께 뒹굴고 겨우 일어나서 이 짐을 주워 들면 또 저 짐이 떨어지고 말이 아니었다. 그래도 세상엔 좋은 사람들이 많았다. 여러 사람들이 바닥에 떨어진 짐을 주워 윤아에게 주고 어떤 사람은 아예 짐을 함께 들어서 차를 타는 데까지 운반해주는 것이었다.

이렇게 천신만고 청도 부근 도시인 워이팡(濰坊)에 도착한 윤아는 역전에 마중 나온 옥신의 선배를 만나 그녀의 소개로 모 회사에 들어가 밥을 하기 시작했다. 이렇게 혼자 일주일동안 출근하고 나서 주말이 되니 옥신이가 회사에 찾아와 모녀는 드디어 만나게 되었다.

당시 옥신도 학교를 졸업한지 얼마 안 되어 월급이 낮고 일자리도 아직 안정되지 못한 상태였다. 그래도 모녀는 열심히 일을 하고 기초를 마련하기 위해 갖은 노력을 다했다.

생활상에서는 돈을 1전이라도 낭비하지 않고 아껴 쓰고 아껴먹으며 가능한 돈을 모아 막내인 장돌을 공부시키려고 준비하기 시작했다.

이듬해 음력 2월이 되어 장돌의 생일이 다가오자 윤아는 아들이 어떻게 생일을 쇠는지 궁금하고 또 자신이 집을 나온 이 8년 동안 아들의 생일을 차려주지 못한 죄책감에 그때까지도 선민에서 살고 있는 아들에게 전화를 걸었다. 그런데 아들은 어디 나가고 없고 아들의 아버지인 서민선이 전화를 받는 것이었다. 8년 만에 처음 듣는 서민선의 목소리에 윤아는 조금 어색하면서도 그래도 옛정이 다소 남아있는지 가슴 한쪽이 짜릿하게 저려옴을 느꼈다.

서민선은 윤아와 통화를 하게 되자 마치 기댈만한 큰 산을 만나기라도 한 듯 전화를 놓지 않고 이것저것 길게 얘기하더니 나중에는 오토바이가 꼭 필요한데 살 돈이 없으니 윤아더러 돈을 보내달라는 것이었다. 윤아는 두말 않고 자기가 아끼고 절약하여 모아두었던 돈을 전부 서민선에게 보내주었다. 서민선은 그 돈을 받아 오토바이를 사서 폼 나게 타고 다녔다.

그해 여름 장돌이 초중을 졸업하자 윤아는 아들을 더 공부시키려고 장돌이더러 청도에 나오라고 했다. 그러자 서민선이가 아예 집을 팔고 오토바이도 팔아 빚으로 처넣고 장돌을 데리고 함께 청도로 나왔다.

기차역에 마중을 나갔던 윤아는 아들 뒤를 따라 나온 서민선을 보고 기절초풍할 듯 놀랐다. 말도 없이 아들을 앞세우고 따라온 것도 놀랍지만 더 기막히게 놀라운 것은 사람 몰골이 완전 준 송장 꼴이 되어 온 것이었다. 전에 그렇게 준수하던 얼굴은 온데 간데 종적도 없이 사라지고 몸은 여위다 못해 갓 땅 밑에서 파낸 천년 화석 같았다. 게다가 피부는 얼마나 새까맣게 되었는지 탄광에 들어가면 석탄과 구분하기 어려울 정도라 해도 과언이 아니었다.

윤아는 저도 모르게 가슴이 아파옴을 느꼈다. 사람이 저토록 되었으니 아들을 따라 나오지 않고 그대로 혼자 눌러 있었다면 아마도 해를 넘기지 못하고 죽어버릴 것 같았다. 지난날 윤아에게 아무리 섭섭한 짓을 많이 하고 고생을 기막히게 시켰어도 필경은 살을 섞으며 17년을 같이 살았고 아이 셋을 함께 만들어 세상에 내놓은 부부가 아닌가. 하여 심성이 모질지 못한 윤아는 죽기 직전 상태로 된 서민선을 식구로 받아들이는 수밖에 없었다.

부부사이가 회복되자 우선 건강문제를 해결해야 했다. 윤아는 그 없는 돈을 힘들게 짜내어 남편에게 뼈골 영양제를 사서 공급하고 신선한 배달 우유를 예약하여 매일 아침 마시게 했다. 이 밖에도 병원에 데리고 다니며 건강 검진을 하고 필요한 약은 모두 사서 대접했다. 덕분에 서민선은 재빨리 건강을 회복해갔다.

돈 천원이 겨우 모아지자 윤아는 일체를 제쳐놓고 이 돈을 우선 언니 순아에게 부쳐 보냈다. 여러 해 전 일이지만 당시 심장병으로 다 죽게 된 자기를 이자 돈을 맡아가며 치료해준 형부와 언니를 윤아는 늘 마음속에 잊지 않고 있었다. 지금은 형부가 당뇨병이 들어 고생하고 언니도 나이가 많아지는 상황을 윤아는 잘 알고 있었다. 그래도 자기는 도시에서 월급을 받아 살고 있지 않는가. 하여 윤아는 무조건 언니에게 돈을 보내준 것이었다.

그런데 언니 순아는 내가 뭐 이 돈을 받자고 동생의 병을 치료해 주었냐며 또한 지금은 네가 돈이 더 필요할 때라고 하면서 이 돈 천원을 1전도 쓰지 않고 그대로 윤아에게 되 부쳐주었다.

사실 당시 윤아네는 딸 옥신과 둘의 월급을 합쳐도 단 천원이 되나마나한 수입으로 장돌이 학비와 생활비를 대고 집을 세 들어 집세를 내며 서민선의 약과 건강식품을 대는 등 극도로 힘든 생활을 유지하고 있었다.

돈을 조금이라도 더 벌기 위해 윤아는 둘이 하는 일감—— 40여명이나 되는 회사 밥을 혼자 맡아 했다. 아침에 자전거를 타고 시장에 가서 자전거 바퀴가 터질 지경으로 채소를 많이 사 자전거에 걸고 그 먼 길을 힘들게 자전거를 밀며 걸어서 회사에 도착했다. 그리고는 미처 숨 돌릴 사이도 없이 서둘러 채소를 다듬고 쌀을 씻어 안치고 또 혼자서 뛰어다니며 그 많은 밥상을 다 차려야 했다. 이렇게 한동안 고된 일을 했더니 몸이 너무 지쳐 아침에 일어나면 머리가 어지러워 벽을 짚고 겨우 화장실로 갔다. 그래도 아침밥을 먹고 나서 일단 일을 시작하기만 하면 이를 악물고 사신은 물러가라 하고 뛰어다녔다.

또한 윤아는 밥과 요리를 좀 더 맛있게 잘하기 위해 틈만 나면 요리책을 보고 집에서 실험을 하여 성공한 요리는 필기장에 자세히 적어가지고 회사에 가서 그대로 요리를 만들었다. 회사원들은 요리가 참 맛있다고 이런 요리는 처음 먹어본다고 하며 윤아에게 엄지를 내들었다.

장돌이 컴퓨터 학원을 졸업하고 서민선의 몸도 어지간히 추서게 되자 윤아는 청도에 집을 살 계획을 세웠다. 집의 선수금은 우선 여기저기 빌려서 해결하고 통이 크게도 100평방도 넘는 널찍한 집을 사서 가족이 함께 살았다. 그 뒤로 매달 갚는 대부금 압력은 주로 윤아가 전담했다. 주위 사람들이 모두 깜짝 놀라 윤아에게 대관절 한 달 수입이 얼마이기에 이렇게 큰 집을 살 수 있냐고 물었다.

그동안 윤아도 일을 몇 번이나 바꾸었는지 모른다. 다문 얼마라도 돈을 더 벌겠다고 윤아는 늘 뛰어다니며 일을 하고 월급이 좀 더 높은 일자리를 구하겠다고 몸과 마음을 다해 요리를 끝없이 연구했다.

어느 한 한국 사장은 윤아에게 "이런 요리법을 어디서 배웠나요?"라고 물었다.

윤아는 대답 대신 자기가 요리를 실험하며 적어놓은 필기장 몇 권을 꺼내 보였다. 그러자 사장이 보고 "와, 이렇게 연구를 하셨으니 그 맛이 특별한 거군요."하고 감탄해 마지않았다.

아무튼 윤아는 그 후의 몇 년 동안 어떤 방법을 대서라도 매달 나오는 집 구매 대부금을 한 번도 빠뜨리지 않고 모두 제때에 갚아나갔다. 물론 집은 장돌의 이름으로 샀으니 후반기 몇 년은 장돌이가 벌어서 가끔 대부금을 갚기도 했다.

이 몇 년 사이 윤아의 두 딸은 모두 결혼하여 둘째 딸 옥신은 건강한 아들을 낳았다. 젊은 옥신이가 출근해야 하므로 친정어머니인 윤아가 아이를 키워주었다.

아이는 총명하고 건실하게 잘 자랐다.

뜻이 있는 곳에 희망이 있다

2001년 말, 어느 우연한 기회에 금아는 친구의 소개로 중앙텔레비방송국(中央電視台)의 유명한 여 감독 오산(吳珊)을 만나게 되었다. 영화 드라마 감독으로 소문난 오감독은 금아가 기증한 중문소설 "만만성래(慢慢醒來)"를 보고 시놉이 좋다고 하며 시나리오로 개작하지 않겠냐고 묻는 것이었다.

이 말에 금아는 귀가 번쩍 뜨였다. 지금 금아가 가장 하고 싶은 일은 바로 글을 쓰는 것이었다. 이 몇 해 동안 금아는 비록 회사를 경영하고 있었으나 마음은 즐겁지 않았고 행복하지 않았다. 올해 연초에 회사가 어려울 때부터 금아는 회사를 접고 창작만 하고 싶었다. 그런데 회사를 하느라 빌려 쓴 돈이 빚으로 남아 있으니 회사를 완전히 접어버리면 갚을 길이 없을 것 같아 그런대로 유지하며 기회를 찾고 있는 중이었다.

하지만 오감독의 이런 제안을 받고 금아는 결코 가만있을 수가 없었다. 하여 오감독으로부터 다른 작가가 쓴 시나리오 각본을 빌리고 도서관에 찾아가 시나리오 작법 상관 도서들을 한 아름 빌려가지고 집에 돌아와 자습하기 시작했다.

우선은 중문 관을 넘어야 했다. 금아는 정신없이 중문 책을 탐독하고 중문으로 글을 써보기 시작했다. 잠자는 시간은 물론 밥 먹는 시간이나 심지어 배설하는 시간까지도 아까워 변기위에 앉아서도 책을 읽곤 했다.

약 1년이 지난 2002년 금아는 드디어 드라마 시나리오 한 부를 내놓았다. 하지만 사회적 이데올로기와 맞지 않아 오감독 소속 CCTV에서는 쓸 수가 없고 대신 북경영화촬영소(北京電影制片廠)의 오지군(吳志軍) 프로듀서가 이 시나리오를 마음에 들어 드라마를 찍겠다며 투자자를 찾기 시작했다. 이때 연변에서 온 사옥이라는 조선족 여성이 홍콩에서 온 소씨 성을 가진 투자자를 소개했는데 금아는 사옥을 같은 조선족이라고 많이 믿고 도와주고 생활상에서도 가능한 보살펴주려 애썼다. 그런데 나중에 알고 보니 사옥은 소씨와 짜고 투자 연극을 벌인 한심한 사기꾼인 것이었다.

2003년은 SARS 시기여서 금아는 더욱 두문불출하고 집에서 책을 읽으며 글을 썼다. 어느 날 난데없이 국제 소포가 날아들었다. 우체원이 들고 온 것을 보니 놀랍게 크고 무거운 박스인지라 이상해 하며 뜯어보았더니 안에 들어있는 것은 잘 익은 배추김치였다. 지난해 친구의 소개로 한국 성안당의 이종춘 회장님을 알게 되었는데 그분이 SARS 예방에 김치가 좋다는 얘기를 듣고 국제 우편으로 김치를 엄청 많이 보내온 것이었다. 이회장님의 진심 어린 인정에 금아는 깊은 감동을 받으며 국제 우편으로 보내온 이 귀한 김치를 이웃과 나누어 맛있게 먹었다.

이듬해 금아가 쓴 짧은 영화 한 편이 영화 시장에 선을 보였다. 영화를 제작 발행한 텔레비 방송국에서 금아를 취재하여 관중들에게 소개하였다. 이것은 금아가 중문으로 시나리오를 써서 성공한 첫 작품이었다.

2004년 금아의 딸 소연이가 대학교에 가게 되었다. 소연은 금아가 데리고 박씨 가문을 나올 당시 북경에 조선족 학교가 없어 큰 이모 순아네가 있는 밀산 조선족중학교에 전학시켰다. 그곳에서 큰 이모와 이모부의 정성 어린 관심과 배려를 받으며 3년을 공부하고 고2때 상지 중학교에 전학하여 공부를 계속했다. 2년 후 대학교 입시 시험을 칠 때 금아는 소연더러 여태껏 북방에서 자랐으니 한번 남방을 아는 것도 좋은 일이라고 지망을 남방 학교들에 쓰게 하여 결국 호남에 있는 대학에 붙었다.

당시까지 금아는 경제 압력이 엄청 큰 상황에도 소연이 공부하는 돈만은 아무리 힘들어도 꼬박 제때에 마련해주었다. 이혼 당시 법원에서 판결한 양육비를 금아는 송헌에게서 1전도 받지 않았고 어떤 방법을 대서든 혼자 이를 악물고 해결해 나갔다. 아직 남아있는 10여만 원 빚에 다달이 집 대부금을 물어야 하고 아이를 공부시켜야 하며 자신도 먹고 살아야 했다. 이런 상황에도 금아는 누구에게도 손을 내밀지 않고 동창생들과도 자신이 어려울 때 손을 내밀까 두려워 아예 연락을 끊어버렸다.

중문으로 계속 창작을 하는 한편 금아는 또 한국에 가 도서시장에 잘 팔리는 책들을 골라 중국에 가져다 번역 출판하기도 했다.

도서 선재를 하러 서울에 가 있는 동안 금아는 이종춘 회장님 댁에 머물며 착한 사모님과 가족 여러분의 자상한 관심과 배려를 넘치게 받았다. 또한 이 과정에 서로 두터운 정과 신뢰를 쌓았다.

2005년, 금아의 회사와 이회장님의 출판사 성안당은 연합하여 "라이브 한자사전"을 편찬하기로 했다. 금아는 악착같이 달려들어 윤애도 회사를 떠나고 없는 상황에 혼자서 수백만 자나 되는 대형 공구서 편찬을 맡아 당차게 밀고 나갔다. 날마다 직원들을 데리고 밤에 낮을 이어가며 열심히 일을 하고 가끔은 식사하는 시간까지 아까워 책을 들여다보며 밥을 먹기도 했다. 낮에 직원들이 기초 편찬에 타자를 해 놓으면 금아는 혼자 밤을 새워가며 심열을 자세히 하곤 했다.

2006년, 드디어 편찬 일이 완성되어 원고가 출판사로 넘어가고, 이듬해 연초에는 책이 출판되어 시장에 나오게 되었다.

금아는 원고료를 받아서 빌린 돈을 깨끗이 청산하고 2007년에는 마음 거뜬히 회사를 접어버렸다.

이제는 모든 정력과 시간을 창작에 몰두할 수 있어 좋았다. 가끔 객원교수 신분으로 대학교에 강의를 나가기도 하며 자유로우나 분망한 나날을 보내고 있었다.

이제는 본격적으로 영화계 인사들과 접촉하고 한국 영화나 드라마 번역도 하는 한편 나름대로의 시나리오를 쓰고 또한 중요한 자리의 한중/중한 통역을 담당하기도 했다.

어느 우연한 기회에 금아는 장씨 성을 가진 작곡가를 만나게 되었는데 당시 두 사람은 서로 호감을 가지게 되었다. 프랑스에서 유학하고 돌아온 장씨는 이혼남으로 아이가 없고 이성 관계에서 조금 보수적이며 인생 관념이 금아와 비슷한 점이 많았다. 두 사람은 한동안 사귀며 서로 상대를 알아보기로 했다. 그런데 시간이 흘러가면서 차츰 두 사람은 생활 습관, 식성, 일부 가치관과 세계관 등에서 서로 어울리기 어려운 면이 있다는 것을 알게 되었다. 필경은 민족이 다르고 나이도 이쯤 되니 뭐든 개변하기 어려운 것이 외면할 수 없는 현실이었다. 하여 1년 즘 사귀다 둘은 갈라지고 말았다.

2008년, 소연이가 드디어 대학 본과를 졸업하고 북경의 집으로 돌아왔다. 법학을 전공한 그는 모 변호사 사무소에 조변호사로 취직하여 업무를 배우기 시작했다.

그런데 소연은 여기서 만족하려 하지 않았다. 실은 대학교 입시 시험을 칠 때 소연은 독감에 걸려 고열이 나는 상태로 시험을 치다 보니 성적이 이상적이 못되어 바라는 학교에 가지 못했던 것이다. 이것이 유감인지라 본과를 졸업한 지금 소연은 어머니와 상론하고 중국의 최고 대학인 청화대학에 연구생 시험을 치기로 결정했다.

소연은 출근을 하는 한편 짬짬이 시간을 내어 연구생 시험을 준비하기 시작했다. 금아는 딸이 힘들게 일하며 복습하는 것이 가슴 아파 아예 소연더러 출근을 그만두고 전문 시험 준비를 하게 했다.

소연은 특별 지도반이나 학원 같은 데는 아무데도 나가지 않고 다만 상관 자료들을 구전하게 사가지고 집에서 혼자 공부하며 가끔씩 사회 관련 법률문제는 어머니인 금아와 토론하며 그 속에서 도리를 깨우치고 자기 관점을 세우기도 했다.

그 몇 해 북경은 집값이 엄청 올라 당시 집을 고가로 팔고 몇 해 지나 집값이 떨어진 뒤 다시 집을 사면 커다란 수익을 얻을 수 있었으나 금아는 한창 관건 시기의 공부를 하고 있는 소연에게 영향이 미칠까 두려워 이웃들이 모두 집을 팔아도 끄떡 않고 있었다.

과연 2010년 초, 청화대학 대학원 필기시험에서 소연은 놀랍게도 전국의 수많은 수험생을 모두 초월하여 총 점수 일등을 하고 몇 달 뒤 면접시험도 무사히 넘겨 정식 청화대학 법학 대학원의 입학통지서를 받았다. 입학통지서를 받은 날 금아는 너무 감격하고 기뻐서 하염없이 눈물을 흘리고 또 흘렸다.

"끝내는 꿈을 이루었구나. 장하다 내 딸 소연아!"

소연도 너무 기뻐 어머니를 얼싸안고 빙글빙글 돌아갔다. 모녀는 울고 웃으며 무엇보다 값진 이 극도의 행복을 오래오래 음미했다.

며칠 후 모녀는 이 값진 행복을 소연의 아버지와 나누고 싶어 목단강으로 찾아갔다. 그런데 슬프게도 박송헌은 이미 이 세상을 떠나 저 세상 사람이 되어있었다. 부모를 잘못 만나 가족을 잘못 만나 총명한 머리와 가지가지 재간을 겸비한 수재였건만 박송헌은 자기의 처자식마저 지키지 못하고 상처로 얼룩지고 망가진 가슴에 천추의 한을 품은 채 한줌의 재가 되어버렸다. 거푸 한 아름 어치도 안 되는 박송헌의 골회함을 부둥켜안고 금아는 많이도 슬프게 울었다.

"여보, 한번만 눈을 뜨고 보세요. 우리 아이가, 당신과 나의 딸 소연이가 청화대학에 1등으로 붙었단 말예요. 왜 조금만 더 기다리지 않고 이렇게 허무하게 가버린 거예요, 여보———!…"

하지만 한줌의 재는 대답이 없었다. 하늘도 땅도 대답을 주지 않았다……

2010년은 금아에게 있어서도 잊을 수 없는 한해였다. 이 해 가을 금아는 장편소설 "굴러가는 태양"으로 한국 "허란설헌 국제문학상"을 수상했다. 시상식에서 금아는 눈물을 흘리며 이런 한 단락의 수상소감을 토로했다.

"…머나먼 흑룡강의 배꼽 같은 마을에서 귀뚜라미와 합창하며 자라던 어린시절, 설명절이 돌아오면 홀로 술을 마시며 눈물을 흘리시던 아버님을 보았습니다. 당신이 고국 땅으로 돌아가실 수 없는 향수도 짙었겠지만, 그보다도 오직 둘 밖에 없는 남동생을 한사람은 이남의 국군으로 다른 한 사람은 이북의인민군으로 전장에 나가 피 흘리며 싸우지 않으면 안 되었던 그 운명이 너무너무 한스러웠던 것입니다. 끝내는 민족의 허리를 동강낸 그 번 싸움에서 전사하고만 막내 동생의 이름을 부르시며 '그 놈이 제 형의 총에 맞아죽었는지도 몰라!' 하고 가슴을 치며 통탄하시던 아버님의 모습이 지금도 눈앞에 선합니다.

바로 이러한 아버님의 '한'과 가족의 '한'이 저의 어린 가슴속에 창작의 불씨를 심어주었습니다. 뭔가 말하고 싶은 충동, 외치고 싶은 충동, 몸속에서 이름 모를 용암이 무시로 꿈틀거리는 듯한 느낌, 이런 원시적 충동이 문화적 자양분을 섭취하면서 차츰 그것은 가족의 '한'뿐만이 아니라, 우리 200만 조선족의 '한'이요, 나아가서는 7천만 백의동포의 '한'임을 알게 되었습니다. 장편소설 《굴러가는 태양》은 바로 이런 시점에서 그 '한'을 적고자 애썼던 아우성입니다…"

장내의 모든 사람들이 금아를 따라 눈물을 흘리며 박수를 쳤다.

북경에서의 순아 부부

2008년 정월 초사흗날 북경에 도착한 순아 부부는 이제부터 중국의 수도인 북경에서 살게 되었다는 긍지감에 가슴이 부풀어 올랐다. 더욱이 이때는 두 아들이 모두 자기 집을 갖고 있으니 마음이 훈훈하고 뿌듯한 느낌이 들었다.

2004년 맏아들 길민이가 먼저 대부금을 내어 집을 샀다. 그리고 이듬해 둘째 아들 길영도 대부금을 내어 따로 집을 구매했다. 이렇게 형제가 각기 자기 집을 가지고 있으니 부모는 거처를 따로 잡지 않고 아직 장가를 들지 않아 혼자 있는 둘째 아들과 함께 살게 되었다.

그런데 일평생을 농촌에서 살아온 그들 부부에게 큰 도시 생활은 잘 적응되지 않아 처음 얼마 동안은 조금 힘든 나날을 보내게 되었다.

순아는 농촌에서 마음대로 텃밭의 채소를 뜯어먹던 것이 도시에 와 비싼 가격으로 모든 채소를 사먹고 쌀에 기름에 심지어 마시는 물까지 모두 돈을 주고 사먹는 것을 보고 앞이 캄캄하여 살아나갈 것 같지 못했다. 순아는 그 비싼 돈을 주고 사는 채소가 너무 아까워서 처음 몇 달 동안은 맨 김치 물에 밥을 먹으며 살았다. 또한 농촌에서는 날마다 일을 하던 두 사람이 하루 종일 할 일 없이 놀고만 있으니 이것 또한 못할 짓이요 그렇다고 일을 하려 해도 마땅한 일거리가 차례지지 않았다.

신천은 다시 한국에 벌이를 가겠다는 것을 순아가 반대해 나섰다. 지난번에도 한국에 갔다가 사람이 그 지경이 되어 하마터면 큰 일 날 번했는데 어떻게 또다시 거기로 간단 말인가? 그래서 한국행은 접고 후에 누군가 신천에게 경비 일을 찾아주겠다고 해서 기다렸는데 그것도 꿩 구워 먹은 소식이었다.

맏아들 길민은 회사에 다니고 둘째 아들 길영은 가이드 일을 하며 며느리 옥미는 한국 모 대기업 중국 회사에서 일하고 있었다. 모두들 일을 열심히 하고 있다지만 아직 젊은 나이라 수입이 많지 않아 매달 집 구매 대부금을 물고 나면 남은 돈으로 생활하기가 빠듯한 상황이었다. 이런 정황임에도 맏아들 길민은 2008년 8월 8일 제 29회 세계 올림픽 대회가 북경에서 열리자 반드시 부모를 구경시켜야 한다며 비싼 가격으로 체조 결승전 입장권을 사서 아버지 어머니를 모시고 경기를 구경시켰다.

순아는 하릴없이 노는 것이 너무 힘들어서 그해 5월 달부터 쌍둥이 아이를 보는 일을 맡아 했다. 순아는 남의 아이도 자기 손주처럼 극진히 잘 보살펴주었다. 그런데 쌍둥이가 모두 남자 아이라 둘이 툭하면 싸우고 손찌검을 하는 바람에 그걸 말리기가 너무 힘이 들었다. 후에 순아는 다른 집으로 옮겨 다리 못 쓰는 할머니를 돌보는 일을 했다.

휠체어에 할머니를 앉혀 밀고 나가면 성미 급한 순아는 너무 빨리 씽씽 밀고 다녀서 할머니가 "아이 이 사람아, 좀 천천히 밀어. 이렇게 빨리 밀면 기차 탄 것처럼 획획 지나 아무것도 구경 못 하잖아."라고 나무람 하기도 했다. 그래도 언제나 직심이고 일을 열심히 하는 순아를 할머니는 많이 좋아하고 만족스러워했다.

얼마 후 한국에 있는 할머니의 딸이 와서 할머니를 모셔가게 되자 순아는 다시 아기 보는 일을 바꾸어 하게 되었다. 들어갈 때는 아기 하나만 보기로 했는데 정작 일을 시작하니 주인집에서 기타 일도 막 시키는 것이었다. 그래도 순아는 꾹 참고 용케 견뎌냈다.

이렇게 한 해를 고생하고 이듬해가 되자 며느리가 임신하여 하반 년에 해산하게 되니 순아는 일을 그만두고 손주 맞을 준비를 했다.

2009년 8월말, 드디어 며느리가 귀여운 여자 아기를 낳아 이름을 "수야"라고 지었다. 산후 건강이 회복되자 며느리는 바로 출근을 하고 아기 보는 일은 순아가 전담하였다.

거의 때를 같이 하여 마침 신천에게 좋은 일거리가 들어왔다. 시작은 이러했다.

그해 여름 길영이가 위병으로 오래 동안 앓아 몸이 깡깡 여윈 어느 친구를 데리고 집에 와서 아버지더러 병을 치료해 달라고 했다. 신천은 아들의 친구를 자세히 진맥하고 처방을 떼 준 다음 침을 놓아주었다. 아들 친구는 며칠 동안 신천이 떼 준 약을 먹고 침을 맞더니 과연 효과를 보아 건강이 재빨리 회복되었다. 아들 친구는 굉장히 기뻐하며 이렇게 좋은 의술을 가지고 왜 써먹지 않냐 고, 자기가 바로 일자리를 소개해주겠다고 나섰다. 하여 신천은 그 친구의 소개로 모 여행사에서 대외 손님을 상대로 꾸린 대형 약방의 좌진의사(坐診醫師)로 채용되었다.

날마다 물밀듯 몰려드는 외국 여행단을 의사 여럿이서 나누어 받아 진단을 하는데 처음에 신천은 아주 솔직하게 자기는 농촌에서 온 의사라고 했더니 여행사에서는 촌사람이라 지레 깔보고 여행단을 아주 적게 주거나 또는 단지 시골에서 온 손님들만 신천에게 배치하는 것이었다.

그런데 시간이 가면서 차츰 신천의 위치가 올라가기 시작했다. 한 것은 신천이 주위 사람들의 난치병을 진단하고 치료해주어 실제적으로 의술을 증명한데다 중의(中醫) 이론지식 또한 큰 병원에서 온 의사들보다 더 박식하게 알고 있으니 모두들 감복하지 않을 수 없었던 것이다. 이렇게 되어 신천은 차츰 여행단을 많이 받게 되고 따라서 수입도 크게 늘어났다.

여행단은 설명절도 없고 휴일도 없이 들이닥쳐 신천은 일 년 365일 쉬는 날이 거의 없었다. 심지어 섣달 그믐날도 정월 초하룻날도 쉬지 않고 여행단만 있으면 출근을 계속했다. 당뇨병이 있는 신천은 간혹 몸이 불편할 때도 있었으나 결코 아파서 출근을 못 하거나 중퇴하는 일은 한 번도 없었다.

순아는 이런 남편을 못내 자랑스러워하며 극진히 공대했다. 매일 출근할 때 입는 흰 셔츠를 다리미로 반듯하게 다려 갈아입히고 양말, 바지, 구두, 모자 어디라 없이 깔끔하고 정연하게 차려 내놓았다. 출근하는 회사가 좀 멀리 있어 순아는 늘 새벽 아침을 해서 남편을 대접해 보내고 또 가이드 하는 길영이가 일어나면 밥을 챙겨주고 손녀 수야를 울음소리 한번 나갈세라 알뜰살뜰 돌봐주었다. 뿐만 아니라 며느리 점심 도시락을 십 수 년 동안 출근 날엔 빠짐없이 싸주었다.

2012년, 순아네는 둘째 아들 집에서 나와 큰 아들 집과 마주 보는 두 칸짜리 집을 세내어 따로 생활하며 수야를 돌봐주었다. 집세와 일체 생활비는 길민네 부부가 담당하였다.

순아는 며느리를 친자식 같이 사랑하고 아껴주었다. 매번 맛있는 음식이 나지면 언제나 며느리에게 먼저 주고 묵은 음식은 절대 며느리가 먹지 못하게 하고 자기가 먹으며 아침 출근시간에는 드팀없이 뒤 창문을 열고 며느리가 출근하는 모습을 흐뭇하게 지켜보았다. 당연 며느리도 이런 시어머니를 친정엄마 같이 믿고 따르며 존경했다.

손녀 수야는 할머니의 정성 어린 보살핌과 온 가족의 끝없는 귀여움 속에서 무럭무럭 자라 어느덧 다섯 살이 되었다. 바로 그해, 2014년 눈이 높아 고르고 고르던 길영이가 드디어 대상자를 만나 결혼을 하게 되었다.

2016년 신천은 원 여행사의 경기가 좋지 않아 월급을 제때에 주지 못하니 자리를 바꾸어 다른 여행사로 옮겨갔다. 그런데 이 해 가족에 좀 안 좋은 일이 있어 신천은 차츰 심장이 나빠졌다. 그러다 이듬해인 2017년 10월 갑자기 가슴을 안고 쓰러져 그날로 병원에 입원하여 심장 스텐트 시술을 받았다.

건강이 조금 회복되자 신천은 가족과 주위의 만류도 마다하고 다시 출근하기 시작했다. 이렇게 신천은 코로나가 퍼지기 직전인 2019년 말까지 출근하여 만 10년 동안 북경에서 좌진의사로 열심히 일을 했다.

2018년 5월, 신천은 70돌을 맞아 자식들과 손녀, 가족 친지들의 뜨거운 축복 속에서 화려하고 폼 나게 칠순잔치를 치렀다.

이날 신천의 처제이고 작가인 금아는 형부의 인생이야기를 써서 내빈들 앞에 읽었는데 마지막 한 단락은 이러했다.

"한낮 소학교 졸업생이 의젓한 의사로 되다니, 이건 아라비안나이트의 이야기가 아니겠습니까? 허나 오늘 그 이야기의 주인공은 지금 바로 우리의 눈 앞에 계십니다. 신천의사님은 비단 기적의 꿈을 이룬 의사일뿐만아니라, 뛰어난 농사꾼으로, 가정에서는 든든한 남편으로, 훌륭한 아버지로 손색이 없습니다. 오늘도 이 장소에 계시는 어엿이 장성한 두 아들—— 신길민씨와 신길영씨, 그리고 착한 며느리 강옥미씨와 총명 영리한 손녀, 이들 모두 이 화목하고 단란한 가정에서 행복하게 살아가는 것은, 언제나 대 바르고 선량하고 원칙을 지키며 평등 공정한 가족 어른의 처사와 갈라놓을 수 없습니다. 아버지는 저 빠진 머리카락만큼 가족에 대한 사랑이 컸고, 저 얼굴에 패인 주름살만큼 노고가 크셨다는 점, 자제분들은 모두 영원히 가슴속에 아로새길 것입니다."

지금도 신천 의사는 수시로 주위 사람들의 병을 무료로 봐주며 남은 빛으로 고상하고 즐거운 여생을 보내고 있다. 물론 그 기저에는 아내 순아의 따뜻한 접대와 환자들을 위하는 정성이 안받침 되어 있는 것이다.

성주와 딸

성주 부부는 여전히 배꼽 마을에서 살고 있었다. 개인영농을 해서 첫해 아버지가 계실 때 대풍작을 거두어 알알이 터지게 영근 벼를 거두어보고 그 후로는 한 번도 풍작을 이루어보지 못했다. 매년 봄에 농사비를 맡아서 농사를 시작하면 가을에 가서 벼가 제대로 여물지 못해 연말이 되면 수입은 고사하고 장부가 거꾸로 서는 것이었다. 이렇게 몇 해를 지내고 나니 더는 어찌할 방법이 없어 아예 밭을 남에게 임대해 주고 밭 임대료를 받아쓰는 것으로 힘든 생활을 유지하였다.

성주의 딸 옥지는 배꼽마을에서 소학교를 마치고 하릴없이 집에서 놀고 있는 것을 큰고모인 순아가 자기 마을에 데려다 동쪽으로 약 2리쯤 떨어진 한족 마을의 학교에 입학시켰다. 학비는 둘째 고모인 윤아가 대주고 생활은 순아가 책임지기로 했다.

"네가 앞으로 사회에 나가 사발 나르는 일이라도 하려면 중국말을 배워야 한다. 그러니 암말 말고 학교를 다녀."

당시까지 아직 철이 들지 못한 옥지는 한족 학교를 다니는 것이 별로 마음에 내키지 않았으나 고모들의 안배에 반기를 들 수 없어 별말 없이 학교를 다니기 시작했다. 이렇게 겨우 한 학기를 다니고 나서 방학이 되자 집으로 돌아간 옥지는 그 다음 학기가 되자 학교를 더 다니지 않겠다고 딱 잡아떼는 것이었다.

아이의 뜻이 그러하니 고모들도 별다른 방법이 없어 학교는 그만두게 내버려 두었다. 그런데 오늘날 내 남 없이 모두 대도시에 나가 밥벌이를 하고 있는 이 때 다 성장한 아이를 계속 시골에 저대로 내버려둔다면 아무 전도도 없고 그저 시간이나 낭비하다 바보가 되어버릴 것 같았다. 하여 순아는 부랴부랴 현성에 있는 외사촌동생을 찾아가 옥지에게 일자리를 찾아달라고 간곡히 부탁했다.

과연 며칠 후 외사촌동생이 어느 음식점을 경영하는 여주인을 순아에게 소개해주어 순아는 바로 옥지를 데리고 그곳에 찾아갔다.

"오늘 이 아이를 사장님께 맡깁니다. 봉급은 주지 않아도 괜찮으니 일만 잘 가르쳐주십시오." 하고 순아는 음식점 여주인에게 옥지를 맡기며 부탁했다.

이때로부터 옥지는 사회에 발을 들여놓고 음식점 일을 차근차근 배우기 시작했다. 여주인도 옥지를 자기 딸처럼 스스럼없이 대하며 옥지에게 걸음걸이부터 시작하여 봉사업의 기본을 수두룩이 가르쳐주었다. 이렇게 근 1년 동안 이 음식점에서 일을 하며 기본 훈련을 거쳐 얼마간 성장한 옥지는 이듬해 청도에 나가기로 마음먹었다. 한 것은 그곳에 둘째 고모 윤아가 있고 또 먼저 청도에 가 일하고 있는 자기 친구도 오라고 하니 옥지는 스스로 결정을 내린 것이었다. 밀산에서 옥지는 담대하게 혼자 떠나 먼저 셋째 고모 금아가 있는 북경을 거친 다음 무사히 청도에 도착했다. 옥지는 청도에서 친구를 찾아 친구의 소개로 식당에 들어가 일을 하며 월급도 제법 낮지 않게 받았다.

성주는 밭을 임대 주고 자기는 철철이 삯전벌이를 하는 것으로 돈을 조금씩 벌어 생활에 보탰다. 어느 해 금아가 출장차 밀산에 갔다가 성주를 만나 무엇이 필요하냐고 물었더니 성주는 전기 삼륜차가 필요하다고 하는 것이었다. 금아가 돈을 주었더니 성주는 그 돈으로 전기 삼륜차를 사서 제법 삯벌이를 했다. 그런데 얼마 가지 못하고 그만 음주 운전으로 차 사고를 내어 차를 통째로 말아먹고 말았다.

불행 중 다행인 것은 옥지가 아직 어린 나이에 착실하게 일을 잘해 용케도 돈을 모아 부모에게 꼬박꼬박 생활비를 섬기는 것이었다. 비록 공부를 많이 못하고 가정교육도 제대로 받지 못했으나 옥지는 스스로 세상을 깨치고 사회를 알아가며 심성이 바르고 반듯하게 성장해갔다. 키가 168정도로 몸매가 늘씬하여 어디 내세워도 서글프지 않고 말없이 자기 앞 처리는 제법 잘해 총각들의 인기를 끌기도 했다. 몇 년 후 옥지는 드디어 자기에게 알맞은 대상자를 만나 한동안 사귀다가 둘은 정식 약혼을 하고 남친이 먼저 한국으로 갔다. 얼마 안 되어 남친이 옥지까지 데려 내가고 둘은 한국에서 한동안 일을 하며 지내다가 2019년 드디어 결혼식을 올렸다.

결혼식 전에 옥지는 부모가 한국까지 제대로 찾아오지 못할까 걱정되어 자신이 직접 목단강시까지 와서 부모를 모시고 한국에 도착해 기어이 결혼식에 동참시켰다. 옥지의 이와 같은 효성에는 가족, 친지들과 상황을 아는 마을 사람들이 모두 엄지를 들며 칭찬을 아끼지 않았다.

옥지의 결혼식에는 큰 고모 순아와 셋째 고모 금아가 북경에서 서울로 날아가고 둘째 고모 윤아는 서울에서 회합하여 네 오누이가 쉽지 않게 만났다. 이제는 모두 반백이 넘은 나이에 쉽지 않게 서울에서 만나니 감개가 이만저만 아니었다. 네 오누이는 참으로 오랜만에 부모의 슬하에서 함께 자라던 무수한 옛 일을 떠올리며 오래오래 회포를 나누었다.

그동안 성주는 농사를 하지 않으니 시간이 많아 게이트볼이나 치며 만년을 보내고 있었다. 성주의 머리는 좀 이상한 데가 있었다. 일상생활이나 일 처리 방면에서는 좀 어리숙한 데가 있는데 나름대로 특별히 잘하는 것이 있었다. 이를테면 기계(각종 농기계와 교통운수 기계를 모두 포함)를 잘 다루고 장기를 잘 놀고 게이트볼을 잘 치고 노래도 꽤 멋지게 넘기는 편이었다. 그 중에서도 게이트볼은 보통 잘 치는 것이 아니라 완전 프로급이어서 코치로 이 마을 저 마을에 초청을 받으며 노인들을 가르치고 다니기도 했다. 그런데 너무 술을 많이 마시고 좀 눈치코치가 없어 미움을 사는 바람에 나중에는 코치로 청하는 마을이 차츰 없어졌다.

2019년 가을, 성주는 흥개진(興凱鎭)에다 자그마한 집을 사고 이사를 하여 향 소재지라지만 도시생활을 하기 시작했다. 옥지의 남편은 참 착하고 무던한 사람으로 손색이 없어 처가 부모에게도 변함없이 효도를 해주었다.

옥지는 맏이로 건강한 아들을 낳아 무사히 잘 기르고 몇 년 후 또 귀여운 딸을 낳아 오누이를 가진 어머니가 되었다. 그래도 착한 시어머니 덕분에 힘들 때 이이들을 돌봐 줄 손이 있어 옥지는 두 아이를 데리고 가끔 일도 나가며 무난하게 별 탈 없이 살아가고 있었다. 남편은 차를 사서 가이드 일을 위주로 기타 일도 열심히 맡아 했다.

힘든 코로나가 지나고 세상이 조금 안정되자 2023년 말부터 옥지 부부는 새로운 계획을 세우기 시작했다. 즉 요식업 체인점을 내어 경영해보는 것이었다. 아기는 시어머니가 많이 봐주기로 하고 젊은 부부는 경영에 몰두하기로 했다.

2024년 초, 옥지 부부는 마침내 서울 거리의 꽤 괜찮은 지점에 체인점을 내어 정식 오픈하고 요식업 경영을 하기 시작했다. 젊은 부부의 부지런한 노력으로 음식점은 아직 초급 단계인데도 손님이 제법 흥성하여 날마다 매상고를 섭섭지 않게 올리고 있었다.

부모형제들이 자나 깨나 걱정하고 일가친척들까지 은근 걱정하던 성주의 만년 생활은 모든 걱정을 뛰어넘어 착하고 바르며 일처리가 똑똑한 딸 옥지와, 마찬가지로 착하고 무던한 사위의 지극한 효성으로 성주 부부는 힘든 노동도 하지 않고 먹을 걱정 입을 걱정 없이 건강한 몸으로 편안한 만년의 나날들을 보내고 있다.

사람들은 성주가 참 딸 하나는 너무 잘 만들었다고, 그 경험을 소개해주지 않겠냐고 농담을 걸기도 하며 옥지를 극진히 칭찬하고 부러워하는 것이었다.

빛나는 순간들

2010년 9월 한국 "허란설헌 국제문학상" 시상식에서 금아는 수상소감의 한 단락을 이렇게 말했었다.

"…이제 저는, 단순히 아우성을 치거나 민족의 '한'에만 집착하지 않겠습니다. 비 내리는 오솔길을 조용히 거닐며 생명을 사색하고 인류를 사색할 것입니다. 가령 계란으로 바위를 쳐야 한다면 저는 계란을 위해 생각하고 말하고 싶습니다. 묵묵히 비바람 속에 있는 풀과 벌레들 사이에서 그들의 희로애락에 귀 기울이며 그것을 글로 화면으로 그려낼 것입니다."

과연 금아는 말한 대로 일을 해 나갔다. 금아는 가능한 작은 백성들의 고초와 억울함에 귀를 기울이며 그 본질을 포착하고 그것을 재미있게 형상화하는 것으로 작품을 써나갔다. 드디어 이듬해인 2011년 초봄, 한 불쌍한 사회 최하층 인간의 아픔과 고초를 대변한 영화 시나리오 "嘿店"이 완성되었다.

직장에서 천대받고 사회에서 조롱당하고 집안에서 강아지보다 낮은 대우를 받는 한 중년 남자의 비뚤어진 반항 행위, 그로 인해 생긴 일련의 황당하게 보이나 실은 깊은 현실성을 동반한 해학적이고 풍자적이며 웃음 속에 눈물이 들어있는 이야기를 블랙유머(黑色幽默) 수법으로 능란하게 엮어냈다. 그해 가을 영화는 마침내 제작이 완성되어 11월 1일 만성절부터 전국 각지의 크고 작은 영화관에서 상영되기 시작했다.

금아는 수도의 수백만 관중들 대열에 끼어 보통 관중과 똑 같이 자기 돈으로 영화 관람권을 구매하여 영화관에 들어가 똑같이 팝콘을 지근지근 씹으며 자기가 쓴 영화를 구경하였다. 이 시간 속의 이 느낌은 아마 그 누구도 느끼지 못하는 나만의 기쁨이요 나만의 감동이요 나만의 눈물일 것이다…

"嘿店"이란 이 영화는 또한 당해 음력설 즈음에 중국 최고 텔레비전 방송국인 CCTV 영화 채널에 방송되고 그 후 같은 방송국 액션채널에 수차 방송, 또한 여러 지방 방송국에도 몇 해를 두고두고 방송되고 있다.

완벽한 영화로 말하면 제작 상 다소 미흡한 점이 있긴 하나 이 영화는 중국에서 블랙유머(黑色幽默) 수법을 도입한 특수 풍격의 작품으로 중국 현대영화사에 자리매김 되었으며 또한 중국 조선족 작가가 쓴 시나리오가 영화화되어 전국 영화관에서 상영되고 CCTV 대표채널에 방송된 첫 작품으로 중국 조선족 문학사에 한 위치를 차지하고 있다.

금아는 이제는 내가 동창생들에게 폐 끼칠 일이 없을 것이라 판단하고 장장 10년 동안이나 연락을 끊었던 대학교 동창생들과 다시 연락을 맺었다. 그리고 동창생 모두를 청해 함께 식사를 하며 그립던 회포를 풀고 영화작품이 나간 기쁨을 함께 나누었다.

대학교 시절부터 절친인 호순 언니(연상이어서 언니라 불렀다)는 진심으로 금아의 성취를 기뻐하며 거듭 축하해주고 영화 DVD를 몇 번씩이나 되풀이해 보며 작품에 놀라운 찬사와 긍정을 주는 한편 크나큰 고무 격려와 성원을 주었다. 이 밖에도 많은 동창생들이 금아의 남다른 성과에 감복하며 나름대로의 감탄과 지지를 아끼지 않았다.

2012년 7월, 금아의 딸 소연이가 성공적으로 학업을 마치고 우수한 성적으로 청화대학 법학석사를 졸업하게 되었다. 졸업식을 하는 날, 금아는 청화대학 법학대학원 졸업식장의 밖에 서서 부풀어 오른 가슴을 부둥켜안고 딸의 출현을 기다렸다. 미구하여 석사 복장과 모자를 멋지게 쓴 딸 소연이가 저쪽에서 걸어오는 것이 보였다. 금아는 한달음에 마주 달려 나가 자랑스러운 딸을 아래위로 훑어보다가 와락 품에 그러안았다.

"내 자랑스러운 딸 소연아, 천하에 둘도 없는 내 딸아, 어머니는 네가 성공한 것만으로도 너무 대견스러워 지난 모든 고생이 한없이 값지고 행복하게만 느껴지는구나…"

금아는 오늘따라 무한히 찬란한 태양을 쳐다보며 기쁨의 눈물을 금치 못했다. 만약 내 아버지가 생전이라면, 소연의 아버지 박송헌이 아직 살아 계신다면 이 기적 같은 소연의 성과를 얼마나 기뻐하고 반가워하실 것인가! 소연의 담소하나 당당하고 어엿한 모습을 지켜보며 금아는 가슴에서 물결치는 감격의 소용돌이를 나눌 사람이 없어 혼자 울고 웃고를 거듭했다.

청화대학 석사 복장과 모자를 쓴 소연과 사진을 남기고 나서 금아는 이제 모든 소원이 이루어진 것 같아 푸른 하늘을 쳐다보며 하늘에 감사하고 세상에 감사하고 딛고 선 땅에 감사했다.

"소연아, 이제 어머니는 지금 죽어도 원이 없을 것 같다."

그러자 소연이가 어머니의 손을 꼭 쥐고 "어머니, 이제부터 내가 어머니를 잘 모실 테니 복을 누리며 오래 오래 사셔야 해요." 라고 말했다. 모녀는 서로를 얼싸안고 감격의 뜨거운 눈물을 쏟았다…

같은 해 8월말, 소연은 2년간 연애하던 남친과 드디어 결혼식을 올렸다.

2013년 봄, CCTV 산하의 모 제작소에서 금아에게 영화 시나리오를 써달라는 부탁이 들어왔다. 이 영화는 특수 제재여서 현지답사를 하지 않으면 쓰기 어려운 상황이었다. 하여 금아는 사랑하는 딸 소연까지 데리고 신강 파미르 고원에 있는 타스쿠르간(塔什庫爾幹) 타지크 자치 현에 갔다.

이곳은 변방지대로 보통 백성은 출입이 금지된 상태나 금아네 일행은 CCTV의 특수 통행증으로 무사히 초소를 넘어 안으로 들어갔다. 그런데 일행이 탄 차가 해발 4000여 미터를 넘는 산줄기에 올라서자 몸이 허약한 금아는 급기야 머리가 어지럽고 입술이 자주색으로 질리며 호흡이 가빠지는 등 전형적인 고원반응을 보이는 것이었다. 그런대로 산발을 넘어 타스쿠르간진(塔什庫爾幹鎮)에 이르니 해발이 감소되어 고원 반응이 많이 나아졌다.

이튿날 일행은 파키스탄 변방 초소로 배경 스케치를 가는데 그곳은 해발이 더 높아 금아는 가지 못하고 진에 남아 주위의 경치와 타지크족의 생활을 스케치하며 시나리오를 구상하기 시작했다.

그 번 답사에서 금아와 소연은 아름답기 그지없는 신강 지구의 극치 절경을 감탄과 더불어 잘 구경하고 또한 당지의 여러 민족과 그들의 생활 상태를 깊이 있게 체험하였다.

2015년 상해영화촬영소(上海電影制片廠) 소속의 모 영화 제작사에서 금아에게 상해 스쿠먼(石庫門)에 관한 이야기를 시나리오로 써달라는 부탁이 왔다. 스쿠먼에 관해 잘 알지 못하는 금아는 친히 상해에 가서 일주일 동안 생활 체험을 하며 상관 인사들과 접촉하기 시작했다. 이 와중에 성이 진(陳)씨인 기업인을 알게 되었는데 역시 사별한 싱글인 그는 금아를 보자 첫눈에 마음이 끌려 단독 만남을 자주 청해왔다. 생각해보니 금아도 이제는 집을 딸에게 맡기고 만년을 새롭게 계획할 때가 된 것 같아 진씨와 한동안 사귀며 서로 알아가기로 했다. 알고 보니 진씨는 상당한 집안의 공자로 장군 급인 아버지에 자본가 딸인 어머니를 가졌으나 가족의 세력과 돈에 의거하지 않고 완전 자수성가 하여 이 큰 국제 도시 상해에서 자기만의 길을 닦고 기업 기반을 세운 사람이었다. 이 점이 마음에 들어 금아는 근 2년 동안 진씨와 결혼을 목적으로 진지하게 만났는데 결국 기업인과의 접점을 찾을 수가 없어 나중엔 헤어지고 말았다.

이 몇 년간 금아는 일부 시나리오를 외국에 써주기도 하고 또 어린이에 관한 시나리오는 아예 비용을 받지 않고 무료로 기증하기도 했다. 이런 일들이 차츰 국제의 각광을 받아 2018년 봄 사쿠라가 만발하는 아름다운 계절에 금아는 영광스럽게도 일본국제문학공로대상(日本國際文學功勞大獎)을 수상하였다.

4절지 이상으로 크고 빛나는 이 영예증서는 김금아 문학의 영광과 빛의 상징으로 어제도 오늘도 내일도 금아 사가의 거실 벽에 자랑스럽게 걸려있어 방문하는 사람들의 끝없는 감탄을 자아내고 있다.

한국에서의 윤아 부부

2007년 윤아의 남편 서민선은 한국에 가서 모 회사에 출근하기 시작했다. 비록 월급은 높지 않지만 매달 돈을 타서 조금씩 모으는 재미를 반백이 넘은 지금에 와서야 느끼게 되었다. 결혼 생활을 해서부터 윤아가 집을 나가기 전까지 서민선은 가정을 이루었으나 가정을 돌볼 줄 모르고 단지 먹고 노는 데만 정신이 팔려 있었다. 후에 아내가 집을 나간 뒤, 혼자 애들을 거느리고 온갖 생활난을 다 맛보며 그래서 아내와 함께 있던 세월이 얼마나 소중한지를 실감하게 되었다. 하여 천방백계로 아내와 다시 합치려고 청도까지 아득 빠득 따라왔던 것이다. 다행히도 윤아가 심신이 엉망이 되어 찾아온 남편을 순순히 받아들여 정성을 다해 보살펴주니 서민선은 몇 해 동안 몸을 잘 추스르고 새 출발하여 한국에 돈벌이를 갔다.

윤아는 혼자 청도에 남아 옥신의 아이를 걸어 다닐 때까지 다 키워주고 2011년 한국에 여행비자로 가서 한동안 있었다. 그런데 일을 조금 해보려고 하니 건강상태가 좋지 않아 일을 그만두고 다시 청도로 돌아왔다.

2012년, 아들 장돌이 연애하던 처녀와 결혼식을 올리게 되었다. 절강성 이우(義烏)에서 진행된 결혼잔치에는 성주내외가 거리가 너무 멀어 오지 못하고 북경에서 순아 부부와 금아, 위해(威海)에서 칠순이 넘은 윤아의 막내 외삼촌까지 와서 결혼식에 참석하여 신랑의 위세를 올려주고 오랜만에 서로 만나 그 동안의 회포를 풀었다.

그 후 윤아는 이젠 아들 딸 모두를 시집 장가보내고 시름을 놓아서인지 청도의 널따란 집에서 혼자 사는 동안 이상하게 마음이 불쾌해지며 나쁜 궁리만 하고 심리상태가 말이 아니게 되었다. 당시 윤아의 맏딸인 어금은 한국에 나가 있고 둘째 딸 옥신과 아들 장돌도 모두 절강성에 살고 있어 집에 자주 드나들 겨를이 없었다.

순아는 아픈 윤아가 혼자 집에 있는 것이 너무 걱정되어 바로 윤아를 북경으로 불러 자기 집에 데려다 병을 치료해주기 시작했다. 물론 윤아를 병원에 데리고 다니며 검사하고 진단을 내고 약을 져오는 등 일은 금아가 모두 맡아 하고 탕약을 달여 윤아에게 먹이고 식사를 챙겨주며 수시로 밖에 데리고 나가 활동을 하는 일은 순아가 전담했다. 이렇게 근 두 달 동안 윤아는 북경에서 언니 순아 부부와 동생 금아의 극진한 보살핌을 받으며 치료를 하여 몸이 조금 나아지자 절강에 있는 옥신네 집에 가 한동안 있다가 다시 한국에 나갔다.

한국에서 좀 더 치료를 하고 한동안 보양을 했더니 마침내 건강이 회복되어 2015년 봄부터 윤아는 출근을 하기 시작했다.

건강이 나아지자 윤아는 다시 쾌활해지고 일도 열심히 하며 또한 한국요리를 연구하는데 재미를 붙이기 시작했다. 중국 요리와 한국 요리의 맛을 잘 배합하여 새로운 요리를 만들기도 하고 중국 요리를 만드는 양념으로 한국 요리를 개량하기도 하여 음식 먹는 사람들로부터 "요리를 참 특별하게 하네요."라는 평가를 받기도 했다. 일거리가 끊어지지 않고 잘 들어오니 일 보수도 차츰 높아지고 그래서 꼬박꼬박 월급을 받아 돈을 차곡차곡 모으니 기분도 날아갈듯 좋아졌다.

2016년 금아가 건강에 다소 문제가 생겨 북경에서 국제 장거리 전화로 서울대학 병원 국제부에 예약을 하고 며칠 후 서울로 날아갔다. 윤아는 자기가 번 돈으로 금아의 병을 치료해주겠다면서 금아를 데리고 병원에 가 모든 검사 비용을 자기가 전담했다.

"그 때 네가 목단강에서 6년 동안이나 나를 돌봐 준데 비기면 이건 아무것도 아니지. 이 언니가 돈을 벌어 뭐 하겠냐 이런데 쓰지 않으면." 하면서 윤아는 기어코 앞장서 비용을 치르는 것이었다. 금아는 어젯날 그렇게 몸이 아프고 소침해 있던 둘째 언니가 오늘은 이렇게 완쾌되어 씩씩하고 활약적인 모습을 보이니 너무 기쁘고 안심되어 자기는 병을 치료하지 않아도 깨끗이 나은 듯 마음이 개운해졌다.

서민선은 휴일과 명절에도 쉬지 않고 열심히 일을 해 돈을 벌었다. 옛날에 노는 데만 정신이 팔려 집안일은 전혀 뒷전이던 사람과는 완전 다른 모습이었다. 금아는 둘째 형부 서민선이 북경의 금아네 집에 왔을 때 하던 말이 떠올라 혼자 웃었다. 그때 둘이 같이 식사를 하면서 서민선이 농담 삼아 금아에게 이렇게 말했다.

"예전에 금아가 나를 '모주석의 훌륭한 아들(毛主席的好兒子)'이라 했다며? 하하, 참 그때는 내가 왜 그렇게 제집 일은 하기 싫고 남의 일만 하기 좋아했는지 모르겠어."

그래서 둘은 한바탕 크게 웃었다. 그래도 당시 금아는 형부가 그저 처제인 자기를 보기가 미안해서 이렇게 말하는 거라 생각했는데 이번에 한국에 와서 보니 과연 형부는 진짜 부지런히 일을 하고 열심히 돈을 모으는 것이었다. 금아는 둘째 언니가 이제는 고생 끝에 낙이 오는구나 하고 은근히 기뻐하며 홀가분한 마음으로 서울을 떠나 북경에 돌아갔다.

그런데 한치 앞도 알 수 없는 것이 사람 일이라고 금아가 다녀간 지 얼마 안 되어 윤아는 부주의로 그만 계단에서 굴러 허리를 크게 다쳤다. 병원에서 구급치료를 하고 시술을 몇 번이나 했으나 허리가 낫지 않아 오랫동안 누워있다 보니 우울증까지 재발하여 건강상태가 말이 아니었다.

이역만리에 있는 순아와 금아는 윤아의 상황을 두고 걱정하고 아파하고 잠을 못 이루며 안타까워 하다가 2018년 가을 드디어 금아가 북경에서 좋다는 약은 다 구해가지고 한국으로 날아갔다. 윤아의 집에 도착하여 금아는 윤아에게 약을 조절해 먹이는 동시에 수시로 심리적 소통을 하고 여러모로 인도적인 교류를 하며 적당한 운동도 함께 했다. 과연 윤아의 건강이 조금씩 나아지기 시작했다.

금아가 북경에 돌아간 후 윤아는 건강이 완전히 회복되어 다시 일을 하기 시작했다.

2022년 겨울, 윤아는 코로나에 걸렸으나 일을 그만두기 싫어 아픈 몸으로 버티다가 불행하게도 허리 병에 우울증까지 다시 재발해 또다시 자리에 눕게 되었다.

이듬해 봄 금아의 장편소설이 한국에서 출판되어 금아가 한국에 갔을 때도 윤아는 여전히 자리에 누워 움직이기 싫어하고 말도 하기 싫어하며 심지어 먹는 것도 귀찮아하고 밖에 나가는 일은 더욱 싫어하는 것이었다.

그해 여름, 윤아의 맏딸인 어금은 엄마를 모시고 숱한 병원을 돌아다니다가 차사고로 허리를 못 쓰던 어느 친구의 엄마가 의료기계 치료를 해서 나았다는 말을 듣고 바로 윤아를 그곳에 데려갔다. 이때로부터 의료기계 치료를 하느라 매일 밖에 나가 다니며 사람들과 접촉해 이야기를 나누고 서로 교류하는 과정에 윤아는 차츰 정신상태가 좋아지고 의료기계 치료도 효과를 보아 허리도 조금씩 나아지기 시작했다. 몇 달 후 윤아는 드디어 몸이 완쾌되어 다시 일을 하게 되었다.

2024년 여름, 윤아는 벼르고 벼르던 끝에 마침내 몇 년 전 청도의 집을 팔아 저금해 두었던 돈으로 한국 경기도 부천시에 새집을 떡하니 사고 이사를 했다. 이로써 윤아네는 남의 집을 임대해 여기저기 이사 다니며 온갖 고생을 다하던 역사에 종지부를 찍고, 밝고 아담한 새집에 들어 오손 도손 가족의 행복을 누리게 되었다.

가난한 가정의 둘째 딸로 태어나 공부도 많이 못하고 어린 나이에 노동을 하며 고생하던 윤아는 시집을 가서도 온갖 고생과 불운을 겪으며 전반생을 힘들게 살았으나 예순이 넘은 만년에는 아들딸 각기 무사히 잘 지내고, 자기 또한 부지런히 일을 해 모은 돈으로 한국의 수도권 내에 버젓이 집을 사놓고 먹을 걱정 입을 걱정 없이 씩씩하게 잘 살고 있다.

대기만성(大器晚成)

2020년부터 금아는 다시 한글로 글을 쓰기 시작했다. 지난 십 수 년 간 중문으로 창작을 하여 영화도 내고 국제 문학상도 받았으니 이제는 내 민족 언어로 작품을 쓰고 싶은 것이 금아의 만년 소원이었다. 당시는 바로 코로나가 살판치는 시기라 영화제작도 모두 정지되고 일체 대외활동이 동결된 상태이니 차라리 집안에 들어앉아 책이나 읽고 글을 쓰는 것이 편리한 때였다.

그런데 정작 필을 들자고 보니 금아는 오랫동안 한글을 쓰지 않은 탓으로 어딘가 서먹한 느낌이 들고 구상도 순조롭지 못했다. 생활용어는 그런대로 별 장애가 없으나 문학적인 단어, 특히는 현대적인 새 단어 모두가 머리에 중문으로 받아들여졌기에 한글로 사용하는 데는 애로가 이만저만 아니었다. 게다가 한글 타자가 너무 서툴고 한글 프로그램 사용이 완전 엉망이어서 창작 속도가 엄청 느리고 이것저것 순탄하지 못한 점이 수두룩했다.

그래도 금아는 결코 포기하려 하지 않았다. 뭐든 시작만 하면 포기를 모르고 그 어떤 애로도 박차고 나가 반드시 성공하고야 마는 끈질긴 성격이 아마도 오늘의 금아를 있게 한 중요한 요소의 하나일 것이다. "포기는 곧 자기 부정이다."라는 것이 오로지 금아만의 포기에 대한 이해와 정론이기도 했다.

가까운 문학의 선배들인 김형직 선생님, 정세봉 선생님, 장정일 선생님과 절친의 호순 언니 및 기타 동창생과 친구들이 커다란 고무 격려를 보내주었다.

또한 외동딸 소연은 "어머니 아무 걱정 마시고 그냥 과정을 즐기세요. 결과는 중요하지 않습니다. 그러니 건강을 돌보면서, 파이팅!" 하고 금아에게 힘을 실어주었다.

금아는 낮에 밤을 이어가며 미친 듯이 한글 작품들을 읽기 시작했다. 책장에 있는 종이책 모두를 읽고 또한 인터넷에서 한글 작품들을 찾아 걸탐스레 읽어 나갔다. 책을 읽는 동안 금아는 무한히 행복했다. 행복한 만큼 그 속에서 수많은 단어를 다시 배우고 익히며 한글의 문학 양분을 섭취하는 한편 머릿속에 새로운 작품을 구상하기 시작했다.

하여 2020년 당해 금아는 우선 짤막한 단편소설 한 편을 써서 국내 문학지에 발표하고 이어 2021년 중편소설 "곰의 후예"와 단편소설 "자살 골짜기"를 창작하여 한국 저명한 평론가 이시환 선생님의 옥필평론과 더불어 한국 문학지에 발표하였다. 또한 2022년에는 단편소설 "자살 골짜기"가 미국 문학지에 전재되어 국내외의 관심을 끄는 영광을 지니기도 했다.

이 기세를 밀어 금아는 2022년, 오랫동안 쓰고 싶었던 장편소설 "천년의 고백"을 집필하기 시작했다. 이 작품의 제재는 몇 해 전 금아가 중문으로 시나리오를 써서 국외에 주어 그 영향력으로 일본국제문학상을 받은 스토리로, 인류의 생명에 대한 깊은 사고를 불러일으키는 중대한 주제를 담은 작품이었다.

그런데 근 1년 동안 노심초사하며 부지런히 소설원고를 써서 초고를 거의 완성하는 2022년 11월 하순, 금아와 딸 소연은 불행하게도 호흡계통 전염병인 코로나에 감염되어 모두 강제로 코로나격리소(新冠隔離所)에 실려 가게 되었다.

집을 나갈 때 금아는 어두운 밤중에 캄캄한 계단을 내리다가 발목을 심하게 삐어 걷지도 바로 서지도 못하게 되었다. 키가 작고 병아리같이 몸이 가냘픈 소연에게 의지하며 가까스로 병원까지 지탱하여 갔으나 배당된 병실에 들어갔을 때 금아는 자신이 이미 죽음의 문턱에 서있음을 느꼈다.

몸이 아픈 것은 그런대로 참을 수 있는데 가장 견디기 힘든 것은 호흡 곤란이었다. 안 그래도 금아는 평생을 두고 폐, 기관지 등 호흡계통이 허약하여 웬만한 감기만 걸려도 뒤끝에는 늘 기침을 하고 숨이 가쁜 등 호흡계통의 증상으로 오랫동안 고생하군 했다. 이런 몸에 그 무서운 호흡계통의 전염병이 덮쳤으니 그 엄중 정도는 이루 다 말로 형용하기 어려운 것이었다. 게다가 "엎친데 덮친다"고 발목까지 심하게 상해 다리를 쓸 수 없으니 그 심리적인 암흑은 희망의 실오리마저 모두 삼켜버린 셈이었다.

그날 저녁 장 밤 뜬눈으로 지새우며 호흡곤란에 모대기던 금아는 이튿날 날이 밝으면 바로 딸 소연에게 유언을 남길 것이라 작심했다. 이렇게 아무 말도 하지 못하고 그냥 어느 순간 바람처럼 스러져가기는 너무 억울했다. 그런데 정작 다음날, 날이 밝고 아침이 되어 소연의 얼굴을 대하기만 하면 어미로서 역시 코로나에 걸려 몸이 아픈 딸애에게 참아 그런 말을 할 수가 없어 그냥 몸도 덜 아픈 척 마음도 덜 괴로운 척하며 하루하루를 버티었다.

이렇게 며칠이 지나자 금아의 몸이 드디어 조금씩 호전을 보이기 시작했다. 엿새째 되는 날, 소연이가 먼저 완쾌되어 격리소를 떠나갔다. 금아는 계속 격리소에 남아 근 두주일 동안이나 혼자 지내다가 12월 달이 되어서야 겨우 격리소를 떠날 수 있었다.

집에 돌아온 후, 금아는 못된 거머리 같이 물고 늘어지는 코로나 후유증의 가지가지 증상 때문에 힘들고 괴로운 나날을 보내면서도 아직 집필을 마치지 못한 장편소설 "천년의 고백" 원고를 악착스레 완고하여 한국의 출판사에 보냈다.

음력설이 지나고 춘3월이 되어 연분홍 진달래가 막 피기 시작하는 3월 하순, 드디어 금아의 장편소설 "천년의 고백"이 37만자의 두터운 편폭으로 멋진 표지와 설계를 동반하여 대한민국 땅에서 출판되었다.

저명한 문학예술 평론가 장석용 회장님은 금아의 장편소설 "천년의 고백"을 두고 이렇게 평론하였다.

"「천년의 고백」(신세림 출판사)은 천년의 고독을 넘어 '통소로 듣는 생명 이야기'란 부제를 단다. 흑설(금아의 필명) 지음의 이 소설은 62개의 암 구문 같은 구성으로 1944년부터 현재까지를 역사적인 밑그림으로 쓰고 이으면서 이즈음의 소설이 지향하는 가벼움을 이겨내고 서정적 느낌의 문필력을 보여주고 있다. 수필적 글의 전개는 감칠맛이 있고, 적절한 장(場)의 구별은 회화적 솜씨에 버금간다. 일본 중국 한국에 걸쳐있는 한 인간의 격정적 삶의 의미를 수행의 한 방식으로 풀어낸 이야기는 아직도 진행 중인 디아스포라의 현장을 살펴보게 한다."

4월초 금아는 서울에 날아가 한국 최대 규모의 서점인 교보문고와 각 지방의 크고 작은 서점의 매대에 진열된 자기의 장편소설 "천년의 고백"을 돌아보며 매대 앞에서 책과 함께 사진을 찍고 눈물을 흘리며 조용히 아버지 이름을 불러보았다.

"내 아버지 김갑규님, 보이십니까? 당신이 그렇게 애지중지하며 피와 땀과 눈물로 병을 치료해주고 대학까지 공부시켜 주신 이 딸이 오늘 당신의 고국인 한국에서 자기의 두 손으로 한 글자 한 글자 정성들여 쓴 장편소설을 펴내고 이토록 떳떳이 자랑스레 내 책이 팔리는 매대 앞에 서있습니다. 만약 아버지의 혼이 아직 이 세상에 남아 계신다면 나는 이 책을 우선 아버지의 붉은 심장에 안겨드릴 것입니다…"

금아는 아버지가 무한히 반가워하시는 모습을 눈앞에 보는 듯했다. 아니, 그 호탕한 웃음소리를, 껄껄껄…! 조금은 과장되게 조금은 넘쳐나게 그러다가 마침내는 집이 떠나가게 온 동네가 떠들썩하게 웃어대는 그 기쁨의 소리를 온 몸으로 빨아들이듯 듣고 있었다…

얼마 후 서울에서 부친 책이 북경에 도착하자 금아는 문학선배님들과 동창생들 및 일부 문화계의 지인들을 청하여 장편소설 "천년의 고백" 출판기념 만찬을 했다. 참석자들의 한결 같은 찬사와 축하 속에서 금아는 기쁨과 격동과 감회로 가슴이 벅차올라 힘들고 괴로웠던 지난날을 회상하고, 그래도 끈질긴 노력의 대가로 빛나는 성공과 영예들이 줄줄이 찾아 들었던 그 격동의 순간들을 떠올렸다.

서울 교보문고의 매대 앞에 서서 아버지의 영혼에 했다는 말을 들었을 때 청중들은 모두 금아를 따라 눈물을 흘리고 금아의 성취에 찬사를 아끼지 않았다.

북경대학의 모 교수님은 금아가 거둔 성취에 엄지를 내들며 이렇게 말했다.

"어떻게 그런 과거를 딛고 오늘 같은 성취를 이룰 수 있는지 참 놀랍습니다. 소문도 없이 조용히 이렇게 대단한 일들을 하다니 감탄하지 않을 수 없군요!"

이 말에 금아는 조용하고 겸손하게 미소 지으며 이렇게 대답했다.

"뭐든 소문내고 떠든다고 이루어지는 것이 아니라 생각됩니다. 또한 떠들어서 이루어진 것이 있다면 그건 실속 없는 허울에 지나지 않을까요."

동창생들은 금아의 만년 성취에 감복해 마지않으며 그녀에게 "대기만성(大器晚成)"이라는 높은 평가를 부여해주었다.

부모님께 올리는 편지

ㄱ. 맏딸 순아의 편지

"남북이 통일되면 내 맏딸을 데리고 고향구경 가겠다."라고 수시로 외우고 고대하시던 평생소원도 이루지 못하시고 돌아가신 아버지! 오늘 아버지를 추억하여 떠올리며 이 큰 딸이 하고 싶던 말을 올립니다.

부모님들이 생전에 그토록 시름 못 놓으시고 항상 걱정하시던 바우(성주)도 딸자식을 잘 키워 온 가족이 행복하게 잘살고 있으며 저희 세 자매들 모두가 건강한 몸으로 행복하게 잘살고 있습니다. 개혁개방의 좋은 정책 하에 시골에서 살던 우리 가정도 수도 북경에 와서 잘 지내고 있고 저희 두 아들 일가도 모두다 북경에서 남부럽지 않게 잘살고 있습니다.

아버지께서는 맏사위를 "호주답게 자기 가정을 잘 꾸려간다"고 늘 칭찬을 아끼지 않으셨죠. 그 칭찬에 힘입어 저의 남편도 이곳 북경에 와서 10년 넘게 의사로서 아버지의 고향 고국의 수많은 분들을 진료해 주었고 76세의 나이가 된 지금도 열심히 책을 보고 배우면서 많은 사람들을 치료해주고 있습니다.

아버지, 맏사위 신천은 오래전 있었던 한 가지 일을 자나 깨나 기억하고 늘 가슴 아프게 외우고 있습니다. 우리가 째지게 가난하던 시절, 어느 하루 민공을 갔다가 돌아오는 길에 현성에서 우연히 아버지와 맞띄웠는데 신천의 호주머니에 돈이 일 푼도 없어 아버지가 얼른 눈치 채고 아버지 호주머니의 돈으로 점심을 사서 먹었다는 것입니다. 당시 너무도 미안하고 창피하고 면목이 없어 쥐구멍이라도 있으면 들어가 버리고 싶었던 일을 맏사위 신천은 오늘까지도 잊지 않고 가슴 아프게 생각하고 있습니다.

존경하고 사랑하는 부모님! 부모님들의 인생은 참으로 파란 많고 고달프고 힘들었던 삶이셨지만 너무너무 잘 버티셨고 깨끗한 마음과 원칙으로 크나큰 사랑과 관심으로 자식들을 교양 있게 잘 키우셨습니다. 진심으로 고맙고 감사합니다.

　　이전에 나는 내 어머니는 내가 큰 딸이라고 부모도 공경하고 동생들도 잘 챙기며 가정의 일체 일은 마땅히 해야 한다고 여기시며 종래로 이 딸을 가슴 아프게 여기지 않는 줄 알았습니다. 그런데 어느 해 여름 어머니께서 우리 집에 오시어 1개월 남짓 계시다가 떠나시던 날 이 딸이 너무 고되게 일을 많이 한다고 그렇게 가슴 아파하시며 눈물을 흘리시던 모습이 지금도 눈앞에 생생합니다. 그제야 이 딸은 내 어머니도 나를 많이 아끼고 사랑하고 가슴 아파 하시는구나 고 깨닫게 되였고 워낙 허약한 몸으로 그 많은 자식들을 낳아 키우시느라 얼마나 많은 고생을 하셨을까 생각되며 가슴이 뭉클하고 눈물이 났습니다.

　　돌이켜보면 이 세상에 우리 부모님 같은 분들이 그 어디에 더 있을까 생각되며 만약 정말로 내생(來生)이 있다면 나는 또 다시 부모님의 딸로 태어나 이 생에 다하지 못한 효도를 넘치게 해드리고 싶습니다. 그때 부모님께서 단 십 년만이라도 더 살아 계셨더라면 이 딸이 다소 얼마만이라도 효도를 했을 텐데… 너무나도 안타깝고 가슴이 아픕니다. 그리고 보고 싶습니다.

　　존경하고 사랑하는 우리 부모님! 조금만 더 기다리세요. 언제든 내가 이 생을 마감하고 부모님 곁에 가는 날이면 하 많은 이야기 모두모두 부모님께 올리겠습니다. 그때까지 부디 안녕히 계십시오!

큰 딸 순아 북경에서 올림

2024년 10월 2일

ㄴ. 둘째 딸 윤아의 편지

존경하는 아버지 어머니. 하늘나라에서 잘 계시지요?

부모님께서 그렇게 걱정하시던 이 둘째 딸은 젊은 시절에는 고생을 엄청 많이 했지만, 지금은 너무너무 행복하게 잘살고 있습니다. 아버지께서 생전에 언니에게 윤아의 앞날이 기막히게 걱정된다고, 자칫하면 애들 셋을 데리고 빌어먹지 않을까 염려된다고 말씀하셨다는 얘기 들었습니다. 과연 한동안 그렇게 살다시피 힘들게 힘들게 고개를 넘었으나 지금은 애들 셋 모두 성년이 되어 자기 가정을 꾸리고 저마다 자기에게 알맞은 일을 하며 자기의 방식대로 잘살고 있습니다.

이게 모두 하늘나라에 계신 부모님께서 자나 깨나 걱정해주시고 복을 내려주신 덕분이 아닐까 생각되어 고맙고 감사합니다.

부모님의 둘째 딸 윤아는 비록 공부는 많이 못 했지만 어려서부터 아버지가 담력과 용기를 많이 키워 주어 뭐든 결정만 하면 대담하게 밀고 나가는 성격입니다. 하여 나는 젊음을 믿고 청도에서 통이 크게도 백 평방이나 되는 집을 사서 주위 사람들을 깜짝 놀라게 했습니다. 당연 선불금은 여기저기 빌리고 은행 대부금도 많이 했으나 후에 악착같이 벌어서 다달이 물어 나갔습니다. 당시 아버지를 아는 밀산 지역의 일부 사람들은 나를 보고 "과연 김통수 딸답다"고 했으며 후에 빚을 물기 위해 죽기내기로 뛰는 내 모습을 보고 모두 감탄을 금치 못했습니다.

나도 한때는 우울증이 심해서 죽을 생각도 몇 번 해보았지만. 언니와 동생이 지극히 관심하고 여러 자식들의 살뜰한 보살핌 덕분에 건강이 다 회복되어 올해 일흔이 된 나이에도 씩씩하게 출근까지 하고 있습니다.

또한 한국의 수도권 내에 새 집을 사고 이사를 해서 이제는 영감이 된 서민선과 맏딸 어금이 이렇게 세 식구가 함께 잘살고 있습니다.

어머니께서 돌아가시기 전 마지막으로 우리 집에 오셨을 때, 내가 애들 셋을 데리고 너무 고생을 하는 걸 보고 그렇게 마음 아파하시던 모습이 어제 같은데 어언 우리 애들도 모두 커서 이제는 중년이 되었습니다.

보고 싶은 아버지 어머니, 이제는 아무 걱정도 하지 마세요. 부모님의 자식들인 우리 4남매는 만년에 모두 잘살고 있고 우리의 자식들인 부모님의 손군들도 잘 지내고 있으며 또한 그 후대들도 모두 잘 크고 있습니다.

단지 부모님 생전에 아무 효도도 해드리지 못한 자신이 부끄럽고 안타까워 늘 마음이 아플 뿐입니다.

하고 싶은 말은 아직 많고도 많지만 지면 관계로 이만 그칩니다.

그럼 아버지 어머니, 부디 안녕히 계시세요!

둘째 딸 윤아 서울에서 올림
2024년 10월 12일

ㄷ. 아들 성주의 편지

하늘나라에 계신 아버지 어머니: 아들 성주입니다.

부모님 생전에 가장 큰 실망을 주고 가장 큰 시름을 주었던 성주는 이제 60이 넘은 노인이 되었습니다. 어릴 때 병으로 풍을 일구어 지능이 떨어진 내가 어떻게 살아왔는지 부모님은 많이 궁금하시겠죠?

부모님이 가시며 남겨준 집은 너무 낡고 위험해서 누나와 매부들이 돈을 모으고 노력을 모아 원 집의 서남쪽에다 새집을 지어주었습니다. 그리고 누나들이 색시를 소개해주고 돈을 지원해주어 장가도 들었습니다.

농사는 나 혼자 아무리 노력해도 연말에 가면 엉망이 되어 하는 수 없이 밭을 남에게 빌려주고 그 대가로 양식과 돈을 받아 살기 시작했습니다. 옷은 태반이 셋째누나가 부쳐주었고 소비돈은 큰 누나와 둘째 누나가 대주었습니다.

344

결혼한 이듬해에 딸이 태어나 이름을 옥지라 지었습니다. 내가 가난하게 살다 보니 옥지는 소학교밖에 다니지 못했지만 그래도 이 아비보다는 훨씬 똑똑해서 저절로 도시에 나가 일을 하고 돈을 벌어 부모의 생활비를 섬기는 것입니다. 또한 후에는 대상도 저절로 찾아 한국에 가서 결혼을 하고 지금은 아들딸을 낳아 기르며 잘살고 있습니다.

옥지는 기특하게도 자기 부모인 나와 제 엄마에게 효도를 잘할 뿐만 아니라 얼굴도 보지 못한 할아버지와 할머니에게도 해마다 종이돈을 태워드리며 효도하고 있습니다.

돌이켜보면 이런 효도를 나는 아들로 생겨 부모님께 한 번도 하지 못한 것 같습니다. 다만 내 기억속의 한 가지 일은 효도라고 해야 할지 모르겠습니다. 아마 내가 열여섯 살 때 일이라고 기억됩니다. 뒷집의 동민이가 술을 마시고 취해서 우리 집에 뛰어들어 한바탕 아버지를 괄시하는데 그걸 보는 내가 너무 화가 나 후닥닥 달려들어 동민의 멱살을 틀어쥐고 밖으로 끌고 나가 한바탕 두들겨 패 주었죠. 그때 아버지가 따라 나와 말리지 않았더라면 내가 동민을 죽여버렸을지도 모릅니다. 이것이 내가 아버지를 위해 한 단 하나의 일인 것 같습니다.

살아온 지난날을 생각하면 나는 참 후회되는 일도 많고 부끄러운 점도 많은데 아버지, 이 우둔한 아들을 용서하여 주세요. 그리고 어머니도 너그러이 용서해 주세요. 이 아들은 입이 열 개라도 할 말이 없습니다…

암튼 지금 나는 딸 옥지 덕분에 흥개진에 이사하여 농사도 짓지 않고 직공호처럼 편안하게 잘살고 있으니 아버지, 어머니, 이 아들을 두고는 아무 걱정도 하지 마세요. 나는 죽을 때까지 이렇게 잘살다 갈 것입니다.

그럼 간단하게 이만 그칩니다.

아들 성주 흥개에서 올림
2024년 10월 25일

ㄹ. 셋째 딸 금아의 편지

이 세상을 떠나는 그 마지막 순간에 아버지는 아마 생전에 그렇게 즐겨 부르시던 "토끼화상" 노래의 내용대로 토끼화상을 그리며 가셨죠. 그래서 나는 아버지의 화상을 그렸습니다. 아버지의 얼굴뿐만 아니라 몸 전체를 그렸습니다. 아버지의 머리를 그리고, 아버지의 심장을 그리고, 아버지의 쓸개를 그리고, 아버지의 온몸에 뻗어간 핏줄, 그 핏줄에서 흐르는 매 한 방울의 피, 그리고 신경계통에 깔린 희로애락의 모두를, 아버지의 뼈와 살, 매 세포 세포에 깃들어 있는 말초의 정감까지 내가 알고 있는 모든 것을 눈물로 얼룩진 종이에 그려냈습니다.

나는 압니다. 아버지 평생에 가장 큰 정력과 심혈을 몰부어 키우신 자식이 바로 나라는 것을, 따라서 가장 큰 희망과 꿈을 실었던 자식도 이 셋째 딸 금아라는 것을!

찌르레기들의 합창도 이제 막 끝나가고 황금 낟알들이 파도로 일렁이는 가을이 다가오고 있습니다. 이 세상에 다시는 아버지의 손때 묻은 낟알이 없겠지만, 다시는 아버지의 체취를 실은 바람이 불어오지 않겠지만, 올해 가을에는 유난히도 아버지의 체취가 그립고 아버지의 맥박이 느껴지며 아버지의 숨소리가 들리는 추억과 감동과 슬픔의 시간들이 이어지고 있습니다. 한것은 아마 내가, 바로 아버지의 이 "통토래미"가 세월을 주름잡아 어언 아버지가 가시던 해의 나이가 된 까닭일 것입니다.

그때 아버지는 내 졸업배치에 큰 실망을 하셨죠? 내 앞날에 걸었던 희망의 실을 마음속에서 조용히 끊어버리셨죠? 하지만 아버지, 당신의 셋째 딸은 결코 그렇게 나약한 존재가 아닙니다. 근 반세기라는 세월이 흐르는 동안, 나는 결코 쓰러지지 않았습니다. 비운과 좌절과 고통으로 반죽된 천추의 피고름을 내 몸속의 깨끗한 눈물로 조용히 씻어버리고, 기둥의 힘도 지팡이의 힘도 빌지 않고 오로지 나만이 힘으로 오연히 우뚝 일어섰습니다. 그리고 나는 뛰기 시작했습니다. 그리고 날기 시작했습니다……

비록 부모님은 내게 물질적 재산은 아무것도 남겨주지 못했으나 끝없이 풍부하고 귀중한 정신적 재산을 넘치게 남겨주셨습니다.

아버지의 재산을 물려받아 금아는 의지가 강합니다. 아버지의 재산을 물려받아 금아는 머리가 좋고 깊이 사고할 줄 압니다. 아버지의 재산을 물려받아 금아는 대 바르고 정직합니다. 아버지의 재산을 물려받아 금아는 그 어떤 불의에도 굽어들거나 타협하지 않습니다. 아버지의 재산을 물려받아 금아는 인정이 많고 불쌍한 사람을 잘 도와줍니다… 아버지의 재산을 물려받아 금아는 하늘을 우러러 한 점 부끄러움 없이 이 삶을 살았습니다.

어머니의 재산을 물려받아 금아는 심성이 착합니다. 어머니의 재산을 물려받아 금아는 쉽게 화를 내지 않고 묵묵히 버틸 줄 압니다. 어머니의 재산을 물려받아 금아는 마구 떠들지 않고 뭐든 조용히 잘해내는 습관을 길렀습니다… 더욱이 할머니의 재산까지 물려받아 금아는 손이 야무지고 모든 일을 빈틈없이 완벽하게 처리할 줄 압니다…

그래서 금아는 해내고 이루고 초월했습니다. 주위의 모든 이들이 깜짝 놀라도록! 20세기 60년대의 배꼽 같은 시골구석에서 무서운 폐결핵으로 쓸어나가는 시체 가운데 부모님의 극진한 정성의 즙을 마시고 홀로 일어선 어린 소녀, 그 소녀는 일류대학에 붙었습니다. 그 소녀는 중국 당대문학 평론상을 받았습니다. 그 소녀는 장편소설을 써냈습니다. 그 소녀는 중문으로 영화를 써냈습니다. 그 소녀는 한국 국제 문학상을 수상했습니다. 그 소녀는 일본 국제 문학상을 수상했습니다. 그 소녀는 한국 서울에서 장편소설을 펴냈습니다. 그 소녀는 미국 문학지에 작품을 실었습니다…

또한 그 소녀는 혼자 수입으로 수도 북경에 집을 사고 딸을 청화대학 석사까지 졸업시켜 당당한 변호사로 활약하게 했고, 자신은 칠순을 바라보는 지금까지도 건강한 몸으로 여전히 글을 쓰며 즐겁게 만년을 보내고 있습니다.

아버지, 어머니, 이쯤하면 당신들의 셋째 딸이 자랑스럽지 않습니까? 이것이 바로 금아가 부모님 생전에 다 하지 못한 효도의 보상입니다. 나는 압니다. 만약 부모님이 지금까지 생존해 계셨다면 그 어떤 물질적 효도보다 금아의 이런 정신적 효도를 더 원하시리라는 것을. 아버지는 날마다 딸에 대한 자랑과 자호감으로 전에 없이 호탕한 웃음을 멈추지 않을 것이며, 어머니는 조용히 그러나 무엇보다 맑고 더없이 행복한 웃음으로 나날을 보낼 것입니다.

그래서, 바로 그래서 금아는 부모님이 한없이 그립습니다. 부모님이 만들어 주시고 부모님이 시체더미에서 건져 주신 이 연약한 생명──당신들의 연장이 어떻게 그 진가를 불태우는지를 내 소중한 부모님께 보여드리고 그래서 함께 행복하고 싶은 것이 이 딸의 소원일 뿐입니다…

어느덧 늦가을의 싸늘한 외침도 끝나가고 들릴락 말락 중얼거리는 초겨울이 다가오고 있습니다. 아버지가 가시던 나이의 끝자락에 서서 다시 한 번 부모님의 모습을 떠올리며 이 편지도, 이 책의 집필도 마감합니다.

이제 이 책이 출판되면 내가 바로 부모님 고향에 달려가 이 책을 부모님이 계신 하늘나라에 보내드릴 것입니다. 이것이 당신들의 셋째 딸 금아가 부모님께 드리는 마지막 효도입니다! 부디 즐겁게 받아주세요. 그리고 행복하게 읽어주세요……!!!

또한 이 책은, 내 사랑하는 아버지와 어머니를 그리고, 내 소중한 가족들을 적은 이 책은 우리가 모두 없어진 뒤에도 이 세상의 어딘가에 오래오래 남아 있을 것입니다!

셋째 딸 금아 북경에서 올림

2024년 11월 8일

가족사 소설
잊혀진 진실

초판인쇄 2025년 01월 15일 **초판발행** 2025년 01월 20일

지은이 **흑 설**
펴낸이 **이혜숙** 펴낸곳 **신세림출판사**
등록일 **1991년 12월 24일 제2-1298호**

04559 서울특별시 중구 퇴계로49길 14,
충무로엘크루메트로시티2차 1동 720호
전화 **02-2264-1972** 팩스 **02-2264-1973**
E-mail : shinselim72@hanmail.net

정가 **20,000원**

ISBN 978-89-5800-279-6, 03810